KB044002

등꽃 아래서

이금조 장편소설

# 등꽃 아래서

1

가하

들꽃 아내서

**지은이** 이금조
**펴낸이** 이형기
**펴낸곳** 도서출판 가하

**초판인쇄** 2013년 12월 5일
 **1판 2쇄** 2014년 3월 21일
**출판등록** 2008년 10월 15일 제 318-2008-00100호

**주소** 서울 영등포구 양평로 67, 1209 (당산동5가, 한강포스빌)
**전화** 02-2631-2846 **팩스** 02-2631-1846

www.ixbook.co.kr

ISBN   978-89-6647-883-5   04810
         978-89-6647-880-4   04810(set)

값 9,000원

시작하는 이야기

　궁은 불타고 있었다.

　황자의 침전 쪽에서 치솟은 불은 한낮의 태양처럼 동위궁(東暐宮)을 밝히고 있었다. 활활 타오르는 불길은 기둥과 서까래로도 부족한지 붉은 혓바닥을 날름거리며 삽시간에 전각 전체를 삼켜버렸다. 타닥거리는 소리를 내는 불꽃이 초겨울의 바람을 타고 궁 여기저기로 옮겨 붙기 시작했다.

　검붉은 화염이 새벽녘 어두운 하늘을 수놓고 있었다. 곳곳에 뿌려지는 피와 뒤섞인 눈이 붉은 강이 되어 흘렀다.

　붉은 피비린내에 달조차 구름 뒤로 숨어버린 밤이었다.

　이황자가 일황자에 맞서 군사를 일으켰다는 소식이 처음 전해질 때만 해도 동위궁 안의 모든 이들은 자신들의 승리를 장담했다. 궁의 주인인 일황자 태이(太眙) 하사신은 이황자 태이(太眙) 사오룬과 달리 지지 세력이 넓은 데다 황명을 받든다는 대의명분까지 있었기 때문이다.

그러나 사태는 전혀 예상치 못한 방향으로 기울었고, 날이 갈수록 궁 안에는 불길한 소문이 번져나갔다. 마침내 어제 오후 이황자의 군대가 황도의 남문을 넘었다는 전령이 당도했을 때 눈치 빠른 자들은 이미 재물이 될 만한 것을 챙겨 궁을 빠져나가고 없었다.

어둠을 타고 시끄러운 함성과 창검이 부딪치는 날카로운 쇳소리가 난무했다. 이미 이황자의 병사들이 궁내로 진입해 저항하는 자들을 남김없이 도륙하고 있었다. 시비들이 도망치며 지르는 비명소리가 이따금 대기를 뒤흔들었다.

난장판이 된 동위궁 내에서 유일하게 침묵에 잠겨 있는 곳이 있었다.

이미 시비들이 다 빠져나가 인적조차 없는 북쪽 건물에 불이 밝혀져 있었다. 바람에 실려 온 피와 죽음의 냄새에 탁자 위에 놓인 은제 촛대의 불꽃이 잘게 몸을 떨었다.

궁을 점령한 공포에 짓눌리지 않는 이는 방 한가운데 앉아 있는 여인뿐이었다.

불빛 속에 드러난 그녀의 자태는 설부화용[1]이란 말도 부족할 정도의 절세가인이었다.

세심한 콧날과 꽃잎을 연상시키는 입술의 곡선은 그 어떤 사내의 마음이라도 진탕시킬 정도로 고왔다. 설화석고를 잘라 만든 것 같은 새하얀 얼굴 주위로 흘러내린 머리칼이 검은 비단자락처럼

---

[1]  雪膚花容. 눈처럼 흰 살갗과 꽃처럼 고운 얼굴.

바닥에 펼쳐져 있었다.

그녀는 층층이 농담을 달리한 일곱 겹의 보라색 비단 군[2]에 그보다 연한 색의 포(袍)를 걸치고 있었다. 넓은 소맷자락과 바닥에 끌리는 긴 포, 폭이 넓은 군은 황실의 대례 같은 중요 행사에서나 입는 예복이었다. 분명 이런 난리통에 갖출 만한 차림새는 아니었다.

열린 창 너머로 아련히 비명과 고함소리가 들려왔다. 간간이 끊기는 비명소리로 미뤄보건대 궁은 이미 이황자의 수하들에게 장악당한 듯했다.

내년에는 등꽃이 피는 걸 보지 못하겠구나. 화마의 불꽃이 이미 지척까지 다가와 있으니.

그녀의 시선은 처연하게 웅크린 달 너머 아득한 곳을 향하고 있었다.

조만간 이곳에도 병사들이 들이닥칠 것이다. 그녀의 입가에 희미한 자조의 빛이 떠올랐다. 질긴 목숨을 연명하려 또다시 전리품으로 끌려가거나 욕을 볼 생각은 추호도 없었다.

가느다랗고 하얀 손에는 작지만 날렵한 비수 하나가 들려 있었다.

음각으로 조각된 꽃송이마다 쌀알만 한 자수정이 빼곡히 박힌 손잡이는 귀부인들의 장식품 정도로 보였지만 칼날만은 솜털도 벨 만큼 예리했다. 병사들의 갑옷을 뚫지는 못해도 자신의 심장 정

---

2) 裙, 치마.

도는 단박에 찌를 수 있으리라.

쾅!

방문이 부서지는 소리를 내며 거칠게 열렸다. 세차게 방 안으로 불어 닥친 겨울바람이 촛불을 꺼버렸다. 삽시간에 짙은 어둠에 잠긴 방 안과 달리 바깥은 사방에서 타오르는 불로 대낮처럼 환했다.

하늘까지 치솟을 듯 강렬한 황금색 불꽃을 등지고 한 사내가 문간에 서 있었다.

한 손에 검을 든 사내의 짙은 그림자가 그녀의 치맛자락까지 길게 뻗어왔다. 아직도 칼끝에서 뚝뚝 떨어지는 붉은 핏방울이 바닥을 더럽히고 있었다.

어둠과 전신을 적시는 피로 얼굴도 제대로 알아보기 힘들었다. 그러나 피를 머금어 붉은 검을 든 사내의 형체는 그녀의 목숨을 가지러 저승에서 올라온 귀신처럼 보였다.

그가 성큼 다가오자 그녀는 반사적으로 칼을 쥔 손에 힘을 주었다. 그녀가 칼로 가슴을 찌르려는 순간 사내가 번개처럼 달려들었다.

사내는 우악스러울 정도로 거칠게 그녀의 손목을 움켜쥐고 칼을 빼앗아 바닥에 던져버렸다. 그의 전신에서 현기증이 날 정도로 진한 혈향이 풍겼다.

사내의 날카로운 눈이 그녀의 새하얀 얼굴에 내리꽂혔다. 그의 입술 사이에서 짐승의 으르렁거림과도 같은 말이 흘러나왔다.

"기억하느냐. 반드시 돌아오겠다 했다."

1장

일 년 전, 강양(康良) 30년 십이월

첫눈이 오고 있었다.

제국 창(昶)은 황도인 난경(暖京)을 비롯해 영토의 반 이상이 대륙의 북쪽에 자리 잡고 있었다. 때문에 많은 도시가 겨우내 눈으로 뒤덮이는 일이 잦았다.

사백 년 전 거대한 설산 아래서 시작된 작은 왕국은 수대에 걸친 전쟁으로 영토를 넓혔고, 전대 황제에 이르러서는 동쪽 대륙의 사분의 일을 차지할 정도의 대제국으로 성장했다. 그러나 창의 황제들은 자신들의 성산(聖山)이자 뿌리인 설산을 버릴 수 없었다. 십수 명의 황제가 바뀌는 동안에도 난경은 여전히 창의 황도였다.

난경은 수천 개의 작은 수로들이 거미줄처럼 엉켜 있는 물의 도시였다. 설산에서 녹아내린 눈이 수로를 타고 황도 구석구석으로 흘러 들어갔다. 설산을 근원으로 하는 수로의 물은 가뭄에도 마르는 법이 없었다.

오늘 아침 난경에는 긴 겨울의 시작을 알리는 흰 눈이 쏟아지고 있었다.

첫눈이 오는 날은 눈의 신이 인간 세상에 발을 디디는 성스러운 날이다. 처음 내린 새하얀 눈을 밟는 사람은 한 해의 행운을 받는다는 말도 전해진다.

이리하는 제멋대로 잘린 앞머리에 내려앉은 눈을 털어내며 코웃음 쳤다.

매 끼니를 모래 섞인 건량으로 연명하고, 제대로 등을 대고 누워본 지가 언제인지 까마득할 지경이었다. 반년 넘게 붉은 사막에서 신출귀몰하는 화적떼를 쫓아다닌 탓이다. 그 서쪽 변방에서 돌아오자마자 적의 소굴로 내몰리는 신세 어디에 행운이 있단 말인가. 그의 입매가 심술궂게 비틀어졌다.

악. 덕. 주. 군.

이리하는 눈앞에 없는 이황자에게 잔뜩 투덜거리며 말의 옆구리를 찼다. 도무지 숨 쉴 겨를도 없이 일이 몰아치니 모두 주인을 잘못 만난 탓이 아닌가 싶다. 어린 시절 검 한 자루에 홀랑 넘어가 주군으로 삼았던 것이 인생 최대의 실수였다.

자신이 난경에 도착한 것은 겨우 오늘 아침이었다.

이황자 사오룬의 서운궁(西雲宮)에서 번을 서던 병사들을 제외하고는 아무도 그의 귀환을 알지 못했다. 병사들을 단단히 입막음시킨 그는 자기 처소로 숨어들어갔다. 장시간의 여정과 노숙에 진

력난 이리하는 눈앞에서 손짓하는 제대로 된 - 모래바닥도 아니요, 흙 위도 아닌 - 침상의 유혹에 기꺼이 굴복할 참이었다.

그러나 방 안에서 팔짱을 끼고 그를 기다리고 있던 것은 중랑[3] 치백이었다. 일부러 연통도 하지 않았건만 대체 자신이 오늘 올 거라는 사실을 어떻게 알았단 말인가. 치백이 자신 주변에 간자를 심어놨든지, 아니면 앉아서도 천 리를 내다보는 혜안을 가졌든지 둘 중 하나이리라.

툴툴거리는 그를 끌어낸 치백은 다짜고짜 목간(沐間)에 밀어 넣었다. 그동안 뒤집어쓴 먼지와 땀을 씻어낸 것까지는 좋았다. 하지만 후에 치백이 들이민 관복과 전언을 들은 이리하는 기겁하고 말았다. 무관의 상징인 청색 비단을 사용한 건 그렇다 쳐도 거추장스럽게 넓은 소매와 제 발에 걸려 넘어지지만 않으면 다행이겠다 싶게 치렁치렁한 길이라니. 그런 꼴로 일황자 하사신의 동위궁으로 오라는 사오룬 황자의 명이었다.

이리하는 자신에게 그런 요란한 옷이 있는 줄도 몰랐다. 필시 그가 없는 동안 치백이 멋대로 주문한 것이리라. 게다가 평소 치백의 성정으로 봐선 꼼짝없이 입어야 할 게 불 보듯 뻔했다. 이리하는 치백이 잠시 자리를 비운 틈을 타 도망치듯 서운궁을 빠져나왔다.

자신이 관복까지 차려입고 귀족들 앞에 나섰을 때 쏟아질 반응

---

3) 仲郞. 주6품의 문관직.

은 하나뿐이다. 적진에 들어가면서 광대 노릇까지 해줄 마음은 없었다.

그래서 현재 이리하의 차림새는 평상시와 다를 바 없었다. 무명으로 지은 흑색 유와 바지. 거기에 솜을 덧댄 흑색 포 하나만 걸친 상태.

검은색은 주로 떠돌이 무사들의 무복(武服)이나 수의(壽衣)로 쓰이는 색깔이었다. 천하고 불길한 색이라 여겨 귀족은 물론 평민인 여(伽)조차도 꺼리는 색이지만 그는 개의치 않았다. 실용적이기도 하거니와 상대하기 싫은 귀족들이 알아서 피해 가니 일석이조가 아닌가.

까마득한 동위궁(東暐宮)의 외벽이 눈앞에 나타나자 이리하는 천천히 말고삐를 당겼다.

이십육 년 전 황제가 첫 황자를 얻은 기쁨에 황도에서 가장 먼저 해가 비치는 야트막한 언덕에 지어줬다는 궁은 황궁을 제외하고는 난경 내에서 가장 크고 아름다운 건축물이었다. 기와를 이층으로 얹은 커다란 푸른 대문 앞에는 문지기와 더불어 시종들이 늘어서 있었다. 연회에 참석하는 손님을 맞이하기 위해서일 것이다. 무관임을 증명하는 푸른 옥패를 보여주고 훌쩍 말에서 내린 이리하는 고삐를 넘겨주었다.

"나리, 검을 보관해드리겠습니다."

"필요 없다."

이리하가 눈썹을 찌푸리자 그의 허리춤에 손을 가져가던 어린 시종이 흠칫하고 물러섰다.

이리하는 상대의 눈에 자신의 모습이 어떻게 비칠지 잘 알았다. 육 척을 훌쩍 넘어서는 키에 긴 팔다리 때문에 보통 사내들보다 위압적으로 보이는 몸집. 태생적으로 짙었던 피부색은 오랜 시간 사막의 태양 아래 그을린 탓에 더 까무잡잡하게 보일 것이고 날카롭게 찢어진 눈매와 어우러져 험악한 인상을 풍길 것이다.

잔뜩 얼어 있는 시종에게 코웃음을 친 그는 유유히 대문을 통과해 들어갔다. 자신의 몸에서 검을 떨어뜨리라는 건 알몸뚱이로 있으란 소리나 진배없다. 일황자의 수하들에겐 말을 맡기는 것조차 탐탁지 않은데 검까지 내놓으라니 어불성설이었다.

멀리 눈에 들어오는 커다란 전각 쪽을 향해 곧장 걸어가던 이리하는 한 무리의 사내들과 맞닥뜨렸다. 작달막한 키에 온몸이 둥글둥글한 중년 사내 하나가 시종 둘을 거느리고 있었다. 잔뜩 거드름을 피우는 사내의 걸음새로 보아 일개 시종은 아니리라. 무심히 지나칠 줄 알았던 그는 대뜸 이리하의 앞을 가로막고 섰다. 두툼한 살에 파묻힌 가느다란 실눈이 검은 무복을 힐끔거렸다.

"누구냐? 본 적이 없는 얼굴인데?"

"난 오늘…….."

"아하!"

허리에 찬 검을 본 사내는 뭔가 알겠다는 표정으로 이리하의 말을 가로챘다.

"그렇군. 온다는 소릴 듣긴 했지. 자네는 이쪽이 아니라 저기

저 문으로 들어가보게."

짧고 뭉툭한 손가락이 높은 담으로 연결된 왼쪽 구석의 흰색 문을 가리켰다. 일황자가 친절하게도 내가 온다는 사실을 알려줬다는 말인가? 의아함에 눈썹을 추켜세우던 이리하는 상대의 음흉스런 웃음에 멈칫했다. 살갗을 타고 올라오는 불쾌감에 그가 미간을 찡그렸다.

"뭔가?"

"허우대도 크고 힘깨나 쓸 것 같긴 하군. 하지만 요물에 잡아먹히지 않으려면 뭣보다 아랫도리 간수를 잘해야 할 게야. 크크."

사내가 손으로 사타구니를 추어올리는 시늉을 하며 이리하를 조롱하자 뒤에 선 두 놈이 낄낄댔다.

무례한 놈들 같으니! 영문을 알 수 없는 모욕에 순간 검을 뽑으려던 이리하가 멈칫했다. 눈앞에 치백의 얼굴이 스쳐갔다. 제발 일황자의 궁 안에서만은 사고치지 말라고 신신당부하던 그였다.

이리하는 치밀어 오르는 화를 억지로 씹어 삼켰다. 그래, 조무래기 하나가 시비를 건다고 동위궁에서 다짜고짜 칼질을 해대면 필시 사오른 황자가 난처해질 것이다. 게다가 난경에 돌아오자마자 다시 내쫓길 빌미를 만들어줄 수는 없었다.

하지만 언젠가 반드시 네놈의 버릇없는 주둥이를 뭉개주마.

이리하가 내뿜는 살인적인 안광에 사내의 둥근 낯짝이 허옇게 질리기 시작했다. 사색이 된 그들을 내버려두고 이리하는 성큼성큼 걸음을 옮겼다. 젠장, 들어서자마자 마음에 안 드는 놈만 눈에 띄다니. 연회가 끝날 때까지 제대로 성질을 죽일 수나 있으려나.

일황자 하사신은 하루가 멀다 하고 화려한 연회를 즐기는 것으로 유명했다. 그러나 그 연회는 귀족들 중에서도 혜(慧) 이상의 대귀족들만 참석할 수 있었다. 그렇기에 더욱 오늘 사오룬 황자가 자신을 연회장 안으로 불렀다는 사실을 이해하기 어려웠다. 이리하의 연회장 출입을 하사신 황자가 두고 볼 리 없지 않은가.

퉁퉁한 사내가 가리킨 문 안쪽에는 높다란 담벼락으로 둘러싸인 길이 나 있었다. 사람 두엇이 겨우 지나다닐 만한 좁은 통로였다. 순간 이리하는 자신을 업신여기는 일황자가 다른 귀족들과 마주치지 않도록 시종들이 다니는 뒷길로 오라고 지시한 게 아닌가 미심쩍어졌다.

길은 한가롭고 조용했다. 지나칠 정도로 고요했다. 구불구불한 길을 따라 한참을 걸었지만 사람의 흔적이라곤 없었다. 양옆의 담 사이로 가끔 나타나는 작은 문들은 다들 반대쪽에서 굳게 잠겨 있었다. 그래도 연회가 열린다면 당연히 주변이 소란스러울 테니 찾기 어려울 거란 생각은 들지 않았다.

그러나 첫 번째 갈림길이 나타나자 이리하의 미간에 주름이 잡혔다.

멈춰서 잠시 노려보던 이리하의 눈에 왼쪽의 갈림길에서 이질적으로 반짝이는 물건이 들어왔다. 땅바닥에 놓인 하얀 조약돌 하나가 매끈한 광택을 자랑하고 있었다. 쉽게 눈에 띄지 않을 만큼 작은 크기여서 주의 깊게 보지 않는다면 알아차리기 힘든 돌이었다. 그러나 바닷가에나 있어야 할 게 궁 안에 있다니 고의성이 엿보이지 않는가.

호기심에 이리하는 왼쪽 길을 선택했다.

그 후에도 갈림길이 여럿 나타났지만 매번 한쪽에는 어김없이 흰 조약돌이 놓여 있었다. 이리하는 미지의 길잡이가 안내하는 대로 한눈팔지 않고 앞을 향해 나아갔다.

그러나 한 식경 가까이 지나자 슬슬 그의 인내심도 바닥나기 시작했다. 대체 연회가 열리는 장소가 어디야? 쥐새끼 한 마리 얼씬대지 않고 음악소리조차 일절 들리지 않다니. 일황자가 자신을 골탕 먹이기 위해 일부러 미로 같은 길에 몰아넣은 것이 아닌가 의심이 들 정도였다. 자신과 하사신 황자가 이런 애교 넘치는 장난을 주고받을 사이인가 하면 그건 아니지만. 서로를 죽이려 칼을 갈거나 자객을 보낸다면 몰라도.

이리하가 하사신 황자의 동위궁에 들어온 것은 오늘이 처음이었다.

호화롭기 그지없는 곳이었다. 담 너머로 가끔 보이는 전각의 지붕들은 제국에서 보기 드문 푸른 기와로 덮여 있었다. 생생한 색채의 벽화를 그려 넣은 담벼락조차 아낌없이 기와를 얹고, 여기 저기 숨겨진 문에는 정교한 청동 장식들이 박혀 있었다.

소박하고 단출하다 못해 낡기까지 한 사오른 황자의 서운궁과는 천양지차였다.

과연 화려하고 사치스러운 것을 좋아한다고 알려진 여 귀비(璵

貴妃)의 핏줄답다고 해야 하나. 게다가 황제의 총애를 한 몸에 받고 있는 첫째 황자의 궁임을 과시하려는 속셈도 엿보였다. 그러나 변방의 사막 지대에서 힘겹게 살아가는 백성들을 보고 온 이리하의 눈에는 동위궁의 화려함이 마땅치 않았다.

모퉁이를 돌자 갑자기 높은 담이 눈앞을 가로막았다. 기껏 도착한 곳이 막다른 길이라니. 어이없음과 짜증으로 이리하의 미간이 한껏 일그러지려던 찰나였다.

길이 끝나는 즈음에 문이 하나 보였다. 새하얀 문은 이제껏 지나온 문들과 다를 바 없었지만 한 가지가 달랐다. 문틈이 보이도록 살짝 열려 있었던 것이다. 게다가 문 앞에 놓여 있는 하얀 조약돌.

이리하는 두 번 생각할 것도 없이 문 안으로 들어갔다. 길 잃은 쥐새끼마냥 좁은 미로에서 뱅뱅 도느니 어디로 통하든 밖으로 나가는 게 나았다.

문은 돌다리로 연결돼 있었다. 다리 아래 작은 수로가 흐르고 있었다. 다리를 건너 회랑 안에 들어선 순간 이리하는 자신이 후원처럼 보이는 장소에 있다는 것을 깨달았다.

그가 후원'처럼' 보인다고 생각한 이유는 흔히 보던 후원과 달랐기 때문이었다. 제국의 귀족들은 화려한 화초와 꽃나무를 좋아해 수십 가지 꽃으로 정원을 채우고 사시사철 즐겼다. 특히 설산의 은혜를 입은 난경에서는 한겨울의 정원에도 꽃을 피울 수 있었다. 그러나 이곳 어디에도 꽃은 보이지 않았다.

그저 텅 빈 후원을 반원으로 둘러싼 회랑(回廊)을 따라 십여 그

루의 나무가 심어져 있을 뿐이었다. 장정의 허벅지만 한 나무줄기들은 회랑의 기둥들을 칭칭 휘어감아 지붕까지 타고 올라가 있었다. 처음 보는 기묘한 형태의 나무였다. 앙상한 가지들이 잔뜩 뒤엉킨 덤불처럼 지붕 위에 얹혀 있어 기괴하고 음산한 느낌을 주었다.

게다가 벽도 없고 기둥과 지붕의 뼈대만 남아 있는 괴상한 회랑이라니. 이리하는 비바람도 가리지 못할 저런 쓸모없는 물건을 만들어놓은 하사신의 머릿속을 이해할 수 없었다.

거슬리는 작은 소리가 들려온 건 그때였다. 예민한 그의 귀에만 들릴 정도로 미세한 바스락거림과 억눌린 신음소리였다.

소리 없이 다가간 이리하의 눈에 회랑 너머에 있던 두 사람이 들어왔다. 사내의 뒷모습에 가려져 바닥에 누워 있는 여인은 잘 보이지 않았다. 일순 연인들 간의 밀애인가 싶어 돌아서려던 그의 귀에 숨죽인 사내의 목소리가 흘러들었다.

"……그러게 얌전히 다릴 벌렸으면 좋았잖아? 그저 다른 놈들처럼 맛만 좀 보자는 거였는데 말이야. 네 요분질이 그렇게나 죽여준다며? 크크."

게걸스럽게 여자의 몸을 더듬던 사내는 그녀의 옷을 풀어헤치기 시작했다. 사내가 뒤로 던져버린 비단 허리띠가 발치에 떨어지자 이리하의 한쪽 눈썹이 추켜 올라갔다.

사내의 등에 가려져 있던 여자의 몸이 살짝 드러난 순간에야 이리하는 그녀가 아무 소리도 내지 않은 이유를 깨달았다. 여자의 입은 재갈이 물려 있었고 두 손 역시 뒤로 결박돼 있었다.

사내의 손이 닿을 때마다 격렬하게 몸을 비트는 여자의 몸짓에서 명백한 거부의사가 읽혔다. 그러나 여자의 몸부림을 무시한 사내는 헉헉대는 숨소리를 내뱉으며 바지춤을 풀었다.

성가신 일에 말려들었군.

단번에 회랑을 넘어간 이리하는 여자에게서 사내를 떼어냈다. 거칠게 땅바닥에 나동그라진 사내는 잠시 정신을 차리지 못했다.

"뭐, 뭐야!"

"좀 가리지 그래? 추하군."

놀라 쪼그라든 사내의 물건에 힐끗 시선을 준 이리하가 귀찮다는 듯 내뱉었다. 벌어진 어깨와 단순한 검은 무복으로 보건대 군적에 속하지 않은 무사일 것이다. 뭔가에 얻어맞은 듯 사내의 턱에는 붉게 부풀어 오른 자국이 남아 있었다. 종아리에 걸쳐진 바지를 재빨리 수습한 사내는 잔뜩 이리하를 경계하며 일어섰다.

"누, 누구길래."

"알아서 뭐하게?"

팔짱을 끼고 선 이리하는 심드렁하게 대꾸했다.

"뭐라고?"

"내가 누군지 알아도 맞고, 몰라도 어차피 넌 맞는다. 공연히 주절대느라 힘 빼지 말고 그냥 맞아라."

이리하가 황당함으로 물든 사내의 얼굴을 턱짓으로 가리켰다.

"이익!"

분노로 일그러진 사내가 소리를 지르며 덤벼들었다. 선불 맞은 멧돼지마냥 돌진하는 사내의 주먹을 슬쩍 피한 이리하는 냅다 정강이를 걷어찼다. 그의 키와 몸집을 보면 예상할 수 없을 정도로 빠르고 날렵한 움직임이었다. 몸의 균형을 잃은 사내가 땅바닥에 푹 고꾸라졌다. 이리하는 쓰러진 사내를 퍽퍽 소리가 날 정도로 짓밟았다.

"억! 네 이놈……. 으악!"

욕설을 내뱉으려던 사내는 다리 사이를 걷어차이자 비명을 질렀다. 한순간 눈앞이 새까맣게 될 정도로 끔찍한 고통이었다.

"시끄러워."

"커흑, 악! 악! 사, 살려……."

더욱 무자비한 발길질이 쏟아지자 사내가 숨넘어가는 소리로 애걸했다. 한 번 맞을 때마다 뼈가 으스러지는 듯한 소리가 들렸다. 이리하가 밟은 사내의 발목이 기이한 형태로 뒤틀리며 부러졌다.

"입 다물어. 네 끙끙대는 소리에 궁 안 사람들이 다 뛰쳐나오겠다."

"제, 제발……. 컥."

"조용히 하기 싫은 모양이니 영원히 입 닥치게 해줄까?"

버둥대는 사내의 목덜미를 한쪽 발로 짓누른 채 이리하가 물었다. 숨이 막혀 꺽꺽대던 사내는 그 살벌한 음성과 고통에 눈을 까뒤집으며 혼절하고 말았다.

들꽃 아내서

발끝으로 툭툭 사내를 건드려보고 의식이 없는 걸 확인한 이리하는 여태껏 사내를 패면서 꼼짝 않고 있던 팔짱을 풀었다.

"읍."

무시해도 좋을 만큼 작은 소리였다. 이리하는 땅바닥에 떨어져 있는 허리띠에 시선을 고정시켰다. 백색에 연보라색 물감 한 방울을 떨어뜨린 듯 은은한 색감의 비단은 꽤 질이 좋게 보여 조금 아깝다는 생각이 들었다. 별수 없지.

"……읍!"

등 뒤에서 아까보다 큰 소리가 났다. 그는 천천히 비단 허리띠를 꼬아 단단한 밧줄처럼 만들었다. 그리고 혼절한 사내의 팔과 다리를 공들여 묶기 시작했다.

"으……읍!"

세 번째로 들려온 신음소리엔 확연한 분노가 섞여 있었다. 이리하는 마지못해 고개를 돌렸다.

첫눈에 들어온 것은 끌어올려진 치마 때문에 드러난 새하얀 종아리였다. 이리하의 시선이 어디에 닿았나를 깨닫자 그녀의 눈이 차갑게 얼어붙었다. 여자가 눈으로 자신을 난도질하려들기 전에 그는 재빨리 치맛자락을 덮어주었다.

재갈을 풀어내고 여자의 얼굴이 드러나고서야 이리하는 깨달았다. 바닥에 뒹굴고 있는 놈이 감히 황자궁 안에서 그런 미친 짓을 감행한 이유를.

여자는 지독하게 예뻤다. 한순간 숨 쉬는 걸 잊어버릴 정도였다.

어두운 밤의 한 자락을 닮은 검은 머리칼과 흠 없는 진주알처럼 매끄러운 피부, 섬세한 얼굴선과 완벽한 이목구비의 조화가 절묘했다. 색이 옅은 입술 때문에 다소 창백해 보였지만 그 외에는 부족함이 없는 절색이었다. 이제껏 살아오면서 무수한 창녀와 귀족 여인들을 보았지만 이처럼 혼을 빼놓을 정도로 아름다운 여자는 처음이었다. 사내를 홀린다는 옛이야기 속에서 튀어나온 요물이 아닌가 싶을 정도로.

"너…… 사람이 맞나?"

잔뜩 의심을 품은 그의 눈초리에 되돌아온 것은 매몰찬 응대였다.

"무슨 잠꼬대죠? 어서 이거나 풀어요."

하긴 진짜 요물이라면 이런 꼴을 당하진 않았겠지. 이리하는 떨떠름한 얼굴로 재빨리 묶인 손목을 풀어줬다. 벌겋게 자국이 남은 흰 손목은 애처로울 정도로 가냘팠다.

"그런데 저놈은……."

"당장 저자의 손을 잘라요. 뭘 기다리는 거죠?"

유달리 선이 고운 입술에서 떨어진 서릿발 같은 음성이 그를 가로막았다.

"뭐?"

"감히 내 몸에 손을 댔으니 손이 아니라 목을 베어도 마땅한 자예요."

*들꽃 아내서*

방금 전 겁탈당할 뻔한 여자치곤 놀랍도록 침착한 목소리였다. 그녀는 시끄럽게 울음을 터뜨리지도 않았고 겁에 질려 덜덜 떨지도 않았다. 제법 당찬 여자의 모습에 평소와 달리 이리하는 흥미를 느꼈다. 하지만 멋대로 자신에게 형벌을 강요하는 말투는 몹시 거슬렸다. 아까 만난 작자도 그렇고 동위궁에 사는 사람들은 하나같이 무례하고 사람 알기를 우습게 아는군그래.

"감히? 꽤나 귀하신 몸인가 보군."

이리하는 느릿하게 빈정거리며 그녀를 훑어보았다.

일황자의 동위궁에 사는 여인이라면 예전에 본 적 있는 황자비를 제외한다면 후궁들이 있었다. 그러나 후궁이 시비 하나 거느리지 않고 다니다 이런 일을 당할 리 없다. 남은 것은 시비들뿐이니 그녀는 아마 궁의 시비 중 하나일 것이다.

연한 보랏빛이 감도는 그녀의 흰 옷은 비단이긴 했지만 매우 수수했다. 길게 늘어뜨린 머리나 작고 얇은 귓불에는 그 흔한 귀걸이조차 걸려 있지 않았다.

황자궁에서 일하는 시비라면 비단옷을 입을 수도 있기에 옷차림만으로 그녀를 귀족이라 단정하긴 어려웠다. 일단 이름 앞에 귀족 칭호가 붙는 여인들은 한결같이 그 차림새만으로도 눈에 띄는 존재들이 아닌가.

"나더러 이놈의 손을 자르라고? 농이겠지?"

"난 농지거리 따윈 안 해요."

"그냥 포찰위(捕察尉)에 넘겨버리지 그래?"

25

자신이 제대로 밟아났으니 당분간은 사내구실도 못 하겠지만 포찰위에서 장형(杖刑) 일백 대를 받고 나면 − 웬만한 사내도 오십 대 정도 맞으면 뼈가 드러나고 까무러친다 − 사무치게 오늘 일을 후회할 것이다. 운 나쁘면 장독이 올라 유배길에서 죽을 수도 있다. 창은 자유로운 연애에 관대한 반면 부녀자에 대한 강간은 엄격히 법으로 금하고 있었다. 강간미수는 장형과 유배형에 처하지만 강간은 궁형(宮刑)을 받는다. 만약 상대가 신분이 높은 귀족 여인이기라도 하면 궁형과 참형을 동시에 내릴 정도였다. 죽어서도 사내구실을 하지 못하도록 만드는 것이다.

"저자가 능멸하려던 건 나예요. 그러니 벌도 내가 내려야겠죠."

"마음대로. 하지만 저놈의 피를 원한다면 직접 해야 할 거야. 난 손을 빌려주지 않을 거거든."

어깨를 으쓱한 이리하는 한 걸음 뒤로 물러섰다.

강간미수범 따위 어찌되든 알 바 아니지만 자신이 직접 나서서 처리해줄 생각은 추호도 없다. 만약 그녀의 눈앞에 있는 것이 잘난 척하는 귀족 사내였다면 아름다운 여인의 호감을 사기 위해 무슨 짓이든 했을 것이다. 그러나 이리하는 다시는 여자 때문에 손에 피를 묻힐 마음이 없었다. 여자란 그 외양이 아름다울수록 속은 더 추악한 법이다.

"검은 빌려줄 수 있어."

실제로 그는 허리춤에서 빼낸 검을 그녀 앞에 들이밀었다.

"한 번에 내려치는 게 좋을 거야. 제대로 하지 않으면 손목이 덜렁거리는 흉한 꼴을 보게 되지. 그 예쁜 옷에 피도 좀 튈 테고."

단칼에 뼈를 자르는 것은 무예를 익히지 않았다면 사내라도 하기 힘들다. 관절 사이를 정확히 내려치려면 힘뿐 아니라 기술도 있어야 한다.

이리하는 하얗게 질려 자신을 죽일 듯이 노려보는 눈길을 태연히 맞으며 싱글거렸다. 이 여자는 아마 단 한 번도 제 손으로 사람을 베어본 적 없을 것이다. 아니나 다를까 그녀는 이리하가 내민 검을 사납게 뿌리쳤다.

"당신은 누구죠? 어떻게 여길 들어온 거죠?"

"몰래 숨어 들어오진 않았어."

분노를 감추지 않은 매서운 힐난에 그는 고개를 저었다.

"기척도 없이 나타나다니 무례하군요."

이거야 원, 기껏 구해놨더니 왜 구했냐고 따지기라도 할 심산인가. 역시 계집들이란. 이리하의 입매가 불쾌감으로 일그러졌다. 만약 그가 소심한 사내였다면 그녀의 차가운 표정에 기가 죽어 물러섰으리라. 그러나 이리하는 지고는 못 사는 성미였다.

"아, 그래? 저놈이 일을 끝낼 때까지 기다렸다가 이제 실례해도 될까요, 하고 물어볼 걸 그랬지?"

자신의 빈정거림에 입술을 꾹 다무는 여자의 창백한 뺨을 본 그는 무뚝뚝하게 덧붙였다.

"난 원래 발소리 따윈 내지 않아."

"······여긴 후궁에 딸려 있는 후원이에요. 낯선 사람이 함부로 들어올 만한 곳은 아니죠."

뜻밖의 말에 이리하의 눈이 커졌다. 후궁? 이곳이 후궁 안이라고?

하사신 황자의 후궁에는 황자비를 비롯해 정식 후궁만도 십 수 명, 직첩을 받지 못한 이들까지 치자면 그 숫자가 백에 이르는 여인이 산다고 들은 적이 있었다. 황제보다 많은 후궁의 수가 일황자가 얼마나 색에 빠져 있는지 잘 보여주고 있었다. 하사신의 후궁 따위 염탐할 생각은 추호도 없었건만 지금 자신은 후궁 안에 들어와 있었다. 어쩌다 이렇게 된 거지?

"······아무래도 그 멍청이가 문을 잘못 가르쳐준 것 같군."

이리하는 잿빛 하늘을 올려다보며 한숨을 내쉬었다. 그 멍청한 작자는 주둥이뿐만 아니라 아둔한 머리까지 손봐줘야 할 것 같았다. 그는 뻣뻣해진 뒷목을 한 손으로 주물렀다.

"분명 연회가 열리는 줄 알고 들어왔는데 말이야."

"연회······?"

이리하의 중얼거림에 여자의 고운 이마가 설핏 찌푸려졌다.

"혹시 어디로 가면······."

"몰라요. 내가 그런 것 알 리가 없잖아요."

채 말을 꺼내기도 전에 그녀가 냉큼 말을 잘라버렸다. 후궁의 시비라면 길을 알지 않을까 잠시 기대했는데. 그럼 이제 어떻게 이곳을 빠져나간다? 일황자의 후궁이 어떤 구조인지 모르니 섣불리

움직일 순 없었다. 담을 넘는 것이 어려운 일은 아니지만 대낮이라 자칫 눈에 띄기 쉽다. 여기서 들키면 정말 후궁을 염탐한다는 오명을 쓸 것이다. 역시 왔던 길로 되돌아가보는 수밖에 없나.

생각에 잠긴 이리하의 시야에 문득 새하얀 옆얼굴이 들어왔다. 그 고집스럽게 추켜든 턱을 바라보고 있자니 부쩍 의심이 솟았다.

아하, 그렇군. 이리하의 입꼬리가 비죽 올라갔다. 지금 그녀는 사내를 베라는 말을 거부한 그에게 작은 앙갚음을 하는 거였다. 한 번 당해봐라 이건가. 불면 날아갈 듯한 외모와 달리 성미가 만만찮군.

이리하는 새삼스런 눈으로 그녀를 바라보았다.

여자는 유난히 하얗고 날씬했다. 탐스러운 머리채를 지탱하고 있는 가늘고 긴 목도, 나긋해 보이는 손가락도 온통 새하얬다. 치맛자락 아래 드러난 맨발이 유일하게 핏기가 도는 것처럼 보일 정도였다.

이리하는 문득 생각을 멈췄다.

맨발?

사방은 눈으로 덮여 있었다. 두텁게 쌓이진 않아도 아침부터 내린 눈은 회랑을 감싼 그 괴상한 나무를 새하얗게 덧씌우고 있었다.

어깨와 팔만 가리는 형태의 짧은 유[4]와 군(裙)은 겨울바람 앞에

---

4) 襦, 저고리.

그다지 도움이 될 것 같지 않았다. 게다가 부드러운 옷감은 군데군데 젖어들어 여체의 나긋한 곡선을 드러내고 있었다.

너무나 태연하게 말을 주고받는 바람에 여자가 추위에 떨고 있다는 생각은 하지도 못했다. 이리하의 미간이 찌푸려졌다.

"사람을 불러와야 할 것 같군."

"뭣 때문에요?"

냉랭한 물음에도 아랑곳 않고 허리를 굽힌 그는 대뜸 여자의 발목을 잡았다.

"무슨 짓······!"

"좀 살펴보려는 것뿐이야."

고작 발목을 잡힌 것으로 그녀는 순결을 위협당하기라도 한 것처럼 격한 거부반응을 보였다. 땅에 널브러져 있는 사내의 말대로라면 아무 사내에게나 치마를 들추는 헤픈 계집일 터인데. 이리하는 못마땅한 기색으로 얼굴을 굳혔다. 하긴 이 정도 미색에 사내들이 꼬이지 않는다면 그게 더 이상한 일이겠지.

그녀의 발을 살피던 이리하의 얼굴이 순식간에 일그러졌다.

빌어먹을, 이 여자는 대체 예쁘지 않은 구석이 있긴 한가? 그의 커다랗고 마디가 굵은 손과 대조되어 너무나도 작고 예쁜 발이었다. 이리하가 찌푸린 표정으로 들여다보는 동안 그녀는 그의 손아귀에 잡힌 발목 때문에 완전히 질려 있었다.

"당장 손 치워요!"

"이대로 두면 동상에 걸리고 말걸? 운이 나쁘면 발가락을 잘라야 할지도 몰라."

일어선 그는 자신의 포를 벗어 여자의 어깨 위에 걸쳐주었다. 그 행동이 의외였던지 그녀가 순간 멈칫거렸다.

"징징대지 말고 일단 저 위에 앉지?"

"감히!"

분노의 일갈을 무시한 이리하는 눈 깜박할 사이에 여자를 들어 올려 회랑 안에 있는 탁자 위로 옮겼다. 놀랍도록 날씬하고 가느다란 몸은 한 손으로도 충분할 정도로 가벼웠다.

차가운 여자의 몸에선 낯선 향기가 났다. 코끝을 스치는 낯설고 은은한 향. 찰나였지만 팔 안에 남겨진 느낌이 묘했다.

하지만 이리하는 이내 고개를 흔들어 쓸데없는 감상을 떨쳐버렸다. 여자를 가까이한 게 너무나 오랜만이라서 그럴 테지.

빨갛게 얼어붙은 발은 마치 얼음조각을 만지는 것 같았다. 살짝 힘주어 누르자 작은 신음이 흘러나왔다. 아직 감각은 있는 듯하니 심각한 동상은 아니다. 그는 동상에 걸려 손가락과 발가락을 잘라야 했던 병사들을 본 적이 있었다. 이 예쁜 발에 그런 일이 벌어진다면 끔찍한 비극이 될 것이다.

"다행히 심하진 않군."

"내게 손대지 말아요."

핏기가 사라진 작은 얼굴이 가늘게 떨고 있었다. 내내 밉살스럽게 말하던 그녀가 고작 이런 일로 겁을 먹는다는 게 의외였다.

이리하는 자신이 저기 드러누워 있는 파렴치한 놈과 똑같이 보이나 싶어 짜증이 났지만 화를 낼 생각은 없었다. 걱정할 필요 없다고 안심시켜주고 싶어도 어차피 자신은 다정한 말 같은 건 할 줄 모른다.

"나도 손대고 싶지 않아. 하지만 이런 동상은 체온으로 녹이는 방법이 최선이거든. 붉게 부어오르면 지금보다 더 아플걸?"

퉁명스럽게 대꾸한 이리하는 차가운 발을 손으로 감싸고 입김을 불어넣었다. 그가 온기를 전해주기 위해 발끝을 주무르는 것 외엔 별다른 짓을 하지 않자 그녀의 저항은 차츰 잦아들었다. 가느다란 발목이 여전히 떨리고 있었지만 그는 추위 탓일 거라 여겼다.

"눈 속을 맨발로 돌아다니다니, 생각이 있나?"

이리하의 질책에 그녀는 곱지 않은 시선으로 응수했다.

"갑자기 입을 막힌 채 끌려나왔는데 무슨 생각이요? 아하, 끝날 때까지 기다렸다가 이제 신발을 신어도 되냐고 물어볼 걸 그랬나요?"

그녀가 자신이 한 말을 고스란히 되돌려주자 이리하는 잠시 기절한 사내 대신 저 입을 막아버릴 걸 하는 후회에 시달렸다.

이런 눈밭에서 여자를 겁탈하려 하다니 분명 제정신이 아닌 놈이었다. 게다가 아무리 예뻐도 저렇게 차가운 여자에게 물건이 서기나 할까. 여자가 내뱉는 독설에 꽁꽁 얼어붙지나 않으면 다행이겠다. 이리하는 그 작고 예쁜 발을 팽개치고 싶은 충동을 용케 참아냈다.

하지만 방금 전 겁탈당할 뻔한 주제에 낯선 사내에게 발을 맡긴 채 태연하게 독설을 퍼붓는 배짱만은 칭찬할 만했다. 게다가 무예를 익힌 사내들조차 떨 만큼 매서운 그의 눈을 똑바로 마주 보며 당당히 말을 건네는 여자는 드물었다. 대부분의 여자들은 그의 몸집에 지레 겁을 먹고 도망치기 일쑤였다. 여자와 이렇게 길게 이야기를 나누어본 것조차 수년 만이지 않은가.

일 각 정도가 지나고 차가웠던 발끝에 조금이나마 온기가 돌아왔다. 마침내 그가 손을 떼자 그녀는 재빨리 치마 속으로 발을 숨겼다.

"당분간은 무리해서 걷지 않는 게 좋아. 그리고 꼭 의원을 찾아가서……."

"그만 가보지 그래요? 언제까지 그러고 있을 거죠?"

나름 걱정으로 건넨 말에 차가운 축객령이 되돌아오자 이리하는 여자를 노려보았다. 물론 그도 하사신의 후궁 안에 오래 죽치고 있을 생각은 없었다. 하지만 정말 정나미 떨어지게 말하는 여자이지 않은가.

"그래도 누군가 도움을 받을 만한 사람을 불러오는 게……."

"여기서 사람들 눈에 띄면 당신에게 좋을 게 없을 텐데요?"

그녀의 말이 끝나기가 무섭게 웅성거리는 소리가 멀리서 들리자 이리하는 입을 다물었다. 그녀는 그것 보라는 듯 회랑의 한쪽 끄트머리를 가리켰다.

"이쪽으로 똑바로 가면 시종들이 사용하는 문이 나와요. 사람들 눈에 띄지 않고 여길 나갈 수 있을 거예요. 두 개의 백색 문을 통과하면 세 번째는 붉은 대문이 나오죠. 연회가 열리는 영화전(榮和殿)은 문을 지나 오른쪽에 보이는 가장 큰 전각이에요. ……그리고 갈 때 저자도 끌고 가버려요."

그녀가 덧붙인 마지막 말에 이리하는 아직 정신을 못 차린 사내를 일별했다.

"저놈 손목은 그대로 붙여둘 건가?"

"두 번 다시 궁에 얼씬도 하지 못하게 난경 밖으로 내쫓아요. 설마 그 정도도 못 하는 건 아니겠죠?"

끝까지 밉살스럽게 대꾸하는 그녀를 뒤로하고 이리하는 축 늘어진 사내를 어깨에 짊어졌다. 성큼성큼 회랑을 나서는 이리하의 미간은 한껏 구겨져 있었다. 잘못한 것도 없는데 마치 내쫓기듯 허둥지둥 도망치는 신세라니. 하긴 더 이상 하사신 황자의 후궁 내에서 얼쩡거리다 발각되면 무슨 트집을 잡힐지 모르긴 하지. 어깨 위에 멘 사내를 추스른 이리하는 걸음을 서둘렀다.

그 이상한 후원을 벗어나기 직전 이리하는 무언가에 이끌리듯 고개를 돌렸다. 왜 자신이 그때 뒤를 돌아봤는지는 모른다.

바짝 마른 줄기로 뒤덮인 스산한 회랑 아래 그녀가 보였다. 허리를 꼿꼿이 세운 가냘픈 등은 마치 버려진 어린아이의 그것 같았다. 칠흑 같은 머리칼 위를 덮기 시작한 눈송이가 묘하게 무겁게 보였다.

그 작은 뒷모습이 시리도록 눈 안에 박혀들었다.

어두운 잿빛 하늘 아래 눈밭에 그녀를 남겨두고 오는 걸음이

왠지 편치 않았다.

　매년 겨울의 초입에 이르면 난경은 제국에서 가장 먼저 눈의 신이 내려오는 곳이다. 그 순백의 오만한 신은 세상에 발을 디디기 전 땅 위를 온통 자신의 색으로 물들였다. 나들이에 혹 세상의 때를 탈까 두려워하는 어린애처럼.

　평소 화려함을 자랑하는 동위궁의 푸른 기와지붕들조차 오늘만은 새침한 흰 너울을 덧입고 있었다.

　창백한 손끝에 내려앉은 눈이 소리 없이 녹아들었다. 십 수 년째 보아온 광경이지만 덧없이 사라지는 하얀 눈송이는 여전히 차갑고 낯설었다.

　첫눈을 실어온 날카로운 바람이 심장에 스며든다. 이런 날이면 오래전 불길 속에 스러져간 비명소리들이 더 선명해졌다. 내려뜬 속눈썹 사이로 드러난 맑은 눈동자가 높은 담 너머를 물끄러미 응시했다.

　그 순간 조심스런 기척이 그녀를 해묵은 기억 속에서 끌어냈다.

　"어이해 이곳에 계시옵니까? 침소에 계시지 않아 놀랐습니다."

　조바심과 당혹감이 섞인 여인의 음성이 등 뒤에서 들려왔다. 한참이나 그녀를 찾아다닌 듯 숨소리가 거칠다. 아침에 혼자 있고 싶다는 그녀의 말에 쫓겨나다시피 물러갔던 그들이었다.

자신을 겁탈하려던 사내는 주변에 사람이 아무도 없는 절호의 기회를 잡았다. 게다가 이 후원은 그녀 외에는 출입하는 이가 드물다는 사실을 잘 알고 있던 자였다. 설사 재갈을 물리지 않았다 해도 그녀의 비명소리를 들을 수 있는 사람은 없었을 것이다.

거부당한 색욕과 채찍을 맞고 쫓겨난 것에 눈이 뒤집힌 사내는 비열한 앙갚음을 계획했다. 거침없이 자신에게 퍼부어지는 음습한 욕정과 분노가 지나치게 강렬한 탓에 제대로 대응하지도 못했다. 뒤늦게 떨리고 있는 손가락을 깨달은 그녀는 주먹을 꽉 움켜쥐었다.

어쩌면 그자는 손쉽게 자신을 능욕할 수도 있었다. 그 후엔 입을 막기 위해 계획한 대로 교살을 시도했을 것이다. 뜻밖의 불청객만 아니었다면.

그녀는 드러난 자신의 발을 내려다보았다.

자신 앞에 무릎을 꿇고 있던 사내의 모습이 떠올랐다. 검게 그을린 얼굴과 뚜렷한 콧대가 강렬한 인상을 주는 사내였다. 무릎을 꿇고 있어도 사내에게선 비굴함 따윈 느껴지지 않았다.

굳이 걸치고 있던 무복을 보지 않더라도 그에게는 거칠 것 없는 바람과 쇠 냄새가 묻어 있었다. 제멋대로 떠도는 바람을 닮은 자유로움.

여태껏 그녀에게 그토록 함부로 대한 사람은 처음이었다. 그러나 거칠고 무례한 말투와는 달리 단단하게 못이 박인 손바닥은 놀랍도록 따뜻했다. 그 낯선 손의 온기가 아직도 발등에 남아 있는

들꽃 아내서

것 같은 기분이 들었다.

"어서 채비를 하셔야 합니다. 시간이 많이 지체되었습니다."

뽀드득거리며 눈을 밟는 소리가 다시 그녀의 생각을 중단시켰다.

"전하께서 기다리신다고 하옵니다. 상시령[5]께서 직접 전언을 가지고 오셨습니다."

불벼락이 떨어질까 두려워하면서도 떨리는 목소리는 다시 한 번 그녀를 채근했다.

"신을 가져와라."

"예? 아, 예."

멍하게 되묻던 중년의 시비는 그녀의 맨발을 보고 그제야 깨달았다. 눈짓을 받은 시비 하나가 허둥지둥 달려갔다. 남겨진 시비들은 그녀의 얇은 옷차림이나 창백한 안색을 보면서도 감히 가까이 다가오진 못했다.

잠시 후 숨을 헐떡이며 돌아온 시비가 그녀 앞에 흰 비단신을 내려놓았지만 누구 하나 손을 내밀 기색은 보이지 않았다. 다만 잔뜩 긴장한 얼굴로 그녀를 주시할 뿐이었다.

탁자에서 내려서자 발끝에서부터 칼로 베이는 듯한 통증이 퍼졌다. 그러나 창백한 입술에서는 작은 신음 하나 새어나오지 않았다. 신을 신은 그녀는 조금의 흔들림도 없이 걸음을 내딛었다. 시

---

5) 常侍令, 시종의 우두머리.

립해 있던 시비들이 일제히 그녀의 뒤를 따랐다.

회랑을 빠져나가던 그녀는 문득 발길을 멈추고 다시 되돌아갔다. 대리암으로 만든 탁자 위에는 낡은 흑색의 장포가 아무렇게나 널브러져 있었다. 잠시 그것에 시선을 준 그녀는 흑색 포를 집어들고서 천천히 후원을 빠져나갔다.


그러고 보니 고맙다는 말 한 마디 듣지 못했군. 오지랖 넓게 여자를 구해주고 평소와 달리 고분고분 대답까지 해줬는데. 어쩐지 억울한 기분에 이리하는 미간을 찡그렸다.

세 겹의 담을 지나자 마침내 후궁을 빠져나왔다는 사실을 알 수 있었다.

연회가 벌어지고 있는 전각은 멀리서도 알 수 있을 만큼 부산하게 사람들이 오가고 있었다. 갖가지 음식상을 든 시비들이 끝도 없이 옆문으로 드나들고 있었다.

연회가 파하면 끌고 갈 셈으로 이리하는 기절한 사내의 몸뚱이를 가까운 전각 아래에 처박았다. 소리를 지르지 못하도록 옷자락을 뭉쳐 입을 틀어막는 것도 빼놓지 않았다.

거대한 전각 가까이 다가가자 영화전(榮和殿)이라 쓰인 황금색 현판이 눈에 들어왔다. 사오른 황자를 따라온 듯 낯익은 얼굴 대여섯이 전각 앞에 대기하고 있는 것도 보였다.

겉보기에도 화려하다고 생각했지만 전각 안은 그야말로 눈이 휘둥그레질 정도였다.

들꽃 아내서

내부는 온통 황금빛이었다. 대들보를 받치는 붉은 기둥은 황금으로 돋을새김 한 용들이 똬리를 틀고 있었다. 기화요초 사이를 노니는 신화 속 동물들이 조각된 황금 문살 또한 그 섬세함에 입이 벌어질 지경이었다. 벽면마다 놓인 비단병풍 위에는 보주를 문 용과 날갯짓하는 봉황이 당장 뛰쳐나올 듯 생생하게 수놓아져 있었다.

그 화려함과 웅장함은 마치 황궁에 들어온 것이 아닌가 착각할 정도였다.

이리하의 움직임에 여기저기서 작은 수군거림이 들려왔다. 연회장 안은 문관의 붉은 관복들로 가득했다. 그 속에서 검은 무복차림의 이리하는 단연 눈에 띌 수밖에 없었다. 쏠리는 눈총 속에 진한 경멸과 불쾌감이 배어 있었다.

무희들이 춤추는 중앙을 빙 둘러싸고 탁자마다 온갖 산해진미가 그득 올라 있었다. 상석에서 이황자를 발견한 이리하는 곧장 걸음을 옮겼다.

"돌아왔습니다."

무뚝뚝한 음성이었지만 사오룬 황자의 얼굴에는 반가운 미소가 피어올랐다.

"잔뜩 그을렸군. 이리하."

"……."

"사막의 태양은 견딜 만하던가?"

"예."

"오는 길이 힘들지는 않았나?"

"예."

"흠, 이리하?"

"예."

귀찮아하는 듯한 대답을 보니 잔뜩 심사가 꼬인 게 분명했다. 사오룬 황자는 낮은 한숨을 내쉬었다. 이리하는 충성스럽긴 했지만 순종적이진 않았다.

"……이곳으로 부른 게 불만인 게로군."

"뱀의 아가리에 머리를 들이밀고 있는 기분입니다."

"저런, 여전히 이런 자리가 싫은가 보군."

억지웃음을 짓는 사오룬의 등 뒤로 식은땀이 흘렀다. 자리가 멀어 다른 자들이 그의 말을 듣지 못한 게 천만다행 아닌가. 일황자를 뱀에 빗대다니, 자칫 불경죄로 극형을 당할 수도 있는 문제였다. 하사신 황자의 끈질긴 요청 때문이라 해도 그를 이런 자리에 부르는 건 역시 무모한 일이었다.

"술 마시다 목이 달아나는 게 싫을 뿐입니다."

"하하. 그런 일은 일어나지 않을 걸세. 보게나, 오늘 이 연회에는 대부분의 혜(慧)가 참석했지 않나. 이 많은 증인들 앞에서 일을 벌일 정도로 형님은 무모하지 않아. 게다가 그런 위험이 있다면 치백이 가만있진 않았겠지."

듣고 보니 그렇다. 안전에 위협이 된다면 치백이 사오룬 황자를 연회에 참석시켰을 리 없었다. 게다가 자신까지 딸려 보낸 것은 만약의 일을 대비한 것이리라. 그래도 이리하는 하사신 황자의 궁 따위에 오긴 싫었다.

이리하는 사오룬이 건네는 술잔을 거절하며 얼굴을 찡그렸다. 유사시를 대비해 술에 취하는 건 바람직하지 못하다.

"그런데 만약 제가 오늘 돌아오지 못했다면 어쩌려고 그러셨습니까?"

"원래 토벌대가 귀환할 날짜는 하루 뒤라고 전령이 전했네만, 치백이 오늘쯤이면 자네가 먼저 도착할 거라 장담하더군."

이리하의 얼굴이 엷은 감씹은 것마냥 변했다. 아무래도 치백은 서대륙의 고사에 나온다는 천리안이라도 가진 게 틀림없었다. 곧 있으면 앞일도 내다보는 경지에 이를지 모른다.

"실은 나도 자네를 일찍 만날 생각에 무척 기대하고 있었지. 억지로 오게 한 건 미안하네."

"전혀 미안해하지 않으시는 거 압니다. 입가의 웃음이나 지우고 말씀하시죠."

"자그마치 반년 만에 보는 건데 너무 야박하지 않은가. 이리하."

"여 귀비의 주청에 옳다구나 하고 등 떠밀어 보내신 분이 하실 말씀은 아니지요."

"그땐 자네가 벌인 일을 수습하려면 그 수밖엔 없었다네. 자네도 동의했으면서 그러는군."

반년 전 이리하는 일황자 파의 도발에 넘어가 골치 아픈 문제를 일으켰다. 거들먹대는 여 귀비의 조카를 연무장에서 반 시체로 만들어 내보낸 것이다.

여 귀비의 오라비인 혜 사무갈은 상서위(尙書尉)의 관직을 맡고 있는 자였다. 그는 원래 황제의 측근에서 문서를 정리하는 일을 하던 말단 관리였다. 그러나 누이동생이 황제의 총애를 받고 황자까지 낳자 상서위에 제수되었다. 혜 사무갈은 제국 내에서 최고 관직인 삼사부(三司傅)를 앞지를 정도의 위세를 부리고 있었다.

초여름에 접어들 무렵 혜 사무갈은 자신의 막내아들 혜 사도를 이황자의 휘하에 있는 무사단에 보냈다. 명목은 무관으로 출사하려는 아들의 견문을 넓히기 위해서라는 것이었다. 그러나 나는 새도 떨어뜨린다는 상서위가 제 아들을 문관과 달리 천대받는 무관직에 굳이 밀어 넣을 이유가 없었다, 다른 속셈이 있지 않다면.

아니나 다를까 혜 사도는 첫날부터 자신보다 신분이 낮은 자의 명령은 들을 수 없다며 이리하를 무시하고 모욕했다. 사사건건 트집을 잡아 비웃고 뒤에서 조롱해대니 무사단 전체의 분위기가 뒤숭숭해졌다. 사흘이 지나고 그는 이리하에게 실력을 증명해 보이라며 진검승부를 요구했다. 명백한 하극상으로 있을 수 없는 일이었으나 혜 사도의 신분이 그것을 가능케 했다. 애당초 검술대련을 빙자해 이리하의 목숨을 노린 것이었다. 그러나 결과에 승복하지 못한 그는 대련을 끝내고 돌아서는 이리하의 등 뒤에서 암습까지 시도했다. 결국 혜 사도는 이리하의 검에 의해 절름발이가 되고 말았다.

*흙꽃 아내서*

꼬투리를 잡은 여 귀비와 상서위(尙書尉) 측은 벌떼처럼 일어나 그를 성토했다. 이리하가 대련 중에 고의적으로 혜 사도에게 치명상을 입혔다는 주장이었다.

덕분에 이리하뿐만 아니라 그의 주군인 이황자의 입장까지 난처해지고 말았다. 혜 사무갈이 아랫사람을 잘 관리하지 못한 사오룬의 책임을 물었던 것이다. 일황자 파와 이황자를 지지하는 세력 사이에 격론이 벌어졌다.

다행히 삼사부(三司傅)의 수장인 태사부(太司傅) 혜 아차흠이 중재에 나섰다. 혜 아차흠의 집안은 건국공신이면서 대대로 태사부를 배출한 유서 깊은 명문가였다. 게다가 그는 대다수 귀족의 존경을 받는 명망 높은 인물로 결코 무시할 수 없는 인물이었다. 또한 황제의 후계 문제에 항상 중립적인 입장을 취하고 있어 양측으로부터 집요한 포섭공세를 받고 있기도 했다.

혜 아차흠은 일차적으로 암습을 한 혜 사도에게 잘못이 있으므로 사오룬 황자에게 책임을 묻는 것은 부당하다고 역설했다. 그러나 대귀족인 혜를 상하게 한 이리하는 면책될 수 없으므로 합당한 벌을 내려야 했다. 혜 아차흠은 그간의 공로를 인정하여 잘못을 만회할 기회 정도는 주는 것이 옳다는 동조를 이끌어냈다. 때마침 그는 서쪽 변방에서 올라온 장계를 거론했다. 수년 전부터 붉은 사막에 등장해 상단과 귀족 행렬을 터는 화적들은 서쪽 변방의 골칫거리였다. 그래서 이리하가 화적떼를 소탕하는 임무를 띠고 황도를 떠났던 것이다.

"그런데 대체 무슨 일입니까?"

연회를 좋아하는 일황자이긴 하지만 이황자를 초대한 적은 거의 없었다. 공공연히 황위다툼을 하는 사이에 우애 있는 형제인 척 연극할 이유가 없는 것이다. 무슨 바람이 불어 초대를 한 건지는 몰라도 분명 속셈이 있으리라 생각됐다.

"형님께서 오늘 연회에 자네를 꼭 데려오라고 신신당부하시더군. 붉은 사막에서의 승리를 치하하신다기에 나쁘지 않은 생각이다 싶었지. 어차피 서운궁에선 변변찮은 연회도 열 형편이 아니지 않나."

"지금 절 웃기시려는 겁니까?"

황당함과 의심이 뒤섞인 목소리에 사오룬이 낮게 웃었다.

"아니, 나도 믿기지 않지만 사실이라네. 게다가 특별히 자미희까지 부르셨다더군."

"그 요녀요?"

사오룬의 말에 이리하는 험악하게 인상을 구겼다.

하사신 황자가 맞아들인 첫 번째 비인(妃人)은 본래 이름 대신 자미희(紫美姬)라 불렸다.

한 번 본 사내는 얼굴에 홀려 자신을 잊어버리고, 한 번 잔 사내는 몸뚱이에 빠져 나라를 잊어버린다는 요녀. 하사신이 일찍이 여색에 빠져들었던 것도 모두 첫 비인인 자미희 때문이었다.

미색도 미색이지만 자미희는 그 사갈 같은 성품으로 더 자주 세간의 입에 오르내렸다. 성정이 어찌나 독하고 포악한지 시중드는 시비들이 반년을 버티지 못하고 갈렸다. 후궁전의 암투 따위에 관심 없는 이리하의 귀에조차 자미희가 저지른 사악하고 음탕한 짓거리에 대한 얘기가 종종 들어올 정도였다.

창(昶)은 원래 일부일처제를 국법으로 정하고 있었다. 그러나 실지로 그 법의 제약을 받는 것은 하급귀족인 진(眞) 이하 백성들뿐이었다.

황족과 대귀족들은 부인 외에 비인(卑人)이란 것을 가질 수 있었다.

비인은 춤이나 노래, 악기 연주 같은 재주로 즐거움을 주거나 잠자리로 주인의 욕망을 채워주는 존재들이었다. 타고난 천민인 루(褸)였거나 전쟁포로가 많은 비인은 재산으로 간주돼 팔리거나 내쫓기는 일조차 흔했다. 그 처지는 황실이라 해도 다를 것이 없다.

가장 낮은 품계라도 후궁들은 황족인 태이(太眙)로 칭해진다. 정식으로 직첩을 받고 입궁하는 그들은 총애와 황손의 생산여부에 따라 주1품까지 신분상승이 가능했다.

반면 비인으로 입궁하면 죽을 때까지 비인의 신분에서 벗어나지 못한다. 게다가 언제든 궁 밖으로 내치거나 남에게 줄 수 있는 가벼운 존재였다.

그러나 첫 비인에게 완전히 홀린 하사신은 그녀가 원하는 것이라면 무엇이든 들어주었다. 원래 비인이란 일개 시비보다 못한 처지지만 자미희는 일황자의 총애를 등에 업고 황자비보다 더한 권력을 휘두르고 있었다.

이렇듯 소문은 무성하지만 실제로 그 요녀를 직접 본 사람은 드물었다.

예로부터 창은 후궁에 거하는 여인들에게 엄격하지 않았다. 붉은 사막 너머 머나먼 대륙의 서쪽에서는 제왕의 여인들이 머무는 곳에 오직 거세한 사내만 출입시킨다는 이야기를 들은 창의 황제들은 야만적이고 잔인한 풍습이라고 비웃었다. 제국 내에서 거세당한 사내들은 모두 강간범들뿐이다. 그런 자들을 여인들 사이에 풀어놓다니 그것이 더 흉악스런 일이 아니겠는가.

거기다 황후와 후궁들을 제외한 나머지 여인들 ― 황손과 연관이 없는 시비들부터 비인까지 ― 은 궁 밖으로의 출입도 허용되었다. 간혹 궁에 드나드는 귀족의 눈에 들기라도 하면 황제가 직접 비인을 하사하는 경우도 있었다. 그러다 보니 주인의 관심을 받지 못하는 비인들은 일부러 제 살길을 모색하기도 했다.

그러나 다른 비인들과 달리 자미희는 후궁 안에 틀어박혀 하사신 황자가 여는 연회에서만 가끔 얼굴을 볼 수 있었다. 이리하는 물론 사오룬 황자조차도 소문으로만 들었을 뿐 실지로 그녀를 만난 적은 없었다.

일황자의 비인인 자미희가 세간에 널리 알려진 것은 십 년 전한 화공 때문이었다.

진 마연은 수많은 미녀의 초상화를 그려온 당대 최고의 화공이었다. 뛰어난 재능만큼 콧대도 높아서 아무리 거금을 주어도 내키지 않으면 붓을 움직이지 않았다.

어느 날 하사신의 연회에 불려간 마연은 일황자의 비인을 그리라는 명을 받았다. 그는 여느 때처럼 그림의 대상이 흡족하지 않으면 초상을 그리지 않겠노라 큰소리쳤다. 그러나 자미희를 대면한 마연은 연회가 끝날 때까지 홀린 듯 그녀의 얼굴만 바라보다 붓은 들지도 못했다.

집으로 돌아간 마연은 상사병으로 괴로워했다. 매일같이 동위궁 앞에서 한 번만 더 자미희의 얼굴을 보여달라고 애원하다 내쫓기길 수십 차례.

결국 마연은 '천하에 다시없을 미인을 보았으나 부족한 재주가 한이로다'라는 글을 남기고 세상에서 자취를 감췄다.

최고의 화공도 그리지 못한 희대의 미녀. 이야기는 빠르게 퍼져나갔고, 간간이 실제 자미희를 보았다는 사람들에 의해 살이 덧붙여졌다. 더불어 그 악독한 성품에 대한 소문도 날로 무성해져갔다.

"요녀라니, 설마 형님 앞에서도 그렇게 부를 생각은 아니겠지?"

"설마 일황자 전하와 제가 다정히 담소라도 나눌 거라고 기대하진 않으시겠지요?"

사오룬 황자의 걱정스런 태도에 이리하가 어이없다는 듯 반문했다.

"그런 꿈은 꾸지도 않네. 그저 형님이 오시기 전에 그 검을 멀찍이 치워버리는 게 어떨까 싶기는 하군. 대체 연회에 검은 왜 들고 온 건가?"

빛을 흡수하는 까만 검집을 알아본 사오룬 황자가 혀를 찼다.

"흑아(黑兒)는 제 몸이나 마찬가집니다. 팔을 떼놓고 다닐 수는 없는 일 아닙니까."

"아직도 그걸 흑아라 부르고 있나?"

"흑아를 흑아라 하지 뭐라 부릅니까?"

자네는 그저 귀찮아서 그렇게 부르는 것뿐이잖나. 심드렁한 이리하의 대답에 황자는 속으로 중얼거렸다.

세상에 하나밖에 없는 보검이 검다는 이유로 고작 검둥이라 불리다니. 무슨 동네 개 이름도 아니고 최고의 명검이 받는 대접치곤 초라하기 짝이 없었다. 하긴 휘하 무사들 이름조차 외우지 않을 정도로 무심한 이리하가 세심하게 검 이름 따위를 짓고 있을 리가 없었다. 그러면서 누구의 검이 더 빠른지, 누가 창을 더 잘 다루는지, 그런 것들은 귀신같이 알아채지. 사오룬은 어쩔 수 없다는 듯 고개를 저었다.

오직 검밖에 모르는 사내. 그나마 유일하게 아끼는 검이라서 이름이나마 붙여준 것이리라.

"흠, 그나저나 그 검은 언제쯤 돌려줄 셈인가?"

사오룬이 짐짓 근엄한 어조로 말하자 이리하가 화들짝 놀랐다.

"돌려주다니요?"

"그럼 언제까지 갖고 있을 셈이었나?"

"제게 주신 줄 알았는데요?"

의심과 불만이 뒤섞인 눈초리에 사오룬은 치밀어 오르는 웃음을 꾹 눌러 참았다.

"요즘 궁무부[6]에서 검을 내놓으라고 하도 성화라서 말일세. 황실의 보물을 내돌리는 건 황자의 도리가 아니라나 뭐라나. 매일같이 찾아와 시끄럽게 구는 통에 견딜 수가 있어야지."

"세상에서 가장 치사한 짓이 바로 줬다 뺏는 겁니다."

"말한 대로 사정이 여의치 않네. 대신 다른 검을 구해주지. 원한다면 수십 개라도 구해주겠네."

"……차라리 이참에 아예 흑아를 갖고 튀어버릴 겁니다. 제대로 휘두를 줄도 모르는 멍청이 손에 들어가는 꼴은 못 봅니다. 붉은 사막 끝이나 북의 빙벽 너머로 숨어버리면 못 찾으실 텐데요? 자객들 꽁무니 쫓느라 십 년 넘게 뛰어다녔으니 도망가는 데는 자신 있습니다."

불퉁한 대꾸에 참지 못한 사오룬이 결국 큭, 하고 웃음을 터뜨렸다.

궁무부에서 아무리 뭐라 하든 이리하에게서 검을 뺏을 생각은 추호도 없었다. 황궁에 있어봤자 기껏 황궁 보고에서 녹이나 슬 물건이다. 수백 년 만에 세상의 빛을 보는 보검에게서 주인을 뺏었다간 검의 원혼에 시달려 제명에 못 죽을 것이다.

---

6)  宮務府, 황실에 관련된 일을 총괄하는 관청.

하지만 만사에 무관심한 사람이 검을 빌미로 놀리기만 하면 정색을 하니 치백의 말대로 놀리는 재미가 있지 않은가. 이러니 치백이 이리하를 놀리는 짓을 멈추지 않는 것이다.

게다가 도망가겠다는 사람이 미리 알려주고 가는 법도 있던가. 이리하의 원망에 찬 눈길을 받으면서도 사오룬은 웃음을 멈출 수 없었다.

"일황자 전하 듭시오!"

시종이 소리 높여 고하자 영화전의 문이 활짝 열렸다.

들어선 것은 흰 비단옷을 걸친 호리호리한 몸집의 사내였다. 매끈한 콧날 아래 붉은 입술이 눈길을 끄는 얼굴은 부드럽지만 일견 잔인해 보이는 웃음을 짓고 있었다. 그는 곧바로 이황자를 향해 다가왔다.

"오랜만이구나. 사오룬."

"그간 강녕하셨습니까. 형님."

사오룬이 정중하게 하사신을 맞았다.

현 황제에게는 두 명의 황자가 있었다. 오래전 세상을 뜬 황후가 낳은 사오룬과 황제의 총비인 여 귀비의 소생 하사신.

하루라도 빨리 후계 문제를 마무리 짓는 것이 동대륙에서 가장 거대한 땅덩어리를 가지고 있는 제국을 안정시키는 길이었지만 두 황자가 장성하도록 황태자는 아직 정해지지 않았다.

전례에 따르면 황후의 소생이 황태자가 되는 것이 당연한 수순이건만, 적통인 사오룬의 나이가 스물셋에 이르도록 책봉식은 이뤄지지 못했다. 사오룬 황자를 지지하는 세력이 외조부인 우사부(右司傅)를 중심으로 하는 소수의 귀족들뿐인 데다 황제의 총애와 친정오라비의 후원을 업은 여 귀비가 하사신 황자를 다음번 제위에 올리기 위해 황태자 책봉을 적극 막은 탓이었다.

게다가 황후가 세상을 뜬 이후로 황제는 황태자 문제만큼은 늘 침묵을 지키고 있었다.

뻣뻣이 서 있던 이리하는 사오룬이 옆구리를 슬쩍 찌르자 마지못해 고개를 숙였다.

"일황자 전하를 뵈옵니다."

"오호라, 이게 누군가? 루 이리하!"

하사신 황자가 던진 한마디에 좌중이 술렁였다. 루(褸)는 제국의 가장 하층민인 천민계급으로 결코 이런 자리에 참석할 수 없는 신분이기 때문이었다.

"그런데 그게 무슨 꼴이지? 루 이리하. 이런 즐거운 자리에 불길한 검은 옷이라니, 연회에 참석하란 소릴 듣지 못했나? 사오룬, 너는 루 이리하에게 제대로 된 옷 하나도 내어주지 않았느냐? 네가 궁상떤다는 건 익히 알고 있었지만 제 사람에게조차 이리 소홀히 대하다니. 쯧쯧. 자고로 윗사람은 베풀 줄도 알아야 하는 법이다."

한심하다는 듯한 하사신의 훈계에 이리하는 울컥하고 말았다. 아랫사람 목숨을 벌레 취급하는 하사신이 할 말은 아니었다. 앞으로 나서려던 그를 사오룬 황자가 가만히 제지했다.

"제 불찰입니다. 형님. 앞으로 유념하도록 하겠습니다."

사오룬 황자의 어조는 담담했지만 이리하의 속은 부글부글 끓어올랐다. 하사신 황자의 연회에 자신이 관복 따위 갖춰 입을 이유가 뭐란 말인가. 엎드려 절이라도 하란 소리냐. 이럴 줄 알고 치백이 그렇게 관복을 입으라 성화였던가. 그러나 자신이 관복을 입고 왔다면 아마 그것을 또 트집 잡았을 것이다. 그들 간의 문제는 한낱 옷 따위가 아니니.

하사신에게 조롱당하는 건 상관없지만 자신을 빌미로 사오룬 황자를 모욕하는 건 다른 문제였다.

오고 싶어서 온 것도 아니다. 억지로 불러놓고 면박 주는 게 윗사람의 베푸는 법이란 말인가. 이리하는 나직하게 이를 갈았다. 이러니 연회 따위 질색일 수밖에. 함께 있다간 무슨 짓을 저지를지 모르니 다른 이들과 함께 문밖에 서 있는 게 낫겠다 싶었다.

"과분한 배려에 황공하옵니다만 변변치 못한 행색으로 더 이상 전하의 눈을 어지럽히지 않도록 이만 물러갈까 합니다. 태이(太貽) 하사신 전하."

이리하는 치백의 강압으로 억지로 외운 예법을 건성으로 읊었다. 말의 내용과는 달리 전혀 고분고분하지 않은 태도에 한순간 하사신의 눈이 불쾌감으로 가늘어졌다. 그러나 그것은 다른 이들이 알아채기 전에 재빨리 눈웃음으로 바뀌었다.

"아니다. 루 이리하. 그럴 필요까진 없다. 예의를 배운 바 없을 텐데 내가 과했던 듯하군."

하사신이 상석에 나란히 놓인 의자에 느긋하게 몸을 기대며 물었다.

"어찌 그러고 선 것이냐? 자리가 부족한 것도 아닐 텐데?"

"저는 이곳이 좋습니다."

사오른 황자의 뒤에서 한 발짝도 움직이지 않겠다는 태도에 하사신이 낮은 웃음소리를 흘렸다.

"그래, 제 자리를 아는 것도 훌륭한 무인의 자질이지. 듣자하니 붉은 사막의 화적떼를 완전히 소탕했다고? 감히 제국 귀족들의 재산을 강탈하던 간악한 놈들이었다. 나라에 해를 끼치는 그 사특한 무리를 모조리 척결하다니 큰 공을 세웠구나."

손바닥 뒤집듯 바뀐 태도에 이리하의 미간이 굳어졌다. 어울리지도 않는 치하라니, 또 무슨 꿍꿍이가 있기에 이러나 싶었다. 정말 그것 때문에 자신을 불렀다고 말할 심산인가. 그의 눈에는 하사신을 비롯한 대귀족들의 습성이 도저히 이해가 되지 않았다. 등 뒤에선 죽기 살기로 암살자를 보내면서 막상 눈앞에선 하하 호호 거짓웃음을 웃는 이상한 짓거리라니.

"대사전[7]에 일러 상을 내려주도록 하지."

게다가 황제의 윤허도 없이 사사로이 대사전에 명을 내리겠단 소린가. 이리하는 어이없는 시선으로 하사신을 쳐다봤다. 그동안 일황자의 전횡이 극에 달한 듯싶었다.

---

7) 大司錢, 나라의 세금을 관리하는 관직.

하사신의 손짓에 따라 술병을 든 시비들이 모든 귀족들의 술잔을 채웠다. 연회의 주인인 하사신이 잔을 들어 올리자 이목이 그에게 집중됐다.

"오늘 이 자리에 모인 경들께 감사하오. 원래 오늘의 연회는 좋은 술과 음식을 경들과 함께 즐기기 위해 마련했소. 그런데 때마침 눈까지 내리니 모든 게 하늘의 뜻이 아닌가 하오."

일황자의 의미심장한 마지막 말에 모두 긴장했다.

"원래 황궁에서는 매년 첫눈맞이 연회를 열어야 하지 않소? 하지만 근자엔 황제폐하께서 와병 중이셔서 이뤄지지 못했소. 이렇듯 첫눈맞이 연회를 다시 열 수 있게 되었다는 소식을 들으시면 아바마마께서도 매우 기뻐하실 거요."

하사신의 속셈을 눈치 챈 몇몇 귀족들이 눈살을 찌푸렸다. 언뜻 병상에 있는 부친을 걱정하는 효심으로 들리나 그 이면의 꿍꿍이는 황제의 후계가 자신임을 강조하려는 수작이다. 첫눈맞이 연회를 여는 건 오로지 황제의 권한이기 때문이다. 천연덕스럽게 첫눈맞이 연회를 들먹이는 그 가증스러움에는 혀를 내두를 지경이었다. 자리에 있는 귀족들은 본의 아니게 일황자가 연 첫눈맞이 연회에 참석한 꼴이 되고 말았다.

"모두 첫눈맞이를 즐깁시다."

"첫눈을 경하 드리옵니다. 황자전하."

"눈송이가 풍성한 걸로 보아 내년도 필시 풍년일 듯합니다. 요즘 같은 태평성대에 이렇듯 하늘도 전하의 심중을 헤아려 눈을 내려주다니 이 어찌 전하의 홍복이 아니겠습니까? 모든 백성이 전하를 칭송할 것입니다. 하하하."

눈치 빠른 귀족들이 너도나도 하사신에게 축하의 말을 건넸다. 우사부를 따르는 소수만이 황제의 윤허도 없이 멋대로 첫눈맞이 연회를 연 하사신의 행태를 언짢게 주시할 뿐이었다.

향기로운 술잔이 오가고 곳곳에서 즐거운 웃음소리가 연회장을 가득 채웠다. 음악이 흥겹게 바뀌자 무희들의 몸짓에는 더욱 교태가 흘렀다.

두 황자의 뒤에 서 있는 탓에 이리하는 알게 모르게 이목을 끌었다. 지체 높고 점잖은 귀족 사내들 속에서 그는 마치 사슴무리 틈에 끼어든 한 마리 들개처럼 동떨어진 존재였다.

드물게 큰 키와 짙게 그을린 피부는 그의 비천한 출생을 증명하는 것과 다름없었다. 제국의 귀족들은 적당한 키와 흰 얼굴을 미의 기준으로 삼고 있었다. 땀을 흘리거나 몸을 쓰는 육체노동은 천한 자들이나 하는 일이다. 같은 이유로 무관은 문관과 달리 천시되었고 대귀족의 피를 이은 자들은 모두 문관으로 출사했다.

사실 이리하를 추남이라고 단정 짓기엔 무리가 있었다. 오히려 곰곰이 살펴본다면 선은 굵지만 균형 잡힌 얼굴은 준수하다고 할 만했다. 그러나 사나운 눈매와 길들여지지 않은 분위기 때문에 첫인상이 나빴다. 더구나 지금처럼 인상을 찌푸리고 있으면 한층 더 살벌해 보일 수밖에 없었다.

"황궁에서 루 이리하를 처음 봤을 땐 얼마나 놀랐던지. 그전까

지난 루는 모두 짐승처럼 땅을 기어 다니는 줄 알았지 뭔가. 하하하."

"허허. 지당하신 말씀이옵니다. 전하께서 루를 만나실 일이 그리 흔하셨겠습니까. 소신들은 듣기만 해도 황망함을 금치 못하겠나이다. 세상에, 황궁 안에서 루라니요, 꿈에 나올까 두렵습니다."

하사신에게 맞장구치던 한 귀족의 호들갑에 주변인들이 와, 하고 웃음을 터뜨렸다. 웃지 않는 이는 사오룬과 이리하뿐이었다. 조금 전부터 하사신은 이리하의 신분을 화제로 삼아 조롱거리로 만들고 있었다. 낯선 인물이 루라는 사실이 전해지자 귀족들은 상석 쪽으로 힐끔힐끔 시선을 던지고 있었다. 으레 있어왔던 일인 데다 자신에 대해 뭐라 떠들든 이리하는 관심 자체가 없었다. 다만 이 오래된 얘기를 언제까지 듣고 있어야 하나 싶어 지루하긴 했다.

왁자지껄한 웃음 사이로 갑자기 연주가 뚝 끊겼다. 여기저기서 작은 웅성거림이 번져나갔다.

"오!"

탄성을 지르는 하사신의 얼굴에 화색이 돌았다. 하사신을 노려보고 있던 이리하는 그 환한 미소에 어리둥절해졌다. 그는 일황자의 시선을 따라 고개를 돌렸다.

연회장의 출입구 양쪽에 시립한 시비들이 문을 열고 있었다. 서서히 드러나는 한 사람의 모습에 이리하의 눈이 부릅떠졌다.

2장

　이리하는 왜 사람들이 그녀를 자미희(紫美姬)라 부르는지 그제
야 깨달았다.

　그녀는 마치 보랏빛 꽃잎으로 감싸인 한 송이 꽃처럼 보였다.
겨드랑이까지 올라오는 군과 그 위를 덮는 비단 포까지 모두 보라
색 비단이었다. 봉긋한 가슴 아래를 졸라맨 넓은 허리띠에만 흩뿌
리듯 새하얀 꽃이 수놓아져 있었다.

　귀족 여인들이 각양각색으로 머리를 틀어 올리고 꾸미는 데 열
을 올리는 것과 달리 윤기 흐르는 머리칼은 그저 어깨너머로 자연
스럽게 흘러내리고 있었다. 새하얀 얼굴에 검푸른 먹으로 그린 눈
썹과 붉은 연지를 칠한 입술이 또렷했다.

　흠잡을 데 없는 완벽한 아름다움이었지만 좌중은 일제히 숨을
죽였다.

　그녀가 입은 포는 손을 완전히 감춰버릴 정도로 소맷자락이 넓
었다. 문제는 포를 만든 비단이었다. 당장이라도 흘러내릴 듯한

얇은 사(紗)를 통해 가느다란 팔과 매끄러운 어깨가 은은하게 내비쳤다.

창은 여름이 짧아 상대적으로 겨울옷이 발달한 나라였다. 비단은 전량 수입에 의존하고 있는 물건인 만큼 귀하기는 했지만 그만큼 귀족들이 좋아하는 옷감이었다. 그들은 색채가 화려하고 문양이 아름다운 비단옷을 즐겨 입었다. 보온을 위해서라도 겨울옷감은 당연히 두터워야 했다.

저렇게 얇은 비단으로 만들어진 포는 모두 처음 보는 것이었다. 또한 잠자리의 날개처럼 보이는 그것이 이렇게 매혹적인 물건인 줄도 몰랐다. 사내들이 모두 침을 삼켰다.

바닥까지 끌리는 옷자락이 그녀가 옮기는 걸음에 따라 가볍게 흔들렸다. 그녀가 움직이자 마치 음악처럼 방울소리가 울렸다.

소리는 그녀의 왼쪽 손목을 타고 팔꿈치까지 감겨 있는 은팔찌에서 나고 있었다. 구불구불한 모양이 아까 회랑에서 본 그 나무를 연상시키는 물건이었다. 새끼손톱보다 작은 방울 수십 개가 일렬로 매달려 아름다운 소리를 냈다. 대단히 인상적인 장신구임에 틀림없었다.

그녀의 걸음은 꿈꾸듯 느릿하고 물 흐르듯이 유연했다. 마치 땅을 밟지 않는 듯한 가벼운 움직임이었다.

"늦었습니다. 전하."

그녀의 얼굴에서 미안해하는 기색은 찾아볼 수 없었다. 그러나 제 비인을 맞으러 직접 문 앞까지 나간 하사신의 얼굴에는 웃음이 떠나지 않았다.

"아니다. 머리가 아프다 들었는데 괜찮으냐?"

"바람을 쐬었더니 한결 나아졌습니다."

"그래, 다행이로구나."

소문으로만 듣던 자미희의 얼굴을 본 사내들은 그 미색에 놀라고, 표정 없는 차가운 얼굴에 한 번 더 놀랐다.

은밀한 수군거림과 눈짓들이 오갔다. 시선을 빼앗길 정도로 뛰어난 미색이긴 하지만 고작 비인이지 않은가. 추문을 달고 있는 그녀를 굳이 이 자리에 부를 필요가 있었단 말인가.

곱지 않은 시선은 상서위를 비롯한 일황자 파에서 더욱 심했다. 기껏 세워놓은 입지를 비인 하나로 흔들리게 만든 꼴이 아닌가. 그럼에도 나서서 말하는 이가 없었던 것은 일황자가 그녀를 얼마나 애지중지하는지 눈먼 소경이 아닌 이상 모두 알 정도였기 때문이다. 영웅호색이라 하니 장차 황제가 될 황자의 그 정도 허물은 덮어두자는 분위기였다.

한시도 시선을 떼지 못하는 하사신과 달리 자미희는 무심하고 냉랭했다. 그러나 웃음기 하나 없는 모습조차 사내를 동하게 만들고 애를 태울 뿐 그 미모를 깎아내리진 못했다.

그녀가 등장한 이후로 내내 이리하의 속은 뒤틀렸다.

음흉한 하사신의 비인답게 사람을 가지고 노는 솜씨가 일품이지 않은가. 하사신의 궁 안에서 가장 막강한 권세를 휘두르는 비인을 바로 그 후궁 안에서 도와준답시고 허둥댔던 자신의 꼴을 떠올리자 울컥 화가 치밀었다.

하긴 알아채지 못한 자신의 잘못이다. 애당초 저런 얼굴이 세상에 흔할 리 없고, 천하절색이라는 자미희와 연결 짓지 못한 그가 어리석었던 것이다.

걸음을 옮기던 하사신이 얇은 사에 감싸인 그녀의 어깨를 안고 귓속말로 뭐라 속삭였다. 날카로운 이리하의 눈에 그녀의 턱이 살짝 굳어지는 게 잡혔다. 그녀의 어깨를 가볍게 토닥인 하사신은 자리로 돌아와 시종을 불렀다.

춤을 추던 무희들이 순식간에 썰물처럼 빠져나간 연회장 정중앙에 자미희가 멈춰 섰다.

하사신의 명을 받은 시종이 악공들에게 지시하자 곡이 바뀌었다. 여태까지보다 좀 더 느릿하고 부드러운 음이 넓은 연회장 가득 퍼져나갔다.

애절하게 떨리는 현의 여운에 귀 기울이듯 자미희는 눈을 감고 있었다. 느린 음악을 따라 가느다란 두 팔이 유혹하듯 앞으로 내밀어졌다. 팔목에 달린 은방울이 청아한 소리로 울었다.

내리깐 눈이 천천히 뜨이자 투명한 느낌이 들 정도로 맑은 눈동자가 드러났다. 이리하는 자신도 모르게 숨을 멈췄다. 그녀의 눈과 마주친 순간 주변의 소리가 땅으로 빨려들어 가듯 사라져버렸다.

하늘거리는 천에 휘감긴 허리가 나긋하게 휘었다. 날아갈 듯 뻗은 손가락이 허공을 가르고 넓은 소맷자락이 화려한 나비의 날

갯깃처럼 펄럭였다.

그녀는 마치 발끝이 바닥에 닿지 않기라도 한 것처럼 가볍게 움직였다. 보라색 치맛자락 아래 새하얀 신발 끝이 드러났다 사라졌다.

점차 높아지는 현의 흐느낌을 좇아 눈앞에서 한 송이의 보랏빛 꽃이 피어나고 있었다. 그녀의 옷자락이 스친 자리마다 화사한 보라색 꽃잎이 흩날리는 듯했다. 은은한 꽃향기까지 풍기는 기분에 사내들은 그 잔향을 좇아 저도 모르게 몸을 들썩였다.

모든 이가 숨을 죽이며 자미희의 춤에 빠져들었다. 그녀가 음악에 맞춰 춤을 추는지 음악이 그녀를 좇아가는지 알 수 없을 정도였다. 그들은 눈을 뗄 수조차 없는 아름다움에 사로잡혀 순식간에 포로가 되고 말았다.

춤이 끝나는 순간 연회장 안에는 깊은 침묵이 내려앉았다. 마치 찰나의 꿈이라도 꾼 것 같았다. 일개 비인의 미색에 빠져 일황자의 혜안이 흐려졌다고 수군대던 자들마저 그녀의 춤에 완전히 넋을 잃었다. 저런 미인을 품을 수 있다면 나라를 들어 바친다 해도 어찌 아까울쏘냐. 검붉은 욕정과 탐욕이 연회장 내부에 넘실거렸다.

"흠흠, 과연 일황자 전하의 안목은 뛰어나다 아니 할 수 없겠습니다 그려."

"그, 그렇구료. 정말 저런 미희(美姬)라면야……. 허허."

"꽃을 탐하는 것은 나비의 숙명이지요. 그게 무슨 허물이 되겠습니까."

한 사내가 말문을 트자 곳곳에서 동조의 목소리들이 흘러나왔
다. 사내들은 벌겋게 부풀어 오른 눈으로 자미희를 능욕하고 있었
다.

그중 유일하게 한 사내만이 잔뜩 얼굴을 찌푸리고 있었다. 그
제야 그녀의 발에 생각이 미친 이리하였다. 당분간 걷지도 말라고
했는데 춤을 추다니, 정말 지지리도 말을 안 듣는 여자였다.

자신을 범하고 싶어 하는 수많은 눈들 속에서도 자미희는 여전
히 무표정했다. 만면에 웃음을 띤 하사신이 팔을 벌리며 그녀에게
다가갔다.

"아름답더구나. 월궁항아도 네 앞에서는 부끄러워 고개를 숙
일 것이다."

제 비인의 춤에 완전히 탄복한 하사신이 얇은 비단에 감싸인
어깨를 은근히 쓰다듬었다.

"이리 오너라. 내 아우인 사오륜을 소개해주마."

하사신이 그녀를 사오륜 앞으로 이끌었다.

"내가 본 가장 훌륭한 춤이었네."

"과분한 칭찬 황공하옵니다. 이황자 전하."

사오륜 황자의 칭찬에 그녀는 살짝 허리를 굽혀 우아하게 답례
를 했다. 하사신은 옆에서 못마땅한 기세를 숨기지 않는 이리하에
게로 고개를 돌렸다.

"자미희의 춤이 마음에 들지 않았나? 암영의 무위시랑(武尉侍

郞) 루 이리하.”

“암영?”

“그……!”

“암영의 무위시랑이라면!”

여기저기에서 놀란 탄성이 튀어나왔다.

대외적으로 그 정확한 수는 알려진 바 없지만 이황자 사오룬에게는 최정예 무인들로만 구성된 무사단이 있었다.

암영(暗影).

그 암영을 이끄는 이가 바로 무위시랑(武尉侍郞) 이리하였다. 당대 제일의 검술을 지녔다고 일컬어지지만 그 신분과 충성심 때문에 ‘이황자의 개’라 불리는 자.

십 년 전 사오룬은 열셋이라는 어린 나이에 황도에서 멀리 떨어진 남쪽의 낙주(珞州)로 쫓겨나듯 피접을 가야 했다. 표면적인 핑계는 건강상의 이유였지만 그 이면에는 여 귀비의 입김이 작용했다. 황제와 황도에서 멀리 떨어뜨려놓은 다음 자객을 보내 그를 제거하려는 속셈이었다. 그러나 하늘이 그녀의 편을 들어주지 않아서인지 암살은 번번이 실패로 돌아갔다.

그로부터 오 년 후, 사오룬은 황제의 명으로 이루어진 소이국(塑理國) 정벌에서조차 살아 돌아왔다.

소이국은 창의 남쪽 국경 너머 산악지대에서 수십 년간 그 세력을 확장한 야만족이 세운 나라였다. 그들은 천성이 포악하고 잔혹할 뿐 아니라 수시로 창의 국경을 침범해 약탈과 납치를 일삼았다. 게다가 제국군의 연이은 참패로 제국의 자존심까지 여지없이 무너뜨려버렸다.

여 귀비와 상서위(尚書尉) 측은 적통 황자로서 공을 세울 기회라며 한 목소리로 사오룬을 천거했다. 그 결과 황제는 당시 스물한 살이었던 하사신을 두고 열여덟이던 사오룬에게 새로운 정벌군의 총사직을 맡겼다. 이황자가 낙주로 내려간 지 오 년, 이번에는 죽음의 전쟁터로 내몰린 것이다. 소이국과의 전쟁터에선 목숨 부지도 힘들고, 운이 좋아 살아 온다 해도 패전의 책임을 고스란히 떠안아야 하는 최악의 상황이었다.

그러나 일황자 파의 예상과 달리 정벌군이 뜻밖의 대승을 거두는 바람에 오히려 사오룬 황자의 입지만 강화시켜준 꼴이 되고 말았다. 그들이 내쫓았던 어리고 힘없던 황자는 육 년 만에 군부의 젊은 세력과 백성들의 지지를 업고 당당히 황도로 돌아왔다.

그 사오룬 황자의 곁에 암영과 이 사내가 있었다.

루 이리하.

살아 있는 자들 중 가장 비천하다는 루(褸). 그 루의 신분으로 제국에서 유일하게 관직에 오른 자. 그렇기에 귀족들의 견제와 평민들의 선망을 동시에 받는 자.

연회에 참석한 귀족들의 신분은 진(眞)도 아닌 혜(慧)였기에 일부는 같은 자리에 이리하가 있다는 사실만으로도 불쾌감을 드러냈다. 혹은 아예 무시하려는 듯 외면하는 자들도 있었다.

"저는 춤은 잘 모릅니다."

이리하는 말할 테면 해보라는 눈으로 자미희를 바라보았다. 그녀의 입에서 자신이 후궁전을 염탐하더라는 소리가 나오면 골치는 좀 아파지겠지만 – 기껏 난경에 돌아온 첫날 다시 내쫓길지도 모르지만 – 지은 죄가 없으니 두려울 게 없었다.

"하하. 그렇지. 내가 당연한 걸 물었군."

"무위시랑을 뵙습니다."

깔보는 듯한 웃음을 짓는 하사신 옆에서 자미희가 다시 허리를 굽혔다. 마치 이리하를 처음 본다는 듯한 태도였다. 게다가 그의 신분을 듣고도 그녀의 표정에는 아무런 변화가 없었다.

"루 이리하는 검으로는 이 땅에서 감히 대적할 만한 이가 없다는 소문이지. 그렇지 않은가? 루 이리하."

"하찮은 재주일 뿐입니다."

시큰둥한 이리하의 대답에 하사신이 묘한 웃음을 지으며 사오룬을 돌아보았다.

"사실은 내 오늘 아우에게 부탁할 게 있어 부른 것이다."

"부탁이라뇨?"

"당분간 루 이리하를 빌려다오."

"예?"

뜻밖의 이야기에 이리하는 물론 사오룬 황자까지 당황하고 말았다.

"형님, 무위시랑은 빌려드릴 수 있는 물건이 아닙니다."

"네 수하가 아니더냐? 그러면 당연히 네 명령에 따라야 하는 법. 물론 루 이리하는 네게도 필요하겠지만 자미희는 내게 너무 소중한 사람이라서 말이다."

자신의 곁에 자미희를 앉힌 하사신은 그녀의 어깨와 팔을 지분대기 시작했다. 이리하는 잔뜩 눈살을 찌푸렸다. 마치 계집에 안달 난 늙은이 같은 꼬락서니라니. 비인으로 들인 지 꽤나 오래라고 들었건만 그 손길에는 과하다 싶을 만큼 진득한 탐욕이 묻어 있었다. 한편으론 홀릴 만큼 아름답지만 묘하게 차가운 자미희의 얼굴을 보노라면 그럴 수도 있겠다는 생각도 들었다.

"무슨 말씀이신지……?"

"얼마 전 노주에서 일어난 소란을 너도 들었겠지? 사오룬."

순식간에 사오룬의 얼굴이 침통함으로 어두워졌다.

그림 같은 풍광으로 유명한 노주(蘆州)는 일 년 전부터 하사신 황자의 여름 별궁을 짓는 대역사(大役事)가 행해지고 있는 곳이었다. 달포 전 노주의 열 개 현(縣) 중 한 곳이 하룻밤 새 풀뿌리조차 남기지 않고 불타버린 일이 발생했다.

사실 노주 별궁 건설은 시작부터 많은 문제점을 안고 있었다. 전례 없이 거대한 별궁의 규모도 그렇지만 가장 큰 난제는 바로 물길이었다.

뱃놀이를 즐기는 일황자는 난경에서 별궁 앞까지 반드시 배로 가야 한다며 고집했다. 그러나 노주는 가장 가까운 강인 송하(慊河)조차 백 리나 떨어져 있어 물을 끌어오려면 어마어마한 재물과 인력이 소요되는 일이었다.

들꽃 아내서

일황자의 지시로 파견된 관리들은 백성들이 경작하던 땅을 강탈하다시피 빼앗았다. 대대로 땅만 일구며 살아온 자들인데 하루아침에 목숨 줄과 다름없는 땅을 잃은 것이다.

경치 좋은 곳에 물길을 내느라 멀쩡한 농지가 파헤쳐지고 주변의 백성들이 모조리 부역에 동원되었다. 수만 명이 농사짓던 땅에서 쫓겨난 채 강제부역에까지 끌려갔다.

일 년 여를 굶주리고 살길도 막막해지자 백성들 사이에서 점차 일황자에 대한 원성이 터져 나왔다. 급기야 마을 대표로 뽑힌 수십 명이 황자를 뵙게 해달라며 난경으로 올라오기까지 했다. 그러나 그들은 분노한 하사신의 명령에 의해 모조리 동위궁의 대문 앞에서 쫓겨나고 말았다.

깊은 한밤 하사신의 명을 받은 병사들이 노주의 현 한 곳에 들이닥쳤다. 그들은 마을사람들을 모조리 도륙하고 불을 질렀다. 어미 품에서 울던 젖먹이들까지 죽임을 당했다. 낮에는 부역을 하느라 사내들이 밤에 식량을 구하러 나가는 바람에 남아 있던 것은 노인과 부녀자들이 대부분이었다.

"형님. 어찌 그런 참담한 일을 명하셨던 겁니까?"

"감히 황자의 명을 거역하려한 불충한 것들이었다. 노주 전체를 불태워야 마땅할 터이지만 비루한 목숨 몇으로 그 죄를 용서했으니 큰 아량을 베푼 것이 아니더냐?"

"그저 굶주림을 호소하던 백성들이었습니다. 어찌 그들을 불쌍히 여기지 않으십니까?"

"하! 그런 천하고 어리석은 것들은 내 백성이 아니다. 나는 이 제국의 황자이니라. 제까짓 것들이 죽어 별궁 앞의 거름이 된다면 그것만으로도 광영이 아니겠느냐?"

"백성이 없고서야 어찌 나라가 존재하며, 황실과 황족이 무슨 의미가 있단 말입니까?"

"황실이 굳건해야 나라의 근간이 서는 법이다. 감히 황족을 거스르려드는 불충한 자들은 본보기로 엄히 다스려 그 싹을 도려내야 한다. 너는 황자로 태어나 그것도 모른단 말이냐? 더 이상 거론하지 마라. 그런 소리 듣자고 얘기를 꺼낸 것이 아니다."

하사신은 신경질적으로 사오룬의 말을 잘랐다. 이야기가 길어지면 사오룬은 언제나 입바른 소리만 하는 터라 기분이 언짢아졌다.

대수롭지 않게 생각했던 그 작은 살육은 뜻밖의 결과를 불러왔다. 황실의 위엄을 보여주었으니 하찮은 것들이 잠잠해질 것이라 예상했던 것과 달리 오히려 불에 기름을 부은 격이 되고 만 것이다.

졸지에 집과 가족을 잃은 마을의 사내들은 도양산으로 숨어들었다. 도양산은 산세가 험하고 수많은 계곡으로 이뤄져 있어 접근이 쉽지 않은 곳이었다.

"가당찮게도 그놈들이 자미희를 노리고 있다 한다."

고작 하찮은 촌부들이 하사신 황자가 가장 아끼는 자미희를 죽여 복수하겠다고 천명했다. 평소 같으면 코웃음 칠 일이지만 문제는 자미희였다.

자미희는 궁내에서도 적이 많았다. 하사신은 자신의 후궁들이 모두 그녀를 투기하고 있다는 사실을 잘 알았다. 누군가 그녀를 처리해준다면 얼씨구나 하고 반길 이들뿐이었다.

유력한 집안 출신의 그녀들에게 호위 한둘쯤 매수하는 건 어려운 일이 아닐 것이다. 게다가 직접 손을 쓰진 않더라도 암살자를 눈감아주면 그만이었다. 그런 틈을 만들 순 없었다.

이번 일에는 다른 후궁들의 입김이 닿지 않는 자가 필요했다. 게다가 하사신은 이 일로 두 가지 사냥을 할 속셈이었다. 그러니 사냥감이 미끼를 물도록 끌어들여야 했다.

"마음 같아서는 수백이라도 호위를 붙여주고 싶지만 자희는 소란스러운 걸 질색한다. 그리고 쓸모없이 머릿수만 채우느니 실력자 한 명을 붙여주는 게 낫겠다는 생각이 들더구나. 주모자를 잡으면 끝이 날 테니 그때까지만 루 이리하에게 자희의 호위를 맡기고 싶다."

"실력 있는 호위라면 이 궁내에도 많을 거라 생각됩니다. 형님."

사오룬이 완곡히 거절의사를 표시했다.

"아무렴 그들이 동대륙 제일이라는 루 이리하의 검만 할까. 내가 언제 암영 전체를 빌려달라고 했느냐? 고작 일개 무관이 아니더냐? 이 형에게 그것도 빌려주기 싫다는 말이냐?"

"이리하는 이제 겨우 붉은 사막에서 돌아온 참입니다."

"그게 무슨 문제라고? 지금 막 돌아왔으니 오히려 잘되지 않았더냐. 끝마쳐야 할 임무가 있는 것도 아니니 당장이라도 호위하는 데 무리가 없겠구나."

하사신 황자는 작정한 듯 사오룬 황자를 몰아붙이고 있었다. 무슨 속셈으로 자신을 끌어들이려 하는진 몰라도 좋은 일일 리 없다. 사오룬 황자도 거절할 생각인 듯하고, 이리하 역시 뱀의 뱃속에 제 발로 들어가고 싶은 마음은 없었다.

"어떠냐? 루 이리하. 설마 여인 하나 지키는 일이 자신 없는 것은 아니겠지?"

난데없이 하사신이 이리하에게 질문을 던졌다. 교활한 뱀처럼 가늘어진 눈이 그를 훑어보았다.

"아니면, 내 부탁을 거절하겠다는 건가?"

이게 어딜 봐서 부탁이란 말인가. 게다가 자신의 주군인 사오룬이 허락하지도 않은 일을 들먹이는 것은 충분히 무례한 짓이었다. 이리하는 미간을 좁혔다.

"저는……."

"새로운 호위는 필요치 않습니다. 전하."

그들 사이에서 잠자코 있던 자미희가 처음으로 입을 열었다.

"아무나에게 제 목숨을 맡기긴 싫습니다. 이렇게 몸을 사리는 이가 자객의 칼 앞에서라고 몸을 사리지 않겠습니까? 호위는 지금으로도 충분합니다."

아무나? 몸을 사려? 그녀의 말에 이리하의 기분은 바닥에 곤두박질쳤다. 정말 성질을 돋우는 데는 일가견이 있는 여자였다. 이리하는 그 작은 도발에 울컥하고 말았다.

"무인 된 자가 어찌 칼 앞에서 몸을 사리겠습니까?"

"진정 그리 생각하나? 루 이리하."

짜증 섞인 이리하의 말을 묘한 웃음을 띤 하사신이 맞받았다.

"물론입니다."

"그래, 당연히 그런 겁쟁이는 무인이라 불릴 자격조차 없지. 더욱이 나라의 녹을 먹는 자가 적 앞에서 물러선다는 건 있을 수 없는 일이다. 그렇지 않나?"

"……그렇습니다."

어딘가 뒷덜미를 스산하게 만드는 말에 이리하는 떨떠름하게 답했다. 그의 말이 떨어지자마자 하사신의 눈빛이 먹이를 잡아챈 뱀처럼 번득였다.

"그럼 자미희의 호위를 맡겠다는 거로군? 루 이리하."

"무슨 말씀이신지?"

"네 입으로 방금 자객 앞에서 몸을 사리는 겁쟁이가 아니라 하지 않았더냐? 뭐, 동대륙 제일의 검이라는 무위시랑이 꼬리를 말고 도망치겠다면 더 이상 나도 요구하진 않겠다만."

붉은 입술을 비틀며 웃는 하사신을 보고 이리하는 덫에 걸렸다는 걸 깨달았다.

저런 소리를 듣고도 거절한다면 겁쟁이라는 오명을 뒤집어쓸 것이다. 싫다면 제 발로 덫에 들어가는 수밖에 없었다. 덥석 미끼를 문 자신을 발로 걷어차주고 싶었다. 치백이 그렇게 사고치지 말라고 했는데 결국 일을 저지르고 만 것이다.

"……호위를 하지요."

이리하는 원흉인 자미희를 노려보며 이를 갈듯 대답했다. 의기양양해 있거나 비웃을 줄 알았는데 그녀는 그저 무표정한 얼굴로 눈을 내리깔고 있었다.

"이리하!"

"좋다. 그럼 오늘 당장 동위궁으로 들어오도록 하라."

"안 됩니다! 형님!"

"자, 이제 연회를 즐기자꾸나. 그만 얼굴을 펴라, 사오룬. 좋은 날이 아니더냐. 첫눈맞이 연회를 망칠 셈이냐?"

당황한 사오룬의 반대를 하사신은 일축해버렸다. 화가 난 게 분명한 사오룬의 시선이 자신에게 쏟아졌지만 이리하는 애써 외면했다.


연회가 파하고 하사신이 자미희와 먼저 자리를 뜨자 사오룬은 이리하를 가까이 불렀다. 내내 이리하를 걱정한 듯 그의 얼굴은 딱딱하게 굳어 있었다.

아직은 형님에 비해 세가 약한 자신이기에 몸을 낮출 수밖에 없다. 낙주에서의 생활과 쉼 없이 가해지는 암살의 위협은 그에게 때를 기다릴 줄 아는 인내심을 길러주었다. 그래서 이제껏 일황자가 행하는 그 어떤 도발이나 모욕에도 응하지 않고 웃어넘길 수 있었다. 그러나 제 사람을 위험에 내몰면서까지 그럴 생각은 없었다.

"난 자네가 그 일을 맡는 게 탐탁지 않아. 형님께는 내가 잘 말씀드려보겠네."

"전 괜찮습니다."

"이건 그리 쉽게 생각할 일이 아닐세. 자네가 위험할 수도 있어."

"이번 기회에 뱀 굴에 들어가보는 것도 나쁘지 않겠지요."

"이리하!"

"제가 가는 게 암영과 전하께 누가 되지 않을 겁니다."

결심을 굳힌 듯 단호한 어조에 사오룬의 뒷골이 지끈거렸다. 자신의 사람이긴 하지만 이리하는 정말 다루기 어려운 이였다. 가끔은 그를 만난 게 행운인지 불운인지 헷갈릴 때가 있었다.

"끝내 고집을 부리겠다는 건가? ……좋아, 자네가 꼭 가야겠다면 그렇게 하게. 대신 한 가지만 약조하게."

"무엇입니까?"

"무사히 돌아와야 하네, 단 한 군데도 상한 곳 없이."

"걱정 마십시오. 전하. 제 명줄은 무척이나 질기잖습니까."

이리하가 그를 안심시키듯 환하게 웃었다.

수많은 귀족과 시종들로 북적거리는 영화전 앞에서 이리하는 이황자와 헤어졌다. 대기하고 있던 암영의 무사들과 합류한 사오룬은 황궁에 들를 예정이었다. 매년 한파로 얼어 죽는 백성들의 구제책을 마련하는 데 미적거리는 귀족들과 입씨름을 하러 가는 것이다.

어느새 눈은 말끔히 그쳐 있었다. 눈이 녹은 지붕은 여기저기 푸른 비늘 같은 기와를 드러내고 있었다. 구름 사이로 드러난 햇살이 닿은 처마 끝에서는 굵은 물방울이 떨어졌다.

영화전은 수십 개의 흰 기둥으로 이루어진 회랑으로 둘러싸여 있었다. 회랑은 맑은 물이 흐르는 수로 위를 가로지르기 때문에 귀족들은 느긋한 걸음으로 그 아름다움을 감상하며 회랑을 지났다.

주인의 마차를 준비하러 종종거리며 뛰어가는 시종들 틈에 섞인 이리하는 한적한 옆 전각 아래에 숨겨둔 놈을 끌어냈다. 그새 정신을 차렸는지 사내는 버둥대고 있었다. 주먹으로 그를 다시 잠재운 다음에야 이리하는 결박을 풀었다. 이리하는 축 늘어진 사내의 한쪽 팔을 어깨에 둘러 부축하고 — 사실 부축한다기보다 거의 질질 끌고 가는 것처럼 보였다 — 걸음을 옮겼다.

들어올 때와 달리 제대로 된 길로 가자 궁의 대문까지는 그리 멀지 않았다. 얼마 지나지 않아 이리하는 귀족들을 실은 마차가 잇달아 빠져나가는 중인 대문 앞에 도착했다.

여전히 줄줄이 늘어선 시종들이 그가 동행을 이끌고 나온 것에 의아한 시선을 던졌다. 황자궁 내에서 보기 힘든 검은 무복을 입은 사내가 둘씩이나 되다 보니 자연 눈길을 끈 것이다. 키가 크고 날카로운 인상의 사내에게 매달려 있다시피 한 사내의 얼굴은 숙여진 머리 때문에 제대로 보이지도 않았지만.

들꽃 아래서

시종 하나가 말을 끌고 오자 이리하는 사내를 귀찮은 짐 던지듯 말 위에 걸쳤다. 반쯤 짓이겨진 사타구니가 안장에 부딪힌 충격으로 정신이 든 사내가 신음소리를 흘렸다.

"으……. 사, 살려……."

웅얼거리는 소리에 시종들의 눈길이 쏠렸다. 이상함을 느낀 병사 하나가 가까이 다가오려 했다.

"거기 무슨……?"

"하하. 이 친구, 이제 정신이 좀 드나?"

이리하가 웃으며 퍽, 소리가 날 정도로 사내의 머리를 후려쳤다. 사내는 비명도 지르지 못하고 다시금 기절했다.

"쯧쯧, 술주정 한번 요란하군. 이봐! 정신 차리게!"

이리하는 짐짓 사내를 깨우는 척하며 양 뺨을 갈겼다. 철썩철썩 요란한 소리가 울렸다. 삽시간에 사내의 얼굴이 퉁퉁 부어올랐다.

"흠, 이래도 안 일어나는군. 그러게 작작 좀 마시라니까."

들으라는 듯 크게 중얼거리는 이리하의 목소리에 시종들이 일제히 움찔거렸다. 술 좀 마셨다고 저 꼴이 될 정도로 맞다니 누군지 몰라도 안됐다. 하지만 괜히 나섰다 기절한 사내 꼴이 될까 두려워 아무도 제지할 생각은 하지 못했다.

"이기지도 못할 술을 퍼마시는 건 정말 어리석은 짓이지. 이기지도 못할 상대에게 덤비는 것처럼. 그렇지 않나?"

그가 흘끗 눈을 돌리자 시선이 마주친 병사는 자신도 모르게 고개를 끄덕였다. 시종들은 행여 불똥이라도 튈세라 외면하고 있었다. 병사는 잔뜩 움츠러든 제 모습이 창피했던지 크게 헛기침을 하며 재빨리 자리로 돌아가버렸다. 미소 지은 이리하는 유유히 안장에 올라 말을 출발시켰다.

남겨진 자들은 그가 채 멀어지기도 전에 수군거리기 시작했다. 연회장에서 흘러나온 소문은 그새 담을 타고 넘어와 있었다.

"저 사람이 그 이황자의 개……?"

"퉤! 천한 루 따위가 황자궁을 드나들다니 정말 말세로군, 말세야."

"하루에 한 명씩은 꼭 사람을 죽인다던데 정말일까?"

"전쟁터에선 야만족의 심장을 갈라 피를 마시기도 했다지?"

"세상에, 정말 끔찍한 자로군."

공포와 혐오가 뒤섞인 조롱이 오래도록 그의 뒤통수에 따라붙었다.


이황자의 궁인 서운궁으로 돌아오자마자 이리하는 끌고 온 짐덩이를 옥사 안에 팽개쳤다. 의식이 돌아오는지 끙끙대는 소리가 등 뒤에서 요란하게 들려왔다.

이리하는 서운궁의 귀퉁이에 있는 자신의 처소로 향했다.

암영의 무사들을 비롯한 서운궁의 식솔 중에는 난경 내에 집을 두고 있는 자도 상당수 있었다. 그러나 이리하 자신은 딸린 처자식이 있는 것도 아니니 굳이 집이 필요치 않았다.

반년 넘게 비워둔 방은 썰렁했다.

방 안은 흔하디흔한 족자 하나 없이 침상과 탁자만이 자리를 차지하고 있었다. 물욕이 없는 데다 잠자리는 비만 새지 않으면 된다고 생각하는 이리하의 생각이 고스란히 드러나는 방이었다.

방을 가로지르자 그동안 쌓였던 먼지가 풀썩 날아올랐다.

이리하는 새벽에 던져두었던 짐을 다시 꾸렸다. 사실 여분의 옷 한 벌을 챙긴 게 고작이었다. 방을 둘러본 이리하는 구석에 놓여 있던 궤를 열었다. 낡은 옷 두어 벌을 들추자 밑바닥에 찾던 것이 있었다. 그는 그것을 품속에 갈무리해 넣고서 방을 나섰다.

연무장 앞을 지나던 이리하의 눈에 낯익은 얼굴이 들어왔다.

초췌한 얼굴의 청년이 비틀거리며 맞은편에서 걸어오다 시선이 마주치자 뻣뻣이 고개를 숙였다. 퀭한 눈과 푸른 무복 위로 잔뜩 흙먼지를 뒤집어쓴 모양새가 이제 막 서운궁에 도착한 듯했다.

진 기라.

이리하는 눈을 가늘게 뜨고 청년을 바라보았다. 일착으로 도착한 건가. 생각보다 빠르군.

진 기라는 일 년 전 새로 암영에 들어온 청년으로 이번 토벌대에 이리하가 데리고 갔던 신참 중 하나였다.

이리하가 기라를 포함한 열셋을 서쪽 변방에 두고 온 것이 열흘 전이다.

변방의 성주는 화적떼를 일망타진한 공로를 치하한다며 그들을 위한 잔치를 열었다. 그동안 이리하 일행을 푸대접한 걸 만회해

보려 애쓴 티가 역력했다. 내내 모래 위를 뒹굴며 고생만 한 젊은 무사들은 성주가 내어준 술과 여자의 유혹에 쉽사리 넘어갔다.

한 번은 첫 승리의 여운으로 그럴 수도 있지, 라고 너그럽게 넘겼다. 그러나 연이은 술판에 황도로의 귀환이 늦어지자 이리하의 인내심은 점차 줄어들었다. 성주가 그의 방에 들여보낸 여자들 때문에 며칠째 바깥 잠을 자는 것도 짜증났다.

결국 열흘 전 밤, 시침을 들겠다며 들어온 미동(美童)을 본 순간 인내심이 끊어졌다. 문을 박차고 나온 이리하는 곧장 연회장으로 달려가 상을 엎었다.

「하루 주겠다. 나보다 하루 이상 뒤처지는 자는 암영에서 내쫓길 테니 애써 따라올 필요 없다.」

분노의 일갈에 혼비백산한 그들을 뒤로한 채 이리하는 혼자서 출발해버린 것이다.

그런데 자신보다 고작 한나절밖에 늦지 않다니 꽤 쓸 만한 근성이지 않은가. 게다가 기라는 검에도 타고난 재능을 보이는 인재였다. 이리하의 입가에 흥미로움이 섞인 미소가 흘렀다.

이번 신참 중에는 끈기 있는 자들이 제법 보여 서쪽 변방 끝까지 끌고 간 보람이 있었다. 반년여 동안 고작 일곱 명밖에 도망가지 않았던 것이다. 자신의 주시에 기라가 꼼짝도 못하고 얼어붙어 있자 혀를 찬 이리하는 걸음을 옮겼다.

비록 이리하가 무위시랑이라는 직책을 가지고 있긴 해도, 신분으로 따지자면 저들은 자신이 감히 쳐다볼 수도 없는 귀족가의 자제들이었다. 타고난 신분과 다른 직책은 그와 암영의 무사들 사이에 미묘하고도 불편한 관계를 만들었다.

직책이 직책인지라 대놓고 그에게 불복하거나 그를 멸시하는 자는 없었다. 그러나 자신이 나타나기만 하면 모두 꿀 먹은 벙어리마냥 입을 다물었다. 그가 지나칠 때마다 근처의 무사들은 시선도 제대로 마주치지 않았다.

이리하는 자신을 꺼리는 그들을 위해 알아서 자리를 피해주었다. 어차피 그는 혼자가 편했고 사오룬 황자와 치백 이외에는 마음을 터놓고 지내는 인물도 없으니 불편이랄 것도 없었다.

중랑 치백의 처소는 연무장과 무기고를 지나고도 한참이나 들어가야 하는 호젓한 곳에 자리 잡고 있었다.

무사들의 땀 냄새와 먼지에 찌든 서운궁 안에서 유일하게 청량한 공기를 내뿜는 곳이었다. 어찌 보면 궁의 주인인 사오룬 황자의 방보다 더 정갈하게 보였다.

치백의 성정이 깔끔하고 깨끗한 것도 있지만, 사실은 그의 환심을 사려는 여자 시비들이 온종일 들락날락거리는 터라 먼지가 앉을 새도 없다는 게 더 정확하리라.

지금도 시비 하나가 홍조로 물들인 뺨을 한 채 방을 나서고 있었다. 자신을 보고 놀란 그녀가 뒷걸음질 치자 이리하는 어이가 없어졌다. 아니 대체 자신이 무얼 했다고?

하긴 암영의 무사들도 자신이 다가서면 깜짝깜짝 놀라는데 오죽하겠는가. 그를 마주하고도 당차게 노려보던 누군가가 이상한 거지. 이리하는 종종걸음으로 달아나는 시비를 보며 문을 열었다.

갓 간 먹의 향기가 떠도는 방 안은 꽤나 널찍했다. 그러나 천장까지 빽빽하게 들어찬 서가의 책과 문서들이 마치 문서고를 방불케 할 정도였다. 군데군데 놓인 색색깔의 청보석(유리) 잔들이 창으로 스며든 빛에 반짝였다.

이리하가 사오룬의 수족이 되어 움직인다면 중랑 치백은 머리와 같은 인물이었다. 출신 가문도 알려진 바 없고 직책도 중랑이라는 그리 높지 않은 관직에 있지만 재주만은 비범했다. 백 명의 적 가운데 혼자 버려두어도 살아나올 사람이었다. 아니 오히려 그 백 명의 적을 이간질로 자멸하게 만들고 웃으며 걸어 나올 위인이었다.

비록 병사들을 고스란히 남겨두었다곤 해도 몇 달이나 이황자의 곁을 떠나는 결정은 쉬운 것이 아니었다. 하지만 치백이 있기에 안심할 수 있었다. 그가 없었다면 아무리 황명 ─ 더구나 귀비의 입김이 작용한 것이 분명한 ─ 이라도 황제가 언제 붕어할지 모르는 이 불안한 시기에 자리를 비울 수는 없었을 것이다.

"무사히 돌아오셨군요?"

수정으로 만든 안경이 단정하게 틀어 올린 머리 아래서 반짝였다. 그러나 점잖은 학자의 겉모습에 속으면 안 된다. 치백은 늘 상냥하게 웃고 있지만 실제 그 속을 드러내 보이는 일은 거의 없었다.

"어쩐지 불만이라는 투로 들리는군."

등꽃 아래서

이리하는 치백의 맞은편에 털썩 주저앉았다. 말을 건네는 중에도 치백의 눈은 재빠르게 문서를 훑고 있었다.

"제가 어렵게 마련해드린 옷을 팽개치고 가셨잖습니까?"

"미안해."

신랄한 어조에 미안한 마음이 든 이리하는 즉시 잘못을 인정했다.

"특별히 맞는 옷을 빌리느라 제가 얼마나 힘들었는지 아십니까?"

"산 게 아니었다고?"

이리하의 반문에 치백이 무슨 말도 안 되는 소리냐는 눈빛을 보내왔다.

"관복 한 벌이 얼마나 하는지 아십니까? 그 돈이면 새 화살을 백 개는 살 수 있단 말입니다. 게다가 어차피 관복 따윈 입지도 않으시잖습니까?"

그러면 그렇지 하는 생각에 이리하는 고개를 내저었다. 서운궁 최고의 구두쇠 소릴 듣는 치백이 웬일로 큰돈을 썼다 싶긴 했다.

"빌린 옷값은 녹봉에서 제하도록 하지요."

원한 적도 없는데 멋대로 빌리더니 이제는 값을 치르라는 소리다. 이런 식으로 당한 지 이미 하루 이틀이 아닌지라 새삼 놀랍지도 않았다.

"마음대로 해. 그런데 내게 아직도 제할 녹봉이 남아 있긴 한가?"

이리하가 심드렁하게 대꾸했다.

"물론입니다. 제 계산은 늘 정확하니까요."

수정알 속의 눈이 가늘게 휘어졌다.

"그래서 일황자에게 또 어떤 트집거릴 마련해주고 오셨습니까?"

치백이 표정을 싹 바꾸자 이리하는 뜨끔해졌다. 너무 많은 일을 벌여놓아 어느 것부터 말해야 할지 난감했다.

자신의 출신을 웃음거리로 삼은 거야 새삼스런 일도 아니니 거론할 가치도 없고, 옷 문제 또한 그 뒤의 일에 비하면 조족지혈이라 할 만했다. 역시 자미희의 호위가 돼버렸다는 얘기가 가장 큰일이겠지? 당장 동위궁에 들어가야 할 신세니 치백이 잔소리를 퍼부을 만하지 않은가. 게다가 제 스스로 함정에 빠진 멍청이가 됐으니 변명할 수도 없었다.

"아니야. 다른 꿍꿍이가 있어선지 오늘은 크게 시비를 걸진 않더군. 게다가 어울리지 않게 친절하려 애쓰기까지 했지. 그런데 대체 왜 전하를 동위궁에 가시게 한 거야?"

힘이 빠진 음성엔 원망의 기색이 섞여 있었다. 대체 왜 날 동위궁에 보냈던 거냐.

"전하께서는 누구와 달리 엉뚱한 곳에서 소란을 일으키진 않으시지요. 게다가 무위시랑께서 계신데 무슨 걱정입니까?"

그러니까 바로 내가 있어 문제가 생겼단 말이다. 거하게 한숨을 내쉰 이리하는 산더미처럼 쌓인 문서 두루마리에 파묻혀 있다

꽃 아내서

시피 한 치백의 정수리를 바라보았다. 암영의 편제를 짜는 중대사부터 궁의 소소한 살림을 꾸리는 것까지 서운궁에서 치백의 손을 거치지 않는 일이란 없었다.

"바쁜가?"

"바쁘냐고요? 비가 오면 서운궁의 지붕은 물이 새고 겨울이 되면 낡은 창으로 바람이 몰아칩니다. 궁무부에서 준 올해 예산은 다 써버렸기 때문에 당분간 수리는 꿈도 못 꿀 판인데 다들 춥다고 울상입니다. 산만한 덩치들로 아침마다 몰려와 보채느라 제 처소가 미어터질 지경이지요. 게다가 수장이란 분이 멋대로 반년이나 자리를 비워버린 바람에 분위기도 뒤숭숭합니다. 조만간 그 누군가를 본받아 모조리 야반도주할지도 모르지요. 이런데 제가 바쁠 일이 뭐 있겠습니까?"

말끝에 돋은 가시가 무척이나 뾰족했다.

"그러니까 네가 맡으라고 말했을 텐데? 무위사랑이란 건 귀찮기만 할 뿐이고 어차피 내 명령을 기꺼워할 사람도 없는데."

실제 창의 대장군직을 맡고 있는 게 혜 출신의 문관들임에도 치백은 매번 자신이 문관임을 내세워 암영의 수장이 되길 사양했다. 이리하가 착실하게 제 부하들을 건사하거나 챙기는 법이 없기에 실질적인 관리는 거의 치백이 하는 형편임에도 불구하고.

"저는 문관입니다. 설마 저더러 칼을 들고 앞에 나서라는 겁니까? 자신들보다 무예가 떨어지는 자를 상관으로 받들 자는 암영 내에 없습니다. 불쑥불쑥 말도 없이 무단이탈하시는 것만으로 부족하십니까? 아니면 가뭄에 콩 나듯이 한 번씩 봐주시는 훈련이 버거우십니까? 녹을 받으시면서 설마 그것도 안 하시겠다는 건 아니겠지요?”

그 녹봉을 제대로 준 적도 없으면서 치백은 으름장을 놓았다.

이 얽매이기 싫어하고 제멋대로인 사내를 붙들어놓는 건 쉬운 일이 아니었다. 억지로 암영을 맡기고 직무를 떠안겼지만 이 핑계 저 핑계 대며 도망치기 일쑤였다. 게다가 병사들의 경외하는 눈길을 자신에 대한 혐오라고 착각해서 늘 외톨이 짐승처럼 혼자 돌아다녔다.

봄철이 되면 서운궁 앞은 수많은 지원자들로 북적거린다. 그러나 대부분이 혹독한 훈련을 견디지 못하고 열흘 안에 줄행랑을 놓았다.

암영에 속한 무사들은 사오룬 황자의 지시대로 철저히 실력으로만 가려 뽑는다. 그러다 보니 귀족 중에서도 하급귀족인 진이거나 평민인 여(伽) 출신인 자가 대부분이었다. 한마디로 모두 능력으로는 제국 최고지만 신분상으로 출세가 힘든 젊은이들이었다.

지금 암영에 있는 대부분의 무사들은 소이국 정벌 때부터 생사를 함께한 자들이었다.

날 때부터의 신분이란 건 하루아침에 바뀌는 게 아니라 다들 처음에는 루인 이리하를 받아들이려 하지 않았다. 드러내놓고 배척하진 않았지만 모두들 불만을 품고 있었다. 그러던 자들이 전장에서 이리하와 함께 죽음을 넘나들면서 바뀌었다.

소이국과의 전쟁터는 진정한 지옥이었다.

소이국은 포로의 사지를 자르거나 산 채로 장대에 꽂는 만행으로 제국의 사기를 누르려 했다. 제국군은 그들의 잔혹함에 치를 떨면서 사로잡은 적을 모조리 처형하는 것으로 되갚았다. 적과 아군이 흘린 피로 땅이 검붉게 변하고 곳곳에 쌓인 시체가 발에 차일 정도로 넘쳐났다.

소이국은 척박한 산악지대에서 벗어나 영토를 넓혀야 한다는 국가적 사명으로, 제국군의 주축이 된 암영은 일황자 파에게 몰려 전쟁터까지 내쫓긴 상태였기에 더 이상 물러설 곳이 없는 상황이었다. 양쪽 모두 결코 질 수 없다는 죽음의 배수진을 치고 매일 치열한 전투를 벌였다.

피 냄새가 가실 날이 없는 살육과 공포의 나날 속에서 영웅이 탄생했다.

두려움을 모른다는 야만족들조차 떨게 만든 이름.

이리하는 적의 장수 수십은 물론 소이국왕의 목까지 베었다.

석 달 동안 그가 세운 전공이 다른 이들의 수십 배를 넘어섰는데 남들은 평생이 가도 이루지 못할 양이었다. 그것은 이리하가 다른 장수들처럼 뒤로 물러나 명령만 내리지 않고 직접 선봉에서 검을 휘둘렀기 때문이었다.

언제나 목숨 따윈 아깝지 않다는 듯 앞장서 싸웠지만 부상조차 입지 않은 그가 어디 사람으로 보였겠는가.

이리하는 그 무시무시한 검으로 적에게 살귀(殺鬼)로 불렸지만 아군에게는 전신(戰神)의 화신이나 다름없었다. 제국군의 사기는 그야말로 하늘을 찔러 그가 함께라면 죽음도 무섭지 않다는 기세로 싸웠다.

치열한 석 달간의 전쟁은 소이국이 왕을 잃고서야 끝났다.

그 승리로 이황자는 황도로 돌아올 수 있었고 암영은 제국 최고의 무사단으로 이름을 떨쳤다.

어쩌다 암영에 새로 들어온 신참들이 멋모르고 이리하를 꺼리거나 무시하면 선배들로부터 비밀스런 보복이 가해졌다. 그게 아니더라도 한 번씩 억지로 이리하와 병사들을 섞어놓기만 하면 모두 자신들의 지휘관에게 홀랑 넘어가고 말았다. 그 짐승 같은 체력과 압도적인 무위를 마주하면 누구나 자괴감에 빠져들었다. 그리고 곧이어 상관에 대한 외경심에 사로잡혀 헤어 나오지 못했다. 덕분에 치백은 이리하의 이름을 팔기만 하면 손쉽게 암영을 움직일 수 있었다.

암영의 무사들은 한 사람 한 사람이 일당백의 무인이었다.

신분상의 제약만 없다면 제국의 고위무관직까지 충분히 오를 수 있는 자들이었다. 스스로에 대한 자부심들이 대단한 만큼 어설픈 지휘관은 그들을 통제할 수 없었다. 그런 자들에게 나약한 귀족 문관을 상관으로 모시라고 한다면 반발이 일어날 게 뻔했다.

그들의 주군인 사오룬 황자는 스스로 모범을 보여 존경심을 불러일으키는 존재였고, 상관인 이리하는 그들이 꿈꿀 수 있는 가장 완벽한 경지의 무인이었다.

흑꽃 아내서

게다가 오로지 무예 실력만으로 무위시랑의 자리에 오른 이리하는 그들에게 타고난 신분을 넘어설 수 있다는 희망을 주고 있었다.

무위시랑의 자리를 준 것은 이황자였지만 무위시랑의 자리를 지킨 것은 이리하 자신이었다.

"이봐, 무단이탈이라니? 난 황명을 받고 떠난 거야."

이리하가 억울함을 토로했다. 물론 자신이 가끔 월담하여 돌아다닌 전적이 있긴 하지만 이번 토벌은 분명 황명으로 이뤄진 것이다.

"반년이나 예정하고 가신 건 아닐 텐데요."

"사실 나도 붉은 사막에 그렇게나 오래 있게 될 줄은 몰랐어. 기껏해야 한두 달 안에 끝날 줄 알았지."

"제대로 된 군사도 없이 떠나실 때는 그런 생각 정도는 해야 하는 거 아닙니까? 대체 화적단 토벌하러 가는 분이 고작 스물을 데리고 떠난다는 게 말이 됩니까? 그것도 전부 전쟁을 겪어보지 못한 애송이들로만 추려 가셨지요."

치백의 날카로운 지적에 이리하는 난처한 듯 턱을 문질렀다.

사오룬 황자가 자신에게 암영의 병력 중 절반을 딸려 보낼 계획이라는 걸 들은 이리하는 병사 스물을 끌고 야반도주하듯 난경을 떠났다. 어차피 자신이 지키지 못한다면 황자의 곁에 든든한 병사 하나라도 더 남겨두는 게 나았다. 필요한 병사야 국경 주변에서 긁어모으면 되겠지 하고 안일하게 생각한 점도 없지 않았다.

그러나 국경수비대는 예상보다 더 형편없었다. 서쪽은 이제껏 붉은 사막이라는 천혜의 방벽이 든든하게 지켜주었기에 수비대는 한가하고 나태한 생활에 젖어 있었다. 신출귀몰하고 사막의 지형을 이용할 줄 아는 화적단을 상대로 이길 만한 전력이 결코 아니었다. 덕분에 이리하는 국경수비대에서 그럭저럭 쓸 만한 자들을 차출해 훈련시키는 데만 몇 달을 허비하고 말았다.

"그래도 덕분에 쓸 만한 놈들을 건졌어. 제법 끈기 있는 놈들이 열셋이나 되더군."

이리하가 이를 드러내며 웃자 치백은 눈을 가늘게 좁혔다. 그 열셋 중 멀쩡하게 돌아올 이가 몇이나 될까.

치백은 자신이 닷새마다 토벌대의 상황보고를 받을 수 있도록 따로 조치해둔 것을 후회했다. 여섯 달 내내 구구절절 하소연하는 장문의 전서응이 빗발쳤던 것이다.

덕분에 이리하가 출발이 늦는다며 무사들을 버려두고 오는 만행을 저지른 것도 알고 있었다. 열사나흘은 족히 걸리는 거리를 열흘 만에 온 거야 이리하라면 당연하다 싶었지만 다른 이들에게 고작 하루의 여유를 준 것은 분명 무리한 일이었다. 사람들이 모두 자기 같은 줄 아나? 이쯤 되면 쓸 만한 놈들을 건진 게 아니라 쓸 만한 놈들을 모조리 내쫓을 속셈이 아닌지 의심스러웠다.

초주검이 되어 돌아온 진 기라의 몰골을 떠올리자 자연스레 치백의 미간에 골이 패었다. 내쫓기지 않으려고 열흘 동안 그야말로 죽자 살자 쫓아왔을 것이다. 뿔뿔이 흩어진 다른 놈들은 언제 돌아올지 기약조차 없다.

게다가 이리하는 죄인 호송을 국경수비대에게 맡겨버리고 먼저 난경으로 달려와버렸다. 승전보는 전해졌지만, 그 공을 세운 수훈장이 야밤에 담 넘는 도둑처럼 몰래 숨어들어오다니. 그의 입지를 세워줄 생각에 화려한 귀환을 계획하고 있던 치백으로서는 맥 빠지는 일이 아닐 수 없었다. 그래서 이리하가 싫어하는 일황자의 연회에 몰아넣는 심술을 부렸던 것이다. 아까부터 땅이 꺼져라 한숨을 쉬는 모습이 뭔가 일을 저지른 게 분명한데 틈을 들이는 걸 보니 꽤나 큰일인가 보군. 이리하가 스스로 실토할 때까지 기다릴 생각인 치백은 수정안경 너머를 바라보며 살벌하게 웃었다.

"그 화적단 두목은 어떻던가요? 들리는 바로는 화적치고는 제법 머리도 쓸 줄 아는 것이 흥미로운 인물이더군요. 하긴 붉은 사막에 오합지졸로 흩어져 있던 화적떼를 하나로 규합한 자니 범상한 자는 아니겠지요."

"앞으로 열흘 정도면 난경에 도착할 테니 그때 실컷 만나봐."

"그러지요. 그런데 웬 떨거지 하나를 끌고 오셨다고요?"

그 일이 벌써 치백의 귀에 들어갔단 말인가. 대체 이 궁내에 그가 모르는 일이 있기나 할까. 놀라서 입을 다물지 못하는 이리하를 보며 치백은 별것 아니라는 태도로 말을 이었다.

"새로 온 시비 아이가 비어 있는 옥사 안에서 귀신소리가 들린다며 겁에 질려 달려왔습니다. 무위시랑께서 돌아오신 날 비어 있던 옥사에서 목소리가 들린다면 뻔하지요. 게다가 의원을 불러오라고 고래고래 고함을 지르고 있다더군요. 또 얼마나 두들겨 패신 겁니까? 그 여린 아이가 어찌나 놀랐던지 더 이상 이 무서운 궁 안에 있을 수 없다며 울고불고 난리도 아니었습니다. 요즘 쓸 만한 시비를 구하는 게 얼마나 힘든지 아십니까?"

애당초 서운궁의 시비 수가 적은 것은 빠듯한 궁 살림에 여유롭게 많은 시비들을 쓸 수 없어서이다. 최소한의 경비를 제외한 궁의 모든 운영비는 암영의 무사들을 먹이고 훈련시키는 데 들어갔다.

"가여운 그 아이를 달래느라 상당히 애를 먹었단 말입니다. 더구나 놀라서 그만 들고 있던 제 찻잔까지 깨뜨렸다고 울음을 터뜨리더군요."

달래? 꼬드긴 게 아니고? 이리하는 치백에게 시큰둥한 눈길을 던졌다. 그저 치마만 두르고 있으면 그냥 지나치는 법이 없지. 서운궁에 새로 들어온 시비들 중 치백의 꼬임에 넘어가지 않은 계집이 없으니 새삼스런 일도 아니긴 하지만. 여태껏 가장 오래 버텼던 것이 열흘 정도였을 것이다.

"찻잔 정도야 궁에 널렸잖아."

"글쎄, 하필이면 그게 지난번 어느 분께서 친히 박살을 내주신 다기 한 벌 중 유일하게 남은 찻잔이라지 뭡니까?"

치백의 입가에는 미소가 떠올라 있었지만 눈빛은 냉랭했다. 게다가 말끝에 힘이 들어가 있다는 것은 잔뜩 심사가 뒤틀렸다는 신호였다.

"그때 일은 이미 사과했잖아. 게다가 고작 그릇 하나 가지고."

"그 고. 작. 그릇 하나는 위국에서 힘들게 들여온 청보석 잔이었습니다."

"그래봤자 물그릇……."

"특히 깨어진 그. 잔. 은 짙은 분홍색과 유백색의 절묘한 조화로 다시 나오기 힘든 보물이라 일컬어지지요. 청보석의 흔한 녹색이나 황색이 아닌 그 깊고 오묘한 빛깔을 어느 분 덕에 다신 보지 못하게 되었단 말입니다. 자그마치 제가 금 오. 십. 이라는 거금을 들여 힘들게……."

"아, 알았어. 그래, 구해줄게! 구해주지! 구해준다니까!"

중간중간 으득거리는 소리가 섞인 치백의 잔소리에 이리하는 두 손 들고 항복하고 말았다.

"그 물건을 만든 장인이 세상을 떠난 지 이미 십여 년이 넘었다고 지난번 분명히 말씀드린 걸로 아는데요? 더 이상 구하려 해도 구할 수 없는 물건이란 말입니다. 괜히 잊은 척하지 마십시오."

다시금 이를 가는 소리가 들리자 이리하는 등허리가 오싹해졌다. 자신이 수집하는 귀한 청보석에 대한 원한만큼은 절대 잊지 않는 치백이다. 일 년이나 지난 일임에도 두고두고 자신을 괴롭힐 속셈이 분명했다. 어쩐지 하사신의 동위궁에 가게 된 일이 다행스럽게 느껴졌다.

"누굽니까?"

다 읽은 두루마리를 한쪽으로 치운 치백은 또 다른 두루마리를 펼치며 물었다.

"응?"

"그 떨거지 말입니다."

치백은 서운궁 내에서 소란피우거나 난동을 일으키는 걸 싫어해 어긴 자는 반드시 응분의 대가를 치렀다. 멍청한 놈이로군. 그렇게 맞고도 아직 정신을 못 차리다니 제 무덤을 파고 드러누울 놈이었다.

"무슨 죄를 지었길래 친히 끌고 오셨습니까? 설마 예전처럼 쳐다보는 눈이 기분 나빠서 잡아오신 건 아니겠죠?"

"그때 그놈은 도둑이었어."

미간에 가는 주름을 잡은 이리하가 못마땅한 듯 응수했다.

"애초에 잡아오실 때는 그걸 모르셨잖습니까? 몸수색을 하고 나서야 좀도둑인 걸 알았죠."

"그놈이 내내 수상한 눈으로 날 노려봤다니까!"

노려본 게 아니라 눈치를 본 거겠지. 한숨을 내쉰 치백은 고개를 들어 후리후리한 눈앞의 사내를 바라봤다.

반년 전 집을 털고 나오던 좀도둑 하나가 마침 지나치던 이리하와 마주쳤다. 칼날 같은 그의 기세에 지레 겁먹은 도둑은 멍청하게도 삼십육계 줄행랑을 선택했다. 수상한 행색으로 제 눈앞에서 도망가는 놈을 그냥 두고 볼 이리하도 아닌지라 쫓아가서 무조건 서운궁으로 끌고 왔던 것이다.

애초에 이리하가 서운궁 내에 옥사 따위를 만들자고 할 때부터 반대했어야 했다. 원래는 가벼운 죄를 저지른 병사들의 처벌을 위해서라는 취지였으나 온 난경 내의 잡다한 죄인들이 대신 그 자리를 차지했다.

죄인을 잡아들이거나 형 집행을 담당하는 포찰위(捕察尉)가 따로 있음에도 어찌된 건지 이리하가 지나간 뒷자리에는 죄인들이 우르르 딸려 들어왔다. 물론 지금의 포찰위장이 상서위의 비위를 맞추는 데만 혈안이 된 자라 포찰위가 제 역할을 다하지 못한 탓도 없지 않았다.

그러다 보니 본의 아니게 난경의 치안 문제까지 신경 써야 하는 치백의 일이 배로 늘어난 것은 두말하면 입 아픈 이야기였다. 그나마 이 반년간은 조용하다 싶었는데 귀환한 첫날부터 일거리를 끌고 들어오다니.

"그래서요, 이번에는 대체 뭡니까?"

"강간, 아니 강간미수던가?"

삽시간에 치백의 얼굴이 굳었다. 애지중지하는 어린 누이 때문인지 여자들에게는 유난히 친절한 치백이었다. 멀리 지방의 본가에 있어 자주 보지 못한다고 했지만 귀에 인이 박히도록 그의 누이 자랑을 들은 바 있다.

그래선지 엄청난 바람둥이임에도 어떤 여자에게서도 치백을 원망하는 소리를 듣지 못했다. 그는 만나는 모든 여자들에게 공평하게 대했고 누구 하나 소홀히 취급한 적이 없었다. 심지어 과거에 헤어진 여자들과도 사이좋게 지냈다.

"뭐하러 귀찮게 끌고 오셨습니까? 그런 놈은 땅속 깊이 꼭꼭 파묻어버리셨어야죠."

"……진짜 죽였으면 잔소리를 퍼부을 거면서. 어차피 당분간 여자는 꿈도 못 꿀 테지만 네가 적당히 손 좀 봐주도록 해."

"확. 실. 하. 게. 손을 봐드리겠습니다. 물론 궁내에서 소란을 피운 죄도 덤으로 얹어서."

입꼬리를 비틀며 살벌하게 웃는 치백의 얼굴에 놈이 조금 불쌍해졌다. 그래서 이리하는 사내를 동위궁에서 끌고 나왔다는 얘기는 슬쩍 넘어가버렸다.

"그런데 어디 가십니까?"

치백이 그가 들고 있는 짐을 눈짓하며 물었다.

그제야 자신이 치백을 만나러 온 목적이 생각난 이리하는 이미 또 다른 문서를 뒤적이는 그를 돌아보았다. 의외로 계집애처럼 시시콜콜히 온 황도의 소문을 꿰고 있는 ─ 본인에게 그렇다고 얘기하면 돌아올 후환이 두렵긴 해도 ─ 치백이라면 좀 더 많은 것을 알고 있을지 몰랐다.

"자미희에 대해 아는 대로 말해봐."

"일황자의 첫 번째 비인입니다."

고개도 들지 않은 치백에게서 무심한 대답이 흘러나왔다.

"그 정도는 나도 알아."

"자미희의 출신이나 과거는 알려진 바가 없습니다. 열셋의 나이에 궁에 들어왔다는 기록만 남아 있더군요."

역시 이미 조사를 해봤다는 거군. 하긴 정적이 총애하는 비인이니 당연하겠지 하고 수긍하던 이리하는 다음 순간 자신도 모르게 소리쳤다.

"뭐? 열셋! 그런 어린애를?"

"당시 일황자도 같은 나이였습니다. 어린 나이에도 그 미색으로 일황자를 홀렸나 보지요."

치백이 여상스러운 어조로 대꾸했다. 그러나 이리하는 그 차가운 자미희가 사내를 유혹하는 모습은 도저히 상상이 되지 않았다. 하사신에 대한 태도를 이미 본 후라 더 그랬다.

"자미희는 일황자가 처음으로 후궁에 들인 여인이지만 그 어떤 직첩도 내려진 적이 없습니다. 아마도 그 신분이 미천해서가 아닐까 짐작되지만……."

문득 치백이 말끝을 흐렸다.

이리하가 이렇듯 여자에 흥미를 보이는 일은 처음이었다. 적들에게 고자라는 비웃음을 살 정도로 여색에 무심한 그이지 않은가. 비스듬히 고개를 든 치백의 표정은 짐짓 심각했다.

"여인에게 관심을 가지신 것은 정말, 매우 반가운 일이지만……."

말을 끊은 치백은 힐끔 이리하를 올려다보았다. 그의 한쪽 눈썹이 동그란 안경알 위로 삐죽 추켜 올라갔다.

"너무 버거운 상대입니다."

어림도 없다는 듯 냉큼 자르는 말이었다.

"······무슨 생각을 하는 거냐?"

어이없다는 시선을 치백에게 돌려준 이리하는 무거운 한숨과 함께 오늘 연회장에서 있었던 일을 털어놓았다.

"무위시랑을 동위궁 안에 묶어둘 속셈이군요."

기약도 없이 당분간 자미희의 호위를 맡게 된 경위를 들은 치백은 미간을 찌푸렸다. 이리하가 동위궁에 들어가는 것은 그리 바람직한 일이 못 된다. 귀족들의 몸에 밴 가식을 워낙 싫어하는 성정 때문에 사사건건 부딪칠 것이다. 아니, 아예 싫다는 감정을 감출 생각조차 하지 않는 게 문제였다. 이리하는 결코 모사꾼이 될 수 없는 사내였다.

타고난 모사꾼은 바로 자신이 아니던가. 치백은 눈을 가늘게 뜨며 생각에 잠겼다. 하사신이 그물을 친다면 걸려드는 척을 해주어야겠지. 가느다란 미소가 그의 입가에 걸렸다. 치백은 수정안경 사이로 의기소침해 있는 이리하에게 시선을 던졌다. 몸조심하라는 말은 굳이 필요 없겠지만 문제를 일으키지 말라는 당부는 필요하겠지.

"자미희를 잘 지키셔야겠습니다."

"그거야 당연한 소리."

미간에 주름이 가긴 했지만 예상보다 화를 내지 않는 치백을 보며 이리하는 자신도 모르게 안도의 숨을 내쉬었다.

"이 일로 일황자는 두 가지 이득을 취할 수 있습니다."

치백은 느긋한 목소리로 이리하에게 설명하기 시작했다.

들꽃 아내서

"일단 얼마든지 자객을 보내 무위사랑을 위협할 수 있죠. 그리고 자미희의 신변에 문제가 생기면 공개적으로 책임을 물을 겁니다."

"그 말은 일황자가 자미희를 희생시킬 수도 있단 말인가?"

"어느 쪽에 더 비중을 두느냐에 따라 다르겠죠. 눈엣가시 같은 무위사랑이냐, 수많은 비인들 중 하나냐."

"총애해 마지않는다는 그 자미희인데도?"

"글쎄요. 마음이란 건 직접 그 속을 들여다보지 않는 이상 단정하기 어려운 법이지요."

문득 떠오르는 생각은 그녀는 하사신이 자신을 미끼로 내걸었다는 사실을 알고 있을까, 하는 것이었다. 권력자의 총애라는 건 고작 이런 정도인가. 이리하의 눈앞에 회랑에 혼자 앉아 있던 그녀의 뒷모습이 떠올랐다.

"자미희를 부르는 또 다른 말이 있죠. '등꽃의 요녀'가 바로 그 겁니다."

"등꽃? 그게 뭐지?"

이리하는 어이없었다는 듯한 치백의 시선을 꿋꿋이 받아넘겼다.

"하, 대체 검술 말고 관심 두시는 게 있기는 합니까? 그건……, 등나무에 피는 꽃입니다. 대륙의 남쪽 지방에서만 자라는 나무지만 일황자가 자미희를 위해 창에 들여왔죠. 몇 년 전부터 귀족들 사이에 유행이라 난경 내에선 간간이 볼 수 있습니다."

등나무? 나무 따위에 관심을 둔 적 없는 이리하인지라 단 한 번도 들은 적 없는 이름이었다.

"그녀가 괜히 요녀라 불리는 게 아닙니다. 독을 품은 꽃일수록 달콤한 향기로 벌을 유혹하는 법이지요. 어쨌든 그 여자는 맹독을 품고 있으니 가까이 가지 마십시오."

가까이 가지 않고 어떻게 호위를 하란 소리냐. 치백의 황당한 요구에 이리하는 눈을 커다랗게 떴다.

"지금 농담하는 거지?"

"게다가 쉬쉬하는 소문이 하나 더 있습니다."

"뭔데?"

"……뭐 그럴 일은 없겠지만."

"대체 뭔데 그러는 거야?"

치백의 심각한 어조에 이리하는 미심쩍으면서도 묻지 않을 수 없었다.

"……일황자의 후궁에는 종종 괴이한 일이 벌어진다더군요."

때마침 치백이 안경알을 끌어올리는 바람에 이리하는 그의 눈이 장난기로 번득이는 걸 보지 못했다.

"후궁 깊은 곳에서 매번 사내들이 하나씩 사라진답니다."

치백이 은밀히 목소리를 낮췄다. 이리하는 저도 모르게 고개를 숙이고 귀를 기울였다.

"삭월의 밤이 되면 등꽃의 요녀는 가장 양기가 강한 사내를 골라 교접한 후 잡아먹는다는군요. 그 미모에 홀린 사내들은 제 숨이 끊어지는 줄도 모른 채 죽어가고요. 그 모습을 눈에 담은 자는 눈알을 도려낸다는 소문도 떠돌더군요. 가끔 억울하게 죽은 귀신들이 후궁 안을 떠도는 모습도 목격된답니다. 그간 후궁에서 많은 호위들이 소리 소문 없이 사라졌지요. 어느 누구도 달포를 버티지 못했답니다. 그럼에도 요녀에게 현혹되는 자들은 끊임없이 생겨나지요. ……하긴 양기가 충만한 사내만 노린다니 무위시랑은 걱정할 필요가 없겠군요. 요녀도 알아서 피해 갈 겁니다. 그러게 제가 누누이 말씀드렸잖습니까. 그렇게 오래 내버려두다간 진짜 고자가 돼버릴 거라고요. 혹시 이젠 서지도 않는 거 아닙……, 억!"

이리하는 잠자코 자신을 놀린 치백의 목덜미를 움켜쥐었다.

조용한 서운궁의 뒤편에서 한동안 살려달라는 비명소리가 길게 흘러나왔다.

3장

　아침나절의 그 뚱뚱한 중년사내 ─ 그는 자신을 상시령이라 소개했다 ─ 는 동위궁 앞에서 이리하를 기다리고 있었다.

　"흠흠, 아침에는 미처 몰라 뵙고 제가 실, 실수를 한 것 같습니다. 오늘 새로운 호위가 올 예정이었는데 작은 혼동이 있었습니다. 어제 그……분의 호위 하나가 갑자기 쫓겨나는 바람에 급히 채우느라 착, 착오가 생겨서. 하하."

　실금 같은 눈이 아예 안 보일 정도로 웃느라 그는 굵은 비지땀을 흘리고 있었다. 신참 호위가 들어오면 심심풀이로 시종들이 다니는 미로에 집어넣고 골리는 일이 종종 있는데 운 나쁘게 이리하가 걸려든 것이다.

　이리하는 치백의 말을 듣고서야 처음 봤을 때 상시령이 자신에게 던진 말이 이해되었다. 잡아먹히지 않으려면 아랫도리 간수를 잘하라고 그랬지. 자미희가 사내를 잡아먹는다는 소문을 빗대어 그를 조롱한 것이다.

등꽃 아래서

실제로 본 자미희의 외모가 사람 같지 않을 정도로 뛰어나긴 했다. 하지만 사람을 잡아먹는다는 괴담까지 떠도는 것은 그 못된 성격 탓일 것이다. 오죽하면 그 미색에도 불구하고 선녀가 아니라 요녀라 불릴까.

그러나 황자궁의 상시령씩이나 되는 자가 지나치게 입이 가볍지 않은가. 제 주인의 비인을 함부로 다른 사내들과 엮어 입에 올리다니. 기분이 나빠진 이리하는 상시령이 궁을 안내하는 내내 살벌한 시선을 거두지 않았다.

섣달에 꽃을 피우는 노오란 납매(臘梅)가 후궁전의 드넓은 정원을 장식하고 있었다. 그 거대한 정원을 가운데 두고 수십 채의 건물들이 긴 회랑으로 연결되어 있었다. 구불구불 하나로 이어진 회랑 탓에 일황자의 여인들은 어쩔 수 없이 서로 얼굴을 맞대고 살아야 하는 구조였다. 지난밤 하사신이 어느 후궁의 처소에 들었는지, 얼마나 오래 머물렀는지 알고 싶지 않아도 다음날이면 모두 알게 되리라.

그나마 직첩을 받은 후궁들은 다른 이들보다는 나았다. 상시령이 전한 비인들의 상황은 더 좋지 못했다. 따로 처소를 하사받지 못한 비인들의 처지는 시비들과 별다를 게 없었다. 한꺼번에 여럿이 한방에서 생활하고 황자의 시침을 들 때만 침전으로 불려가곤 했다.

자미희의 처소인 자화원만 유일하게 그네들과 따로 떨어져 있을 뿐 아니라 별도의 후원까지 딸려 있었다. 오늘 아침 이리하가 잘못 들어선 괴상한 후원이 바로 그곳이었다.

그들은 후궁전의 중앙정원과 달리 여전히 휑하니 비어 있는 그곳을 통해서 자화원으로 향했다.

그러나 이리하의 눈앞에 드러난 건물의 규모는 의외로 작았다. 기껏해야 방 두어 개가 전부일 듯해 가장 총애한다는 비인의 처소가 맞나 싶을 정도였다. 새하얀 기둥부터 정교한 서까래 하나하나까지 분명 세심하게 신경을 쓴 건물이긴 했지만 기대만큼 웅장하거나 화려하지 않았다.

게다가 생각보다 한적했다. 문 앞에 대기하고 있는 시비의 수가 눈에 띌 정도로 적었다.

대신 건물을 둘러싼 담 주위에 담청색 무복을 입은 십여 명의 호위가 서 있었다. 후궁 안에서 단 한 곳에만 세워진 호위를 본 이리하는 실소했다. 하사신이 어지간히도 제 비인을 아낀다 싶었다. 이렇게나 극성으로 보호하려들다니.

상시령은 이리하를 자화원과 담 두 개를 사이에 둔 다른 건물로 데려갔다. 자화원 호위들의 처소로 쓰이는 듯한 건물은 꽤 커서 방의 숫자가 열은 족히 넘어 보였다.

"그러니까⋯⋯. 나더러 이 방에서 자라고?"

오랫동안 사람이 거하지 않아 냉기가 배어 있는 방 안에 그보다 서늘한 목소리가 낮게 울렸다. 순간 상시령은 저도 모르게 움찔거렸지만 재빨리 헛기침으로 무마했다.

"흠흠, 후궁마마의 처소를 제외하고는 후궁전 내에서 가장 크고 좋은 방입니다."

"아, 그래?"

이리하의 눈동자가 번쩍하고 빛을 발했다.

"그렇다면 이 방은 기꺼이 상시령에게 양보해주지. 자네 방은 어느 쪽인가? 난 그 방으로나 가볼까 싶은데?"

"아, 안 돼! 아니 그, 그게 아니라 무슨?"

놀라서 크게 소리치려던 상시령은 애써 목소리를 가다듬었다. 그는 이미 걸음을 옮기고 있는 이리하의 옷자락을 잡고 매달렸다.

"가장 크고 좋은 방이라면 당연히 상시령이 써야 하지 않겠나? 나 같은 일개 호위에게는 과분하지."

비꼬는 게 분명한 말투에 상시령의 이마에서 식은땀이 줄줄 흘렀다. 이 방의 두 배는 족히 넘고 화려한 자신의 방은 그동안 모은 재물을 감추느라 다른 시종들조차 함부로 들이지 않는 곳이었다. 무위시랑이라는 직책 때문에 어쩔 수 없이 공대를 하고 있지만 루 따위에게 방을 뺏기다니 있을 수 없는 일이었다.

"이, 이 방이 마음에 들지 않으시면 다른 방을 보시겠습니까?"

울상을 짓는 상시령을 꽁무니에 달고 이리하는 건물에 딸린 문을 모조리 열어보기 시작했다.

이건 쓸데없이 크고, 저건 너무 좁다. 이곳은 동향이라 햇빛이 강하고, 저곳은 북향이라 햇빛이 안 들어 싫다. 이리하는 나오는 모든 방마다 트집을 잡았다. 급기야는 문짝이 부실한 것 같다며 눈앞에서 뜯어내기까지 했다. 두꺼운 문살을 맨손으로 바스러뜨리

는 그 괴력에 상시령의 얼굴은 아예 허옇게 떠버렸다. 대체 원하는
게 뭔지 알아야 비위를 맞춰도 맞출 게 아닌가.

"저곳은 어때?"

그제야 이리하가 가리킨 곳은 담 너머 있는 자미희의 처소였
다.

"자화원은 원래 북의 후원이 있던 자리에 그……분을 위한 건
물만 따로 지은 곳입니다. 거처가 협소한 터라 방의 여유가 없습니
다. 모시는 시비들조차도 다른 곳에서 지냅니다."

아까부터 거슬렸는데 상시령은 내내 자미희를 그분이라 칭하
고 있었다. 게다가 목소리에는 껄끄러운 기색이 완연했다. 왜 그
런 식으로 부르지? 이름을 모르나? 상시령은 슬슬 이리하의 눈치
를 보며 말을 이었다.

"게다가 그……분은 가까이에 사람을 두는 것을 싫어하셔
서……."

"그건 내가 알아서 할 테니 안내나 하지?"

상시령은 어쩔 수 없이 이리하를 자화원으로 다시 안내했다.

자미희의 방을 사이에 두고 양옆에는 곁방이 딸려 있었다. 한
쪽은 목간이라 했고 나머지 하나는 묵은 침구나 옷가지를 놓아두
는 곳이었다.

이리하는 방을 둘러보았다. 지금은 거의 쓰지 않는 듯 좁은 곁
방 안에는 먼지가 가득 덮인 낡은 궤만 잔뜩 쌓여 있었다. 북으로
난 작은 창 하나가 고작인 방은 사실 무척이나 좁았다. 장정 둘이

누우면 꽉 찰 듯했다. 이리하의 눈길이 왼쪽 벽의 작은 문에 닿았다. 커다란 자물쇠로 단단히 잠겨 있는 문이었다.

"저 문은 뭐지?"

"그……분의 내실로 통하는 문입니다만 지금은 쓰이지 않습니다."

이리하의 입매가 얼핏 휘었다. 어설프게 있다가 호위도 제대로 못 했다고 덤터기를 쓰고 죽을 생각은 없었다. 제 발로 뱀 굴에 들어왔으니 정신을 똑바로 차려야겠지.

그때 시종 둘이 황급히 달려왔다. 그들은 쭈뼛거리며 이리하에게 고했다.

"황자전하께서 무위시랑을 부르십니다."

"좋아. 여기를 쓰지. 대신 내가 돌아올 때까지 뭘 해야 할진 말 안 해도 알겠지?"

이리하는 켜켜이 쌓인 먼지가 묻어난 손가락을 상시령에게 들이댔다. 사실 이리하는 잠자리에 까다롭지 않은 편이라 등을 대고 누울 수만 있으면 상관하지 않았다. 단지 상시령에게 맺힌 게 많은 터라 일부러 끌고 다니며 골탕을 먹인 것뿐이다.

"예, 예."

코앞까지 다가온 매서운 눈에 상시령은 딸꾹질을 하며 대답했다.

"어서 다녀오시지요."

그는 어느새 저만치 멀어진 이리하의 등에 대고 넙죽 엎드렸다. 부들거리는 상시령의 육중한 몸을 시종들이 부축해 일으켜주었다.

"건방지게 루 주제에……!"

"고정하십시오, 상시령나리. 들을지도 모릅니다."

"들으라지! 이황자의 개 따위가 궁 안을 활개치고 다니는 꼴을 이 눈으로 보게 되다니!"

뒤에서 숨죽인 숙덕거림이 들려왔다.

황자궁의 상시령 정도라면 적어도 출신이 진(眞)이거나 여(伽)는 될 것이다. 루 따위에게 존대할 날이 올 거라곤 꿈에도 생각지 못했을 테니 억울하기도 했겠지. 그런 주제에 이리하가 걸음을 멈추자 놀란 개구리마냥 일제히 입을 다물었다.

멍청한 놈들, 대놓고 욕할 용기가 없으면 등 뒤에서 떠들지는 말아야지. 피식 웃음을 흘린 이리하는 하사신이 기다리고 있다는 자미희의 방으로 향했다.

그의 이름을 고한 시비가 문을 열어주자 이리하는 성큼 안으로 들어섰다. 창가에 드리워진 새하얀 비단이 늦은 오후 햇살을 가로막아 실내는 다소 어두웠다. 이리하는 눈을 가늘게 뜨고 방을 살폈다.

그곳은 마치 봄을 붙잡아둔 화사한 조롱처럼 보였다.

희고 푸른 꽃들이 온 사방에 가득했다. 비단실로 수놓아진 수많은 꽃송이들은 벽을 채운 병풍 위에서 흐드러지게 피어 있었다. 그 사이마다 놓인 자개로 상감한 자단목 가구들이 검붉은 광택을 내비치고 있었다. 정교한 화병의 은제 장식, 둥글게 휘어진 의자 등받이의 모서리, 구김 하나 없는 휘장 자락에서 방주인의 까다로운 취향이 엿보였다. 극도의 화사함과 우아함이 한 치의 어긋남도 없이 완벽한 조화를 이루고 있었다.

차가운 바람이 부는 바깥과 달리 화로의 온기 덕에 실내는 따뜻했다. 그러나 탁자에 마주 앉아 있는 두 사람간의 공기는 어딘가 미묘한 한기를 품고 있었다. 그렇긴 해도 겉으로만 보면 정말 잘 어울리는 한 쌍이지 않은가. 이리하의 시선이 일황자에게 머물렀다. 하사신이 비록 속에 뱀 같은 본성을 감추고 있다 해도 외양만은 관옥과도 같은 미남인 것이다.

"그래, 내 후궁 안에 들어와본 기분이 어떠한가? 루 이리하."

질문을 던진 하사신이 느긋하게 김이 피어오르는 찻잔을 집어 들었다.

"궁문 앞의 교대 인원은 백 명, 후궁전을 지키는 자가 대략 육십 명, 그리고 이 자화원 주위에만 열둘의 호위가 있더군요."

이리하의 입에서 나온 숫자에 차를 들어 올리던 하사신의 손이 허공에서 멎었다.

"나는 감상을 물었는데 쥐새끼처럼 염탐을 하고 있었나 보군."

"호위를 하려면 지키는 쪽의 전력을 먼저 파악해야 하니까요. 쓸모없는 전력이라면 오히려 거치적거릴 뿐입니다."

"그래서?"

거칠게 찻잔을 내려놓는 소리가 황자의 불편한 심기를 알려주었다. 탐색하는 듯한 눈빛이 이리하를 파고들었다.

"자화원의 호위들은 모두 눈뜬장님인가 봅니다."

"무슨 소리냐?"

"오늘 아침 낯선 자가 침입했는데 여태 그 사실조차 모르는 걸 보면 옹이구멍만도 못한 눈들이 아닙니까? 아니면 모두 시라도 짓느라 바빴든지요."

이리하는 그들이 무관의 탈을 쓴 문관들이 아니냐는 빈정거림을 담아 대꾸해주었다. 하사신이 무관을 멸시하는 건 잘 알려진 일이다. 호위를 뽑을 때도 일황자에게 거슬리지 않도록 몸집이 작고 얼굴이 준수한 순으로 뽑는다는 소문까지 돌았다. 하지만 그렇다고 무능한 놈들만 모아둘 건 없지 않나. 이리하의 미간에 깊은 주름이 잡혔다. 자미희에게 제대로 된 호위가 필요한 건 사실이었다. 열 명이 넘게 지키고 있으면 뭐하나. 강간미수범 하나 막지 못했는데.

"낯선 자라니? 그 사실을 어떻게 안 것이냐? 루 이리하."

"길을 잘못 들어 우연히 자화원에 침입한 그자와 맞닥뜨렸으니까요."

"그런 일이 있었단 말인가? 너도 알고 있었느냐? 자희. 왜 내게 알리지 않았지?"

하사신이 자미희를 돌아보았다.

"대수롭지 않은 일이었습니다. 저는 아무런 해도 입지 않았으니까요."

대답은 황자에게 하고 있었지만 그녀의 눈빛은 이리하를 마주 보고 있었다. 그 빙하처럼 차가운 눈에는 이리하를 향한 희미한 질책이 깔려 있었다.

"네가 관련된 일은 무엇 하나 내게 중요하지 않은 게 없지. 그 래서……, 그놈은 누구였나? 당연히 잡아두었겠지? 노주에서 온 놈일지도 모른다. 루 이리하, 지금 어디 있느냐?"

하사신의 말투는 기름이라도 바른 것처럼 매끄러웠지만 말 속에 음습한 기운이 느껴졌다. 희미하게 굳어지는 자미희의 턱을 본 이리하는 갑자기 마음을 바꿔 거짓을 고했다.

"달아났죠. 절 보고 꽁지가 빠질세라 도망치더군요."

순간 의외의 기색이 그녀의 눈 속으로 스쳐갔다. 자칫 눈치 채지 못할 정도로 짧은 흔들림이었지만 분명 그것은 안도의 감정이었다.

"저런, 사오룬의……, 무위시랑쯤 되는 이가 그놈을 놓쳤단 말인가?"

분명 사오룬 황자의 개라고 부르고 싶었겠지. 일황자가 삼킨 뒷말을 어렵지 않게 짐작한 이리하는 피식 웃음을 흘렸다.

"그때는 아직 호위를 맡지 않았을 때니까요. 귀찮게 쫓아갈 이유가 없잖습니까?"

"하, 루 이리하가 목석같은 사내라더니 정말이었군그래. 이런 꽃 같은 여인을 해치려던 자를 그냥 보내줬다고? 하하하."

웃음을 터뜨린 하사신은 손을 뻗어 자미희의 긴 머리칼을 쓰다듬었다.

"보아라, 자희. 이 세상에 나만큼 널 귀히 여기는 사내는 없지 않느냐?"

어느새 그녀의 얼굴에는 표정이 말끔히 사라져 있었다. 언젠가 치백의 수집품 중에서 진귀한 청보석으로 만든 인형을 본 적이 있었다. 투명한 아름다움은 눈을 사로잡았지만 자칫 손끝만 대도 얼어붙을 듯 차가워 보였다. 일황자의 옆에 있는 자미희는 마치 그 청보석 인형처럼 보였다. 색깔이 밝아 유난히 투명하게 보이는 눈동자는 생명력이 빠져나간 것처럼 죽어 있었다.

"이제는 호위를 맡았으니 다시는 그런 불상사가 일어나지 않겠지?"

"그럴 겁니다. 대신 조건이 있습니다."

"조건? 하! 네가 감히 나와 흥정을 하려드는 것이냐?"

미간을 꿈틀대며 화를 내는 하사신을 이리하가 가로막았다.

"제대로 된 호위를 하려는 것뿐입니다. 마침 이 곁방이 비었다하니 제가 머물 곳을 그곳으로 해주십시오."

"지금 내 비인과 한 건물 안에 머무르겠단 소리냐?"

"황자전하께서는 동위궁 안에서 누구를 믿으십니까? 그중에서 아끼시는 비인의 목숨을 맡길 만한 사람이 있습니까?"

이리하의 질문에 하사신의 눈매가 가늘어졌다.

"만약 그런 사람이 있었다면 제가 필요하지도 않으셨겠지요. 저 또한 이 궁 안에서 누구도 믿지 않습니다. 그렇기에 호위는 그림자보다 가까이 붙어 있어야 하는 법입니다."

담담하게 말하는 이리하를 주시하는 하사신의 붉은 입술이 묘하게 비틀렸다.

"좋다. 호위를 하는 동안은 밤낮없이 자희 곁을 떠나지 말도록 해라, 루 이리하. 대신 자희의 털끝 하나라도 상한다면 네가 모든 책임을 져야 할 것이다. 큰소리 쳤으니 그만한 자신은 있겠지."

지키지 못하면 필시 목이 달아나겠군. 이리하는 떨떠름하게 생각했다.

"참, 그리고 자희가 원하는 건 무엇이든 해도 좋다. 무. 엇. 이. 든. 말이야."

하사신은 마지막 말을 반복하며 의미심장한 웃음을 흘렸다. 뭔가 섬뜩한 기분이 들었다.

"그만 물러가도록 해라."

"알겠습니다."

무뚝뚝하게 대답한 이리하는 몸을 돌려 밖으로 나갔다. 문이 닫히는 소리를 들으며 하사신은 다시금 찻잔을 들었다.

"네가 보기엔 어떠하냐? 천하긴 해도 제법 사내답지 않더냐?"

"저는 호위에는 관심 없습니다."

차갑게 일어선 자미희는 창가로 걸음을 옮겼다. 사각거리는 비단 소리가 뒤를 따랐다.

"그래?"

차향을 음미하는 하사신의 입술이 만족감으로 느슨해졌다. 그는 따뜻한 차를 한 모금 들이켠 후 내려놓았다.

"나랑 사냥을 해보겠느냐? 자희."

비단 스치는 소리가 뚝 멈췄다. 천천히 돌아선 그녀의 음성은
건조했다.

"사냥……, 말씀입니까?"

그녀는 사냥을 좋아하지도 않을뿐더러 할 줄도 모른다. 황자
역시 잘 알고 있는 사실이니 그가 말하는 것은 그런 의미의 사냥이
아닐 것이다.

"사냥감은 방금 나간 저놈이다. 놈을 손에 넣을 수 있겠느냐?"

그의 붉은 입술이 비웃음으로 비틀어졌다.

"사오룬의 오른팔과 같은 놈이다. 충성심 하나는 제법 쓸 만한
개지. 게다가 천한 놈이 무관들 사이에선 제법 신망이 높다더군.
그냥 죽여버리는 건 재미가 없지 않느냐? ……기르던 개에게 물리
면 사오룬이 어떤 얼굴을 할까? 하하하."

생각만으로 통쾌한 듯 하사신이 웃음을 터뜨렸다.

"그런 것이라면 재물을 내려 끌어들이는 편이 빠르지 않겠습
니까?"

"예전에 미끼를 던져본 적이 있었다. 재물이고 관직이고 다 주
겠다 했다가 우세를 당했지. 이 몸이 고작 그런 천것에게! 하!"

하사신의 얼굴이 분노로 일그러졌다. 황자가 유독 그 사내를
싫어하는 이유가 분명해지는 순간이었다.

"……제가 그와 하룻밤을 지내길 원하시는 겁니까?"

등꽃 아래서

"지금까지의 자들과는 다르다. 고작 하룻밤으로 변심할 놈이면 이제껏 사오룬의 개라 불리지도 않았겠지. 마음을 얻어야 할 것이다. 놈의 마음을 얻으면 네 뜻대로 움직일 수 있지 않겠느냐? ……물론 그리 호락호락하진 않겠지. 고자라는 소문이 돌 정도로 계집을 싫어하는 놈이라니."

"그러면 애초에 소용없는 일이 아닙니까?"

그녀의 목소리엔 서늘함이 묻어 있었다.

"걱정할 것 없다. 계집을 가까이하지 않는다 해서 혹 비역하는 놈이 아닐까 했는데 그건 아닌 것 같더구나. 혜 마우연이 놈을 조롱하려 미동을 보낸 적이 있다는데 펄쩍 뛰면서 모조리 노역장에 보내버렸다더군. 그때 혜 마우연이 가지고 있던 기루를 쑥대밭으로 만든 덕분에 그는 지금도 저놈이라면 이를 갈지. 후후. 오래전이긴 하지만 정혼한 적도 있다 하니 아예 사내구실 못 하는 놈은 아닐 것이다. 어떠냐, 해보겠느냐? 네가 해내면 상을 주마."

사실 그는 자미희가 거부할 거라곤 생각지 않았다. 그녀는 자신이 원하는 것을 거절한 적이 없었다, 단 한 번만 빼고.

"무얼 주실 건가요?"

되돌아온 질문에 하사신의 눈이 번쩍 뜨였다.

"원하는 것이 있느냐? 상시령에게 일러 상인들을 불러들일까? 후원에 등나무를 더 심어줄까? 아니면 처소를 새로 크게 짓는 건 어떠하냐?"

어느 것도 좋다 말하는 법이 드문 자미희였다. 선물을 안겨주어도 웃는 얼굴을 본 적이 없다. 꽃보다 아름다운 저 입술이 미소 짓는 것을 볼 수 있다면 무엇이 아까우랴. 하사신은 상기된 음성으로 속삭였다.

"원하기만 하면 주실 수 있습니까?"

"제국의 황자인 내가 못 해줄 것이 무엇일까. 너를 위해 천리를 마다않고 등나무도 옮겨온 내가 아니냐."

"천금을 가져도 죽은 이들을 되살릴 순 없는 법이지요."

삽시간에 하사신의 입가에서 웃음이 걷혔다. 그의 미간에 불쾌한 기운이 서렸다.

"……또 그 얘기로구나. 이미 지나간 일인데 굳이 안 좋은 기억을 되새겨 무엇하겠느냐. 자희. 이제 그만 잊도록 해라."

그녀는 아무것도 읽을 수 없는 얼굴로 하사신을 바라보고 있었다.

"나의 자희. 네게는 오직 나밖에 없다. 너도 알고 있지 않느냐? 이 세상에서 널 사랑할 수 있는 사람은 나뿐이란 것을."

"……."

"다른 걸 말해보아라. 원하는 건 뭐든 들어주마."

"그러면 제 소원 한 가지를 들어주시겠습니까?"

"그래, 무엇이든 네가 원하는 대로 해주겠다. 세상의 모든 보물을 네 앞에 놓아줄 수도 있다."

하사신은 그녀의 소맷자락을 잡아 곁으로 끌어당겼다. 자미희는 의지가 사라진 인형처럼 그에게 안겼다.

등꽃 아래서

한 겹 투명한 비단에 감싸인 팔목 위에 하사신의 입술이 내려 앉았다. 얇은 사를 뚫고 사내의 뜨거운 입김이 고스란히 그녀에게 전해졌다. 팔을 더듬는 입술에서는 끈적거리는 욕정이 묻어났다.

"오늘 춤은 참으로 아름다웠다. 다들 네게서 눈을 떼지 못하더구나. 자희."

비단천 위를 거슬러 올라간 입술이 목깃이 끝나는 곳에서 멈췄다. 드러난 살갗 위로 느껴지는 시선에 탐욕과 의심이 서려 있었다.

"그런데……. 네가 어제 호위 하날 쫓아냈다는 말이 들리던데, 무슨 일이라도 있었더냐? 혹 그자가 네게 흉한 마음이라도 품었던 것이 아니냐? 말해보아라. 내 그놈을 찾아 사지를 잘라주겠다."

황자의 눈이 그녀의 목선을 핥듯이 바라보는 동안에도 그녀의 얼굴은 고여 있는 물처럼 차가웠다. 비단에 감싸인 어깨를 움켜쥔 손아귀에 힘이 들어갔다.

"그럴 리가요. 별일 아니었습니다. 단지 그자의 목소리가 거슬려서 내보낸 것뿐입니다."

자르듯 차갑고 무심한 음성이었다. 하사신의 눈에 떠오른 의심은 천천히 사라졌다. 그는 금세라도 손아귀에서 빠져나갈 듯 가냘픈 몸을 힘주어 끌어안았다.

"내 아름다운 자희, 잊지 말아라. 너를 사랑할 수 있는 것은 오직 나뿐이다."

황자의 낮은 속삭임이 공기 중에 진한 독무처럼 내려앉았다.

하사신은 모친인 여 귀비와 약속이 있다며 떠났다. 자화원을 나서는 황자의 뒷모습을 바라보며 그녀는 생각에 빠져들었다.

마음이라. 어떻게 하면 사람의 마음을 얻을 수 있지. 게다가 계집에 흥미가 없는 자의 마음을.

실제로 정욕이 담기지 않은 눈으로 자신을 바라본 사내는 이리하가 처음이었다. 여태껏 그녀가 아무런 행동을 취하지 않아도 사내들은 그녀를 보기만 해도 달려들었다. 단 한 번도 먼저 유혹을 해본 적이 없었다.

문 앞에 드리워진 긴 그림자를 바라보며 그녀는 입을 열었다.

"여기서 뭘 하는 거죠?"

"몸을 사리지 않고 내 일을 하는 중이지."

기둥에 기대서 있던 이리하는 허리에 찬 검을 툭 건드렸다. 비꼬는 어투에서 그녀가 한 말에 아직도 분을 품고 있음을 알 수 있었다.

기껏 빠져나갈 길을 열어주었더니 제 발로 동위궁에 걸어 들어온 어리석은 사내였다. 한순간의 모욕감 따윈 넘겨버리면 될 걸 그 때문에 목숨을 걸다니. 그녀의 눈에 싸늘한 기운이 스쳤다.

"신경 쓸 것 없어요. 단지 황자전하의 기우일 뿐이죠. 이 방 안까지 들어와서 날 해칠 사람은 없어요."

그가 허리를 곧게 펴고 그녀 앞으로 다가섰다. 몸놀림은 가벼웠지만 큰 키와 넓은 어깨 때문에 사뭇 위협적으로 보였다.

"오늘 아침 일은 벌써 잊었나?"

그녀를 내려다보는 이리하의 한쪽 눈썹이 살짝 추켜 올라갔다.

"그러고 보니 궁금한 게 있는데, 왜 그 일을 일황자에게 알리지 않은 거지?"

"소란피울 만한 일이 아니니까요."

"대체 그놈은 뭐였지? 자객 같진 않던데."

"당신이 오기 전 저 자리에 있던 사람이었죠."

자미희의 냉랭한 시선이 대문 주위의 호위들에게 가 멎었다.

"뭐?"

"이곳의 호위를 맡던 자 중 하나였지요."

"그런 자가 왜?"

"어제 내가 채찍으로 얼굴을 내리쳐 쫓아냈거든요."

그제야 이리하는 상시령이 말한 내용이 생각났다. 호위 하나가 쫓겨나서 급히 보충해야 했다고 했던가. 냉랭하게 빛나는 그녀의 눈은 그를 도발하고 있었다. 죽은 청보석 같던 눈보다야 이쪽이 훨씬 나았다. 하지만 손버릇이 고약한 여자로군. 그의 입가에 비뚤어진 미소가 걸렸다.

"뭣 때문에? 그놈이 네 연지 합이라도 훔쳤나?"

"당신도 보았듯 손대면 안 되는 걸 건드리려 했죠. 거절을 참지 못하는 자였어요."

어이가 없어진 이리하는 눈을 깜박였다. 일황자가 총애하는 비인을 희롱하려 했다고? 정말 간이 부은 놈이었군.

"당신도 내 가까이 오지 않는 게 좋을 거예요."

마지막 말에 이리하의 얼굴이 구겨졌다. 치백도 그렇고 이 여자도 똑같은 소릴 하는군. 어떻게 하면 호위를 하면서 가까이 가지 않을 수 있는지 정말 물어보고 싶었다.

"생각보다 동위궁의 경비가 허술하더군. 백주대낮에 그런 놈이 버젓이 들어올 정도면 얼마나 엉망일지 뻔하지. 그러니 난 무슨 일이 있어도 네 곁에 꼭 붙어 있어야겠는데?"

"굳이 곁에 있지 않아도 호위 정도는 충분히 할 수 있을 텐데요?"

"두 손 놓고 있다 당하는 일 따윈 질색이거든. 자객은 주로 야음을 틈타 침입하지만 이 정도의 방비라면 언제 뚫려도 이상할 게 없지. 일단 가까이 접근만 할 수 있다면 무예도 익히지 못한 여자하나 죽이는 건 일도 아니야."

"어떻게 그렇게 자신하죠?"

"암살자라면 예전에 일황자가 지겹게도 보내왔거든. 그걸 주로 처리한 게 나였지. 그러니 날 저렇게 멀찍이 세워놓을 생각 따윈 버려."

이리하는 건물을 넓게 둘러싼 담과 대문 앞에 옹기종기 모여 있는 호위들을 눈짓했다.

"뭐, 잠자리 정도는 피해주지. 나도 일황자의 방사를 직접 보고 싶은 생각은 없거든."

놀리는 듯한 말투에 매서운 시선이 날아들었다.

"호위가 필요하다면 내 방식을 받아들여야 할 거야. 그 가느다란 목이 부러지면 내 목도 무사치 못할 테지. 여자 때문에 죽긴 싫어. 예쁜 여자 때문이라면 더더욱 싫지."

그의 말투는 귀찮아하는 기색이 너무도 역력해 모욕감을 느끼게 만들었다. 그녀는 짧게 숨을 들이켰다.

"여전히 무례하군요. 예를 갖춰주시겠어요?"

"무엇 때문에? 직첩도 없는 이에게 예를 갖출 마음은 없어."

이리하는 심드렁하게 대꾸했다.

후궁의 직첩을 받지 못하고 입궁한 탓에 그녀의 지위는 미묘한 위치에 있었다. 아무리 하사신 황자가 아끼는 비인이라 해도 품계상으로는 조12품의 일개 시비보다 못한 처지인 것이다.

반면 이리하는 조5품의 무위시랑이었다. 그가 한시적으로 그녀의 호위를 맡게 되었다곤 해도 그녀의 아랫사람이 된 것은 아니다.

더군다나 일황자의 비인 따위에게 고개 숙일 생각은 없었다. 원래 신분이나 품계 따위에 연연해하지 않는 이리하였지만 자신의 정체를 밝히지 않은 그녀에게 다분히 심사가 꼬여 있는 상태였다.

잠시 그를 노려보던 그녀는 휙 소리가 날 정도로 몸을 돌렸다. 그러다 그녀보다 더 빨리 앞을 가로막은 이리하 때문에 놀라 발을 헛디딜 뻔했다.

"이름이 뭐지?"

"뭐라고요?"

"이름을 알아야 부를 거 아닌가? 하사신 황자도 계속 자희라 부르던데 설마 자미희 따위가 이름이라고 말하는 건 아니겠지? 난 마마나 자미희 님 따위로 부르진 않을 거야."

"당신은 정말 무례하고 제멋대로인……!"

"뭐, 늘 듣는 말이긴 하지."

이리하의 긴 눈매가 즐거운 웃음으로 접혔다.

"그래서, 이름은?"

"내겐 이름 같은 건 없어요."

그녀의 이름을 물어본 사람은 그가 처음이었다.

그녀의 처소에 배치된 시비들은 누구도 그녀의 진짜 이름을 모른다. 게다가 그녀는 하사신 황자가 멋대로 지은 자미희라는 이름을 싫어했다. 예전엔 자신을 그렇게 부르는 시비들을 모조리 내쫓은 적도 있었다. 그 후로 누구도 그녀를 직접적으로 부르는 이가 없었다. 직첩이 없는 그녀를 마마라 부를 수도 없고, 자미희라 부르지도 못하니 매번 시비들은 그녀 앞에서는 벙어리가 될 수밖에 없었다.

"바보 같은 소리군. 나 같은 루조차도 이름은 있다고."

"아무도 부르지 않는 이름 따위가 무슨 의미가 있죠? 이미 죽어버린 이름일 뿐이에요."

담담한 목소리에는 짙은 자조가 배어 있었다.

등꽃 아래서

"거 참 이름 하나 가지고 꽤 까다롭게 구는군. 죽은 이름이건 산 이름이건 말해보라니까?"

"계속 그렇게 예의 없이 굴 거면……."

"그럼 이봐, 거기, 그쪽 따위로 불러도 된다는 소린가?"

"대체……!"

"아니면 아무개로 부를까?"

"불리지도 않는 이름 따위……!"

"그러니까 내가 불러준다잖아."

어느새 이리하의 눈에선 장난기가 사라져 있었다. 투명한 갈색 눈과 예기가 흐르는 깊은 눈이 서로 마주쳤다.

하긴 그것이 무어 그리 대수일까. 그저 오래전에 잃어버린 것들 중 하나일 뿐인데. 그녀의 입술이 작게 달싹였다.

"……파사."

제국에서 흔치 않은 이름이었다. 하지만 그녀에게 어울리는 아름다운 울림이었다. 이리하는 입술 끝을 끌어올리며 싱긋 웃었다.

"파사."

이리하의 입에서 흘러나온 이름에 그녀는 흠칫했다. 잊힌 이름이었다. 미련도 남아 있지 않다고 생각했는데 십 수 년간 단 한 번도 불리지 않았던 그 이름으로 불리자 가슴 아래서 묘한 두근거림이 일었다. 마치 굳어버린 심장에 균열이 가는 것처럼.

하지만 이곳에 있는 것은 희대의 요녀라 알려진 자미희일 뿐이지 산속의 그 작은 마을에 살던 파사가 아니다. 지그시 입술을 깨문 그녀는 방으로 들어가버렸다. 그러나 망설임 없이 그녀를 뒤쫓아 온 이리하에게 따라잡혔다.

"발은 어떻지? 파사?"

"아무렇지도 않아요."

"내가 직접 살펴보길 원하는 건가? 파사?"

순간 그녀는 이름을 알려준 자신의 혀를 깨물어버리고 싶었다. 그러나 장난스럽게 눈썹을 추켜 올린 이리하는 노려보는 시선에도 꿈쩍도 하지 않았다.

"응? 파. 사?"

당장 발목이라도 잡아챌 기세에 파사는 어쩔 수 없이 치맛자락을 살짝 들어 올렸다. 부드러운 가죽으로 바닥을 댄 새하얀 비단신 위로 발갛게 부어오른 발등이 보였다. 단박에 이리하의 미간이 찌푸려졌다.

"분명 걷지 말라고 한 것 같은데?"

"앉아서 춤추는 재주는 아직 익히지 못해서요. 이. 리. 하."

본전도 못 건졌군. 좀 놀렸다고 곧바로 갚아주는 태도에 이리하는 추궁하려던 마음을 고이 접었다.

"궁의를 부르는 게 어때?"

"소란스럽게 하는 건 싫다고 했을 텐데요?"

냉랭한 대답에 이리하는 투덜대며 밖으로 나갔다. 그리고 문 앞에 서 있던 시비를 가까이 불렀다.

"이곳에도 온천수가 있겠지?"

살짝 고개를 끄덕인 시비가 바로 옆의 목간으로 그를 안내했다. 그리 넓지 않은 목간 안에는 바닥에 청석이 깔린 탕이 하나 있을 뿐이었다. 탕의 한쪽에선 뜨거운 물이 끊임없이 퐁퐁 솟아오르고 있었다.

설산은 난경의 백성들에게 두 가지 은혜를 베푼다. 설산에서 녹아내린 눈은 난경의 수로로 흘러들어가 땅을 비옥하게 하고, 땅속 깊은 곳에서 뜨거운 온천을 뿜어내 한겨울에도 얼지 않게 만들었다. 마르지 않는 풍부한 수원(水原). 그것이 초대 황제가 난경을 제국의 터전으로 삼은 이유였다.

다만 설산의 물은 수로를 통해 누구라도 접할 수 있지만 온천은 사정이 달랐다. 난경 땅 아래 흐르는 온천은 나라의 허가가 있어야만 팔 수 있기에 백성들에게는 언감생심 꿈도 꾸지 못할 사치였다.

난경에서 내로라하는 대귀족의 집이라면 반드시 있는 것이 바로 이런 온천탕이었다. 귀족들은 집안에 탕을 만들어 추위를 견디고 정원 아래로 온천수를 흐르게 해 겨울에도 꽃이 피게 만들었다.

동위궁의 후궁전 안에도 온천이 있다는 사실은 정원만 보아도 알 수 있었다. 그렇다곤 해도 다른 후궁들과 함께 쓸 거라고 생각했지 일개 비인이 개인 온천을 가지고 있을 거라 생각진 못했는데. 후궁전에서 이렇게 혼자서 쓸 수 있는 온천탕을 가진 것은 아마도 그녀뿐일 것이다.

은 대야에 물을 담고 시비에게 면포를 가져오라 지시한 이리하는 방으로 돌아왔다.

물에 손을 넣어 지나치게 뜨겁지 않은지 살펴본 그는 품 안에서 작은 약병을 꺼냈다. 혹시나 해서 가져온 것인데 실제로 쓰게 될 줄은 몰랐다.

물 위에 약을 몇 방울 떨어뜨리자 알싸한 향이 퍼져나갔다.

동상에는 최고의 효과를 보이는 약이었다. 단지 증세의 호전에만 중점을 두다 보니 강한 향과 화끈거림을 동반하는 단점이 있었다. 말에게 쓰는 약이라 사람에게는 어떨지 모르지만 일단 자신도 써본 적이 있으니 괜찮겠지. 이리하는 어깨를 으쓱하며 약을 섞었다.

"뭐 하는 거죠?"

가만히 있던 파사가 자신의 앞에 놓인 대야를 바라보며 물었다.

"궁의가 싫다면 이거라도……. 아, 잘됐군."

마침 들어온 시비를 바라보며 이리하가 반색했다.

"시중이 필요한데, 우선은 상처에 약물이 충분히 스며들도록 좀 기다린 다음에 하지."

"나가라."

그의 말에도 면포를 들고 머뭇거리기만 하던 시비에게 파사의 차가운 축객령이 떨어졌다. 말이 떨어지기 무섭게 면포를 내려놓은 시비는 황급히 방을 나가버렸다.

"무슨 짓이지? 시중들 사람을 내보내면 어떻게 하려고."

들꽃 아래서

이리하의 질책을 무시하며 파사는 우아하게 의자에 앉았다.

"당신이 있잖아요."

"뭐?"

파사는 치맛자락을 걷고 매끈한 종아리를 드러냈다. 약물에 닿자 살갗이 따끔거렸지만 그녀는 아무렇지도 않은 얼굴로 따뜻한 물속에 발을 집어넣었다.

도망갈 기회를 주었으나 차버린 건 눈앞의 사내였다. 어차피 사내란 다 똑같다. 저렇게 무심한 척, 담담한 척해도 한 꺼풀 벗기면 모두 저열한 음심으로 가득 차 있었다.

지긋지긋했다.

끊임없이 자신을 탐하는 눈도, 고통을 안겨주는 손들도.

쫓겨난 호위 역시 그녀가 내쫓지 않았다면 온몸이 찢겨 죽었을 것이다. 이미 십 수 명의 호위가 그렇게 죽어나갔다. 하사신 황자에 의해.

모두 그들이 자초한 일이었다. 눈앞의 사내 역시 그러리라.

파사의 눈동자 위로 차가운 서리가 내리듯 감정이 사라졌다. 그리고 다가올 끔찍한 파동을 기다렸다.


어이없다는 표정이 이리하의 얼굴 위로 고스란히 떠올랐다.

당찬 태도와 달리 그녀의 손끝은 하얗게 핏기가 사라져 있었다. 자신의 손이 닿는 게 싫은 게 분명한데 굳이 허세를 부리는 이유를 알 수 없었다. 아침에도 그렇게 난리를 치지 않았던가.

"무조건 손부터 자르겠다는 사람의 시중은 사양하고 싶은데?"

"내가 허락하잖아요."

이리하의 시선이 드러난 그녀의 발에 닿았다. 빨갛게 부은 데다 물집이 생길 조짐까지 있었다. 그는 혀를 차고 말았다. 저대로 내버려둘 수 없긴 했다.

가늘게 잘린 면포를 집어든 이리하가 그녀 앞에 한쪽 무릎을 꿇었다. 자신의 손이 닿자 움찔하는 기색에 그는 한쪽 눈썹을 추켜올리며 그녀를 올려다보았다.

"뭘 기다리죠?"

마치 자신은 그런 적 없다는 듯한 눈빛이었다. 한숨을 내쉰 이리하는 능숙한 손길로 발의 상처를 감싸기 시작했다.

동상은 제국에서 흔하면서도 치명적인 질병 중 하나였다.

이리하가 자란 황도의 매음굴에서도 매년 얼어 죽는 자가 수십 명씩 나왔다. 대부분 어린 아이거나 병자들이었다. 가혹한 환경에서는 약한 것들이 제일 먼저 죽어나가는 법이다.

다행히 이리하는 그때도 무척이나 명이 질긴 아이였다. 악독한 포주들과 도둑들이 들끓는 거리에서 용케 십여 년을 버텨 살아남았다.

매음굴에서 자라는 아이에게 주어진 미래는 몇 가지 없었다. 굶어 죽거나 얼어 죽거나 병들어 죽거나.

운이 좋아 오래 살아남은 아이들은 잦은 폭력의 대상이 되었다. 거리에서 어린애는 쓸모없는 것으로 치부되기 때문이다. 이리하도 제 몸을 지킬 수 있을 정도로 자라기 전까지는 크고 작은 상처를 달고 살았다.

　다치면 치료를 해야 한다는 걸 처음 알려준 건 치백이었다. 그가 이것저것 가르쳐준 덕에 지금은 간단한 부상 정도는 스스로 해결할 수 있을 정도가 되었다.

　갑자기 주위가 조용해진 것을 깨달은 이리하는 힐끔 그녀를 올려다보았다. 파사는 뭔가 이해할 수 없다는 듯 묘한 표정으로 그의 손이 닿은 부분을 바라보고 있었다. 혹시 자신이 지나치게 단단히 맨 건가 싶어 이리하는 슬그머니 매듭을 다시 풀었다.

　그녀는 그가 보아온 여자들과 어딘가 달랐다. 대부분의 여자들은 약간의 고통에도 눈물짓고 하소연하기 바빴다.

　게다가 황자의 총애하는 비인이 아닌가. 그 자미희가 제 상처에 이렇게 무덤덤할 수 있단 말인가. 소문대로의 성정이라면 벌써 후궁을 발칵 뒤집어놓았어야 옳았다.

　면포를 감는 일이 끝나자 그녀는 다시 그에게 침상까지 안아달라고 요구했다. 이리하는 자수정으로 엮은 주렴 뒤로 보이는 침상에 눈길을 주었다.

　"겁이 없군."

　이리하는 무게감이 느껴지지 않는 몸을 가볍게 안아 올렸다. 그녀에게서 다시 아침의 낯선 향기가 맡아졌다. 흘러내린 비단치마가 걸음을 옮기는 그의 다리에 감겼다.

　"내가 당신을 두려워해야 하나요?"

"내가 루란 사실은 완전히 잊어버린 건가?"

"그게 어쨌단 말이죠?"

대부분의 사람들은 천민인 루에 대한 뿌리 깊은 편견을 가지고 있었다. 흔히 루라고 하면 살인과 강간을 밥 먹듯 하고, 도둑질로 연명하는 더러운 사람들이라고 생각했다. 그들은 어딜 가나 비천하고 사람대접 못 받는 존재들이었다. 그런데…….

이리하는 이황자와 치백 외에 처음으로 자신의 신분에 거부감을 드러내지 않는 여인을 기묘한 눈으로 내려다보았다.

"이황자의 개로 불린다면서요? 이제 당신의 주인은 나인데, 부리는 개를 두려워하는 주인도 있나요?"

이어진 말에 이리하는 그녀의 몸을 털썩 소리가 나도록 침상 위에 떨어뜨렸다. 낮은 신음과 함께 맑은 눈동자가 그를 노려보았다.

"내 주인은 이황자 전하야. 그러니 나를 개로 부릴 수 있는 것도 전하뿐이지."

팔짱을 낀 이리하는 위압적으로 선 채 그녀를 내려다보았다.

"그보다 나한테 할 말이 있지 않나?"

"없는데요?"

"동상 걸릴 뻔한 걸 구해주고 내 옷까지 잃어버렸는데 말이야."

순간 그녀의 얼굴이 차갑게 돌변했다.

"어떤 대가를 원하죠? 재물이 필요한가요, 아니면 악명 높은

늪꽃 아내서

자미희와의 하룻밤을 원하시나요?"

냉정한 말투에는 날이 서 있었다. 방금 전과는 확연히 달랐다. 살갑게 대하는 건 아니지만 분명 누그러진 분위기였는데, 지금 그녀의 눈은 다시 차가운 얼음조각 같았다.

"……그런 거창한 것까진 필요 없는데? 그저 고맙다는 말 정도를 기대했다고."

어이없다는 듯한 이리하의 반응에 그녀는 잠시 말문이 막혔다.

"그런데 그게 무슨 소리지?"

하룻밤이라니. 그녀는 하사신의 비인이다. 그런데 다른 이와의 하룻밤이라니? 후원에서 그 사내가 지껄인 말도 이상하긴 했지만 욕정에 눈먼 놈의 헛소리라 흘렸는데 뭔가 다른 내막이 있다는 건가.

"소문을 제대로 듣지 않았나 보군요."

차가움조차 느껴지지 않는 건조한 음성에 이리하는 더 이상 말을 건넬 수 없었다.


밤이 되자 외부에서 후궁으로 통하는 모든 문이 굳게 잠겼다.

이리하는 장정의 키를 훌쩍 넘는 담 위로 가볍게 뛰어올라 주변을 돌아보기 시작했다. 번을 서던 시비와 호위들이 휘둥그레진 눈으로 그의 움직임을 주시했다. 이리하의 발 아래 깔린 기왓장에서 아무런 소리도 나지 않았기 때문이다.

멀리 까마득하게 높은 궁의 외벽이 보였다.

동위궁 전체를 둘러싼 외벽은 황궁에 버금갈 정도로 높고 튼튼하기로 유명했다. 게다가 매끄러운 거석을 깎아 벽을 쌓은 것이라 타고 오르기도 쉽지 않다.

자화원은 동위궁의 가장 안쪽에 자리 잡고 있었고 문 앞은 수많은 호위들이 밤낮으로 지키고 있었다. 실상 일황자의 후궁 중에 파사처럼 각별한 보호를 받는 이는 없었다. 이 정도면 누구도 그녀의 안전을 위협할 수 없다고 생각할 것이다.

그러나 자화원은 후원과 연결된 뒷길을 통하면 궁의 대문에서 어렵지 않게 들어올 수 있다는 맹점을 가지고 있었다. 지나치게 궁의 외벽을 맹신한 나머지 막상 내부관리엔 소홀하다고나 할까.

자화원을 비롯해 다른 건물들을 연결하는 뒷길은 익숙한 시종들이 아니라면 쉽게 길을 잃는다. 표식도 없는 수십 개의 문은 어디로 통하는지조차 알 수 없게 되어 있었다. 게다가 그 문들은 허가된 자가 아니라면 열 수 없도록 항상 잠겨 있다.

반대로 말하면 허가된 자인 시종이 마음만 먹는다면 파사의 목숨은 바람 앞의 촛불이라는 소리였다. 실지로 강간미수범은 두고간 물건이 있다며 약간의 뇌물로 쉽사리 궁문을 통과했다고 했다. 그리고 매수한 시종이 미리 표시해둔 조약돌을 따라 미로를 통과했던 것이다. 이리하가 자화원의 후원에 연결된 문으로 들어올 수 있었던 것도 순전히 먼저 숨어들어 온 강간미수범이 길을 열어놓은 덕이었다.

어둠으로 둘러싸인 자화원 주위에선 별다른 움직임도 살기도 느껴지지 않았지만 이리하의 얼굴은 굳어 있었다.

새벽녘에 호위가 교대하는 소리가 들리자 이리하는 잠시 눈을 붙일 생각으로 자신의 방으로 들어갔다.

깊게 잠을 자는 편이 아니라 닷새 정도는 밤을 새워도 끄덕도 하지 않는 몸이다. 그러나 자객이 언제 올지 알 수 없는 상황에 미리부터 진을 뺄 필요는 없는 일이었다.

좁은 방 안은 먼지 하나 없이 깨끗하게 치워져 있었다. 게다가 겁에 질린 상시령이 어찌나 많은 화로를 갖다놨는지 후끈후끈할 정도였다.

이리하는 창문을 열어젖혔다. 지나치게 더운 공기는 머리를 탁하게 만들 뿐이다.

단출한 침상 위에는 담청색 무복 한 벌이 놓여 있었다. 이리하는 무복을 구석에 던져두고 옷을 입은 채 침상에 털썩 드러누웠다.

오랜 시간의 수련으로 그의 몸은 미세한 살기에도 본능적으로 반응한다. 그러니 불순한 낌새가 있다면 즉각 알아챌 수 있었다. 파사의 방과는 고작 문 하나를 사이에 두고 있으니 여차하면 부수고 들어가면 될 것이다.

이리하는 허리춤의 검을 손끝으로 어루만지며 서서히 잠에 빠져들었다.

잠이 든 이리하는 기묘한 꿈을 꾸었다.

꿈이라곤 거의 꾼 적이 없는 그로서는 드문 일이었다. 게다가 평생 꾼 꿈 중 가장 생생한 꿈이었다.

짚을 이은 커다랗고 뾰족한 삼각지붕이 옹기종기 모여 있는 작은 마을이 눈앞에 펼쳐져 있었다. 그런 형태의 집들은 제국 내에서는 보지 못한 것이다. 이국(異國)의 한가로운 풍경을 신기한 기분으로 찬찬히 바라보던 이리하는 낯익은 것을 발견했다.

파사의 후원에서 보았던 그 이상한 나무들이 각각의 지붕을 타고 자라고 있었다. 처마 아래로 늘어뜨려진 줄기에는 한 번도 보지 못한 보라색의 꽃송이들이 주렁주렁 매달려 있었다. 보랏빛 너울처럼 땅을 향해 줄줄이 내려뜨려진 꽃은 특이했지만 그만큼 아름다웠다.

마을은 온통 그 보라색 꽃나무로 뒤덮여 있었다. 지붕을 감싸고 벽을 휘감고 넘어온 꽃들이 바람에 흔들리는 모양이 장관이었다.

한동안 그 그윽한 색채에 눈을 빼앗겼던 이리하는 문득 혼자가 아니라는 것을 깨달았다. 그에게서 다섯 걸음도 채 떨어지지 않은 곳에 작은 인영 하나가 있었다.

무릎을 감싸 안은 채 동그마니 앉아 있는 맨발의 소녀. 열두어 살 정도 됐을까, 잔뜩 웅크린 어린 등이 묘하게 시선을 끌었다. 마을에서 시선을 떼지 않는 소녀의 표정이 어쩐지 말을 걸 수 없을 만큼 애틋했다. 이리하는 소녀를 지켜보다 잠에서 깨어났다.

새하얗게 퍼지던 굴뚝 연기, 그가 서 있던 곳까지 흘러온 달콤한 꽃향기, 뺨에 스치던 바람까지 꿈은 지나치게 선명했다. 마치 실제 있었던 일인 것처럼.

이리하는 혹 자신이 그곳에 갔던 적이 있는 게 아닌가, 기억을

등꽃 아래서 █

더듬어보았다. 하지만 그럴 리 없다. 그 구불구불 괴상한 나무들은 어제 처음 본 나무였다. 게다가 그런 보라색 꽃은 단 한 번도 본 적이 없었다. 그 후원이 꽤 인상적이었나 보군. 존재하지도 않는 꽃을 꿈꾸다니. 스스로의 상상이 빚어낸 묘한 꿈을 이리하는 그렇게 웃어넘겨버렸다.

아침이 되자 거침없이 파사의 방에 들어서려던 이리하는 시비들에 의해 가로막히고 말았다. 그들은 주인의 단장을 위해 밖에서 기다려달라고 말하고 그의 눈앞에서 문을 닫아버렸다. 이리하는 문 앞에 등을 기댄 채 기다렸다. 호위대상이 여자란 사실은 이모저모로 불편한 점이 많았다.

그때 무언가 깨지는 소리와 함께 짧은 비명소리가 들렸다. 살기는 느껴지지 않았는데 무슨 일이지. 이리하는 문 안으로 뛰어 들어갔다.

"손대지 마!"

순간 그의 눈앞으로 둥근 물체가 날아오자 이리하는 재빨리 고개를 비틀어 피했다. 벽에 부딪힌 화병이 산산조각으로 부서져 여기저기 튀었다.

파랗게 질린 채 서 있는 파사와 그 앞에 몸을 웅크린 채 덜덜 떨고 있는 시비 하나.

일단 파사의 신변에 이상이 없다는 것을 파악한 이리하는 방을 둘러보았다. 방 안은 난장판이었다. 여기저기 깨어진 자기 파편과 옷가지가 섞여 나뒹굴고 있었다.

이리하는 문 옆에 피해 있는 중년의 시비에게 물었다.

"무슨 일인가?"

"옷을 챙기다 실수로 저분의 몸을 건드려서……. 오늘 새로 온 아이라 시중드는 게 익숙지 않은데 하필……. 아악!"

또다시 뭔가가 날아와 부서지자 놀란 시비가 비명을 질렀다. 이리하는 일단 그녀부터 문밖으로 내보내버렸다.

고작 그런 일로 이 난리라고? 얼마나 귀한 몸이신지 남의 손이 닿는 것도 싫단 말인가.

이리하는 파사가 이리저리 던지는 물건을 손쉽게 피하며 순식간에 다가가 팔을 움켜쥐었다. 하얗고 고운 손에는 가죽으로 만든 짧은 채찍이 들려 있었다. 그의 미간이 한껏 굳었다. 정말 손버릇이 나쁘군.

"놔!"

양쪽 팔이 붙잡힌 파사가 소리쳤다.

이리하는 엎드려 있는 시비의 상태를 훑었다. 채찍에 손등을 맞은 듯 붉은 줄이 선명했지만 일단 큰 상처는 없어 보였다.

"넌 이만 나가보아라."

"고, 고맙습니다."

겁에 질린 어린 시비가 눈물을 훔치며 허둥지둥 문밖으로 사라졌다.

"싫어!"

파사가 그에게서 벗어나기 위해 거세게 몸부림쳤다. 이리하는 더욱 단단히 그녀를 붙들었다. 방문이 닫힌 후에야 손아귀의 힘을 늦췄다.

"놓아주지. 대신 채찍에서 손을 떼."

이리하의 목소리를 알아듣고 멈칫한 파사는 그의 손을 뚫어질 듯 바라보았다.

"어째서 당신은 ……지 않지?"

"뭐?"

꺼질 듯 약한 목소리라 놓치고 말았다. 의아함에 되물었지만 그녀는 이미 냉정함을 되찾고 있었다.

"아무것도 아니에요. 그런데 언제까지 잡고 있을 건가요? 난 누가 내 몸에 닿는 걸 싫어해요."

여전한 독설에 이리하는 울컥하고 말았다.

"나도 좋아서 잡고 있는 건 아냐. 하지만 이 꼴을 좀 보지 그래?"

방 안은 그야말로 전쟁이 휩쓸고 간 뒷자리 같았다. 그 가느다란 팔로 용케 은경(銀鏡)까지 집어던졌군. 이리하는 왜 평소에 시비들이 멀찍이 떨어져 있는지 그제야 깨달았다.

"그래서요?"

무슨 상관이냐는 투로 이리하를 비난한 파사는 그에게서 몸을 돌렸다. 그때 작게 파삭거리는 소리가 이리하의 귀를 파고들었다. 설마. 이리하는 그녀의 발밑을 주시했다.

깨어진 화병의 파편이 사방에 깔린 방 안에서 파사는 맨발로 서 있었다. 이리하의 침 삼키는 소리가 크게 울렸다.

"……이번엔 정말 궁의를 불러야겠는데."

그녀의 반응은 희미하게 눈살을 찌푸린 것이 전부였다.


빌어먹을.

왜 내가 이런 짓을 하고 있는 거지.

시비들이 쓸고 닦아낸 방바닥에 주저앉아 있는 이리하의 심정은 복잡했다. 결국 파사의 거부로 또다시 원치 않는 의원 흉내를 내는 중이었다. 궁의와 무슨 원수지간인지, 아니면 단순히 자신을 괴롭힐 속셈에 이러는지 여간 성가신 여자가 아니었다.

분명 그녀의 상처 따위 내버려두면 그만이다. 애초에 자신은 호위로 들어온 것이지 의원도 아니다. 대충 자객만 잡고 얼른 서운궁으로 돌아갈 생각이었는데 어쩌다 이 꼴이 된 걸까. 속으로 중얼거리는 이리하의 미간은 잔뜩 찌푸려져 있었다. 왠지 자꾸 그녀가 다치는 것에 신경이 쓰였다.

날카로운 파편이 박힌 상처는 꽤나 깊었다. 이리하는 피가 흐르는 상처에 지혈을 돕는 약초를 붙였다. 동상에 이어 이젠 자상까지. 분명 아프고 쓰라릴 텐데 파사는 꿈쩍도 하지 않았다. 창백한 입술에서는 작은 신음조차 새어나오지 않았다. 구중심처에서 부족한 것 없이 사는 여인이 이런 인내심을 가지고 있다는 건 놀라운 일이었다.

들꽃 아내서

"왜 멋대로 면포를 풀어버린 거지? 게다가 신도 신지 않고."

그러고 보니 처음 만났을 때도 맨발이었지. 이리하는 보드라운 발바닥에 새로운 면포를 감아주다 깨달았다. 하사신이 총애하는 비인은 어린 아이처럼 맨발로 다니는 취미가 있는 모양이다. 주인을 잘못 만나 애꿎은 발만 고생이군.

"그 성미를 누르지 않는 한 이 발이 낫는 날은 절대 오지 않겠군."

고작 자신의 몸을 건드렸다고 그 난리를 부려놓고, 정작 발이 이렇게 된 것에는 무심하다니. 이해할 수 없는 여자였다.

이제껏 잠자코 있던 파사가 가느다란 팔을 뻗어 그의 옷깃을 잡았다. 고개를 든 이리하는 투명한 갈색 눈과 마주쳤다. 순간 잡힌 가슴 부근이 뜨거워진 느낌에 그의 눈살이 찌푸려졌다. 뭐지? 흠잡을 데 없이 아름다운 입술이 그의 코앞에서 차갑게 속삭였다.

"내 발이 낫지 않는다면 앞으로 당신이 내 다리가 되어야 할걸요. 누구 때문에 이렇게 된 거라고 생각하죠?"

"그게 무슨……."

"그게 싫으면 당장 여길 떠나요."

"하!"

기가 막힌 이리하가 짧게 숨을 들이마셨다. 순간 낯익은 향기가 밀어닥치는 바람에 그는 하려던 말을 삼켜버렸다. 그것은 바로 어젯밤 꿈에서 맡았던 꽃향기였다.

## 4장

　그날부터 파사는 이리하에게 심술궂게 굴기 시작했다.

　그녀는 수시로 자신을 방 안 여기저기로 옮겨줄 것을 요구했다. 그러면 이리하는 마치 귀찮은 짐이라도 옮기듯 번쩍 들어 자리를 바꿔주곤 했다. 창가, 탁자 앞, 병풍 옆, 다시 창가. 이리하는 하루 종일 다람쥐처럼 방 안을 뱅글뱅글 돌아야 했다.

　호위라기보다 시종과 다름없는 취급이었지만 이리하는 군말 없이 받아주었다. 인상이라도 조금 찌푸릴라치면 곧바로 동위궁을 나가고 싶으냐는 소리가 튀어나왔기 때문이다. 꼬리를 말고 도망치는 꼴을 하사신에게 보이느니 참고 기다리는 게 나았다.

　사실 그 외에는 그다지 할 일이 없기도 했다. 파사는 하루의 대부분을 책을 읽으며 보냈다. 어차피 발이 나을 때까진 운신이 여의치 않다 해도 그녀는 갑갑해하는 기색조차 없었다. 마치 익숙한 일상인 양.

　방 안에서의 독서와 하루에 한 번씩 나가는 후원 나들이가 그녀의 일과였다. 쉴 새 없이 사오룬 황자를 쫓아다니며 호위할 때와는 천양지차였다.

단 한 번 다녀온 후궁전의 서고가 가장 멀리 나간 곳이었다. 읽을 책이 떨어진 파사는 시비 하나를 대동하고 서고로 향했다. 여전히 혼자 걸을 수 없는 상태의 그녀는 이리하에게 안긴 채 먼지 쌓인 서고 이곳저곳을 누볐다. 십 수 권의 책을 골라 시비에게 들게 하고서야 그들은 서고를 빠져나올 수 있었다.

놀라운 것은 그녀가 자화원을 나서는 순간부터 모든 호위가 따라붙었다는 사실이다. 물샐 틈은커녕 숨 쉴 틈도 없는 호위였다. 열두 쌍의 눈이 파사의 일거수일투족을 주시하고 있었다. 외부에서의 침입에는 그토록 허술한 주제에 웬 웃기는 짓거리인지. 어쩐지 이건 꼭 그녀를 감시하는 듯한 모양새이지 않은가. 이리하는 미심쩍은 기분을 떨칠 수 없었다.

방 안에는 늘 파사와 이리하, 단둘뿐이었다. 시비들은 부르지 않으면 근처에 얼씬도 하지 않았다. 첫날 이후로 시비들은 아침 단장 때조차 이리하가 함께 있는 것을 오히려 다행스럽게 여겼다.

가끔 그가 돌아서 있을 때면 등 뒤로 시선을 느낄 때가 있었다. 물론 돌아보면 변함없이 책을 보고 있는 파사를 볼 수 있었다. 그러곤 불쑥 그에게 자리를 옮겨달라고 하거나 괴상한 질문을 던졌다.

"당신은 날 안고 싶지 않나요?"

바로 지금처럼. 의도를 알 수 없는 질문에 이리하는 머리가 지끈거렸다.

　다른 사람이 닿는 것조차 싫어하는 그녀가 자신을 유혹한다곤 생각할 수 없었다. 하사신이 애지중지하는 비인이 뭣 때문에 일개 무관나부랭이에게 관심을 가진단 말인가. 게다가 그녀는 자신을 희롱하려 한 호위를 내쫓은 전적도 있었다.

　만에 하나라도 그녀가 하사신의 눈을 피해 자신과 비밀스런 일탈을 꿈꾼다는 생각은 들지 않았다. 사내를 원하는 여자는 저렇게 차갑고 무감정한 눈으로 상대를 보진 않는다. 그녀의 눈동자에서는 욕망은커녕 감정의 티끌조차 엿볼 수 없었다. 이리하는 파사가 생각이 드러나지 않는 그 청보석 같은 눈으로 자신을 보는 게 싫었다. 놀림을 당하는 것 같아서 불쾌했다.

　"황자는 제 것인 여자가 이러는 걸 아나?"

　"난 황자전하의 것이 아니에요. 전하가 그러지 않던가요? 내가 원하는 건 뭐든지 해주라고."

　그게 제 비인까지 대신 품으라는 소리인 줄은 몰랐는데? 이리하는 인상을 찡그렸다.

　"정말 제멋대로인 여자로군."

　파사는 이리하가 얼굴 가득 짜증을 드러내며 그녀를 위한 의자를 가져오는 것을 지켜보았다. 억지로 한다는 티를 내면서도 그는 그녀가 아플까 봐 발밑에 부드러운 털을 까는 걸 잊는 법이 없었다.

　말은 거칠고 퉁명스러웠지만 이리하는 그녀가 원하면 언제나 손을 내밀어주었다. 투덜대면서도 자신에게 닿는 손길은 무척이나 조심스러웠다. 마치 잘못 건드리면 그녀가 부서지기라도 할 것처럼.

파사는 차츰 그와 함께 있는 공간에 익숙해져갔다. 누군가가 아침부터 밤까지 그녀 곁에서 지켜주고, 그 시선을 두려워하지 않아도 되고, 혹시라도 닿을까 몸을 사리지 않아도 된다는 건 이상하면서도 편안한 기분을 가져다주었다.

게다가 매번 입씨름에 가깝기는 했지만 어느새 자연스럽게 대화를 나누고 있는 스스로를 발견할 땐 놀랍기도 했다. 감정이라곤 다 말라버린 줄 알았는데 그게 아니었던 걸까. 지나치게 솔직하고 거침없는 그의 태도 탓인지 자신도 모르게 화를 내고 발끈하게 된다. 이러다 그가 떠나고 나면 조금 허전할지도 모르겠다. 생소한 감정에 파사는 물끄러미 그를 주시했다.

"내가 황자의 비인이 아니라면 날 원할 건가요?"

"아니."

그 말은 생각할 필요조차 없다는 듯 즉각적으로 튀어나왔다.

"예쁜 여자는 내가 싫어하는 부류지. 그런데 넌 그중에서도 가장 으뜸이고."

그는 칭찬을 모욕처럼 들리게 하는 재주가 있었다. 파사는 이리하를 노려보았다.

"예쁜 여자를 마다하는 사내는 처음 보는군요. 그럼 어떤 여자를 원하나요? 세상에서 제일가는 추녀?"

그녀의 빈정거림에 이리하는 잠시 생각에 빠져들었다.

"……세상에 단 한 사람, 서로만을 바라볼 수 있는 사람. 뭐, 분명 아침저녁으로 사람을 채찍으로 후려치는 여자는 아닐 테지."

이리하의 답은 의외로 진지했다.

"……바보 같은 꿈을 꾸는군요."

"맞아, 꿈이지. 그런 여잔 세상에 없어."

이리하가 어깨를 으쓱하며 웃었다. 그 웃음 뒤에 느껴지는 씁쓸한 기색에 파사의 눈썹이 휘어졌다.

"손님이 오셨습니다."

문밖에서 들려온 소리에 그들의 대화가 끊겼다. 표정을 지운 파사가 보고 있던 책을 덮었다.

이미 아침에 이 방문을 알리려 하사신의 시종이 한차례 다녀갔다. 자미희를 만나기 위해선 일황자에게 허락을 받아야 한다고 들었다. 수많은 비인 중 왜 유독 그녀에게만 그런 제약을 두는지 알 수 없었지만 이리하는 비웃음을 참을 수 없었다. 그런 주제에 용케 연회에서는 다른 귀족들의 눈앞에 과시하듯 그녀를 내보였다 싶었던 것이다.

이리하는 그녀를 안아들어 탁자 앞으로 자리를 옮겼다. 파사는 더 이상 그를 경계하지 않았다. 처음 그녀에게 닿을 때 느껴지던 그 아슬아슬한 긴장감과 비교하면 놀라운 변화였다.

이리하는 파사가 앉아 있는 의자 뒤쪽에 섰다. 정확히 그녀에게서 한 걸음. 같은 공간에 타인이 있을 때 그는 결코 그 한 걸음

이상 그녀에게서 떨어진 적이 없었다.

또다시 낯익은 꽃향기가 밀려들자 이리하는 숨을 멈췄다. 분을 바른 것보다 더 뽀얀 피부를 가진 탓에 파사는 백분을 쓰지 않는다. 그래서 다른 여인들처럼 분 냄새가 뒤섞이지 않은 감미로운 꽃향기만 흘러나왔다.

그녀의 향기는 사향이나 백단 향처럼 순식간에 사람을 사로잡을 만큼 진한 향은 아니었다. 그저 지나간 자리에 우아한 잔향을 남길 뿐이었다. 그러면서도 쉽사리 잊히지 않는 야릇한 중독성이 있었다. 그 향을 쫓아가 깊게 들이마시고 싶은 묘한 충동을 느끼게 만드는 것이다. 항상 그녀 뒤를 따라야 하는 이리하에게는 고역인 일이었다.

문이 열리자 중년의 시비 뒤로 세 명의 사내가 따라 들어왔다.

"혜 서란위께서 선물을 보내오셨습니다."

혜 서란위. 이름을 들은 이리하의 시선이 날카로워졌다.

그는 학림[8]의 거두였다. 두 황자 사이에서 줄곧 눈치를 보며 줄타기를 하다 일 년 전부터 갑자기 일황자 측으로 돌아섰던 인물.

치백은 서란위와 하사신 사이에 모종의 거래가 있었을 것이라 짐작하고 있었다. 언제나 고고한 척 군자의 도리를 피력하는 인물이지만 실상 서란위는 누구보다 탐욕적으로 제 잇속을 차리는 자였다.

---

8) 學林, 학문을 숭상하며 연구하는 학사의 무리.

그런 자가 일황자의 비인에게 선물이라……. 베갯머리송사를 기대해 뇌물을 바치려는 속셈임을 어렵지 않게 짐작할 수 있었다.

고작 스물이나 먹었을까, 자신을 혜 서란위의 동생인 혜 비사흔이라 소개한 자는 도통 파사에게서 시선을 떼지 못했다. 자신이 이곳에 온 목적은 아예 잊어버린 듯 넋을 놓고 그녀를 바라보고 있었다.

애송이의 심정을 이해 못 할 바는 아니었다. 제아무리 미인이라 해도 매일 보다 보면 담담해지고 지겨워지는 게 인지상정이다. 그런데 파사는 달랐다. 어쩌다 시선이라도 마주치면 그 아름다움에 새삼 놀라게 된다. 예쁜 여자라면 질색하는 이리하조차도 가끔은 가슴이 철렁해지곤 했다.

"몸이 불편해 예를 갖추지 못함을 용서하십시오."

연보라색 옷에 감싸인 다소 창백한 미인이 고개를 숙였다. 새하얀 뺨 위로 드리워진 짙은 속눈썹의 그림자만으로도 젊은 비사흔의 심장은 튀어나올 듯 두근거렸다.

"아, 아닙니다! 오히려 이렇게 뵐 수 있는 것만으로 흡족합니다."

간소한 옷에 길게 늘어뜨린 것뿐인 머리카락. 다른 여인이었다면 초라해 보일 차림이 자미희에게는 오히려 그 섬세한 외모를 강조하는 효과를 가져왔다. 방 안을 가득 채운 병풍 속 수많은 꽃들에 둘러싸인 그녀는 마치 꽃의 화신처럼 보였다. 방의 화사함에 전혀 눌리지 않고 오히려 주위를 압도한다.

등꽃 아래서

그녀에게는 사람의 시선을 잡아끌어 놓아주지 않는 힘이 있었다. 무심한 표정 탓인지 그 차가움을 깨부수고 싶다는 정복욕과 보호해주고 싶다는 생각이 동시에 들었다. 혜 비사흔은 꿀꺽 침을 삼켰다.

"언제까지 제 얼굴만 보고 계실 건가요?"

"아, 제가 무례를 범했군요. 너무나 아름다운 분이라 잠시 눈이 멀 뻔했습니다. 하하. 형님의 말씀대로 수화폐월(羞花閉月), 화용월태(花容月態)의 찬사가 부족할 지경입니다."

파사의 지적에 혜 비사흔이 서둘러 표정을 수습했다. 그러나 사내의 낯간지러운 칭찬에도 파사의 얼굴은 냉랭하기만 했다.

"제 형님이신 혜 서란위께서 보내신 것들입니다. 비인의 미모에 비한다면 하찮지만 작은 정성이니 꼭 받아주시길 바란다고 몇 번이나 당부하셨습니다."

혜 비사흔의 손짓에 뒤편에 서 있던 두 시종이 앞으로 나섰다. 그들은 각자 손에 호박과 산호로 장식된 흑단 함을 하나씩 들고 있었다.

"열어라."

첫 번째 상자를 열자 눈이 번쩍 뜨일 정도로 현란한 황금빛이 쏟아져 나왔다. 혜 비사흔은 파사가 비단을 자세히 볼 수 있도록 펼쳐들었다. 화려하기 짝이 없는 금색 비단 위에 아홉 가지 색으로 국화를 수놓은 보기 드문 귀물이었다.

"보시다시피 황제폐하께 진상해도 부족함이 없는 비단입니다.

반여국의 직녀 셋이 이백 일을 꼬박 매달렸다고 하더군요. 이런 상질의 비단은 일 년에 하나 짜기도 힘들다 합니다."

옆에서 눈이 휘둥그레진 시비가 감탄사를 내뱉자 사내는 의기양양한 얼굴로 두 번째 상자를 열었다.

"그리고 이쪽은 이십 년 전 멸한 기문국 왕의 왕좌에 박혀 있던 것이지요. 지금까지 동대륙 내에서 발견된 가장 큰 청옥(사파이어)으로 사해의 심장이라 불리는 보물입니다. 왕실의 진상품만 세공하기로 유명한 난주국의 최고 장인이 비녀로 만들었답니다."

황금으로 세공된 비녀의 머리를 장식하고 있는 것은 어린아이의 주먹만 한 보옥이었다. 이리하가 본 것 중 가장 큰 청옥이었다.

마지막으로 혜 비사흔은 품에서 혜 서란위의 편지를 꺼내 파사에게 전했다. 그녀의 뒤편에 서 있던 이리하는 어렵지 않게 편지의 내용을 볼 수 있었다.

구구절절 파사의 미모를 칭송하는 글이었다. 언뜻 눈에 들어온 것은 꼭 한 번만 다시 만나달라고 애원하는 구절이었다. 다시? 거슬리는 문구에 이리하의 눈썹이 꿈틀거렸다.

그는 눈앞에 펼쳐진 물건들을 흘깃 바라보았다. 아무리 황자가 총애하는 여인이라지만 일개 비인에게 보내는 선물치곤 분명 과한 감이 있다. 더구나 혜 서란위의 편지는 마치 연서 같은 냄새를 풍겼다.

혜 비사흔은 상기된 얼굴로 파사를 바라보고 있었다. 그러나 그녀는 눈앞의 귀물들을 차가운 눈으로 훑어볼 뿐이었다.

연꽃 아래서

"이런 번쩍거리기만 할 뿐인 저급한 비단이 제게 어울린다고 생각하시나요? 게다가 저렇게 무거운 것을 머리에 꽂으라니, 목이라도 부러지길 바라시는 겁니까?"

혜 비사흔의 얼굴이 단박에 일그러졌다. 혜 서란위의 동생은 그 나이대의 열정과 패기 대신 치기와 아둔함으로 가득 찬 눈을 하고 있었다. 그러니 조정에 출사를 하지 않고 제 형의 심부름이나 하고 다니는 거겠지. 이리하는 한심한 눈으로 붉으락푸르락 변해가는 혜 비사흔의 얼굴을 바라보았다.

"어, 어찌 제 형님의 정성을 이리 무시하시는 겁니까!"

모두의 시선이 흥분한 혜 비사흔에게 쏠린 순간이었다. 오른쪽에 서 있던 시종이 갑자기 파사에게 달려들었다. 시퍼런 칼날이 곧장 그녀의 가슴을 향해 찔러 들어갔다.

챙.

쇠끼리 부딪치는 짧은 파열음과 함께 칼날이 공중으로 튕겨나갔다.

"커흑!"

반동으로 손아귀가 찢어진 시종이 피를 뿌리며 무릎을 꿇었다. 시종의 단도를 검집으로 쳐낸 이리하가 그의 목에 검을 대며 중얼거렸다.

"어설프군. 누구의 사주를 받았나?"

너무 순식간에 벌어진 일이라 모두 뒤늦게 반응을 보였다.

"아, 아니!"

"괜찮으십니까?"

눈이 휘둥그레 커진 혜 비사흔이 무심코 파사에게 다가갔다. 그녀는 상대가 내민 손을 무안할 정도로 외면해버렸다.

"혜 서란위께서 제 목을 가져오라 하시던가요?"

"이 요녀! 요망한 네 심장을 갈라놓지 못한 게 원통하다!"

분기를 참지 못한 시종이 자미희를 저주하며 침을 뱉었다. 혜 비사흔의 얼굴이 새파랗게 질렸다. 자객을 데리고 들어온 꼴이 됐으니 충분히 그 배후로 몰릴 수 있는 일이었다.

"아닙니다! 저는 저자와 아무런 연관이 없습니다! 고작 사흘 전에 새로 들어온 시종일 뿐입니다."

"직접 데리고 온 시종이 아무 연관이 없다?"

낮은 음성에는 어이없는 기색이 역력했다. 궁지에 몰린 혜 비사흔은 이리하가 뱉은 한마디에 발끈했다.

"누군데 함부로 입을 놀리는가!"

"저는 무위시랑 루 이리하라 합니다."

혜 비사흔의 눈이 불을 뿜었다.

직책은 무위시랑이라 하나 그 타고난 신분이 천한 루다. 그런 놈이 어울리지도 않게 자미희 곁에 당당히 서 있는 꼴이 못마땅했다. 게다가 더러운 루 주제에 감히 혜인 자신을 조롱하다니! 혜 비사흔은 자미희 앞에서 수모를 당한 앙갚음을 하려 그를 윽박질렀다.

"네 이놈! 천한 놈 따위가 감히 나설 자리가 아니다!"

들꽃 아래서

"그가 나서지 않았다면 천한 제 목은 지금 바닥에 나뒹굴고 있겠군요. 그걸 원하셨던 건가요?"

서늘한 한기를 품은 목소리가 혜 비사흔의 말을 잘랐다.

"자, 잠깐! 그, 그런 것이 아니……!"

"이만 물건을 챙겨서 돌아가주시겠습니까? 혜 비사흔. 쉬고 싶군요."

이마를 짚은 파사는 싸늘한 얼굴로 말을 이었다.

"불청객 때문에 많이 놀라서 말입니다."

자객을 말함인지 자신을 칭하는 건지 애매모호한 축객령에 혜 비사흔의 얼굴이 꺼멓게 죽어버렸다.

호위들에 의해 시종이 끌려 나가고 떠나기 싫어하던 혜 비사흔도 어쩔 수 없이 물러가자 방 안엔 이리하와 파사만 남았다.

이리하는 검집에 검을 밀어 넣으며 생각에 빠져들었다.

전문적인 살수가 아니었다. 단도를 움켜쥔 손은 제대로 된 무예를 익힌 자의 것이 아니었다. 그것은 농부의 손에 가까웠다. 혜 서란위나 혜 비사흔이 진짜 파사를 노렸다면 그런 허술한 자를 고용했을 리 없다. 게다가 그 증오심에 불타는 눈은 진짜였다. 청부 자객은 목표물에 개인적인 원한을 가지지 않는다. 그러니 자객은 악에 받친 노주의 생존자일 가능성이 높았다. 이리하는 떨떠름한 기분으로 추측했다. 그런데 왜 저항도 못 하는 여자를 노린단 말인가. 복수를 하려거든 차라리 원흉인 일황자에게나 덤빌 것이지.

"혹시 말이야, 혜 비사흔을 돌려보낸 게 나 때문인가?"

궁금증을 참다못한 이리하가 넌지시 물었다.

"그럴 리가요. 단지 그의 코맹맹이 소리를 더 들어주기 힘들었어요."

이리하는 피식 웃음을 흘렸다. 사실 젊은 사내의 앵앵거리는 목소리가 거슬리긴 했다.

"그래서 날 감싸준 게 아니라고?"

"혜 비사흔이 너무 시끄럽게 구니 입을 막기 위해 한 말일 뿐이에요."

"뭐 그렇다고 해두지."

솔직하지 못하군. 자신을 비호한 것이 분명한데 편들지 않았다고 우기는 그녀를 보니 어쩐지 귀엽다는 생각이 들었다.

"선물은 받아주지 그랬어?"

몇 번이나 물건만이라도 받아주길 사정하던 혜 비사흔의 얼굴이 떠올랐다. 그녀가 선물을 거절한 일은 의외였다.

"마음에 들지 않았어요."

"보통은 성의를 생각해서라며 그냥 받아주지 않나?"

"당신은 선물이라면 무조건 받나요?"

그게 독이라도?

"글쎄, 받아본 적이 없어서 잘 모르겠는데."

미간을 찡그리며 진지하게 고민하는 사내를 바라보는 파사의 눈은 차갑지 않았다.

필요도 없는 물건 때문에 화근을 불러들일 생각은 없었다. 그녀에게 선물을 보내는 사람들 중 누구도 그걸 단순한 선물이라고 여기진 않는다. 게다가 황족인 태이(太貽)만이 입을 수 있는 황금색 비단. 황자의 일개 비인이 걸칠 수 있는 물건이 아니다. 그녀는 반역죄로 목을 매달고 싶은 생각은 없었다, 아직은.

달칵.

찻잔에 입술을 댄 파사가 곧바로 잔을 내려놓자 시비가 흠칫 어깨를 떨었다. 그녀는 지난번 채찍을 맞았던 어린 시비였다.

"찻물이 식었군."

"다, 다시 올리겠습니다."

겁에 질린 시비가 황급히 주전자를 집어 들고 돌아섰다. 마주친 앳된 눈에 눈물이 고여 있었다. 구해준 보답이라도 할 생각인지 그 일 이후로 직접 이리하의 끼니를 챙겨주는 시비였다. 가끔 그가 통째로 상을 물리는 날에는 따로 주먹밥을 챙겨주기도 했다. 이젠 그와 눈이 마주치고도 놀라지 않는 그녀는 고개를 숙여 보이며 방을 빠져나갔다.

"제법 뜨거워 보이는데?"

"식었어요. 궁금하면 직접 맛을 보지 그래요?"

"사양하겠어."

이리하는 자신의 몫으로 놓인 찻잔을 보고 인상을 찡그렸다.

풀 맛 나는 물 따위 질색이다. 허기를 채우기 위한 것이 아니라면 굳이 저런 맛없는 물은 마시고 싶지 않았다. 그걸 알아챈 파사가 매번 차를 마실 때마다 억지로 앞에 앉혀두지만 이리하는 입도 대지 않았다.

심술궂은 데다 입맛도 참 까다롭기도 하지. 방금 전 같은 상황을 한두 번 목격한 것이 아니다. 차가 뜨겁지 않다고 물리는 일은 예사였다. 파사는 조금이라도 향이 강하거나 향신료가 정량 이상 들어가면 다시 해 오라 시켰다. 역겨운 냄새가 난다며 그릇을 뒤엎은 적도 있었다.

잠자리나 음식에 무심한 이리하의 눈에는 그것이 유난스럽게 비쳤다. 저리 까탈을 부리는 여인을 비인으로 들인 일황자가 대범하게 느껴질 정도였다.

시비의 수가 적기도 했지만 파사는 대부분 스스로 단장을 하고 시비들의 손을 빌리지 않았다. 원래 시중을 들어야 할 시비들이 옷만 준비한 채 멀뚱히 서 있을 때가 많았다. 다른 이와의 접촉을 질색하니 그건 오히려 다행인 일이었다. 실수로 건드렸다 채찍질을 당한 시비가 심심찮게 나온다는 소리도 들었다. 이리하는 비죽 입술을 일그러뜨렸다. 하사신 황자가 건드리는 건 용케 참는가 보군.

사실 가장 총애하는 비인이라기엔 일황자와의 사이가 묘하긴 했다.

이리하가 자화원에 머무른 보름 동안 하사신은 고작 다섯 번 다녀갔을 뿐이다. 그것도 파사와 이야기를 나누거나 함께 차를 마신 게 전부였다. 실지로 하사신은 매번 다른 후궁들의 처소에서 밤을 보냈다.

파사의 태도는 언제나 무덤덤하고 차가웠다. 황자의 발길을 돌리려 살갑게 굴기는커녕 하사신을 기다리는 기색조차 내비치지 않았다. 직첩도 없고 뒷배를 봐주는 귀족이 없는 그녀로서는 오로지 황자의 총애만이 기댈 곳일 텐데도.

반면 암살 시도 직후 들이닥친 하사신의 반응은 달랐다. 행여 제 비인이 어디 상하기라도 했을까 안절부절못하던 그 얼굴은 거짓이 아니었다. 자객이 노주 출신인 것 같다는 이리하의 말에 하사신은 서슬 퍼런 살기를 뿌리며 돌아갔다.

다들 쉬쉬해도 자화원에서 벌어진 일은 빠르게 퍼져나갔다. 궁에 사는 이들에게 소문은 참을 수 없이 달콤한 꿀통인 법. 틈만 나면 모여 속닥거리는 시비들 덕에 그 후의 일은 어렵지 않게 전해들을 수 있었다.

예상대로 일황자는 고신(拷訊)으로 자객의 입을 열도록 지시했다. 사흘간 지속된 지독한 고신에 그는 결국 절명하고 말았다. 그 참혹함이 눈뜨고 못 볼 지경이라 시신을 치우던 병사가 구역질을 멈추지 못했을 정도라는 후문도 있었다.

자백을 받아낸 하사신이 직접 병사들을 이끌고 노주로 향한 것이 바로 어제였다. 그는 다시는 이런 발칙한 일을 꾸밀 생각조차 못 하게 숨어 있는 놈들의 뼛조각 하나 남기지 않겠다 선언하고 떠났다. 일황자가 돌아오면 이제 호위 일도 끝나는 건가. 어쩐지 생각보다 후련한 기분은 들지 않았다.

문밖에서 가벼운 흥분이 섞인 소란스러움이 느껴졌다.

"손님이 온 것 같군."

이리하의 말에 잠시 생각에 빠졌던 파사가 고개를 끄덕였다.

"오늘이 스무날이니 월강상단 단주겠군요."

말이 끝나기가 무섭게 시비가 서둘러 찻주전자를 가지고 돌아왔다. 주전자는 뜨거운 김을 하얗게 피워 올리고 있었다.

걸음걸이가 좀 불안하다 싶더니 시비가 들고 있던 소반이 한쪽으로 기우뚱거렸다. 소반 위에서 미끄러진 주전자가 탁자 위로 나뒹굴 뻔한 찰나 이리하가 재빨리 공중에서 잡아챘다. 주전자에선 한 방울의 물도 쏟아지지 않았다. 신기에 가까운 그 움직임에 시비의 눈이 휘둥그레졌다.

"고, 고맙습니다."

이리하가 주전자를 건네주자 어린 시비는 황급히 감사인사를 올렸다. 쭈뼛거리며 그를 올려다보는 시비의 얼굴이 붉게 상기돼 있었다.

특별히 그녀를 도와줄 생각은 아니었다. 단지 주전자가 탁자 위로 넘어지면 파사가 뜨거운 물을 뒤집어쓸 가능성이 높았다. 다친 발 때문에 서둘러 피하기도 여의치 않을 것이다. 이리하는 파사의 부상이 이 이상 길어지는 건 사양하고 싶었다.

"밖에 무슨 일이지?"

파사의 목소리에 냉기가 섞여 있었다.

"월강상단에서 오셨습니다."

"드시라 하고 넌 이만 물러가도록 해라."

"예."

어쩐지 실망한 기색으로 시비가 방을 나갔다.

뒤이어 내실로 들어선 자는 풍채가 좋은 사내였다. 차가운 겨울바람에 붉어진 둥근 얼굴이 불혹에 가까운 나이로 보였다.

월강상단이라면 겨우 십여 년 만에 제국의 십대 상단 중 하나로 자리를 잡을 정도로 급성장한 신흥 상단이었다. 이리하도 치백이 청보석 그릇을 구해달라 주문을 넣는 것을 본 적이 있었다. 비단과 향료, 차와 진귀한 약재 등 귀족들이 애용하는 최고급품만을 취급하며 웬만한 귀족 집안과 모두 거래를 트고 있다는 상단. 월강상단의 배가 새로 들어오는 날이면 귀족들의 마차가 문 앞에 줄을 선다는 소리가 있을 정도로 번성을 누리는 곳이었다.

"달포 만에 뵙습니다. 그간 평안하셨습니까."

담비 털로 장식된 두꺼운 비단옷으로 칭칭 둘러싼 사내는 파사에게 먼저 예를 올렸다. 그는 이리하와 시선이 마주치자 둥글게 눈을 휘며 웃었다.

"처음 뵙겠습니다, 무위시랑. 소인은 월강상단의 단주 여 무환이라 합니다."

자신을 어찌 알아본 건가 싶어 이리하는 의아한 눈으로 단주를 바라보았다. 그의 의문을 알아챈 단주가 환하게 얼굴을 밝히며 대답했다.

"돌아오시자마자 호위를 맡게 되셨다는 이야기를 들었습니다.

꼭 한번 뵙고 싶던 차에 이렇게 기회가 닿아 어찌나 감개무량한지. 소인 가슴이 다 떨립니다. 하하하."

일개 상인이 동위궁의 내부 사정을 그렇게 속속들이 파악하고 있다고? 사람 좋은 얼굴과 달리 범상히 볼 사내가 아니지 않은가. 이리하는 눈을 가느다랗게 뜨고 단주를 내려다보았다.

"소인이 서운궁에도 이따금 물건을 대는지라 무위시랑의 무용담은 빠짐없이 듣고 있답니다. 이번엔 붉은 사막의 화적떼를 일거에 때려잡으셨다지요?"

심하게 반짝거리는 단주의 눈이 부담스러워 이리하는 대답하지 않았다.

"수천의 적 앞에 단신으로 우뚝 서서 일갈하셨다 들었습니다. 항복하라! 나의 검(劍)은 눈이 없으니 사정을 두지 않으리라! 하하하. 그 용맹한 기개에 놀라 달아나거나 투항한 자가 수백이었다지요? 제 눈으로 직접 보지 못한 게 한입니다. 무위시랑께서 검을 뽑자 방약무인하던 적들이 모조리 사시나무처럼 떨고…….."

"무슨 말도 안 되는 소리야? 화적떼를 잡으러 가면서 단신으로 가는 멍청이가 어디 있나?"

호들갑스럽게 쏟아지는 말을 이리하가 냉담하게 끊었다.

"예?"

"그리고 고함 좀 지른다고 겁먹을 것 같으면 애당초 화적질을 할 수나 있겠어?"

"아, ……예."

"게다가 화적떼가 무슨 군대라도 되나? 수천 명씩이나 되게."

"그, 그래도 흑아의 칼날에 백 명이 한꺼번에 나가떨어지고 적의 시체가 작은 산을 이루…….."

시큰둥한 이리하의 지적에 단주의 목소리는 점차 의기소침해졌다.

"이봐, 나라도 한 번에 백 명을 베는 재주는 없어."

이리하가 한심하다는 듯 그를 내려다보았다. 단주의 어깨가 눈에 보일 정도로 축 처졌다.

"……어, 엄청 크시군요. 듣던 대로. 하. 하. 하."

아무리 흉악한 야만족도 그 이름만 들으면 도망친다는 사내가 말없이 노려보고 있으니 매서운 눈빛에 짜부라질 것만 같았다. 단주의 어색한 웃음소리에 이리하의 한쪽 눈썹이 꿈틀거렸다. 단주의 넓은 이마에 식은땀이 맺혔다.

"단주."

차를 권하는 파사의 목소리에 단주가 살았다는 듯 이리하의 시선 아래서 벗어났다. 뜨거운 차를 홀짝이는 그의 입에서 커다란 한숨이 쏟아져 나왔다.

"아이고, 십 년 감수했……., 흠흠, 날이 꽤 춥군요. 차가 참 좋습니다. 하하."

"상단의 일은 어떠십니까? 단주."

궁색한 웃음을 짓는 단주에게 파사가 무심하게 질문을 던졌다.

"예. 실은 그저께 반추항이 얼어붙기 시작했다는 이야기를 들

었습니다. 이제 두 달간은 육로밖에 이용할 수 없고 그나마 길이
험해 많은 거래가 어려울 것 같습니다. 다음 배는 봄꽃이 필 무렵
이나 되어야 출항할 수 있겠지요."

단주의 태도는 무척이나 공손했다.

"올해도 역시 같은 문제로군요."

반추는 난경에서 가장 가까운 항구지만 일찍 얼음이 어는 곳으
로 사실 항구로는 그리 적합지 못했다. 그러나 최적의 요건을 갖
춘 동쪽의 심안항은 상서위의 땅과 가까워 그의 입김이 닿아 있었
다. 몇몇 거상들로부터 거액의 뇌물을 받아 챙긴 상서위는 소상들
을 핍박했다. 뇌물을 상납하지 않은 상단은 거액의 통행세를 물거
나 트집을 잡혀 물건을 억류당했다. 월강상단은 소상은 아니었으
나 뇌물 상납을 거부해 미운털이 박혀 있었다. 그나마 월강상단이
라 버티는 것이지 힘없는 소상들은 망하거나 큰 상단에게 잡아먹
히기 일쑤였다.

많은 상인들이 새로운 항구를 물색하려 했으나 그도 여의치 못
했다. 상서위가 제 주머니 축내는 일을 가만히 두고 볼 리 없는 것
이다. 새 부동항은 모든 상인들의 염원이자 풀기 힘든 난제였다.

"하루 이틀에 해결될 일은 아니니 조급해하지 않으려 합니다.
그보다 이제 물건을 보셔야지요. 하하. 어서 보여드리고 싶은 마
음에 며칠간 제가 안달이 났답니다. 여봐라! 들어오너라."

단주의 부름에 문이 활짝 열렸다. 십여 명의 여인들이 줄줄이
안으로 들어왔다. 그들은 방 한쪽에 일렬로 길게 늘어섰다. 여인

등꽃 아내서

들의 손에는 각자 비단 두 필이 들려 있었다.

"창을 열어주겠어요?"

"창을?"

"햇빛이 가득 차도록 활짝 열어줘요."

파사의 요구에 이리하는 잠시 의아해졌다. 햇살은 좋은 날이지만 바람은 제법 쌀쌀했다. 그래도 묵묵히 창가로 다가선 이리하가 모든 창을 열어젖혔다.

방 안에 빛이 쏟아져 들어오자 기다렸다는 듯 단주가 입을 열었다. 그가 호명할 때마다 여인들이 앞으로 나와 손에 든 비단을 펼쳤다.

"올해의 마지막 배로 들어온 물건들입니다. 이번에 들여온 비단은 상품이 많아 기쁜 마음으로 선보이게 되었습니다. 처음 것은 해를 수놓은 일광단이고, 두 번째는 달빛이 뿌려진 것처럼 고운 월광단입니다. 푸른 바다를 연상시키는 세명주의 남빛은 천하 어디에서도 볼 수 없을 만큼 뛰어난 빛깔을 자랑합니다. 대륙 너머에서 가져온 귀한 여의사는 창에선 보기 드문 귀물이지요. 은은한 색감이 단장한 새신부의 얼굴처럼 곱지 않습니까? 흐드러지게 핀 국화문이 마치 가을 정원을 걷는 기분을 느낄 수 있는……."

영초단 오색단 팔랑주 세양사 진라사 월라사……. 단주가 숨도 쉬지 않고 쏟아내는 말에 머리가 핑 돌 정도로 어지러워졌다. 이리하는 평생 이렇게 많은 비단을 한자리에서 본 적이 없었다. 다 똑같은 비단일 뿐인데 이름이 제각각 다르다는 사실도 처음 알았다.

"그리고 이 마지막 물건이야말로 진정 보물 중의 보물이라 불려도 손색없는 비단입니다. 실을 잣고 비단을 짜는 데만 반년, 거기다 최고의 장인이 꼬박 한 달 동안 공들여 수를 놓았지요."

잠시 숨을 고른 단주가 자랑스러움이 배어나는 얼굴로 하나 남은 비단을 소개했다. 연보랏빛 고운 비단 위에 수놓아진 오색나비가 살아 움직이듯 팔랑거리고 있었다.

단주가 손짓을 하자 비단을 내려놓은 여인들이 방 밖으로 물러났다. 문이 닫히자 잠자코 있던 파사가 입을 열었다.

"올 여름과 가을 반여국에 비가 잦았나요?"

"어찌 아셨습니까? 남쪽지방이 폭우와 홍수로 많은 피해를 입었다 합니다."

"남빛은 제대로 빛깔을 내기 힘든 까다로운 색이지요. 가져오신 물건의 직조는 훌륭하지만 색이 고르지 못했습니다. 햇빛 아래 흐린 얼룩이 보이더군요. 쪽은 수확기에 비가 많이 오면 뿌리가 썩어 말라죽습니다. 쪽의 품질도 좋지 못하고 급하게 날짜를 맞추느라 제대로 쪽물을 내지 못한 듯 보입니다. 이번에 들어온 세명주 중에서 남색은 모두 불태우는 것이 낫겠습니다."

창문을 닫던 이리하는 자신의 귀를 의심했다. 일반적으로 비단 한 필의 가격은 한 가족이 두 달을 지낼 수 있는 돈과 맞먹는다. 더욱이 앞에 놓인 비단들은 한눈에 보기에도 시전에서 구할 수 있는 흔한 물건이 아니었다. 그런 고급 비단을 불태우라니 말도 안 되는 소리였다. 그런데 단주는 진지하게 파사의 말을 경청하고 있었다.

"하오면 가격을 조금 내려 파는 것은 어떻겠습니까?"

"반여비단은 최상품으로 이름난 비단입니다. 흠 있는 물건이 유통되면 그 명성이 땅에 떨어지겠지요. 소탐대실의 결과를 불러 올 겁니다."

"하하. 옳으신 말씀입니다. 소인의 식견이 짧았군요."

단주가 선선히 웃으며 수긍했다. 이어 그는 파사에게 바깥세상과 상단이 돌아가는 이야기를 들려주었다. 마치 보고라도 하듯 쉴 새 없이 입을 놀렸다. 심성이 나쁜 이 같지는 않으나 상당히 수다스러운 사내였다.

그에 비해 파사는 어쩌다 한 번씩 입을 뗄 뿐이었다. 그뿐임에도 단주는 그녀의 말 한 마디 한 마디에 감탄하고 성심껏 귀담아들었다. 단순히 비위를 맞추기 위한 행동으로 보기엔 과한 점이 있었다.

"그러고 보니 이번 뱃길에 예기치 않게 다라국에 들렀는데 재미있는 일이 있었습니다."

신이 난 단주의 얼굴은 상기되어 있었다.

"다라국의 왕이 열네 살의 어린 나이인 건 아시지요? 선왕이 몸이 약해 단명했는데 동생에게 어린 세자를 잘 보필하라 유조를 남겼다 합니다. 왕의 숙부인 그 화안대군이 저희 배가 들어왔다는 소식에 사람을 보내왔지요. 배에 실려 있던 모든 비단을 가지고 저택을 방문해달라더군요. 하하. 저희 상단의 이름이 다라국까지 알려졌을 줄은 몰랐습니다."

잠시 어깨를 으쓱한 단주가 말을 이었다.

"그런데 화안대군이 찾던 것이 대홍색의 단(緞)이지 뭡니까?"

"대홍색(大紅色) 말입니까?"

파사의 미간이 희미하게 찌푸려졌다.

"예. 그런 비단은 왕실에서 직접 구입하는 법인데 어찌 대군께서 찾으시냐 물었더니 왕께 진상할 것이라 하더군요."

단주의 말에 파사의 눈빛이 싸늘해졌다.

대홍색은 왕의 곤룡포에 쓰는 귀한 색이다. 여름에는 사(紗)로 짓고 겨울에는 단(緞)을 사용한다. 곤룡포를 만들겠다는 것은 역모를 꾸민다는 뜻이고, 단을 원한 것은 겨울이 가기 전에 그 옷을 입겠다는 소리다.

"다라국이 무엇으로 유명한 곳입니까?"

"백은과 초피의 산지로 알려져 있습니다만 실제로 제국이 다라국에서 가장 많은 양을 사들이는 것은 따로 있습니다."

"무엇입니까?"

"바로 화살대입니다. 대륙의 북쪽인 창에서는 대나무가 자라기 어렵기 때문에 전량 다라국에서 수입하는 형편이지요. 봄가을에 두 번 정기적으로 화살대를 들여옵니다."

"이번 봄에는 사정이 여의치 않을 수도 있겠군요."

"하하. 역시, 제 생각에도 그러했습니다."

마치 그녀에게 칭찬이라도 받은 것처럼 단주의 얼굴이 환하게 밝아졌다.

들꽃 아내서

비단을 구하는 것과 화살대가 무슨 상관이지? 게다가 그 이야기의 어디가 재밌다는 건지 알 수 없었다. 이리하는 두 사람의 묘한 대화를 들으며 미간을 찌푸렸다.

파사는 수십 필의 비단 중에서 마지막 한 필만 남기고 나머지는 다 물렸다. 그녀가 고른 옷감을 본 이리하는 무의식중에 중얼거렸다.

"또 보라색인가?"

파사와 단주가 동시에 돌아보자 멋쩍어진 이리하는 뒷목을 긁적거렸다.

"뭐, 안 어울린다는 건 아니고 그냥 왜 똑같은 옷만 입는가 해서⋯⋯."

"하하하. 무위시랑께서는 비단을 잘 모르시는 분이 분명하군요."

이리하의 말에 반색한 단주가 나서서 설명을 해주었다.

"이 보라색 비단은 쉽사리 구할 수 있는 물건이 아닙니다. 염료는 반여국의 습지에서만 나는 귀한 천수화(天水花)를 빻아 물을 들이지요. 천수화는 쉽게 발견되지 않을뿐더러 발견한다 해도 한 뿌리에 고작 세 송이의 꽃을 피우기 때문에 채취하기도 어렵습니다. 비단 한 필을 물들이려면 수레 하나를 가득 채운 천수화가 필요하답니다. 비단의 산지인 반여국에서도 이런 상품의 비단은 일 년에 한 필밖에 만들지 못합니다."

파사의 옷은 대부분 그 구하기 어렵다는 보라색이었다. 그녀가 딴 이유로 자미희라 불리는 것이 아니다.

"그렇다면 이 비단이 대체 얼마나 한다는 거지?"

놀라서 눈이 휘둥그레진 이리하의 표정에 단주의 입이 귀에 걸렸다. 이번에는 그가 직접 말을 걸어준 데다 자신이 대답할 수 있는 질문이었기 때문이다. 단주가 이리하를 만나보고 싶어 했다는 말은 거짓이 아니었다. 이리하는 자신 같은 일반 백성들에게는 영웅이었다. 잔혹함으로 악명을 떨치던 소이국의 야만인들을 모조리 무릎 꿇렸다는 무용담은 백성들에게 두고두고 회자되는 이야깃거리였다.

"글쎄요. 가격을 매길 수 없다고 하는 게 맞겠지요. 이런 극상품의 비단은 억만금을 준다고 할지라도 쉽게 가질 수 있는 물건이 아닙니다. 귀한 물건에는 임자가 따로 있는 법이죠."

갑자기 이리하에게 바짝 다가온 단주가 귀에 대고 소곤대기 시작했다. 그 과하게 친숙한 몸짓에 이리하가 움찔했으나 이야기에 열중한 단주는 깨닫지 못했다.

"저분의 안목에 들 만한 물건은 흔치 않습니다. 오늘은 다행히 마음에 드는 물건이 있으신 것 같아 소인도 무척 흡족합니다. 사실 이 비단에 어울릴 만한 이가 저분 말고 누가 있겠습니까. 항상 도움만 받는 처지에 드리는 게 고작 이런 선물뿐이라……."

"단주."

끝없이 이어질 것 같던 그의 말을 파사가 잘랐다.

"하하하. 이런, 제가 또 말이 길었군요. 평소 흠모하던 무위시

듸꽃 아래서

랑을 직접 뵈어 기쁜 나머지 그만……. 송구합니다. 이것은 보내신 서간에서 말씀하셨던 물건입니다. 상질의 물건으로 엄선해서 가장 솜씨가 뛰어난 자에게 맡겼습니다."

단주는 그녀에게 자단목으로 만들어진 크고 넓적한 상자를 건넸다.

이리하의 기분이 바닥으로 가라앉았다. 파사와 단주 사이에는 모종의 거래가 오가는 것이 분명했다. 그 도움이란 것이 벼슬에 대한 청탁이든 이권에 관한 것이든 부정한 것일 게 뻔했다. 그러지 않고서야 값을 따질 수도 없다는 비단을 그냥 준다는 게 말이 되느냐 말이다.

한바탕 정신을 빼놓던 단주가 물러가자 파사는 그에게 상자를 열어보라고 했다.

"선물이에요."

순간 이리하는 어리둥절해졌다. 선물? 선물이라고? 한 번도 남에게 공짜로 무언가를 받아본 적이 없는 그는 당황했다. 상자 안에 든 것은 한눈에도 사내의 것으로 보이는 옷이었다. 그의 눈매가 불쾌감으로 가늘어졌다. 자신에게 이걸 주기 위해 단주와 어떤 거래를 했을까 하는 생각이 떠오른 탓이다.

"이런 물건을 주면 내가 좋아할 것 같나? 단주와의 뒷거래로 얻은 물건으로……."

"뒷거래? 고작 옷 한 벌을 얻기 위해 내가 무슨 짓이라도 했다는 건가요?"

그녀의 눈동자가 싸늘하게 얼어붙었다. 자신의 실수를 깨달은 이리하는 옷을 펼치며 헛기침을 했다.

"음, 관복이 아니군?"

"당신이 관복을 좋아할 거라곤 생각지 못했는데요?"

그녀가 코웃음 치자 그는 머쓱해졌다. 물론이다. 단지 그녀가 건넨 것이 관복이었다면 쉽사리 거절할 수 있지 않을까 기대한 것뿐이었다.

단순한 형태의 짧은 포였지만, 처음 보는 비단이었다. 분명 검은색인데도 빛이 닿는 방향에 따라 미묘한 단풍 무늬가 드러나고 있었다.

"검은색의 비단이 있는 줄은 몰랐어. 검은색은…….'"

불길하고 천한 색이라 일컬어지는 색이다. 귀한 비단을 그 검은색으로 물들일 리가 없지 않은가. 여태껏 본 적도 들은 적도 없었다.

"모두 어리석은 소리죠. 빛을 빨아들이는 검은색이 얼마나 아름다운 색인지 모르는 자들이 하는 말이에요. 반여국 사람들은 세상에서 가장 고운 흑비단을 짜죠. 만져볼래요?"

파사는 손끝으로 감촉을 느끼려는 듯 비단 위를 가볍게 쓸어내렸다. 내리깐 속눈썹이 만들어내는 짙은 음영과 살짝 벌린 도톰한 입술이 그의 눈에 들어왔다. 순간 솜털이 곤두서는 느낌에 이리하는 눈살을 찌푸렸다. 새하얀 그 손가락이 자신의 살갗에 닿은 듯한 기분이었다.

흑꽃 아내서

사각거리며 손가락 끝을 스치는 희미한 비단 소리가 귀를 자극
했다. 문득 얼마 전 병풍 뒤에서 그녀가 옷을 갈아입을 때 들렸던
소리가 겹쳐졌다. 순간 눈앞에 또렷이 떠오르는 장면에 이리하는
눈을 부릅떴다.

"됐어."

주먹을 움켜쥔 그는 손끝에 걸리는 것이 무언지 알아챌 새도
없이 방을 나섰다. 제법 굵게 내리기 시작한 눈이 이리하의 얼굴을
스쳤다.

설마, 그럴 리가.

가슴이 요동치고 있었다. 말도 안 된다. 지금껏 단 한 번도 없
던 일인데.

이리하는 깊게 숨을 들이마셨다. 긴 웃옷 덕분에 표는 나지 않
았지만 난처하게도 그의 몸은 반쯤 부풀어 있었다.

있을 수 없는 일이었다.

이제껏 자신에게 욕정을 불러일으킨 여자는 없었다. 십 년 전
그 어리석은 짓을 저지를 때조차 욕망이 앞선 적은 없었다. 여자들
을 혐오한 터라 가까이 하지도 않았는데 지금 그의 몸은 여자가 필
요하다 외치고 있었다.

그 오랜 세월이 지난 후 처음으로 자신을 흥분시킨 상대가 하
필 하사신의 비인이라니! 직첩을 받지 못했으니 정식 후궁은 아니
라지만 그래도 일황자의 여자가 아닌가.

이리하의 얼굴이 일그러졌다.

아마도 이것은 그저 우연의 일치일 것이다. 그렇게 믿고 싶었다.

그는 정신없이 방을 나오는 바람에 손에 움켜쥐고 있는 검은 비단 포를 한껏 노려보았다.


무얼 잘못한 걸까.

파사는 이리하가 옷을 빼앗듯이 가지고 나가버리는 통에 비어버린 오른손을 물끄러미 내려다보았다.

그녀는 어릴 때부터 감정에 무뎠다. 마치 처음부터 희로애락의 감정을 빼앗긴 사람처럼 기쁨도 슬픔도 잘 느끼지 못했다. 그녀의 심장엔 타다 남은 재처럼 옅은 감정의 찌꺼기만이 남아 있을 뿐이다.

대신 타인을 읽는 순간만은 상대의 감정을 고스란히 느낄 수 있었다. 특히 분노나 증오 같은 부정적인 감정은 직접적으로 그녀에게 고통을 주었다. 마치 부족한 자신의 심장을 대신하기라도 하듯.

그런데 이리하는 읽을 수 없었다. 그에게 닿으면 마치 텅 비어버린 것처럼 아무것도 느껴지지 않았다. 어떤 고통이나 감정도 느껴지지 않는 무(無)의 상태.

처음 겪는 일에 파사는 당황했다. 상대를 읽지 못하면 그의 감정과 행동을 예측할 수 없다. 게다가 자신을 덤덤한 눈길로 쳐다보는 이도, 귀찮다는 듯 대하는 이도 처음이라 어찌 대해야 할지 갈 피를 잡을 수 없었다.

애초에 그녀는 하사신 황자가 시킨 대로 할 생각이 없었다. 황자의 말을 들어주는 척하다 적당한 시간이 흐르면 이리하를 돌려보낼 생각이었다.

하지만 난생처음 고통 없이 닿은 사람의 온기는 생각보다 무척 따뜻했다. 이리하를 만나기 전에는 자신이 얼마나 사람의 온기를 그리워하고 있는지 깨닫지 못했다. 두려워하지 않고 타인에게 기댈 수 있다는 사실이 이토록 평온함을 주는 줄도 몰랐다.

이리하는 쉽사리 황자에게 당하지 않을 만큼 강한 사람이다. 어차피 길지 않을 시간이라면 그를 곁에 두어도 되지 않을까. 그 달콤한 유혹은 뿌리치기 힘들 만큼 치명적이었다.

돌려보내줄게. 무슨 일이 있어도 돌려보낼 테니까.

그러니 잠시, 그저 잠시만 당신을 가지고 싶어.

그녀의 가슴에 처음으로 연혼(緣魂)이 아닌 다른 것에 대한 열망이 피어올랐다.

파사는 일부러 심술궂게 이리하를 괴롭혔다. 찌푸린 얼굴로라도 자신을 바라보는 그의 시선이 좋아서였다.

귀찮게 자리를 옮겨달라고 한 것은 안아주는 그의 품이 따뜻해서였다.

차를 마실 때마다 억지로 이리하를 앉힌 것은 그를 마주 보고 싶어서였다.

그런데 언제부턴가 이리하를 보는 어린 시비의 얼굴에 홍조가 떠오르는 것이 거슬리기 시작했다. 순진한 시비의 마음은 그저 연심을 닮은 호감일 뿐인데도 왠지 모르게 불쾌했다.

눈앞에 있는 동안만이라도 이리하의 시선을 빼앗기기 싫었다. 그의 따뜻한 품과 손길을 다른 이에게 내어주고 싶지 않았다.

하지만 사랑해야 할 단 한 사람에게조차 마음을 주지 못하는 그녀가 마음을 얻는 것에 대해 아는 것이 무엇이 있을까. 가슴이 텅 비어서 사람의 마음이란 것이 어떻게 움직이는지 알지도 못하는데. 그녀가 할 수 있는 건 고작 남들이 하는 행동을 흉내 내는 것밖에 없었다.

하사신 황자는 늘 그녀에게 이것저것 물건을 안겨주었다. 원한 적도 없는 비싸고 귀한 것들로 그녀의 환심을 사려들었다. 그녀가 만난 귀족들도 모두 값진 선물을 바쳤다. 월강상단의 단주조차 늘 그녀에게 새로운 비단을 주지 못해 안달이었다.

그래서 자신 때문에 못쓰게 된 이리하의 옷이 떠올랐을 때 그의 호의를 얻으려면 선물을 해야 하지 않을까 생각했다. 한 번도 선물을 받은 적 없다는 그 사내에게 옷을 주면 기뻐하지 않을까 하고.

등꽃 아래서

5장

강양(康良) 31년 일월

느닷없이 황자비가 찾아온 것은 그들이 후원에 나와 있을 때였다.

사흘간 맹렬히 쏟아지던 눈이 그치고 거센 바람도 잦아든 한낮이었다. 늘 그렇듯 시비들을 물린 파사는 후원에서 시간을 보내고 있었다.

시비의 전언에 파사가 자연스럽게 팔을 내밀자 이리하는 들고 있던 두꺼운 포로 그녀의 어깨를 감쌌다. 파사의 미려하게 뻗은 눈썹이 잠시 찌푸려졌지만 그녀는 별다른 말을 하지 않았다. 그녀를 가볍게 안아 올린 이리하가 회랑을 통해 후원을 빠져나갔다.

핏기 없는 뺨과 파리한 입술이 신경에 거슬렸다. 매번 밖으로 나올 때마다 그녀의 옷차림은 부실하기 짝이 없었다. 눈이 내리지 않는 날이라 해도 난경의 겨울은 춥다. 누구도 그녀처럼 한 겹 옷으로 다니진 않는다. 저러다 앓아눕기라도 하면 꼴좋겠다 싶어도 그냥 내버려둘 수는 없었다. 결국 자신도 아름다움에 약한 사내인 건지 이상하게 계속 신경이 쓰였다. 결국 꼬박꼬박 그녀의 겉옷을 챙기는 것이 일상이 되고 말았다.

작은 새처럼 가느다란 몸은 애처로울 만큼 가볍다. 이리하의 시선이 품 안에 있는 작은 어깨에 닿았다. 가시 돋친 말만 해대는 그녀인데 막상 안으면 녹아내릴 듯 부드럽고 부서질 것처럼 가냘 프다니.

가끔 파사에게서 묘한 불안감을 느낄 때가 있었다.

특히 그 삭막한 후원에서 혼자 앉아 있는 뒷모습을 볼 때면 싸한 기분과 더불어 심장이 불안하게 뛰었다. 뒤틀린 가지를 뒤덮은 새하얀 눈을 보는 갈색 눈동자는 무슨 생각을 하는지 알 수 없었다. 우아하게 뻗은 가느다란 손가락과 창백한 얼굴은 공기 중으로 금세 사라져버릴 것같이 위태로웠다.

이리하는 무의식중에 그녀에게서 나는 향기를 맡지 않으려 숨을 멈추고 있었다. 긴장했던 것과 달리 잠잠한 아랫도리에 그는 소리 없는 한숨을 뱉었다.

일부러 며칠간 제법 곱다고 여겨지는 몇몇 시비들의 손을 유심히 바라보았다. 자신이 여자의 손에 발정하는 미친놈이 된 건 아닌가 하는 걱정 때문에. 그러나 그의 몸은 지루할 정도로 아무런 반응을 보이지 않았다. 대신 자신의 시선에 놀란 시비들이 파랗게 질려 도망치는 꼴을 보아야 했다.

*들꽃 아내서*

혹시 파사에게 닿을 때마다 반응하는 건 아닐까 걱정했는데 다행히 기우였던 듯하다. 그때 이후로 다시 그런 일은 벌어지지 않았다.

지나치게 오랜 금욕 때문에 벌어진 일이 아닐까 싶긴 했다. 치백의 말대로 적당한 상대를 골라 해결하는 게 옳다는 건 안다. 그러나 욕구에 휘둘리는 것이 싫다고 아무나 붙잡아 몸을 겹치는 건 더 끔찍했다. 여전히 그에게 여자들은 혐오의 대상이었다.

황자비와 그녀의 시비들은 자화원 앞에서 기다리고 있었다. 황자비가 내실로 들어서자 시비들도 뒤를 따랐다. 황자비의 뒤편에 늘어선 그들이 파사를 훑어보는 시선은 자못 거만했다.

자화원을 나서지 않는 한 파사는 별다른 치장을 하지 않았다. 후궁과 비인들이라면 아침부터 밤까지 몸단장에 정신을 쏟을 것이라 추측한 것과 달리 파사는 간소한 차림을 즐겼다.

그에 비해 밤톨만 한 진주알과 봉황을 아로새긴 금비녀로 장식한 머리, 취옥과 황금으로 만든 여러 겹의 목걸이를 건 황자비는 한껏 성장한 모습이었다. 금실로 꿴 진주가 달려 있는 군과 은여우의 모피로 안을 덧댄 담적색 포가 풍만한 그녀의 몸을 감싸고 있었다.

제국에서 다섯 손가락 안에 드는 재력가의 무남독녀 외동딸답다고나 할까. 장신구 하나 달지 않은 파사의 옷차림과 뚜렷한 대조를 보이고 있었다.

그럼에도 마주 앉은 두 여인 중 누구의 미모가 더 뛰어난지는 한눈에도 확연했다.

그저 단순히 머리를 늘어뜨려 묶었을 뿐인데 드러난 파사의 턱선과 뽀얀 목이 눈부셨다. 그에 비하자 황자비는 과하게 치장한 느낌을 피할 수 없었다.

일황자의 비(妃)인 태이 은리산은 자애로운 성품의 여인이라 알려져 있었다. 하사신은 지나칠 정도로 많은 후궁과 비인들을 거느렸지만 그녀는 남편의 수많은 여인들을 투기한 적도 없었다. 늘 조용하고 현명하게 후궁전을 관리해 현숙한 황자비라 칭송받았다.

그러고 보니 이리하가 동위궁에 들어온 후로 후궁전의 사람이 찾아온 것은 황자비가 처음이었다. 직첩이 없는 비인은 다른 후궁들과 달리 문후를 올리지 않는다. 이제껏 파사는 후궁전의 누구와도 왕래가 없었다.

이리하는 잠시 고개를 갸우뚱했다. 혹 따돌림이라도 당하고 있는 건가.

파사가 아무리 좋은 대접을 받는다 해도 결국 다른 후궁들에겐 비인일 뿐이다. 게다가 그 성정에 다른 이들과 친하게 지낼 것이라는 기대 자체가 무리긴 했다.

"어린 시비 하나가 다쳤다고 들었네."

"그런가요?"

방자한 태도였지만 은리산은 파사를 나무라지 않았다.

"그저 어린 아이의 실수라 여기고 내치진 말게나. 처소의 아이들이 너무 자주 바뀌는 것은 좋지 않다네. 조금만 너그럽게 보아주지 않겠나?"

지나친 오지랖이었다. 파사의 눈에 냉랭한 기운이 서렸다.

자신은 그 시비를 내친다고 한 적이 없었다, 아직은. 그런데 이렇게 황자비가 나서서 말리니 자신이 그 어린 시비를 핍박한 꼴이 된 것이다.

"그건 제 소관입니다."

"그러니 내 이렇게 청을 하지 않나. 그만 노여움을 풀게나."

입을 다문 파사의 얼굴은 무표정했다. 그것을 긍정의 뜻으로 알아들은 은리산이 잔잔한 미소를 머금었다. 둥글고 선한 눈은 은리산의 성정을 드러내고 있었다. 차근차근 말하는 목소리 또한 나직하고 부드러웠다.

"참, 요사이 자네가 입맛을 잃은 듯하다 해서 내가 준비해온 게 있다네."

황자비를 따라온 시비 중 하나가 앞으로 나섰다. 그녀는 가져온 물건을 탁자 위에 조심스럽게 펼쳤다.

파사가 힐끗 시선을 주었다.

설화고(雪花糕).

겉에 입혀진 설당(雪糖)이 마치 새하얀 눈꽃이 핀 것처럼 보인다는 것에서 유래한 이름이었다. 첫맛은 바삭하지만 혀에 닿는 순간 눈처럼 녹아버린다. 한번 그 달콤한 맛을 맛본 이는 잊지 못한다 해서 미망화(未忘花)라고도 불렸다.

설당은 극소량만 수입되는 귀한 식재료인 데다 만들기가 까다로워 웬만한 혜 집안에서조차 구경하기 힘든 음식이었다. 궁에서도 흔하지 않은 것이니 황자비가 직접 만든 게 분명했다.

　"맛을 보지 않겠는가?"

　"당과는 즐기지 않습니다."

　"한입이라도 먹어보는 게 어떤가?"

　"억지로 먹이기라도 하실 셈이십니까?"

　"아, 아닐세. 그럼 나중에 들게나."

　파사의 차가운 응대도 은리산은 너그럽게 받아들였다. 황자비의 정성이 면전에서 거절당하자 놀란 시비들이 숨을 들이켰다.

　"저 사람이 전하께서 친히 부르셨다는 호위인가?"

　은리산의 시선이 잠시 파사의 뒤에 서 있는 이리하에게 머물렀다.

　"이야기는 들었네. 허나 궁의 법도로 보자면 같은 지붕 아래 머문다는 것은 있을 수 없는 일이 아닌가? 더군다나 전하께서 궁을 비우신 이런 때에."

　원래 후궁전 내에 개인적인 호위는 있을 수 없었다. 궁을 지키는 병사들이 외곽을 순시하고 후궁으로 통하는 문을 지킬 뿐이다.

　그러나 하사신은 예전부터 자미희의 처소에만 따로 호위를 뽑아 붙여두었다. 이 또한 자미희에 대한 특별대우라 말이 많았던 일이다. 게다가 이번에 새로 들어온 호위는 자미희의 지척에 머물고 있었다. 방이 다르다 해도 충분히 구설수에 오를 만한 일이었다.

황자비가 아랫사람들에게 입조심을 시키고 있지만 이미 동위궁
내에 소문은 파다했다.

"물론 후궁과 호위가 한 지붕 아래 거하는 것은 있을 수 없는
일이겠지요. 그러나 저는 고작 비인이 아닙니까?"

비인은 황자의 재산 중 하나일 뿐이지 황자의 여인이 될 수 없
었다. 그러니 후궁의 법도를 들먹여봐야 소용없는 일이란 소리였
다.

"혹여 좋지 못한 소문이라도 난다면 전하께 누가 되지 않겠는
가?"

"황자전하께선 제가 원하는 건 무엇이든 하라고 하셨죠."

한마디로 하사신 황자가 허락한 일이니 참견하지 말라는 뜻이
었다. 기가 막혀 헛바람을 들이키는 소리가 여기저기서 들렸다.
황자비를 따라온 시비들이 분을 참지 못하고 씩씩대고 있었다.

"……그런가. 전하의 뜻이 그렇다면 따르는 게 도리이겠지."

황자비의 쓸쓸한 목소리에 분기에 찬 눈초리들이 파사에게 쏟
아졌다.

"마마, 여 귀비마마께서 여시는 다과회에 가시려면 서두르셔
야 하옵니다."

"벌써 그렇게 되었나?"

"예, 그러니 어서 채비를 하셔야지요. 모든 후궁마마들이 참석
하는 귀한 자리가 아니옵니까? 직첩이 있는 분들은 빠짐없이 가실
테니 동위궁의 안주인 되시는 마마께서 가장 앞에 자리하셔야지

요. 천한 비인들이야 노닥거릴 시간이 있겠지만 마마께서는 할 일이 많으십니다."

나이 많은 시비 하나가 뼈 있는 소리를 하며 파사를 향해 눈을 치켜떴다. 시비들이 황자비를 에워싸고 서둘러 방문을 나섰다.

방을 빠져나가자마자 그들이 분통을 터뜨리는 목소리가 들려왔다.

"마마, 저런 오만방자한 비인에게 손수 음식을 가져다주시다니요!"

"아니다. 그래도 황자전하께서 아끼시는 사람이니 내가 살펴야 하지 않겠느냐."

"애당초 비인 따위에게 시비와 호위를 내리신 황자전하의 처사가 부당한 것이 아니옵니까?"

"제발 가까이하지 마십시오. 저 악독한 계집이 행여 마마께 삿된 마음을 품지나 않을지 걱정되옵니다."

"그런 소리 하지 마라."

"마마께서는 너무 마음이 무르십니다."

파사는 그 소리를 고스란히 듣고도 눈 하나 깜박하지 않았다. 그저 과자를 가리키며 이리하에게 말했을 뿐이다.

"내다버려요."

한눈에 봐도 귀한 것으로 보이는데 또 뭐가 거슬린 거지. 이리하의 미간이 꿈틀거렸다. 안 그래도 그녀는 상을 물리는 일이 심심찮게 많았다. 그러니 저렇게 바람에 날아갈 듯 위태롭게 보이는 것 아닌가.

"맛이라도 보지 그래?"

"난 날 미워하는 사람이 준 걸 기껍게 받아먹을 만큼 비위가 좋지 못해요."

"미워한다고?"

"황자비는 날 싫어하죠. 그녀가 정말 내게 먹이고 싶은 게 무엇일 것 같나요?"

"그렇게 보이진 않던데."

오히려 그녀가 황자비를 싫어하는 걸로 보였다.

"설마 보이는 게 전부라고 생각하진 않겠죠? 무위시랑."

이름 대신 자신의 직책을 부르는 냉담한 음성에 이리하는 순간 짜증이 치밀었다.

"황자비는 현숙하고 온화한 성품이라 만백성에게 칭송 받는다 들었지. 누구와 달리 아랫사람에게도 함부로 대하는 법이 없다던데?"

그의 대구를 들은 파사의 눈에 파랗게 불꽃이 일었다.

"그럼 당신이나 먹든지요."

갑자기 의자에서 일어난 파사는 그의 손에 과자를 안겼다. 이리하는 다친 발이 아직 완쾌되지도 않았는데 일어선 그녀의 행동에 놀랐다.

"당장 나가요!"

파사가 정색을 하고 화를 내자 이리하는 얼떨결에 문밖으로 밀려나오고 말았다. 그러나 막상 나온 순간 고민에 빠졌다.

알록달록한 비단상자에 싸인 과자는 먹기가 아까울 정도로 고왔다.

하지만 그녀 말대로 정말 황자비가 파사를 미워한다면 이건 위험한 물건이었다. 그런 걸 자신에게 먹으라 하다니 미운털이 단단히 박힌 모양이군.

그렇다고 함부로 버리기도 곤란한 물건이다. 황자비가 하사한 음식을 내버렸다가 무슨 사달이 날 줄 알고.

이리하는 손에 든 과자를 내려다보며 난처한 한숨을 쉬었다.

파사가 화를 내는 모습을 본 순간 심장이 떨어지는 줄 알았다. 분노로 상기된 뺨과 노려보는 눈에 생기가 돌자 마치 갓 피어난 꽃 같았다.

"웬 설화고입니까?"

"……치백?"

눈앞에 불쑥 나타난 인물에 이리하는 멍해졌다. 치백이 자화원의 대문 앞에서 마치 제 집인 양 느긋하게 뒷짐을 지고 있었다. 주위의 호위들이 힐끔힐끔 시선을 보내고 있었다.

"설화고? 그게 뭔데?"

"손에 들고 계신 그것 말입니다."

다른 이들 앞에서 미주알고주알 떠들 마음이 없는 이리하는 치백을 잡아끌어 처마 아래로 데려갔다. 어차피 호위들은 자화원을 둘러싼 담 안으로는 들어오지 않는다. 치백이 무슨 말을 둘러대고

들어왔는지 몰라도 호위들은 그를 제지하지 않았다. 잠자코 설화
고의 출처를 듣던 치백은 이리하의 얘기가 끝나자 바로 설화고 하
나를 꿀꺽 삼켜버렸다.

"무슨 짓이야! 만약 독이라도 든 거라면!"

이리하의 고함에도 치백은 만족스런 얼굴로 과자를 하나 더 집
어 들었다.

"흠, 듣던 대로 황자비의 음식솜씨가 매우 뛰어나군요. 이 설
화고에는 독이 없습니다."

"맛만 보고 그걸 알았다고?"

"그럴 리가요. 설사 황자비가 자미희를 미워한다고 해도 이렇
게 자기 손으로 들고 간 음식에 독을 넣을 만큼 어리석진 않을 겁
니다. 자미희도 그걸 알고 무위시랑께 준 거죠."

"쓸데없는 걱정이었단 소리군."

허탈한 얼굴의 이리하를 보며 치백이 말을 이었다.

"물론 이 궁 안에서 자미희에게 호의를 가지고 있을 만한 인물
은 그다지 없습니다. 일황자의 총애를 독차지한다고 알려진 자미
희는 후궁들에겐 공통의 적이죠. 게다가 고작 몇 달 모실 주인에
게 충성을 바칠 시비도 없을 겁니다. 더욱이 그 주인이 소문대로의
성격이라면 모두 제 몸 사리기도 바쁠 테죠. 목숨을 위협받는 것
이 자미희에게 새로운 일은 아닐 겁니다. 아무리 일황자가 비호해
준다 해도 보이지 않는 후궁의 암투를 모두 막을 순 없었을 테니까
요."

문득 다쳤을 때 궁의를 부르지 않던 파사가 떠올랐다. 그건 의원조차 믿을 수 없다는 뜻이었다. 늘 목숨의 위협을 받고 살면서 주위에 믿을 수 있는 사람이 단 하나도 없다는 건 어떤 기분일까. 이 넓은 궁 안에서 그녀는 철저하게 혼자인 것이다.

　뒤늦은 깨달음에 멍해진 이리하를 힐끗 쳐다본 치백이 뒷말을 덧붙였다.

　"괜한 동정은 금물입니다. 지금껏 살아남은 것만 봐도 자미희가 만만한 인물이 아니란 뜻이 되겠죠. ……그런데 생각보다 잘 지내시고 계신 듯하군요, 자객이 든 것치곤."

　마지막 말에 이리하의 눈썹이 추켜 올라갔다. 역시 모를 리가 없나.

　"그 자객은 칼 쥐는 법도 제대로 모르던데."

　"자미희에겐 다행스러운 일이군요."

　"뭐 별로 그렇지도 않아. 일황자 말대로 근거지를 찾지 못한 이상 또 언제 나타날지 모르니까."

　이리하가 투덜댔다.

　"그 일로 일황자가 궁을 비웠다고 들었습니다. 조만간 무위시랑께서 서운궁으로 돌아오실 수 있겠군요."

　"그러면 좋기야 하지. 파사는 매일 틀어박혀 책만 읽으니까 지루해 죽을 지경이라고."

　파사? 낯선 이름에 치백은 가늘게 눈을 좁혔다. 그것이 자미희의 이름이라면 자신조차 몰랐던 사실이었다.

등꽃 아래서

"언제부터 자미희를 이름으로 부르게 된 겁니까?"

"그럼 설마 내가 마마라 부르기라도 해야 한다는 소리야?"

눈을 부릅뜨는 이리하를 보며 치백은 이상한 느낌에 사로잡혔다. 다른 사람에게 무관심한 이리하가, 더군다나 여자라면 질색하는 그가 자미희의 이름을 친근하게 부르는데 그게 별일 아니라고? 이리하는 깨닫지 못한 것 같지만 어쩐지 묘하게 거슬렸다.

"그보다 화적단 두목을 만나봤습니다."

"아, 그렇군. 지금쯤 난경으로 호송돼 왔겠군."

"그래서 말인데 설마 화적단을 잡으러 가서 이상한 짓을 하신 건 아니시겠지요?"

"이상한 짓이라니?"

뜨끔해진 이리하는 딴청을 피웠다.

"무위시랑을 가만두지 않겠다고 벼르는 거야 그렇다 쳐도 약속을 어겼다는 둥 도망을 갔다는 둥 이상한 소릴 하면서 길길이 날뛰더군요. 대체 무슨 짓을 하신 겁니까?"

"난 잡으라고 해서 잡은 죄밖에 없어. 그놈의 생각을 내가 어찌 알겠어?"

"흠, 좋습니다. 뭐 그런 것으로 해두지요. 그리고 이번에 세우신 전공의 포상으로 대사전이 무위시랑께 스무 근의 황금을 내렸습니다."

"일황자가 진짜 그걸 보냈다고?"

정말 대사전이 하사신의 눈치를 본다는 게 확실해진 순간이었다.

"덕분에 잘 썼습니다. 다들 따뜻한 겨울을 나게 해줄 솜이불에 감사하고 있지요."

수정안경알 속에서 치백의 눈이 둥글게 휘어졌다. 그 뻔뻔한 웃음에 이리하도 따라 웃고 말았다.

"당연히 기대도 안 했지만 좀 물어보고나 쓰는 게 어때?"

"어차피 빌려주실 거잖습니까? 무위시랑께서 돌아오실 때까지 기다리려니 암영이 모두 빙영(氷影)이 될 것 같아서요."

"그런데 대체 여긴 어떻게 들어온 거야?"

치백은 느긋하게 주위를 둘러보며 딴소리를 했다.

"정말 일황자의 심미안만은 인정해야겠습니다. 동위궁은 지나가는 시비들조차 모두 아리땁기 그지없더군요. 매일 우락부락한 사내들만 보다 간만에 꽃구경을 하니 무릉도원이 여기다 싶지 뭡니까. 이러니 소문의 자미희를 꼭 만나봐야겠다는 생각이 드는군요."

치백에게 등을 떠밀린 이리하는 그를 파사에게 안내할 수밖에 없었다. 손님을 알리는 시비의 말에도 방 안에선 아무런 답이 없었다. 그러나 문을 열자마자 무언가가 날아왔다.

"나가요!"

코앞을 스쳐가는 작은 접시에 치백은 대체 또 무슨 짓을 하신 겁니까, 라는 눈으로 이리하를 쳐다봤다. 입모양으로 '또'를 확실히 강조하며. 억울함에 이리하는 고개를 저었다.

파사가 던진 것은 먹이 묻어 있던 접시였다. 탁자 위에는 그리다 만 그림이 펼쳐져 있었고 주변에는 붓과 벼루 등이 널려 있었다. 그림을 본 치백은 저도 모르게 감탄을 내뱉었다.

"훌륭한 솜씨로군요."

"당신은 누구죠?"

치백은 한껏 호감어린 미소를 짓고 있었지만 파사의 눈에는 경계심이 드러나 있었다. 가볍게 목례를 한 치백이 신분을 밝혔다.

"저는 치백이라 합니다. 서운궁에서 중랑을 맡고 있지요."

낯선 이가 밝힌 이름에 파사의 눈이 가늘어졌다.

중랑 치백이라면 이황자의 책사로 알려진 사내였다. 바람 잘 날 없는 암영의 무위시랑 덕에 이목을 끌지 않고 뒤에 숨어 있는 실력자. 변변치 못한 출신이라고 들었는데 몸에 배어 있는 기품과 여유는 하루 이틀 만에 나올 수 있는 것이 아니었다. 눈앞의 사내는 알려진 것보다 더 많은 비밀을 숨기고 있는 게 분명했다.

그림을 주시하던 치백의 눈에 이채가 스쳤다. 섬세함과 유려함이 넘치는 선들로 이루어진 화풍이 어딘가 낯이 익었다.

"무례가 되지 않는다면 스승의 존함을 여쭤도 되겠습니까? 혹시 진 마……"

"무례하시군요."

치백의 말을 끊은 파사는 그림을 아무렇게나 치워버렸다. 명백한 홀대에도 치백의 상냥한 미소는 사라지지 않았다.

"언짢게 해드렸다면 용서하십시오. 사내로 태어나 이처럼 아름다운 미인의 미움을 산다면 그 얼마나 애통한 일이겠습니까? 역시 소문이란 건 믿을 게 못 되지 않습니까?"

"무슨 뜻이죠?"

"세간에서는 창에서 가장 아름다운 여인으로 자미희를 꼽더군요. 허나 제가 보기엔 천하제일미(天下第一美)란 말이 더 적절할 듯합니다."

"아첨을 잘하시는군요."

나란히 서 있는 두 사람은 겉모습에서부터 극명하게 갈렸다.

이리하는 넓은 어깨와 긴 다리, 근육이 드러나는 단단한 팔로 무인임을 숨기려야 숨길 수가 없다. 반면 치백은 한눈에도 무예 쪽과는 인연이 없을 듯한 이였다. 묵향이 배어날 것 같은 이지적인 얼굴과 학처럼 단아한 몸가짐이 그것을 말해주고 있었다.

게다가 퉁명스런 얼굴의 이리하와 달리 치백은 내내 미소를 지우지 않고 있었다. 그러나 파사는 그가 안경 너머로 자신의 생각과 감정을 감추고 있음을 알아차렸다. 입술은 상냥하게 웃고 있지만 치백의 눈빛은 차가웠다. 그 눈꼬리에 작게 잡힌 주름은 진짜 웃음으로 생긴 게 아니다. 그의 웃음은 가면이었다. 마치 그녀의 무표정이 그런 것처럼.

스스로를 감추려들지 않는 이리하와는 하늘과 땅만큼 다른 사내였다.

"무위시랑의 첫인상은 어땠습니까? 많이 놀라지는 않으셨는지요. 그를 처음 만나면 다들 키 때문에 깜짝 놀라곤 한답니다."

치백이 웃으며 질문을 던졌다.

"첫 대면에서 다짜고짜 자기 검을 떠미는 이상한 사람이더군요."

"검을 떠밀다니요?"

"빌려주겠다더군요."

내내 웃음 짓던 치백의 입술이 순간 일그러졌다.

"……들어 올리지도 못할 검을 왜 빌려준답니까?"

"무슨 말이죠?"

"그 검의 무게는 보통 검보다 두세 배가 더 나갑니다. 웬만한 장정도 쉽게 휘두르지 못하는데 이렇게 아리따운 미인에게 빌려 줄 만한 물건은 아니죠."

치백은 어이없다는 그녀의 얼굴을 보며 다시금 미소를 지었다. 그러나 그 눈빛은 차게 가라앉고 있었다.

이리하가 검을 빌려주겠다고 했단 말인가. 그의 소유가 된 이후로 단 한 번도 손안을 벗어나본 적 없는 검을? 매번 검을 가지고 놀릴 때마다 목숨처럼 지키는 그 검을?

차갑게 식은 치백의 눈이 수정알 너머로 자미희를 주시했다. 분명 누구나 현혹될 정도로 아름답긴 했지만 그는 좀 더 밝고 상냥한 쪽이 좋았다. 독이 묻은 꽃 따윈 질색이다. 그 독이 비록 제 몸을 지키기 위한 독이라 해도.

게다가 자미희는 과거를 전혀 알 수 없는 수상한 인물이었다.

십삼 년 전 어느 날 사냥을 간다고 떠났던 일황자가 데리고 온 출신을 알 수 없는 소녀. 아무리 뒤를 캐보아도 그녀는 마치 하늘에서 뚝 떨어진 것처럼 과거의 행적이 전혀 드러나지 않았다. 자미희가 좋아한다는 등나무가 있는 대륙의 남쪽 출신이 아닌가 추측하는 게 고작이었다.

"제 방문이 갑작스러우시겠지만 실은 여 귀비마마의 명을 전하러 왔습니다."

"무슨?"

역시 잠시 살펴보는 게 좋겠지. 자미희보다 먼저 반응하는 이리하의 목소리를 들으며 치백은 의미심장한 미소를 띠었다.

"오늘 운주궁에서 열리는 다과회에 참석하라는 명이십니다."

황궁으로 향하는 행렬에는 자화원의 모든 호위가 줄줄이 따라붙었다. 이리하는 뒤를 따르는 호위들을 흘깃 돌아보며 목소리를 낮췄다.

"정말 귀비가 파사를 초대했다고?"

"그렇습니다. 정확히 말하자면 자미희가 아니라 무위시랑이 목적인 것 같지만요."

느긋하게 말을 몰던 치백은 자미희가 탄 마차를 보며 조소를 흘렸다.

"날? 왜?"

의외의 말에 놀란 이리하의 눈이 휘둥그레졌다.

"무위시랑께서 동위궁에 있다는 사실이 상서위를 통해 여 귀비의 귀에 들어간 것 같습니다. 오늘 전하와 함께 황궁에 들었다가 그 이야기를 듣고 귀비의 시종을 중간에서 가로챘습니다. 그러니 혹시라도 여 귀비가 내오는 것은 아무것도 먹지 마십시오."

"왜?"

"독이 들어 있을지도 모르니까요."

"뭐? 언제는 또 제 손으로 준 음식에 독을 넣는 건 어리석은 짓이라며?"

짜증난 이리하가 고삐를 쥐지 않은 손으로 머리를 헝클어뜨렸다. 귀족이나 황족들은 도대체 이해할 수가 없다. 무슨 꿍꿍이가 그리도 많은지 이거다 싶으면 저거고, 저건가 싶으면 또 이거다.

"무릇 전법은 상대를 봐가면서 펼쳐야 하는 법이지요. 지피지기 백전불태(知彼知己百戰不殆) 아니겠습니까?"

저리 어수룩하다니. 치백은 속으로 혀를 찼다. 그러니 매일 동위궁에서 내어주는 음식을 별다른 의심 없이 먹었겠지. 술수나 계략이 난무하는 정치는 이리하와 맞지 않았다. 자신이 조치해놓지 않았다면 이 사내는 어느 날 피를 토하며 쓰러질지 모른다.

못마땅한 치백의 시선에 이리하의 미간이 찌푸려졌다.

"황자비야 고작 비인 하나 죽이기 위해 자신의 모든 걸 걸 이유가 없지요. 득보다 실이 많지 않습니까? 게다가 제 손으로 만들었다고 떠벌린 음식에 독을 탈 순 없는 법이기도 하고요. 그렇게 어리석은 여인은 아닙니다. 그러나 여 귀비는 다르지요. 황궁 안에는 죄를 뒤집어씌울 수 있는 사람이 최소 수백은 됩니다. 모두 여 귀비의 측근으로 채워져 있으니 거짓 증언을 할 사람도 수십은 만들어낼 수 있지요. 지난번 연회처럼 모든 혜가 다 모인 자리라면 몸을 사리겠지만 오늘은 아닙니다. 게다가 무위시랑의 목은 일황자 파에겐 아주 탐나는 전리품인 것을요. 하하."

"……그렇게 즐거운 얼굴로 말하지 않아도 돼."

"사실 황자비와 여 귀비를 비교할 수 없는 치명적인 문제가 하나 있습니다."

치백은 한숨 가득한 눈으로 허공을 올려다보았다.

"무슨 문제?"

"여 귀비에게는 복잡한 심계를 꾸밀 만한 머리가 없습니다, 애석하게도."

"뭐?"

"만나보시면 알게 될 겁니다."

여 귀비는 단순하고 즉흥적인 성격이라 앞뒤 생각지 않고 일을 저지른다. 이황자가 꼴 보기 싫다고 눈앞에서 직접 독을 타 먹이는 황당한 짓도 충분히 벌일 수 있는 여자였다. 그런 만큼 속을 알기도 쉬웠다. 이제껏 대놓고 벌어진 암살 시도는 모두 여 귀비가 단독으로 벌인 일이었다. 덕분에 가끔 일황자 파는 그 뒤처리로 꽁지 빠지게 뛰어다녀 자신들에게 여유를 주곤 했다.

사실 진짜 경계해야 할 대상은 여 귀비의 뒤에 버티고 있는 능구렁이 같은 혜 사무갈이었다. 그는 사오룬 황자가 죽어주기만 한다면 수백 명 정도야 눈 하나 깜박하지 않고 죄를 덮어씌워 죽일 수 있는 인물이다. 제 조카를 황위에 올리기 위해서라면 무슨 짓이라도 할 자였다. 실제로 이황자의 위신을 추락시키기 위해 제 막내아들을 제물로 던져주지 않았던가.

운주궁(雲珠宮)은 황궁 안에서 황제의 침전이 있는 태강궁 다음으로 큰 궁이었다.

꽃과 보석으로 치장된 화려한 궁의 주인은 스무 해가 넘도록 황제의 총애를 받고 있는 여 귀비였다.

황제를 사로잡은 그 미모는 나이가 들어도 여전했다. 여 귀비는 시원시원하게 뻗은 이목구비에 또렷한 붉은 입술이 목단 꽃처럼 화려한 미인이었다.

상서위(尙書尉) 혜 사무갈의 누이동생인 그녀는 원래 우사부(右司傅)의 아들 혜 단기유와 혼인한 사이였다. 활발하고 화려한 성정의 그녀와 조용하고 내성적인 단기유는 어울리는 한 쌍이 아니었다. 혼인한 지 두 해에 접어들도록 둘의 사이는 겉돌았다.

어느 날 제 오라비를 만나러 간 그녀가 젊은 황제와 마주친 것이 일의 발단이었다. 황제는 첫눈에 그녀에게 빠져들었다. 그러나 상대는 이미 남편이 있는 유부녀였다. 황제의 첫사랑은 그렇게 막을 내리는 듯했다.

그런데 원래 가슴 병이 있던 단기유가 갑작스레 병이 깊어져 세상을 뜨고 말았다. 평소에도 병약하긴 했으나 젊은 그의 죽음은 모두에게 충격을 주었다.

홀몸이 된 그녀는 친정으로 돌아간 지 한 달 만에 황제의 후궁으로 입궁했다. 그로부터 여덟 달이 지난 뒤 사내아이가 태어났다.

무수한 추측과 소문 속에 여 귀비는 아이가 황제의 핏줄임이 분명하다고 주장했다. 황제 또한 그 아이를 자신의 첫 황자로 인정하고 하사신이라는 이름을 내렸다.

그러나 초혼이 아니라는 이유 때문에 황제의 총애와 오라비의 후원을 업고도 그녀는 황후가 될 수는 없었다.

황후자리에 오른 것은 아들을 잃고 졸지에 며느리까지 황제에게 빼앗긴 꼴이 된 우사부의 외동딸이었다. 책봉된 지 삼 년 만에 황후는 황자를 생산했다. 황제의 무관심과 여 귀비의 방해 속에 사실 회임한 것만도 기적이었다. 그러나 사오룬 황자를 낳은 후 피를 토하는 병에 걸린 그녀는 다시는 자리에서 일어나지 못했다.

황후가 젊은 나이에 황천길을 떠난 이후로 황제는 황후자리를 비워두었다. 적통황자가 있으므로 다시 황후를 들일 필요가 없다는 이유였다.

그러나 황후가 남긴 유일한 적통황자는 여 귀비와 상서위 측에게 필요악이었다. 그 존재 때문에 새로운 황후는 필요 없다는 명분은 내세울 수 있으나 그들에게 가장 큰 걸림돌이 될 적통이 아닌가.

막상 황태자 책봉 문제가 거론될 때마다 그들은 사오룬 황자의 나이가 어리다는 이유로 차일피일 미뤘다. 그리고 세월이 흘러 사오룬의 나이가 찼을 때는 이미 조정세력 대부분이 상서위의 사람으로 채워진 후였다. 드러내놓고 장자인 하사신 황자가 제위를 잇는 것이 타당하다고 목소리를 드높이기 시작한 것이다.

이리하는 여 귀비의 얼굴을 본 적도, 얘기를 나눠본 적도 없었다. 그러나 이렇게 여 귀비를 마주하고 보니 하사신이 외탁했음을 뚜렷하게 알 수 있었다. 사오룬이 젊은 시절의 황제를 떠올리게 할 정도로 부황을 닮은 것과 반대로 하사신은 여 귀비를 빼닮았다.

예전부터 두 황자가 한자리에 있으면 그 차이가 확연히 드러나 여 귀비가 싫어했다는 후문이 있었다. 안 그래도 하사신의 출생 당시 한동안 불미한 소문이 황도 내에 떠돈 적이 있는 만큼 그것은 민감한 문제임이 분명했다.

"그자가 이번에 새로 궁에 들였다는 호위인가 보구나."

여 귀비가 검은 옷을 입은 사내의 팔 안에 안겨 있는 자미희를 보며 물었다.

비천한 신분을 드러내듯 짙게 그을린 얼굴, 어깨에 닿을까 말까 한 짧은 머리와 위압적일 만큼 큰 키 또한 여 귀비의 심미안에 거슬렸다. 어찌 저리 흉측한 인물을 궁에 둘 생각을 했을까. 자신의 배로 낳은 아들이지만 가끔 하사신이 이해되지 않을 때가 있었다.

"그런데 그 무슨 추태냐? 남우세스럽기 그지없는 풍경이로구나."

"송구하오나 발을 다쳤습니다. 귀비마마의 명을 따르지 않는 불충을 저지르느니 운신이 불편한 모양새라도 참석하는 것이 옳다 사료되었습니다. 허락하신다면 이제라도 물러가겠습니다. 마마."

자미희가 또박또박 대꾸하자 여 귀비의 얼굴에 불쾌감이 스쳤다. 그러게 거동도 불편한 사람을 굳이 다과회에 부른 쪽이 잘못이지. 치백의 입술 위로 조롱기가 스쳤다.

"그래? 일단 자리에 앉도록 해라."

파사와 치백은 가장 끄트머리 말석에 안내되었다. 파사를 의자에 앉힌 이리하는 보호하듯 그들의 뒤에 섰다.

"저자에게도 자리를 마련해주어라."

이리하를 흘끔 바라본 여 귀비가 좌우에 늘어선 시비들에게 손짓했다.

"귀비마마, 저희는 일개 호위와 한자리에 앉을 수는 없사옵니다!"

하사신의 후궁 중 하나가 불쾌한 듯 소리를 높였다.

"저는 이 자리로 충분합니다."

귀찮은 일은 질색인 데다 어차피 같이 앉아 노닥거릴 생각도 없었던 이리하가 담담한 어조로 대꾸했다. 그런데 이리하에 대한 시비는 그냥 넘기는 법이 없는 치백이 나섰다.

"혜양전의 소여(昭麗)마마시지요?"

"그렇네만?"

"마마께서 입고 계신 것은 혹 이번에 다라국에서 들여오신 표피(豹皮)가 아닌지요? 매우 귀한 것으로 금 일천을 호가한다고 들었습니다."

"제법 보는 눈이 있구나."

우쭐해진 소여가 새침하게 턱을 추켜들었다. 얼마 전 회임 사실을 안 그녀는 제 아비에게 진귀한 표피로 옷을 지어 달라 졸랐다. 이 자리에 참석한 후궁들 중에 아직 한 번도 회임하지 못한 여인이 절반에 달한다. 그러니 후궁에 들어온 지 고작 반년 만에 아이를 가진 소여는 한껏 기세등등해져 있었다. 뱃속의 아이가 남아이기만 하다면 세상에 가지지 못할 것이 무엇이랴.

"여기 있는 무위시랑이 붉은 사막의 화적을 잡지 않았다면 마마의 소중한 표피도 필경 그들 손에 강탈당했겠지요. 그리되었다면 참으로 안타까운 일이 아니겠습니까?"

"그, 그래서?"

"비단옷을 걸친다 해서 심성까지 비단결이 될 순 없듯 가죽이라고 별다르겠습니까? 하지만 그 짐승의 가죽은 마마께 매우 잘 어울리는군요. 마마."

치백의 말이 떨어지자 웃음을 참지 못한 몇몇 후궁들이 작게 코웃음 쳤다. 일부러 짐승의 가죽이라고 불러 소여가 은인도 몰라보는 짐승이라고 비꼰 것이다. 다른 후궁의 수치는 자신의 기쁨. 사이좋은 척 다과회에 모여 호호거리지만 실상은 모두가 한 남자를 사이에 둔 경쟁자일 뿐이다. 자신을 비꼬는 것을 알아챈 후궁의 얼굴이 타는 듯 붉어졌다.

"그는 그저 자신의 임무에 충실할 뿐이니 후궁마마들께서는 개의치 마시지요."

치백은 타인 앞에서 항상 짓는 가느다랗게 눈을 휘는 웃음을 웃고 있었다. 말 속에 감춰진 뜻을 알아차리지 못한 여 귀비가 심상한 어조로 질문을 던졌다.

"그리고 보니 그대는 누구인가?"

답은 다른 쪽에서 나왔다.

"그는 제가 부른 사람이옵니다. 마마. 문장과 서화에 매우 조예가 깊은 자랍니다. 호호. 말재주가 아주 뛰어난 자이니 귀비마마께서도 즐거우실 것이옵니다."

하사신의 후궁 중 가장 화려한 붉은 옷을 입은 여인이었다. 교태로운 웃음을 짓는 그녀는 제법 세도가의 딸인 듯 도도함이 흘러 넘쳤다.

놀랍게도 일황자의 후궁에까지 손을 뻗쳤단 말인가. 황당함이 뒤섞인 이리하의 눈이 치백에게 향했다.

"재의(才懿)마마와는 예전에 잠시 알던 사이일 뿐입니다."

치백은 입가의 미소를 지우지 않은 채 재빨리 속삭였다.

"잠시 알던?"

"그렇습니다. 그러니 그 의심의 눈은 거두시지요."

"뭐, 그렇다고 믿어주지."


여 귀비는 둘러앉은 아들의 후궁들을 은근히 훑어보았다.

들꽃 아내서

오늘은 누가 무엇을 가져왔으려나?

황제가 자리에 누운 이후로 그녀는 연회도 마음대로 열지 못하고 화려한 옷이나 장신구를 사들이는 일도 줄여야 했다. 자신의 오라비인 혜 사무갈이 그녀에게 당분간 자중해야 한다며 엄격히 연회를 금한 탓이었다. 그 당분간이 벌써 2년째였다. 귀비이자 황자의 모친인 자신이 연회 하나 뜻대로 열지 못한다니 말이 되는가.

그러나 그녀의 오라비는 강경했다. 그래서 고작 황자의 후궁들을 불러들이는 다과회 정도가 자신이 할 수 있는 전부였다.

그런데 어느 날부턴가 자신의 마음을 헤아린 그녀들이 매번 희귀하고 값진 선물을 가져오기 시작했다. 이제는 후궁들 사이에 치열한 경쟁이 되어버린 일이 여 귀비에게 기쁨을 주고 있었다.

"마마. 제가 이번에 구하기 힘든 그림 한 점을 귀비마마께 드리려 가져왔사옵니다."

재의가 자랑스럽게 말문을 열었다. 그녀는 시비를 시켜 치백에게 그림을 전하게 했다.

서화에서 딱딱하고 간결한 선을 즐기는 남쪽 대륙인들과 달리 창은 화려하고 유려한 그림을 좋아했다. 제국의 화공들은 그것을 북단화풍이라 부르며 자신들의 화풍을 발전시켰다.

달과 여인이라는 평범한 소재를 사용한 그 그림은 기존의 다른 초상들과 달랐다.

그림에 그려진 여인이 등을 보이고 있었던 것이다. 달빛은 당장이라도 그림 밖으로 사라질 듯 아련한 여인의 뒷모습을 비추고 있었다. 생시인지 꿈속인지 알 수 없는 기묘한 풍경 속에 그녀만이 홀로 살아 움직이는 듯 보였다.

어딘가 몽환적이면서 선 하나 하나에 화공이 느끼는 감정이 뚜렷이 담겨 있는 그림이었다. 아마도 화공은 저 그림 속 여인을 몹시도 흠모했으리라. 치백의 얼굴에 흥미로운 미소가 번졌다.

"이것은 진 마연의 그림이 아닙니까?"

"호호. 역시 단번에 알아보시는군요. 치백. 매우 진귀하고 값진 그림이라더군요. 자그마치 금 오백을 주고 사들인 거랍니다. 귀비마마."

화공이 죽어 값이 배로 뛴 그림이라 덥석 샀다는 소리였다. 그림을 감상할 심미안도 없는 이들의 손에 들어간 그림이 아까웠다. 개발에 편자로군. 치백의 입술에 조소가 어렸다. 그는 이 자리에서 유일하게 그림의 가치를 알아볼 만한 사람에게 고개를 돌렸다.

"어떻게 생각하십니까?"

치백이 파사에게 질문한 순간 높은 웃음소리가 터져 나왔다.

"호호호. 비인이 어떻게 서화를 알겠습니까? 짓궂으십니다. 그렇게 어려운 질문을 하시면 비인이 난처해하지 않겠습니까?"

말은 파사를 염려하는 듯했으나 재의의 표정은 명백한 조롱을 담고 있었다.

하사신의 후궁들 대부분은 제국내의 유력한 혜 가문의 여식이었다. 십여 년 전부터 대귀족들은 다음 대 황제와 혼인관계를 맺기 위해 기를 쓰는 중이었다. 두 황자의 선택은 극명하게 갈렸다. 사오룬 황자는 그들 중 누구도 받아들이지 않았다. 반면 하사신 황자는 자신에게 딸을 바치는 귀족들이라면 누구라도 손을 잡았다.

일황자의 장인이 된 귀족들은 한배를 탄 신세가 됐지만 서로간의 경쟁은 멈추지 않았다. 누가 더 높은 직첩을 받을지, 누가 먼저 황손을 가지게 될지 후궁들은 눈에 보이지 않는 치열한 다툼을 벌이고 있었다.

그 와중에 십 년이 넘도록 변함없는 총애를 받는 유일한 이가 바로 파사였다. 후궁들의 공적인 것이다.

"비인은 무슨 선물을 가져왔을까요? 매우 궁금합니다."

"전하의 귀애를 한 몸에 받는 비인이 아닙니까? 늑장을 부려 제일 마지막에 도착한 만큼 훌륭한 선물을 준비했겠지요."

자기들끼리 눈을 맞추며 깔깔거리는 말에 비웃음이 역력했다.

"선물은 가져오지 않았습니다."

파사는 냉랭한 음성으로 답했다. 말이 떨어지자 기다렸다는 듯 여인들이 호들갑스럽게 반응했다.

"세상에! 어찌 귀비마마의 다과회에 빈손으로 온단 말입니까?"

"역시 천한 출신이라 예의를 모르는 게 아닙니까?"

부창부수라고 해야 하나, 사람을 앞에 놓고 이러쿵저러쿵 떠드는 게 하사신과 똑같다. 이리하의 입매가 굳어졌다.

"너무 그렇게 비인을 몰아세우지 마세요. 잘 모르고 한 일입니다. 그것이 어찌 잘못이겠습니까?"

"비마마, 아랫사람이 모르면 매를 들어서라도 가르쳐야지요."

"그렇습니다. 궁에는 엄연히 법도와 예의가 있지 않습니까?"

황자비가 중재에 나섰지만 후궁들의 독설은 쉬이 멈추지 않았다. 그때 느긋한 미소를 띠며 바라보던 치백이 끼어들었다.

"물론 귀하고 아름다운 그림이긴 합니다. 허나 찻값으로 치자면 과하지요. 다과회에서 매번 이렇게 도를 넘는 선물들을 받는다면 분명 구설수에 오르지 않겠습니까?"

"구설수라니?"

"자칫 귀비마마께서 아랫사람들로부터 재물을 끌어 모은다는 오해를 살 수도 있는 일입니다. 세상에 가지지 못할 것이 없을 마마이신데 고작 선물 몇 개로 그 이름에 누를 끼친다면 이 어찌 통탄할 일이 아니겠습니까?"

여 귀비의 고운 이마에 주름이 졌다. 저런 소리를 면전에서 듣고서 선물을 받을 수야 없는 노릇이 아닌가.

"흠흠, ……오늘 선물은 받지 않겠다. 모두 가져가도록 하라."

떨떠름한 표정의 귀비가 명을 내리자 여기저기 탄식이 흘러나왔다.

"마마!"

"소첩들은 그저!"

"마음이 담긴 정성이었을 뿐이온데!"

이리하는 흰 비단 위에 그려진 그림을 뚫어지게 바라보고 있었다. 정확히 말하자면 그림 속 인물의 손을.

여인의 손목에는 팔찌가 끼워져 있었다. 단순히 꽃모양을 새긴 것이 아니라 꽃송이를 하나하나 따로 조각해 이어붙인 금팔찌. 흔치 않은 모양이 놀랍도록 똑같았다. 오래전 자신을 사로잡았던 초상화에 그려진 그것과.

게다가 그림에 대해선 까막눈이나 다름없는 자신이지만 붓놀림이라든가 풍기는 기운이 너무도 확실했다. 그때 눈이 닳도록 쳐다보던 초상화와 이 그림을 그린 자는 같은 인물이다.

그 화공은 낮과 밤을 배경으로 두 장의 초상을 그린 게 분명했다.

예전에 불타버린 초상화가 머릿속에 떠올랐다. 그림의 주인공에까지 생각이 미치자 이리하의 낯빛이 급속히 어두워졌다.

"기이한 풍문이 들리더군요. 올해 유례없는 풍년이 들었는데도 표주 지역은 굶어 죽는 백성들이 오히려 늘었다고 합니다. 참으로 흥미롭지 않습니까? 귀비마마."

표주 지역은 상서위와 그 측근들이 차지하고 있는 제국의 곡창지대였다. 치백은 상서위가 백성들을 수탈하고 있다는 사실을 에둘러 말하고 있었다. 이리하는 치백의 위험천만한 줄타기에 초조해졌다. 그러나 다음 순간 들려온 여 귀비의 목소리에 그만 얼굴을 일그러뜨리고 말았다.

"하, 정말 게으르기 짝이 없구나. 제 입에 밥을 떠 넣는 것조차 못해 굶어 죽기까지 한다고? 그렇게 우매한 자들이니 비천하게 태어나는 것이지. 그런데, 그게 뭐가 흥미롭다는 것이냐?"

"……아니옵니다. 마마. 소신의 생각이 짧았습니다."

정중하게 답한 치백은 입을 다물어버렸다. 문답무용. 상대가 알아듣지도 못하니 시간낭비였다.

각자의 앞에 차가 놓이는 동안 시비가 따로 찻잔 하나를 들고 왔다. 표면에 황금을 덧입힌 매화가 소담스레 그려진 잔이었다.

여 귀비는 손수 주전자에서 차를 따라 이리하에게 갖다 주라고 시켰다. 조심스럽게 잔을 받쳐 든 시비의 손끝이 희미하게 떨리고 있었다. 미심쩍어진 이리하의 눈매가 가늘어지자 시비의 떨림이 더욱 심해졌다.

치백은 옆에 선 시비에게서 자연스럽게 이리하의 잔을 가로챘다. 찻잔 안을 들여다본 그가 감탄을 내뱉었다.

"흠, 이것은 최고급 유루차(幽淚茶)로군요. 찻잎의 개수만큼 금을 주어야 살 수 있다는 차가 아닙니까?"

실처럼 가느다란 찻잎 하나가 잔 속에서 금빛으로 빛나고 있었다. 치백이 차를 알아보자 여 귀비가 흥미를 드러냈다.

"그렇지. 이 귀한 차를 알다니, 그대는 어느 집안 출신인가?"

"마마께서 아실 만한 가문은 아니옵니다."

"그래? 그대의 관직은 무엇이지?"

"중랑입니다."

치백이 고작 주6품의 문관이라는 걸 듣자마자 여 귀비는 관심을 잃었다. 집안이 혜 이상의 대귀족이라면 그 자손은 보통 조4품의 관직부터 시작한다. 그렇다는 것은 치백의 가문이 별 볼 일 없는 한미한 집안이란 소리였다.

"집안이 미천한가 보구나."

"예. 보잘 것 없는 집안이긴 하오나 가풍이 엄격하여 부정한 출세를 경계하고 있습니다. 특히 가문의 사람을 팔아 집안을 일으키는 짓을 엄히 금하고 있지요."

치백은 웃는 얼굴로 누이를 팔아 권세를 누리는 여 귀비의 오라비를 비꼬았다.

몇몇 후궁이 눈을 동그랗게 떴지만 여 귀비는 그저 고개를 갸웃할 뿐이었다. 뭔가 기분이 상하는 말을 들은 것 같긴 한데 정확히 꼬집어서 말할 수는 없어 묘한 기분이었다.

치백이 파사에게 잔을 내밀자 놀란 이리하가 무슨 짓이냐는 눈빛으로 돌아보았다. 치백은 태연한 낯빛으로 말을 건넸다.

"귀하고 아름다운 차이니 이 자리에서 가장 아름다운 분께서 먼저 드시는 게 좋을 듯합니다."

파사가 무표정한 얼굴로 치백에게서 찻잔을 건네받았다. 한순간 그들의 손끝이 스쳤다.

"기다……!"

이리하의 짧은 외침은 찻잔이 떨어져 박살나는 소리에 지워졌다. 힐끗 찻물을 들여다보던 파사가 손을 뻗어 바닥에 잔을 떨어뜨린 것이다. 그녀의 손동작이 너무도 느릿해 고의라는 것을 누구나 알 수 있을 정도였다.

"무슨 짓이냐!"

분노한 여 귀비가 소리를 질렀다.

"유루차는 숙성될수록 금색이 진해집니다. 마치 물속에 잠긴 사금파리처럼 보인다 해서 수금차(水金茶)라고도 불리지요."

파사의 뜬금없는 차에 대한 설명에 여 귀비의 눈썹이 추켜 올라갔다.

"그래서?"

"유루차에 불순물이 섞이면 찻물이 붉은 기를 띱니다. 마치 붉은 노을이 스며든 것처럼. ……귀한 차에 누군가 장난을 친 것 같습니다."

무심한 대답이 흘러나오자 여 귀비의 목소리에 분기가 실렸다.

"에잇! 이 차를 준비한 게 누구냐!"

"새로 들어온 다비(茶婢)이옵니다."

말이 떨어지자마자 미리 준비된 것처럼 시비 하나가 끌려왔다. 스물도 채 되지 못한 어린 다비는 재갈이 물린 채 사지를 덜덜 떨고 있었다.

"네가 날 망신주려고 작정했구나! 감히 잔에 독을 넣다니!"

여 귀비의 말에 순간 모두 어이가 없어졌다.

파사는 그저 불순물이 있다고 했을 뿐이다. 그런데 자기 입으로 독이라고 실토하다니. 게다가 독을 탄 게 진짜 저 다비라면 지금쯤 난리가 났어야 했다. 여 귀비 자신을 비롯해 모든 이들이 같은 주전자의 차를 마셨다. 그런데 그녀는 이리하에게 준 잔에만 독이 들어 있다고 확신해 태의를 부를 생각도 하지 않는 것이다.

정말 단순하다고 해야 할지, 어리석다고 해야 할지. 이리하는 실소했다. 보면 안다고 한 치백의 말이 이제야 이해됐다.

"이 발칙한 것을 당장 끌고 가 물고를 내어라!"

희극적인 여 귀비의 분노에 애꿎은 다비 하나가 시종들에 의해 질질 끌려 나갔다. 분기를 참지 못한 여 귀비는 곱게 연지가 발린 입술을 질끈 깨물었다.

자미희는 비인이지만 아들이 귀애하는 여인이었다. 물론 그렇다고 해서 신분이 낮은 그녀가 자신의 마음에 든다는 소리는 아니다. 그랬다면 자미희의 손에 잔이 넘어갔을 때 말렸을 것이다.

"무릇 황자를 모시는 여인의 본분은 손을 잇는 것이다. 그런데 너는 어이해 십 년이 넘도록 소식이 없는 것이냐?"

뻔히 분풀이로 보이는 호통이 파사에게 퍼부어졌다.

"어찌 비인에게서 귀한 황손을 보길 원하시나이까? 황실의 혈통을 천한 몸으로 더럽혀선 아니 되지 않사옵니까?"

갑작스럽게 자신에게 돌려진 화살에도 파사는 냉랭한 얼굴로 또박또박 대답했다. 설사 비인의 몸에서 아들을 본다 한들 그 어미의 신분 때문에 황손으로 인정받을 순 없다. 그러니 파사가 아이를 낳는다 해도 '손을 잇는 것'은 있을 수 없는 일이었다.

반박할 수 없는 이야기였다.

"오늘은 심기가 불편하구나. 다들 그만 물러가거라."

말문이 막힌 여 귀비는 짜증을 내며 일어났다. 자리를 뜨는 그녀의 뒤를 십여 명의 시비가 황급히 따랐다.

"한 사람 때문에 이 무슨 난리랍니까? 다과회를 고스란히 망치지 않았습니까!"

"그러게 신분이 다른 이들과는 애초에 어울리지 말아야 하는 것을요."

"모처럼 귀비마마와 정담을 나눌 기회가 사라지고 말았군요."

후궁들이 이러쿵저러쿵 불평을 늘어놓기 시작했다.

"일황자 전하께서 듭시……!"

시종의 말이 끝나기도 전에 얼굴이 하얗게 질린 하사신이 다실로 들이닥쳤다. 돌아오자마자 바로 황궁으로 온 듯 구겨진 행장차림이 일황자의 다급했던 심정을 알려주고 있었다.

"전하!"

"돌아오셨습니까? 전하."

"전하, 기별도 없이 어찌 이곳에?"

보름 만에 보는 황자의 모습에 황자비와 후궁들이 반색하며 물었다. 그러나 하사신의 눈은 그들을 모조리 무시하고 파사에게만 못 박혀 있었다.

"루 이리하! 지키라 했더니 고작 이런 짓을 벌인 것이냐?"

하사신의 호통에 이리하의 얼굴이 굳어졌다. 이해할 수 없는 말이었다.

"무슨……."

"누가 멋대로 자희를 데리고 나오라 했나!"

"동위궁을 벗어나면 안 된다는 말은 듣지 못했습니다. 게다가 오늘은 귀비마마의 명으로……."

"네놈이 감히 내 말에 반기를 드는 것이냐?"

"제가 원하는 일은 무엇이든 하라고 하신 것은 전하십니다."

"자희!"

무심히 끼어든 파사의 목소리에 순간 하사신의 눈가가 꿈틀거렸다. 놀란 후궁들이 침을 삼켰다. 황자는 자신에게 거역하는 것을 참지 못한다. 그러나 놀랍게도 하사신은 이내 입꼬리를 끌어올리며 웃었다.

"하, 그건 다른 이야기였다. 자희, 너도 알지 않느냐?"

자미희를 달래는 하사신의 목소리가 다정했다. 자신들에게는 단 한 번도 들려준 적 없는, 지금 이 순간에도 철저히 외면당하고 있는 후궁들의 눈이 매서워졌다.

묵묵부답인 자미희를 바라보던 하사신의 눈이 한순간 가늘어졌다. 그는 자신이 데려온 호위 하나를 불러 다리가 불편한 그녀를 안아들도록 명령했다.

"전하."

파사의 눈동자가 희미하게 떨리는 것이 보였다. 어쩐지 그녀가 싫어하고 있다는 생각이 들자 심장이 지끈거렸다. 이리하는 자신도 모르게 앞으로 나섰다.

"제가 하겠습니다."

"그럴 필요 없다, 루 이리하. 자희는 내가 데려가겠다. 물러나라. 오늘은 더 이상 내 눈에 띄지 않는 것이 좋을 것이다."

창백한 얼굴로 낯선 호위의 팔에 안긴 파사는 당장 부서질 듯
위태로워 보였다. 하사신의 입술이 만족스러운 호선을 그리며 그
녀에게 다가섰다.

"그만 돌아가자, 자희. 네가 궁을 떠나는 것을 내가 얼마나 싫
어하는지 잘 알지 않느냐?"

속삭이는 얼굴은 더할 나위 없이 부드러운 듯했지만 말투는 달
랐다. 서서히 숨통을 조이는 뱀의 쉭쉭거리는 소리처럼 위협적이
었다. 이리하가 눈살을 찌푸렸다.

하사신은 파사를 데리고 자리를 떴다. 수많은 시종과 호위들이
재빨리 황자의 뒤를 쫓았다. 나머지 후궁들까지 뿔뿔이 흩어지자
다실에는 이리하와 치백만 덩그러니 남았다.

어쩐지 석연치 않은 기분에 이리하는 파사가 떠난 자리에서 시
선을 떼지 못했다. 혹 일황자는 이제껏 파사를 궁에 가둬두고 있었
던 걸까.

"무위시랑께선 반나절의 여유를 얻은 셈이로군요. 차라리 잘
되었습니다. 황궁에 오신 김에 황자전하나 뵙고 가시지요."

잔뜩 심각한 얼굴로 생각에 잠긴 이리하를 본 치백의 눈이 부
드럽게 휘었다.

흥미로운 여자긴 했다. 아름다운 겉모습뿐만 아니라 영민함도
갖추고 있었다. 그래봤자 적의 여자긴 하지만.

어떻게 나올지 살펴볼 속셈에 일부러 자미희에게 찻잔을 밀어
주었다. 이리하 때문에 자신이 조금 과민했던 게 아닌가 싶긴 하지

만 치백은 미심쩍은 기분을 떨칠 수 없었다.

얼마 전부터 암영 내에서 이상한 소문이 돌고 있었다. 이리하의 이름과 함께 떠도는 그 소문은 어처구니없는 이야기를 담고 있었지만 은밀하게 번지고 있었다. 자미희와 이리하라. 어떤 놈인지 몰라도 불순하고 분명한 목적을 가지고 움직이고 있었다.

누가 상서위의 꼬리일까. 치백은 암영에 숨어들어온 쥐새끼를 잡을 덫을 떠올리며 냉소를 머금었다.

이리하는 암영을 상징하는 존재였다. 그를 거꾸러뜨리면 이황자의 암영 또한 빛이 바랜다. 일황자 측에서 보자면 가장 먹음직스런 먹이일 것이다.

오늘 치백의 외출은 소문의 진위를 살피러 온 것이 아니었다. 그는 한 번도 이리하를 의심한 적 없었다. 그러나 소문이 완벽한 거짓이 아니었다는 사실에 불편한 기분이 드는 건 어쩔 수 없었다.

이리하는 사오룬 황자와 자신을 제외한 나머지 사람들은 오직 두 가지로 구분했다. 적 아니면 같은 편 - 그나마 이름도 제대로 기억 안 하는. 자기 안의 사람이 아니면 관심조차 없던 이리하가 보인 의외의 행동들은 충분히 의혹을 살 만한 것이었다.

6장

　붉은 관복을 입은 대신들이 삼삼오오 강익전(康翼殿)을 빠져나오고 있었다.

　맨 마지막으로 나온 것은 가슴에 금빛 공작이 수놓아진 흉배를 두른 초로의 사내였다.

　"상서위."

　"이황자 전하."

　사오룬 황자의 부름에 사내가 돌아보며 예를 올렸다.

　가늘게 찢어진 뱁새눈에 구부정한 콧날, 웃는 인상조차 어딘가 비열해 보이는 그의 얼굴은 어디 하나 여 귀비를 닮은 구석이 없었다. 외양만큼이나 속도 시커먼 탐욕으로 똘똘 뭉친 사내는 제 누이의 위세를 믿고 날로 기세등등해졌다.

　황제가 병석에 누워 제대로 정무를 볼 수 없는 지금 상서위의 전횡은 극에 달해 있었다.

　상서위는 각 주에서 올라오는 장계를 제멋대로 걸러냈다. 특히 자신을 탄핵하는 상주문을 올리는 자들은 가차 없이 좌천시키거나 누명을 씌워 멀리 유배 보냈다. 황제에게 충언을 하는 자들이 쫓겨나거나 초야에 묻히니 어찌 나라가 올바르게 서겠는가.

매일 아침 사오룬은 편전인 강익전에 나가 조금이라도 막아보려 애썼다. 그러나 아직 황태자의 위를 받지 못한 황자가 할 수 있는 일에는 한계가 있었다.

오늘도 제국 영토의 오 할을 차지하는 대귀족들의 세습토지에 대한 세율을 낮추자는 안건이 상서위의 주도하에 일사천리로 처리되었다.

전대 황제는 지나치게 비대해져가는 대귀족들의 축재를 막기 위해 누진세를 만들었다. 대귀족들이 소유한 토지에 대한 세율을 높이는 대신 백성들의 세 부담을 줄인 일은 전 황제를 성군으로 칭송케 했던 정책 중 하나였다. 그것을 상서위가 고작 삼십 년 만에 무위로 돌린 것이다.

내일 그것이 귀비의 손에 들려 황제의 침전으로 들어가면 버젓이 조서가 되어 나올 것이다. 사오룬은 입 안쪽 살을 지그시 깨물고 억지웃음을 지었다.

"올해는 유난히 햇살이 좋았는데도 유루차의 수확이 줄었다 들었소. 나라에 세를 바치기에도 부족할 정도였다지요? 걱정이 많으시겠소. 상서위."

혜 사무갈이 소유한 동부의 토지 중에 유루차를 특산품으로 하는 곳이 있다. 제국에서 생산하는 차의 칠 할 이상이 그 땅에서 생산되니 가히 금싸라기 땅이라 해도 과언이 아니었다. 바로 제 누이를 황제의 후궁으로 밀어 넣고 하사받은 땅이었다.

"농사는 하늘에 달린 것이니 원망할 수 없는 일이지요."

"그런데 재미난 소문을 들었소. 분명 유루차는 흉작이라는데 다라국에서 건너온 배의 수는 부쩍 늘었다더군. 대체 무얼 거래하느라 그리 상인들이 모였을까 궁금하지 않으시오? 상서위."

사오룬은 얼마 전 상서위의 땅에서 밀거래가 이루어지고 있다는 첩보를 접했다. 공납을 가로채는 것으로 부족해 나라에서 금한 밀수에까지 손을 대다니 상서위의 행동은 도를 넘어섰다. 그러나 물증 없이 심증만으로 상서위를 조사할 수는 없는 일이었다.

"글쎄요. 소신이 어찌 상인들의 행보까지 세세히 알겠습니까?"

"경에게는 그자들을 관리할 책임이 있지 않소?"

"하하. 전하께오선 아직 나랏일에 미숙하시어 잘 모르시는 듯하옵니다. 상인들을 지나치게 억압하면 교역이 활발하지 못하게 돼 결국 나라의 세가 줄어들게 되지요. 신은 늘 제국의 부흥과 황실의 번영만을 노심초사하고 있습니다. 전하께서는 이런 소신의 충정을 의심하고 계신 것이옵니까?"

"경은 그 어떤 의혹에도 떳떳하다 말할 수 있소?"

"어떤 허황된 소문을 들으셨는지 모르오나 신은 하늘을 우러러 한 점 부끄러움이 없는 사람이옵니다. 전하."

짙푸른 노기가 담긴 눈이 능글거리는 혜 사무갈의 눈과 마주쳤다. 느긋이 황자를 바라보는 얼굴에는 숨길 수 없는 조소가 스며 있었다.

깨끗하고 흠잡을 데 없는 인품의 적통황자.

천성이 옹졸하고 의심 많은 하사신에 비해 소박하고 이성적인 성품의 사오룬은 백성들에게 자애로운 성황(聖皇)이 될 자질이 충분했다. 비록 적이지만 사무갈조차도 그의 인물됨은 인정하는 바였다.

그러나 공명정대한 자가 최후의 승자가 된다고 누가 장담한단 말인가. 정치란 언제나 더 더러운 쪽이 승리하는 진흙탕싸움이다. 무수한 역사의 승자들이 그걸 증명하고 있지 않은가.

게다가 제아무리 사오룬이 영민하다 해도 아직 힘없는 애송이일 뿐이다. 젊은 무관 나부랭이들과 백성들의 지지를 좀 받는다 해서 자신이 움켜쥐고 있는 권력과 대적할 순 없었다.

자신의 뒤에는 수백 년간 제국을 장악해온 대귀족들이 버티고 있었다. 그들이 저 젊은 황자의 뜻에 따라 손에 쥔 기득권을 백성들에게 순순히 나눠주려 하겠는가? 천만의 말씀이다.

자고로 백성이란 무지하고 가난할수록 다스리기 좋다. 하루하루 먹고사는 데 급급해야 딴 생각을 못 하는 법이다.

그렇기에 백성들은 배울 필요도 없다. 아는 게 늘면 생각도 많아지고 결국 의문을 가지게 된다. 나라에 가장 해악을 끼치는 것이 바로 그런 자들이다. 제 신분과 처지를 망각하고 높은 곳에 오르려는 가당찮은 꿈을 꾸는 자들.

이황자의 주변에는 그런 자들로 넘쳐나고 있었다. 어찌 지고한 황자의 신분으로 천한 자들을 가까이해서 황실의 위엄을 떨어뜨린단 말인가.

그래서 사오룬이 황좌에 앉을 자격이 없는 것이다. 스스로의 존귀함을 내버리는 자가 어찌 지존인 황제가 될 수 있겠나.

그 자리는 자신의 조카인 하사신의 것이다. 그것을 위해서라면 이 올곧고 훌륭한 황자의 주검을 짓밟고 지나가는 일도 서슴지 않을 것이다. 사무갈은 음흉한 미소를 흘렸다.

"그럼 신은 이만 물러가겠나이다. 전하."

사무갈은 황자와 강익전을 뒤로 한 채 걸음을 옮겼다. 강익전으로 통하는 명례문으로 이황자의 측근들이 들어서고 있었다. 치백의 뒤로 이리하가 들어오자 사무갈은 그냥 무시하고 지나치려 했다. 그러나 치백이 문 앞에서 비키지 않은 채 인사를 하는 바람에 멈춰 설 수밖에 없었다.

"오랜만입니다. 상서위. 불철주야 제국을 위해 노고가 많으십니다. 아드님의 건강은 좀 어떠신지요?"

"많이 호전되었네."

"상심이 크셨을 텐데 다행입니다. 참, 아드님의 무술스승은 엄히 문책하셨겠지요?"

"무슨 소린가?"

난데없는 질문에 혜 사무갈이 눈썹을 추켜세웠다.

"대련 중에 비겁하게 등 뒤에서 암수를 쓰다니요! 그런 시정잡

배들이나 하는 짓을 가르친 자가 아닙니까? 당연히 엄벌을 내려야지요. 아니 그렇습니까?"

"어흠."

치백은 불쾌한 기색이 역력한 혜 사무갈의 얼굴을 보며 덧붙였다.

"아니면 혹 아드님이 저지른 일의 배후에 다른 이라도 있다는 겁니까? 예컨대 반옥이라든가?"

반옥(拌獄)은 청부살인 같은 더러운 뒤처리를 해주기로 유명한 자객집단이었다. 치백은 혜 사무갈이 그 반옥의 실질적인 주인이라는 사실을 알고 있다고 암시한 것이다.

"……그럴 리가 없잖은가."

혜 사무갈이 이로 짓씹듯 억지로 대답을 밀어냈다.

"상서위의 자제가 그런 추잡하고 졸렬한 짓을 하다니, 두고두고 사람들의 입에 오르내릴 추문이 아닙니까? 쯧쯧. 상서위께서도 정말 곤욕스러우시겠습니다. 저라면 부끄러워 차마 낯을 들고 다니지도 못할 것 같습니다."

안됐다는 듯 혀를 차는 소리에 혜 사무갈의 눈가가 부들부들 떨렸다.

"흠흠, 나는 바빠서 이만 가봐야겠네."

"그럼 살펴 가십시오."

치백이 빙긋 웃으며 길을 비켰다. 바람을 일으키며 멀어져가는 붉은 관복을 보는 치백의 눈은 날이 서 있었다.

"하하. 꽁무니를 빼는군요. 잔뜩 독이 올랐으니 한동안 서운궁에 다시 자객이 출몰할 듯합니다."

"왜 긁어 부스럼을 만들고 그래?"

"요즘 암영이 제법 한가한 것 같아서요. 다들 정신이 번쩍 들 겁니다."

"난 세상에서 네 세 치 혀가 제일 무서워."

"무위시랑을 반년이나 고생시킨 장본인 아닙니까? 이 정도 대가는 받아야죠. 게다가 상서위에게는 평생 갚아도 부족할 만큼 신세를 졌죠."

사오룬 황자는 평생 혜 사무갈에게 목숨을 위협받으며 살아왔다. 이황자가 황위에 오르면 가장 먼저 숙청해야 할 인물이었다. 양쪽 다 목숨을 걸고 있으니 어느 쪽이든 지는 쪽은 목을 내놓아야 할 것이다.

"저는 이만 서운궁으로 돌아가야 하니 무위시랑께서는 전하께 위로라도 좀 해주십시오."

"뭐?"

"아까 태의를 만나신 후로 부쩍 말수가 줄어드셨습니다. 천후전에 가시는 동안 무위시랑의 얼굴이라도 보면 기운이 나실지도 모르지요."

여 귀비가 황제의 침전인 천후전에 버티고 앉아 걸핏하면 황제의 병세를 핑계로 이황자의 문후를 거절하기 때문에 두 부자는 자주 얼굴을 보지 못했다. 떨어져 있던 기간도 길었고 사실 어린 시절조차 그리 살가웠던 관계는 아니었다. 그러나 애틋한 정은 받은 적 없다 해도 황제는 황자의 유일하게 살아 있는 부모였다. 그 아버지가 언제 세상을 떠날지 모른다니 황자의 심정도 착잡할 것이다.

"폐하의 병세는 어떻지?"

"그다지 달라진 게 없습니다. 오히려 점점 기력이 쇠하시는 게 눈에 보일 정도지요."

수년째 황제는 이유를 알 수 없는 고열에 시달리고 있었다. 한 번씩 열이 오르면 사지에 힘이 빠져 거동하기조차 힘들었다. 강익 전에 나와 제대로 정사를 본 지가 2년이 넘었다.

문을 넘어서는 장신의 그림자를 발견한 사오룬이 웃으며 그를 맞았다. 이리하는 황자와 함께 나란히 걸음을 옮겼다. 황자를 호위하는 암영이 조금 떨어져 그들의 뒤를 따랐다.

"그래, 동위궁 생활이 힘들지는 않나? 이리하. 얼굴이 상한 듯 하군그래."

꼼꼼히 자신을 살피는 이황자의 말에 어이가 없어진 이리하가 한숨을 터뜨렸다.

"오히려 전하의 안색이 더 좋지 않습니다. 어제도 또 주무시지 못한 것 아닙니까?"

서운궁에서 가장 늦게 잠자리에 들고 가장 일찍 일어나는 사람은 단연 사오룬 황자였다. 실상 가장 많은 일을 하는 이이기도 했다.

치백조차 황자의 하루 일과를 보면 혀를 내두를 정도다.

사오룬 황자는 묘시[9]에 일어나자마자 한 시진 동안 조강을 듣고 조회에 참석해 머리 굳은 대신들과 오전 내도록 입씨름을 한다. 오후가 되면 대귀족들을 만나 또다시 골치 아픈 문제를 의논하고, 석강에 들어가기 전 치백에게 중요한 사항을 보고받는다. 중간 중간 쥐꼬리만 한 시간이라도 나면 책을 읽거나, 젊은 학사들이나 암영의 무사들과 의견을 나누었다.

황자가 침전으로 향하는 시간은 매일 밤 축시[10]를 넘어서기 일쑤였다. 침전에서조차 늦게까지 책을 보는 일이 허다했다.

사오룬은 아랫사람에게 많은 것을 요구하는 만큼 자신은 그 배로 일했다. 주군이 밤을 새워 일하는데 누가 감히 게으름을 피울 수 있겠는가. 나중에 피를 토하며 쓰러질지언정 죽어라 일할밖에. 이리하가 사오룬을 악덕주군이라 부르며 틈만 나면 도망가려는 이유가 딴 데 있는 것이 아니다.

"전하께서 쓰러지시면 다음번 제위고 뭐고 없습니다. 상서위가 기뻐 날뛰는 꼴은 절대 보고 싶지 않은데요?"

"지배층이 게으르면 백성들이 고달픈 법이지. 난 백성들을 짓밟고 군림하는 황족 따위 되고 싶지 않아. 내 한 몸 불편해서 백성의 삶이 평안하다면 그것도 나쁘지 않은 일이지."

---

9)  卯時. 오전 5시에서 7시 사이.

10)  丑時. 오전 1시에서 3시 사이.

역시 자신은 하루라도 빨리 대륙 저 너머로 달아나는 게 좋겠다. 이리하는 머리를 긁적이며 다시 한 번 굳게 다짐했다.

검 하나에 십 년 넘게 저당 잡힌 걸로 충분했다. 아침저녁으로 거추장스런 관복을 갖춰 입고 강익전 아래 엎드려 있는 건 생각만 해도 끔찍한 일이었다.

물론 그전에 이 일 중독 황자가 무사히 황제가 되는 걸 봐야겠지만.

십 년간 생사고락을 함께 해 이젠 친 혈육처럼 느껴지는 사오룬이었다. 황자가 안전하다는 확신이 없으면 도망가서도 발 뻗고 잘 수 없을 게 뻔했다. 떠나고 싶어 불쑥 사라지곤 했지만 막상 이리하가 사흘을 넘기지 못하고 돌아올 수밖에 없던 이유기도 했다.

"그래, 절세가인의 호위는 할 만한가? 매일 흙먼지 날리는 사내들과 부대끼다 꽃 같은 여인을 호위하게 됐으니 눈이 호강하겠군그래. 동위궁에는 미인이 많다 하니 이번 기회에 자네 부인도 얻어보는 게 어떤가?"

"저보다는 전하께서 더 급하신 것 아닙니까? 혼인은 안 하십니까?"

이리하가 어깨를 으쓱하며 되물었다. 아들이 없는 일황자 때문에 정적들은 이황자가 성혼하지 않았다는 사실에 크게 안도하고 있을 것이다.

"지금 내가 황자비를 맞아들인다고 하면 저들에게 또 하나의 표적을 노출시키는 것밖엔 안 될 걸세. 그런 일은 한 번으로 충분해."

사오룬 황자는 열다섯에 한 번 혼인한 적이 있었다.

같은 나이였을 때 이미 황자비를 비롯해 세 명의 후궁을 가지고 있었던 하사신과 달리 사오룬은 열다섯 살이 되도록 황자비를 맞지 못했다. 그의 나이가 아직 어리다며 차일피일 미루는 여 귀비 때문이었다. 황도의 대귀족들은 여 귀비와 상서위의 눈치를 보며 딸을 주기 주저했다.

그러나 낙주는 황도와 멀리 떨어져 있던 만큼 상서위의 영향력도 줄어들 수밖에 없었다. 낙주의 주사(州事)는 총기로 반짝이는 적통황자와 자신의 외동딸과의 혼인을 기꺼이 수락했다.

낙주는 국경과 맞닿아 오랜 시간 제국의 방패로 지낸 만큼 무시할 수 없는 군사력을 지닌 곳이었다. 이황자에게 날개를 달아줄 그 혼인이 일황자 측에게 반가운 소식일 리 없었다.

황자비는 신혼의 단꿈에서 채 깨어나기도 전에 연못에 빠져 불귀의 객이 되고 말았다. 그녀가 황자비라는 중책을 감당하지 못해 몸을 던진 거라고 일황자 파들이 떠들어댔지만 그것은 명백한 암살이었다. 어린 비의 죽음은 이황자의 가슴에 깊은 생채기를 남겼다.

"더 이상은 내 힘이 부족해 내 사람들이 다치는 걸 보고 싶지 않아. 그러니 항상 몸조심하게. 약조를 어기면 자넬 용서하지 않겠네."

사오룬이 신망을 얻는 것은 바로 이 점 때문이었다. 자신의 사람이라면 일개 병사 하나까지 소홀히 여기지 않는다. 신분에 따라 하찮게 보지 않고 똑같은 사람으로 대해주는 것이다.

"그리고 자네들이 없으면 누가 내게 **뼈와 살**이 되는 직언을 해 주겠나?"

"저는 전하께 별다른 직언을 한 기억이 없는데요?"

이리하가 얼굴을 찡그리며 대꾸했다.

"물정모르는 애송이."

황자의 입에서 나온 말에 이리하의 몸이 굳었다.

"얼뜨기 샌님. 또 뭐랬더라? 아, 재수 없는 면상이라고도 했지. 모두 가슴속 깊이 간직하고 있다네."

"그거 전부 십 년 전에 한 말 아닙니까!"

이 전하께서 왜 애꿎게 사람을 잡으시나. 누가 들으면 황족모독이라며 경을 칠 소리였다. 이리하가 펄쩍 뛰자 황자가 크게 웃음을 터뜨렸다.

"그냥 하는 소리가 아닐세. 난 자네들의 솔직한 쓴 소리가 필요해."

사오룬은 불퉁한 얼굴의 이리하를 이끌고 천후전 쪽으로 향했다.

"십 년 전 난 쫓겨 가듯 황도를 떠나야 했지만 대신 천금보다 귀한 두 사람을 얻었지. 만약 내가 평생 궁 안에서만 살았다면 아마도 지금과는 다른 사람이 되었을 거야. 형님처럼 사람을 사람으로 보지 않고 그저 수단으로만 여기게 되었을지도 모르지. 내 백성들의 눈을 보지도, 목소리를 들을 생각도 못 했겠지."

사오룬은 백성들의 고단한 생활을 직접 보고 느꼈으며, 전쟁터
에선 몸으로 부딪쳐 생명의 귀함을 깨달았다.

능라비단을 걸치는 왕후장상도, 가장 천하게 태어난 천민도 똑
같이 붉은 피를 흘린다. 죽음 앞에선 신분의 고하가 아무런 차이도
없었다.

눈조차 감지 못하고 죽어간 어린 병사의 목숨 하나가 어찌 귀
하지 않겠는가. 가난으로 자식을 굶길 수밖에 없는 부모의 눈물이
어찌 측은하지 않을까.

"그때 깨달았네. 타인의 위에 서는 자가 감언과 아부에 젖어들
기 시작하면 나라의 존망조차 장담할 수 없다는 것을."

지금의 황제처럼 말입니까. 이리하는 쓸쓸한 마음에 속으로 덧
붙였다.

황제가 처음 등극했을 당시만 해도 그는 현명한 군주였다. 백
년 가까이 큰 전쟁이 없어 평화로웠던 창의 백성들은 검소한 황제
의 치세 아래서 안정된 삶을 꾸려가고 있었다. 황제는 농업을 보호
하는 정책을 펴고 상업을 키워 국고를 불렸다. 나라 안에 도적이
들끓지도 않았고 굶어 죽는 이도 드물었다.

그러던 제국은 여 귀비와 상서위가 권력을 잡으면서 서서히 추
락하기 시작했다.

병을 얻은 황제가 자리에 눕자 그들은 본격적으로 발톱을 드러
냈다. 나라가 혼란에 빠지니 도적이 출몰하고 변방에선 외적이 침

입했다.

안타깝게도 노주에서의 일은 드문 일이 아니다.

수년 전부터 제국은 병들어 신음하고 있었다. 부패한 관리가 판을 치고 귀족들은 백성들을 핍박했다. 굶주림에 지친 백성들은 도적이 되거나 자식을 팔았다.

이런데도 황실과 조정의 대신들은 그저 사리사욕을 채우기에 만 바빴다. 흉년이 들면 대귀족이란 자들이 매점매석을 하는가 하면 백성들을 상대로 한 고리대로 부를 축적했다. 여 귀비의 위세를 등에 업은 상서위는 뇌물을 받은 귀족들의 허물을 덮어주고 제멋대로 조정을 좌지우지했다.

당장 난이 일어난다 해도 이상할 것이 없었다.

아무리 수백 년을 이어온 제국이라 해도 망하는 것은 한순간이다. 이대로 간다면 그 우려가 현실이 될지도 몰랐다.


다행히 귀비는 아직 천후전으로 돌아오지 않은 듯 이황자를 가로막는 자가 없었다.

전각 안에 들어서자 짙은 약냄새에 섞인 희미한 향냄새가 맡아졌다.

금빛 침상 위에 앉아 있는 황제는 생각보다는 정정해 보였다. 물론 용안에는 병색이 짙었지만 눈빛은 탁하지 않았다. 말없이 황자의 문안인사를 받던 황제의 시선이 뒤에 선 이리하에게 닿았다.

"누구냐?"

"제가 데려온 사람이옵니다. 폐하."

폐하? 사오룬이 황제를 부르는 호칭에 이리하는 멈칫했다. 그 말에서 두 부자 사이의 서먹한 거리감이 느껴졌다.

"어딘가 낯이 익구나. 이리 가까이 오라."

어디서 자신을 봤다는 말인가. 사오룬 황자가 낙주로 떠나기 전부터 함께 있었고, 돌아올 때도 곁을 지켰지만 황제는 이리하를 친견한 적이 없었다.

"신 무위시랑 루 이리하, 황제폐하를 뵈옵니다."

"그렇군. 그대가 소문의 그 무위시랑이로군."

잠시 뜻 모를 미소를 떠올린 황제가 고개를 끄덕였다.

"황자는 이만 물러가도록 하라. 그리고 잠시 하문할 것이 있으니 그대는 남아 있으라."

예상치 못한 명에 이리하는 황자와 따로 떨어져 천후전에 홀로 남겨졌다. 황제의 침상 옆에 시종과 시비들이 시립해 있으므로 완전히 혼자라고는 할 수 없었지만. 한참을 기다려 황제가 입을 열었다.

"무위시랑, 네가 보기에 황자는 어떤 주인이더냐?"

황제의 하문에 이리하가 생각에 잠겨 답을 하지 않자 시종들이 눈총을 주었다.

"……신하된 자로 보면 최악의 주인이나 백성으로는 최고의 주인이십니다."

"어찌 그러한가?"

"전하를 따르면 소신의 몸이 고달프니 좋은 주인이랄 수 없겠지요. 그러나 백성을 위해 그러시니 어찌 좋은 주인이 아니겠습니까?"

"만약 짐이 그대에게 이황자 대신 일황자를 섬기라 하면 어찌하겠느냐?"

"불가한 일입니다."

"어째서? 황명을 거역하면 어찌 되는지 아는가?"

일언지하에 거절당하자 황제의 눈썹이 의아함으로 휘었다.

"제가 비록 사람대접 못 받는 루라지만 두 주인을 섬길 만큼 막되진 않았습니다."

좋은 눈이로구나. 결코 꺾이지 않을 의지가 흐르는 눈빛에 황제가 옅은 웃음을 지었다. 궁중예법을 무시한 형편없는 말투였지만 황제는 눈앞의 젊은이가 마음에 들었다.

"일황자가 싫다면 짐에게 오는 건 어떠하냐?"

"폐하께서는 천하를 다 가지시고도 어찌 아들의 것까지 뺏으려 하십니까?"

그 어이없다는 말투에 황제가 소리 내어 웃었다. 황제의 면전에서 면박을 주다니. 방금 한 말로 참수를 당할 수도 있음을 이 젊은이는 알고나 있는가. 시종들이 놀라 바라보는 것도 아랑곳 않고 황제가 답했다.

"천하의 주인이라 하나 이 자리는 고독하고 힘든 자리니라. 가족도 연인도 믿을 수 없고 마음 터놓을 벗 하나 갖기 어려운 자리지."

"황송하오나 그래도 안 됩니다. 이미 십 년 전에 정해버린 일이라서요. 게다가 무언가에 매이는 건 한 번으로 족합니다."

무뚝뚝한 말에는 귀찮다는 기색이 배어 있었다. 필경 갑갑한 황궁생활을 못 견디는 성정이리라. 이런 기운을 가진 사내는 드넓은 세상을 마음껏 헤치고 다니는 게 어울리지.

이런 자가 곁에 모이는 것은 그 아이의 복이리라. 이런 자가 떠나지 않는 것 또한 그 아이의 복일 것이다. 황제는 흐뭇한 눈으로 이리하를 바라보았다.

대귀족이라 할지라도 황제를 처음 보는 자리에선 긴장하기 마련인데 그는 달랐다. 제 의견을 거침없이 말하면서 전혀 겁을 먹거나 주눅 든 모습을 보이지 않고 있었다. 출신이 비천하다 들었는데 그 당당함은 일개 범부의 것이 아니었다. 아깝구나. 황제가 마음속으로 혀를 찼다.

"그대는 사오룬 황자가 투정하는 걸 본 적 있는가?"

황제의 난데없는 질문에 이리하는 잠시 머뭇거렸다.

"어릴 때부터 힘들다, 어렵다 소릴 하는 걸 짐은 한 번도 보지 못했다."

사오룬 황자가 투정을? 처음 만났을 때조차도 그는 이미 웬만한 어른보다 생각이 깊고 의젓한 소년이었다.

"소신도 본 적이 없습니다."

어쩐지 황제의 웃음이 짙어지는 기분이 들었다.

연꽃 아래서

"황자가 웃는 건 본 적 있느냐?"

"자주 웃으십니다."

"화는 자주 내느냐?"

"그다지 화는 내지 않으시는 편인데 어쩌다 호통은 치십시다."

"그대는 많은 것을 보았구나."

뜻 모를 질문만 하던 황제는 한동안 침묵을 지켰다. 이리하는 어쩐지 용안이 쓸쓸해 보이는 것 같다는 불경스런 생각을 하고 있었다.

"이리하. 언제고 그 아이가 의지할 수 있는 곁이 되어주어라. ……허나 괘씸죄는 괘씸죄. 나도 보지 못한 것을 보다니. 이후로 너의 천후전 출입을 불허한다."

이리하는 그길로 전각 바깥으로 내쫓겼다. 딴 생각을 하느라 그는 시종들의 깔보는 시선을 알아채지도 못했다.

아이라. 황제는 사오룬 황자를 아이라 불렀다. 그 말투에는 안타까운 친애의 정이 스며 있었다.

황제와 이황자는 사이가 돈독한 부자지간이 아니라고 알고 있었는데 의외로 황제는 내심 황자를 아끼고 있는 것일까? 만인지상의 자리에 있어도 부모란 저렇게 자식을 걱정하는 존재인가.

만약 자신에게 아버지가 있었다면 그도 저럴까 생각해보던 이리하는 피식 웃고 말았다.

자신은 부모에게 버려졌다. 엄동설한에 핏덩이를 시궁창에 버렸다는 건 죽으라는 것과 다름없다. 그런 부모가 자신에게 어땠을까 상상하는 건 그야말로 쓸데없는 짓이었다.


자화원의 대문을 열자 느껴진 것은 기묘한 적막감이었다.

평소와 달리 방 앞에는 단 한 명의 시비도 서 있지 않았다. 죽음 같은 고요가 주변에 흐르고 있었다.

자신이 자리를 비운 사이 무슨 일이라도 생긴 것일까.

한걸음에 달려간 이리하는 방문을 열어젖혔다. 방 안은 텅 비어 있었다. 어디에도 파사가 보이지 않았다. 상처는 나아가고 있었지만 아직 그녀 혼자 움직일 정도는 아니었다. 불길한 예감에 이리하는 얼어붙었다.

순간 옆방에서 희미한 기척이 느껴지자 이리하는 즉시 몸을 돌려 뛰어 들어갔다. 거칠게 방문을 연 순간 그는 파사의 눈과 마주쳤다. 놀라움에 한껏 커진 눈동자가 그를 올려다보았다.

푸른 돌로 이루어진 탕의 수면은 그가 선 바닥보다 낮았다. 물 위에 떠 있는 말린 꽃잎 사이로 백옥 같은 어깨가 고스란히 드러나 있었다. 당황한 이리하가 입을 열려는 순간,

"!"

거대한 물보라가 그의 눈앞으로 달려들었다.

촤악!

이리하는 자신을 향해 쏟아지는 물벼락을 고스란히 맞았다. 아니, 맞았다고 생각했다.

그는 천천히 눈을 깜박였다. 놀랍게도 몸이 전혀 젖지 않았다.

들꽃 아내서

분명 물소리까지 선명하게 들렸는데도.

"나가요!"

이번에는 눈처럼 휘몰아치는 흰 꽃잎들이 그의 앞에 밀어닥쳤다. 제대로 눈도 뜰 수 없을 정도로 많은 꽃잎이 시야를 가로막았다. 어떻게 창문 하나 없는 방에서 이런 일이 벌어진 것인지 이해할 수 없었다. 대체 이게 뭐지?

그때 시비들이 웅성거리며 달려오는 소리가 들렸다. 순식간에 꽃잎들이 허공에 녹아든 것처럼 흔적도 없이 사라졌다.

"아무도 오지 마! 모두 물러가!"

파사의 외침에 몰려오던 발소리들이 문 앞에서 일제히 멈췄다. 핏기라곤 없이 하얗게 질린 얼굴이 힘겹게 숨을 뱉었다.

"당신도 나가요."

"미안해. 아무도 없어서 나쁜 일이 생긴 줄 알았어."

돌아서 있던 이리하가 사과했다.

"설마 그 문으로 나갈 생각은 아니겠죠?"

파사의 지적에 이리하는 문에서 손을 뗐다. 이 문으로 나가면 시비들과 정면으로 마주치게 된다. 목욕 중인 파사가 있는 방에서 나오는 그를 보면 다들 무슨 생각을 할지 뻔하지 않은가.

이리하는 내실로 통하는 문을 열었다.

발의 상처가 아물지 않은 탓에 파사는 그동안 목간을 사용할 수 없었다. 매일 시비들이 방 안으로 물을 떠서 날랐고 몸을 담그는 목욕은 할 수 없는 상태였다. 그래서 그녀가 혼자 목간 안에 있을 거라곤 생각하지 못했다.

주인 없는 방 안에는 그녀의 향기가 은은하게 떠돌고 있었다. 낯익은 그 향기에 방금 전 본 파사의 모습이 선명히 떠오르고 말았다.

동그랗게 떠진 눈과 뜨거운 물로 인해 달아오른 얼굴이 환장할 정도로 예뻤다. 곧장 하얗게 질리긴 했지만.

이리하는 잔상을 지우듯 거칠게 고개를 저으며 밖으로 나왔다.

시비들이 감히 들어갈 생각도 못 한 채 목간 문 앞에 몰려 있었다. 힐끔힐끔 그를 바라보는 그들의 시선에 짜증이 일었다. 대체 왜 이곳의 시비들은 자신들의 주인을 돌볼 생각을 하지 않는 건가.

제기랄. 스스로의 상태를 깨달은 이리하는 욕지거리를 내뱉었다. 곁에 있던 시비들이 살벌한 그의 기세에 삽시간에 흩어져버렸다.

아랫도리가 뻣뻣할 정도로 일어서 있었다.

지난번에 그런 일이 벌어졌을 때는 어쩌다 생긴 우연일 거라 생각했다. 그 후로 다른 여인들을 봐도 아무런 반응이 없어 대수롭지 않게 넘겨버렸다.

그런데 이제껏 그 누구에게도 동요하지 않았던 – 그래서 자신조차 스스로의 성욕이 뿌리째 말라버렸다고 믿었던 – 아랫도리가 거짓말처럼 맹렬히 그 존재를 주장하고 있었다.


따뜻한 물속에서 파사는 몸을 웅크렸다.

들꽃 아내서

자화원으로 돌아오는 동안 하사신 황자는 병사의 팔 안에 그녀를 방치했다. 자신이 궁을 벗어난 것에 대한 황자의 작은 보복이었다. 필요에 의한 것이 아니라면 다른 이와의 접촉을 그녀가 얼마나 싫어하는지 알면서 일부러 그런 명령을 내린 것이다. 그 필요한 때조차 타인의 손길은 그녀에게 혐오의 대상일 뿐이었다.

　　직접적으로 몸에 닿아 고통을 주진 않더라도 온몸에 달라붙는 듯한 시선은 불쾌했다. 그 소름끼치는 느낌을 씻어내고 싶었다.

　　그런데 갑작스레 난입한 이리하 때문에 놀라 힘을 쓰고 말았다. 힘의 대가는 참혹했다.

　　온몸의 피가 모조리 역류하는 것만 같았다. 핏줄 하나하나가 끊기는 듯한 아픔이 덮쳐왔다. 숨을 내쉴 때마다 가슴이 가닥가닥 갈라지는 것 같았다.

　　핏기 하나 없는 파리한 손가락이 탕의 모서리를 움켜쥐었다. 푸른 청석 위로 소리를 죽인 신음이 흘러내렸다. 파사는 고통으로 흐려진 눈을 천천히 감았다.

　　이 지독한 형벌이 언제쯤 끝날까. 영겁보다 무거운 죄의 대가를 언제까지 견뎌야 할까.


　　구름 뒤에서 빠져나온 달이 그의 어깨를 비췄다.

　　검을 뽑아든 이리하의 눈은 무섭도록 진지했다. 칼끝에 온 신경을 집중한 그에게서는 조금의 느슨함도 찾아볼 수 없었다.

　　밤이 깊어 새벽을 향해 치닫고 있었지만 검을 휘두르는 그의 손은 멈출 생각을 하지 않았다. 번을 서는 호위들이 가끔씩 그를 흘끔댈 뿐 사위는 쥐죽은 듯 조용했다.

검을 잡을 때는 모든 것을 잊을 수 있다.

잠들어봤자 어차피 이상한 꿈만 꿀 테니 차라리 수련을 하는 게 나았다. 요사이 사나운 꿈자리 때문에 이리하는 잠을 자는 것이 그다지 내키지 않았다.

그는 매일 밤 똑같은 꿈을 꾸고 있었다.

보랏빛 꽃으로 덮인 한가로운 마을과 작은 소녀의 뒷모습. 조금씩 길어지고 있다는 것만 빼면 꿈은 항상 똑같았다. 지겹도록 반복되는 꿈에 이제는 정말 자신이 겪었던 일이 아닌가 의심이 될 지경이었다.

웬만한 이는 듣기도 어렵다는 흑아가 얼어붙은 공기를 소리 없이 갈랐다.

이리하가 이렇듯 야밤에 검을 휘두르는 진짜 이유는 스스로를 억누르기 위해서였다.

일단 자각하고 나자 온몸을 잠식해 오는 욕망을 자제하기 힘들었다. 마치 한번 불이 댕기자 꺼지지 않는 불덩이가 핏속을 돌아다니는 것 같았다.

파사를 떠올리기만 해도 심장이 날뛰었다. 그 향기와 음성을 들을 때면 온몸이 단단해졌다. 다행인 것은 그녀의 발이 완쾌돼 더 이상 안을 일이 없다는 점이었다. 그러나 여전히 파사에게서 한 걸음 뒤에 서 있어야 하는 그의 처지가 달라질 것은 없었다.

들꽃 아래서

수년의 침묵 뒤에 찾아온 거센 욕망은 때로 통제가 불가능할 정도로 이리하를 괴롭혔다. 고작 욕정일 뿐이라 여기려 해도 몸이 뜻대로 따라주지 않았다. 그로서는 난생처음 겪는 일이었다.

모처럼 동위궁에서 연회가 열리는 날이었다.

하사신은 종종 큰 연회를 열어 세를 과시하는 것을 즐기곤 했다. 그런 그도 황제가 와병 중인 동안은 이목을 의식해 지나치게 잦은 연회는 삼가고 있었다.

이번 연회는 불편한 조카의 심기를 풀어주기 위해 상서위가 제안한 것이었다. 황자가 노주에서 돌아온 이후로 궁의 분위기가 내내 흉흉했기 때문이다.

일황자와 병사들이 반도를 잡겠다며 노주로 들이닥쳤을 때 그들은 이미 그곳을 떠난 지 오래였다. 동위궁에 자객을 들여보내면서 아예 근거지를 옮겨버린 것이다.

달려간 일이 헛수고가 되자 일황자의 분노가 극에 달했다. 일황자는 그 자리에서 병사 십여 명의 목을 잘랐다고 한다.

동위궁 병사가 되어 아무리 녹봉을 후하게 받는다고 해도 목숨값보다 높을 순 없다. 겁먹은 병사들 중에는 도망가는 자도 생겼고 남은 자들 또한 불안감에 술렁이고 있었다.

그 와중에 전해진 연회 소식은 궁인들을 들뜨게 하기 충분했다. 보름 가까이 숨죽이며 몸을 사리던 시종들이 간만에 분주하게 사방을 뛰어다녔다.

그날은 이리하가 호위를 맡은 후 처음으로 파사가 성장을 한 날이기도 했다. 진보랏빛 비단옷을 입은 그녀는 한숨이 나올 만큼 고왔지만 꽃 같은 얼굴에는 변함없이 찬바람이 일었다. 전날 시비가 하사신 황자의 전언을 가져온 이후로 파사의 얼굴은 내내 굳은 채였다. 그리고 보니 처음 본 연회에서도 저렇게 인형 같은 표정이 었지.

이리하는 일황자가 이렇게 많은 이들 앞에 파사를 눈요깃거리로 내놓는 걸 이해할 수 없었다. 자신이라면 그녀를 꽁꽁 숨겨서 저런 불쾌한 사내들의 눈이 닿지 않게 할 것이다.

파사에게서 눈길을 돌린 이리하는 일황자의 오른편을 주시했다. 마른 팔다리에 올챙이처럼 배만 튀어나온 사내가 줄곧 파사를 끈적거리는 시선으로 바라보고 있었다.

오늘의 연회는 오대장군 중 기병을 통솔하는 기장군(騎將軍) 혜 가라난을 위한 것이었다. 기장군이라 하나 직접 군을 이끌고 전장에 나가본 적도 없는 인물이다.

제국의 병권은 다섯 명의 대장군에게 나뉘어져 있었다. 그러나 군의 수장인 대장군조차 무관이 아닌 문관이 맡는 것이 일반적인 관례였다.

"연회는 마음에 드시오? 혜 가라난."

하사신이 술잔을 기울이며 가라난에게 물었다.

"소신의 생일잔치를 전하께서 친히 열어주시다니 황송하여 몸 둘 바를 모르겠사옵니다."

"경은 제국의 대장군이 아니오. 마땅히 축하를 받아야지. 아바마마께서 와병 중이시라 좀 더 성대한 자리를 마련하지 못한 것이 안타까울 따름이오."

"이렇게 귀한 술과 진미를 대접받았는데 어찌 부족하다 할 것입니까? 전하의 은혜에 그저 감읍하나이다. 다만⋯⋯."

가라난이 슬쩍 말끝을 흐리자 하사신의 붉은 입술이 나른하게 벌어졌다.

"다만?"

"실은 소신이 예전부터 꼭 한번 보고 싶은 것이 있사온데 이렇게 좋은 날 본다면 여한이 없겠다 생각했나이다."

"그것이 무엇이오?"

"혜 서란위는 틈만 나면 소신에게 동위궁의 꽃을 목견한 일을 자랑하곤 했습니다."

가라난이 자단목으로 만들어진 접선으로 슬쩍 입을 가렸다. 그의 목소리가 한층 낮아졌다.

"⋯⋯특히 한밤에 피는 등꽃의 자태는 감히 다른 꽃에 비할 바가 아니라고 하더군요."

순간 이리하는 파사의 어깨가 눈치 채기 힘들 정도로 작게 흠칫거리는 걸 보았다. 왜 그러지?

"하하. 맞소. 동위궁에 피는 꽃은 천하에 다시없을 귀한 꽃들뿐이지. 오늘밤 그대에게 내 후원 구경을 시켜주겠소. 아직 꽃은 만개할 때가 아니나 만월 아래 후원은 꿈속을 거니는 것처럼 운치가 있지."

하사신의 얼굴에 묘한 미소가 떠올랐다. 마주 보는 가라난의 눈매가 가늘게 휘었다.

"황공하옵니다. 전하."

오가는 은밀한 시선과 미소에 어쩐지 등이 쭈뼛거리는 느낌이 들었다. 이리하는 말없이 파사를 내려다보며 미간을 찌푸렸다.


가라난은 탐욕스럽게 입술을 핥았다.

눈이 번쩍 뜨일 만큼 아름다운 계집이었다. 드물게 완벽한 얼굴이 쉽사리 손을 뻗을 수 없게 만들면서 한편으론 부서뜨리고 싶은 충동을 일으켰다. 자미희에게는 사내를 자극하는 면이 있었다.

자미희와 밤을 보낸 사내들은 한결같이 평생 잊지 못할 잠자리로 그녀를 기억했다. 하지만 그래봤자 고작 얼굴 하나 믿고 뻣뻣하게 구는 계집일 뿐이지 않은가. 가라난은 자미희에게 홀려 있는 사내들도, 천한 비인 따윌 애지중지하는 일황자도 이해할 수 없었다.

가학적인 방사를 즐기는 가라난에게 계집은 도구일 뿐 목적이 되지 못했다. 망가지면 새로운 것으로 바꾸면 되는데 뭣하러 계집 하나에 목을 맨단 말인가.

게다가 그녀와 사통한 사내가 자신이 아는 것만 해도 십 수 명인데 고고한 척이라니. 물론 저리 튕기는 것들이 꺾을 맛이 나긴하지만. 무심한 그 얼굴이 잠자리에서 얼마나 일그러질까 기대감에 부풀었다.

일황자가 아끼는 계집이라 하니 내키는 대로 망가뜨릴 순 없겠지만 고분고분해지도록 버릇은 좀 가르칠 수 있을 것이다. 저만한 미인이라면 고통으로 몸부림치는 모습조차 가히 절경이리라. 밤새도록 내 밑에서 울부짖게 해주마. 가라난의 얇은 입술 위로 음흉한 웃음이 번졌다.

봄이 다가오는 것일까. 차가운 바람 속에 희미한 흙 내음이 묻어나고 있었다.

"어떠냐? 놈은 여전한 것이냐?"

분명 시비에게서 상황을 들었을 텐데도 하사신이 시치미를 떼고 있었다. 파사는 나이 많은 시비가 자신의 일거수일투족을 황자에게 보고하는 것을 알고 있었다. 시비 중 한 명은 언제나 그녀를 감시하는 역할이었다.

파사는 황자의 명으로 멀리 회랑 끝에서 서성이고 있는 이리하를 바라보았다. 그는 털이 덧대어진 새하얀 포를 들고 있었다. 그녀의 것이었다. 뭔가 마음에 안 드는 일이라도 있는지 이리하의 눈이 가늘어져 있었다.

"쉽지 않을 거라 짐작하지 않으셨습니까?"

황자의 수려한 미간이 불쾌감으로 찌푸려졌다. 언제나 먼 곳을 바라보는 눈. 가끔은 아무것도 담지 못하게 저 눈을 멀게 만들고 싶을 때가 있었다. 하사신은 치미는 충동에 빈손을 움켜쥐었다.

"두 달이 넘도록 네 곁에 있으면서 흔들리지 않다니 역시 호락 호락한 놈은 아니었던 게로구나. 좋다. 오늘은 잠시 놈의 일을 잊 도록 해라. ……그보다 할 일이 있다. 자희."

파사의 몸이 굳었다. 손끝에서부터 싸늘한 소름이 퍼져나갔 다.

"혜 가라난은 5인의 대장군 중에서 가장 중요한 기병을 이끄는 자다. 혐오스런 자이긴 하지만 그의 지지는 꼭 필요하지."

매서운 칼날 같은 바람이 회랑에 불어 닥쳤다. 황자는 그들에 게 다가오려던 이리하를 손짓으로 물렸다. 이리하의 서늘한 눈매 가 한층 험악해지는 것을 보며 하사신은 그녀의 등을 천천히 쓸어 내렸다. 귓가에 닿을 듯 말 듯 고개를 숙인 그가 속삭였다.

"너도 들었겠지? 그가 청을 넣었다."

하사신의 눈동자는 뚫어질 듯 그녀를 응시하고 있었다.

또다. 마치 시험하듯 다른 이를 던져주고 파사의 반응을 살핀 다.

그녀가 다른 사람에게 무관심하거나 싫어하는 모습을 보이길 원하는 것이다. 그러면서도 자신의 말은 거절하지 않으리라 생각 하고 있었다.

이리하가 있기에 당분간 이런 일은 없을 거라 생각했다. 착각 이었다. 파사는 무심하게 눈을 내리깔았다.

"알겠습니다."

하사신의 붉은 입술이 만족스러운 웃음으로 물들었다.

파사가 등을 돌려 걷기 시작하자 이미 이리하가 눈앞에 와 있었다. 순식간에 그녀의 어깨가 두꺼운 포로 감싸였다. 그러나 그 사이 몸이 얼어버리기라도 한 건지 아무런 온기도 느낄 수 없었다.

지긋지긋한 겨울은 아직도 끝나지 않은 것 같았다.


연회를 마치고 자화원으로 돌아오자마자 시비들은 일사불란하게 움직였다.

창마다 두꺼운 휘장이 드리워지고 향이 강한 술과 안주가 탁자 위에 차려졌다. 시비 하나가 향로를 들고 와 침상 주변에서 사향을 태웠다. 늘 은은하게 감돌던 꽃향기가 아닌 진하고 원색적인 향기가 방 안 가득 퍼져나갔다. 시비들은 탁자 주변만 남기고 방 안의 촛불을 다 꺼버렸다.

일을 마친 그들이 절을 하고 일시에 물러갔다.

평소와 다른 시비들의 행동에 의아함을 느낀 이리하는 이맛살을 찌푸렸다. 하사신이 오는 걸까. 그게 잘못된 일이 아님에도 몹시 언짢은 기분이 들었다.

그러나 달이 뜨고 방문을 연 사람은 뜻밖에도 혜 가라난이었다. 시종 하나 없이 단신으로 들어온 그는 느긋한 태도로 파사의 절을 받았다. 탁자 앞으로 가라난을 안내한 파사는 그의 곁에 앉아 술을 따라주었다.

어둡고 은밀한 분위기의 방 안.

숨이 막힐 정도로 짙은 사향 냄새.

그녀를 더듬는 가라난의 손.

무심하게 가라앉은 파사의 얼굴.

"무슨……?"

이리하는 눈앞에 벌어지는 일을 믿을 수 없었다. 이건 마치……. 생각하고 싶지 않은 말들이 머릿속에 휘몰아쳤다.

나지막이 가라난에게 양해를 구한 파사가 이리하 쪽으로 다가왔다. 파사의 뒤로 음탕하게 그녀를 주시하는 가라난의 모습이 눈에 들어왔다. 순간 치밀어 오르는 불쾌감에 이리하의 눈매가 가늘어졌다. 방문을 연 파사가 이리하를 돌아보았다.

"오늘밤은 번을 설 필요 없어요."

차가운 축객령이었다.

"뭐?"

청보석처럼 얼어붙은 눈동자가 그를 스치듯 지나쳤다. 담담하고 건조한 음성이 파사의 입술에서 흘러나왔다.

"여전히 소문을 제대로 듣지 않는군요. 이게 바로 자미희와의 하룻밤이죠."


방문이 닫혔다.

이리하는 눈조차 깜박이지 않고 뚫어져라 눈앞의 문을 바라보았다. 수없이 지켜본 문이지만 오늘처럼 부숴버리고 싶었던 적은 없었다.

순간적인 당황이 사라지자 이유를 알 수 없는 배신감과 분노가 그를 덮쳤다. 뒤이어 난생처음 느끼는 무력감까지 찾아들었다.

수십 가지의 감정이 뒤죽박죽 섞여 그를 뒤흔들고 있었다. 감정의 덩어리들이 한꺼번에 터져 나와 그의 몸을 옥죄는 것 같았다.

영겁과도 같은, 혹은 찰나 같은 시간이 흐르고 마침내 방 안의 불이 꺼졌다. 눈앞이 까맣게 명멸했다. 가슴에 불붙인 화로가 얹힌 것 같아 숨을 쉴 수 없었다.

가라난과 함께 있을 파사를 생각하자 끔찍했다. 창백한 피부 위로 가라난의 말라비틀어진 팔다리가 겹치고 그 입이 그녀의 입술에 닿는 모습이 떠오르자 욕지기가 치밀었다.

수천 번도 더 방에 뛰어들어 놈을 갈기갈기 찢는 상상을 했다.

이리하는 숨을 멈추고 마구 날뛰려는 자신을 억눌렀다.

그녀는 하사신의 비인이다. 자신의 여인이 아니다.

게다가 이 일은 그녀가 받아들인 일이다. 그가 무어라고 훼방을 놓는단 말인가. 자신은 그녀의 남편도, 연인도, 하다못해 숨겨둔 정부조차 아니었다.

이리하는 피가 배어나도록 주먹을 움켜쥐었다. 무엇도 주장할 수 없는 자신의 처지가 너무도 비루했다.


날이 밝았다.

푸르게 변해가는 동쪽 하늘을 바라보는 이리하의 얼굴은 무섭도록 굳어 있었다.

방문이 열리는 소리가 들리고 사내의 얼굴이 먼저 보였다. 혜 가라난은 어딘가 몽롱해 보이는 눈을 한 채 흐느적거리며 걸어 나왔다.

비쩍 마른 손가락이 달콤한 꿀에서 떨어질 줄 모르는 벌레처럼 파사에게 달라붙어 있었다. 한 겹 비단으로 감싼 그녀의 가느다란 몸은 당장이라도 쓰러질 듯 위태로워 보였다. 파리하게 질린 얼굴은 밤새 사내에게 시달린 기색이 역력했다.

"내 이토록 흡족한 밤을 보낸 적이 없었다."

가라난에게 지난밤은 한 폭의 농염한 꿈과도 같았다. 자미희는 자신이 꿈꾸던 모든 환락을 이루어주었다. 마치 그의 은밀한 상상에서 빠져나오기라도 한 것처럼.

가라난은 하사신 황자가 내민 약속의 증표에 크게 만족했다. 어차피 두 황자의 세력은 한쪽으로 눈에 띄게 기울어져 있었다. 이런 상황에서라면 일황자 쪽에 줄을 서는 것이 당연 옳았다.

그는 아쉬움에 입맛을 다셨다. 황자의 비인만 아니라면 당장이라도 데려갔으리라. 아니, 일황자에게 협조를 약속한다면 자미희를 넘겨받을 수도 있지 않을까. 그도 안 된다면 한 번만이라도 더 품고 싶었다. 지난밤을 떠올리면 지금도 아랫도리가 불끈거릴 지경이었다. 십 수 년 만에 처음 있는 일이었다.

파사는 더듬거리는 사내의 손아귀에서 빠져나왔다.

"보는 눈이 있습니다. 혜 가라난."

가라난이 우뚝 서 있는 호위를 힐끔 쳐다보았다.

"그래. 조만간 다시 볼 수 있을 것이다. 그때까지 이것을 간직하고 있도록 해라. 내 정표니라. 아쉽지만 오늘은 이만 가마."

가라난은 파사의 손에 자신의 접선을 억지로 쥐여 주었다. 그가 낮은 웃음을 터뜨리며 자화원의 대문을 빠져나갔다.

가라난의 모습이 사라지자 파사는 이리하를 보지도 않고 지나쳐갔다. 그러나 순간 그녀에게서 물씬 풍겨오는 낯선 사향에 이리하의 눈이 뒤집히고 말았다.

"그렇게 사내가 그리웠나?"

"뭐라고요?"

난폭한 그의 말투에 파사가 걸음을 멈췄다. 그녀의 하얗게 굳어진 얼굴은 당장이라도 부서져 내릴 듯 아슬아슬했다. 그러나 머리가 어지러울 정도로 분노한 이리하의 눈에 그것은 제대로 들어오지도 않았다. 자신이 상처 입은 만큼 그녀에게도 상처를 주고 싶었다. 그래서 그저 나오는 대로 내뱉고 말았다.

"원하는 건 무엇이든 하라던 황자의 말이 이런 뜻이었나? 진작 알아채지 못해 미안하군. 그랬다면 지난밤 네 옷을 벗긴 사람은 내가 되었으려나? 하! 일황자는 제 비인을 위해 포주 노릇도 하나 보지? 이렇게 사내들까지 대주고."

탁, 하는 소리가 울렸다. 이리하의 얼굴에 내던져진 접선의 모서리가 그의 뺨을 긁었다. 금세 붉은 핏방울이 맺히기 시작했다.

파사는 겨우 붙들고 있던 냉정함을 접선과 함께 던져버렸다. 불편하고 끔찍한 밤은 다른 때보다 배는 길고 힘들었다. 당장이라도 기절하지 않은 게 오히려 이상할 정도였다. 거기다 이리하의 폭

언까지 감당할 순 없었다.

"원하는 것? 내가 이런 걸 원했다고 생각해요?"

거부하지 않았잖아. 싫다는 말조차 하지 않았잖아. 한 마디만 했더라면 내가 널 구해줬을 텐데 끝까지 넌 아무 말도 하지 않았지. 분노와 좌절감이 가슴속을 뜨겁게 달구었다. 비틀리고 꼬인 감정에 떠밀린 이리하는 파사를 비웃었다.

"무슨 소리지? 그럼 누가 억지로 시키기라도 했단 말이야? 어젯밤 내 눈앞에서 문을 닫은 사람은 누구였지? 내가 모르는 사이 가라난이 널 겁탈이라도 했나? 감히 황자조차 함부로 하지 못하는 천하의 자. 미. 희. 를?"

이름을 알려준 이후로 언제나 파사라 불러주던 이리하였다. 처음으로 그녀를 자미희라 부르는 목소리에는 명백한 경멸이 깔려 있었다.

한순간 파사의 눈동자가 부서질 듯 흔들렸다. 곧이어 그녀의 눈에서 표정이 사라져버렸다. 순식간에 빛이 꺼지듯. 삽시간에 희미한 분노의 기색조차 찾을 수 없었다.

"……그래요. 이곳에 갇혀지길 원한 것도 나고, 사내들 앞에 전리품처럼 내걸리게 된 것도 모두 내 탓이죠."

그녀의 목소리는 지치고 공허했다. 바스러질 듯한 그 목소리 때문에 이리하는 방 안으로 들어가는 파사를 뒤쫓지 못했다.

이리하는 또다시 눈앞에서 닫혀버린 문을 멍하니 바라보았다. 익숙지 않은 감정들이 가슴을 마구 들쑤셔 너덜거렸다.

"바보짓을 했군."

쓸쓸함이 덩어리져 목구멍을 가득 메웠다. 화가 나 아무렇게나 지껄이긴 했지만 진심은 아니었다. 단 한 번도 파사를 그렇게 생각한 적 없었다.

소문과 실제의 그녀는 달랐다. 너무도 달라 완전히 다른 사람을 얘기하는 게 아닌가 생각될 정도였다. 그가 들었던 음탕하고 사악한 요부와 파사는 아무런 공통점도 없었다.

파사가 진정 혜 가라난을 원했으리라고 생각되진 않았다. 평상시보다 더 굳어 있던 그녀의 표정과 말이 그것을 증명해주고 있었다.

자세한 내막은 알지 못해도 분명 강요된 일이 분명했다. 어찌해도 그녀는 결국 비인일 뿐이다. 주인인 황자에게 휘둘릴 수밖에 없는.

총애한답시고 고작 이따위 일이나 시켰단 말인가. 하사신에 대한 적개심이 한층 불타올랐다.

파사의 처소는 화사하고 단아하긴 해도 다른 후궁들에 비하면 아담하다 할 정도로 작았다. 최소 스물 이상의 시비를 두는 다른 후궁들과 달리 자화원엔 고작 세 명의 시비만 있을 뿐이었다.

적지 않은 귀족들이 그녀에게 선물을 빙자한 뇌물을 보내왔지만 매번 퇴짜 맞기 일쑤였다. 싸구려다, 천박하다, 자신에게 어울리지 않는다며 물건을 들고 온 시종들을 모조리 그 자리에서 되돌려 보냈다. 처음엔 그저 탐욕스런 그녀의 성에 차지 않는 물건들이라 그런가 보다 했지만 실지로 파사는 단 한 번도 선물을 받은 적이 없었다.

파사가 선물로 받는 유일한 물건은 월강상단의 비단뿐이었다. 그러나 이리하는 왜 매번 월강상단에서 그녀에게 옷감을 바치는지 이제는 이유를 알고 있었다.

파사가 연회 때 입는 옷들은 반드시 입소문을 탔다. 경국지색 자미희가 즐겨 입는 비단옷. 때문에 귀족 여인들이 가장 선호하는 비단이 월강상단의 것이라는 이야기를 들었다. 단주는 파사가 상단의 비단을 입어줌으로 해서 오히려 수백 배의 이득을 챙기고 있었던 것이다.

한때는 단주가 그녀를 통해 궁에 물건을 대려 한 것이 아닌가 의심했지만 그 또한 어이없는 추측이었다. 월강상단의 물건들은 없어서 못 팔 정도였다. 제 아무리 황자의 후궁들이라 해도 단주를 만나려면 난경 내에 있는 상단의 점포로 직접 찾아가야 했다. 단주가 예외를 두는 것은 오직 파사뿐이었다.

연회 때가 아니면 파사는 스스로를 꾸미는 법조차 없었다.

후궁의 여인들이 스스로를 가꾸기 위해 쏟아 붓는 재물은 상상을 불허했다. 다른 여인들이 황자의 눈에 들기 위해 화려하고 진귀한 옷과 장신구로 자신을 치장하는 동안 파사는 그네들이 결코 가는 법이 없는 서고에 들르고 먼지 나는 책 속에 파묻혀 있기 일쑤였다.

누군가 그녀를 통해 청탁을 넣으려 해도 만나는 것조차 쉽지 않으리라. 파사는 철저히 고립돼 있었다. 혈혈단신이라 일가친척을 등용시키지도 못할 테고, 곁에 사람을 두지 않아 측근이라고 할 만한 자들도 없었다.

경국지색 자미희. 사치와 향락에 빠져 거리낌 없이 음탕하고 사악한 짓을 해대는 음녀. 그 때문에 제국이 휘청거린다는 원성을 들을 정도로 악독한 여인.

그러나 이리하는 그 수많은 소문 어디에서도 한 점 진실을 찾을 수 없었다.

7장

봄날이었다.

유난히 뱃놀이를 좋아하는 하사신은 강의 얼음이 녹자마자 배를 띄우도록 지시했다. 황도의 남북을 가로지르는 신주강 위로 수십 척의 배가 바람을 타고 움직였다.

하사신은 봄과 여름이면 배에 산해진미와 미녀들을 가득 싣고 연회를 베풀곤 했다. 내후년 봄에는 이 배를 타고 노주까지 갈 수 있을 것이다.

비단방석에 느긋하게 기대어 술잔을 기울이는 하사신의 붉은 입술에 미소가 흘렀다.

"백성들 모두 전하의 혜안에 감복하고 있나이다."

"이런 절경을 무지한 백성들도 즐길 수 있도록 배려하신 황자 전하의 은덕이 하해와 같사옵니다."

등꽃 아내서

너나없이 아첨하느라 분주하다. 뱃전에 서서 그 꼴을 지켜보던 이리하는 어이가 없었다.

노주는 수려한 경관을 지니고 있긴 하지만 무역항이 아니었다. 어떤 상선도 그곳까지 우회해서 갈 이유가 없었다.

노주로 통하는 물길은 고작 유유자적 뱃놀이나 하는 용도로밖에 쓰일 데가 없다. 그러나 당장 끼니 걱정으로 하루하루 사는 백성들이 배를 띄우고 풍류를 즐길 여유 따위 있을 리 만무하지 않은가.

고작 한 사람의 유흥을 위해 얼마나 많은 이가 피를 흘려야 하는가. 노주에서 죽은 백성의 수가 이미 기백이 넘어가고 도망친 자들 역시 결국 황자의 손을 벗어나지 못하리라.

게다가 쓸모없는 뱃길을 내느라 들어간 혈세는 백성들의 숨통을 틀어쥘 공납과 부역으로 되돌아올 것이다.

이리하는 물 위에 떠 있는 수십 척의 배를 바라보았다. 후궁 개개인별로 배정된 배들은 나란히 열을 지어 물길을 헤치고 있었다. 배를 장식한 수백 필의 비단휘장이 바람에 휘날려 강 위는 울긋불긋 색종이가 뿌려진 것 같았다.

이리하는 일황자와 몇몇 대귀족이 타고 있는 가장 큰 배의 후미에 있었다. 어쩐 일인지 배에 오른 뒤부터 파사의 곁에서 떨어져 있으라는 명을 받았다. 황자의 주변엔 이미 많은 호위가 있으니 그가 필요치 않다는 이유였다. 노려보던 하사신의 눈빛을 상기하자 덩달아 기분이 나빠졌다. 자신의 무엇이 또 못마땅했는지는 몰라도 파사를 호위하지 못하도록 한 것은 부당했다.

　잠시 강에 머무른 이리하의 시선이 되돌아간 곳은 하사신의 옆에 앉아 금을 타고 있는 파사였다. 치백만큼 음악에 대한 조예가 없어도 훌륭한 연주라는 건 알 수 있었다. 미인도에서 금방 빠져나오기라도 한 것 같은 그녀의 손끝에서 고혹적인 선율이 퍼져나가 뱃전을 가득 채웠다.

　하늘에서 내려온 선녀처럼 춤을 추고, 그가 잘 알지도 못하는 그림을 그리고, 악사가 부러워할 정도로 금을 타는 여자. 할 줄 아는 거라곤 검을 휘두르는 것밖에 없는 자신과 도무지 어울리는 구석이라곤 없는 여자. 이리하의 눈빛이 침울하게 가라앉았다.

　일황자의 지척에 자리 잡은 혜 가라난이 이따금 음흉한 눈길로 그녀를 바라보았다. 더운 날씨도 아니건만 연방 접선을 부쳐대는 꼴이 우습지도 않았다.

　지난번 다툼 이후 파사는 이리하를 무시하고 있었다. 쌀쌀맞게 대하는 게 아니라 마치 그를 없는 사람 취급했다. 더 이상은 시시한 대화조차 오가지 않았다. 그녀의 외면에 이리하는 점점 초조해졌다.

　불쑥불쑥 치밀어 오르는 충동 때문이라도 파사와는 차라리 거리를 두는 게 맞았다. 아까 배에 오르던 그녀를 도울 때 다시금 느낀 열기는 절망적일 정도였지 않은가.

　그런데 왜 파사의 무심한 눈빛이 칼날처럼 아프게 느껴지는 것일까. 왜 그 뒷모습을 보면 심장에 돌이라도 얹힌 듯 숨을 삼키기 힘든 걸까.

하사신은 배의 후미를 힐끗 곁눈질하며 연거푸 술잔을 들이켰다.

아까부터 뱃전을 오가는 키 큰 인영이 내내 거슬렸다. 배에 오를 때 자희의 손을 잡아주던 이리하와 자연스럽게 몸을 내맡기는 자희를 본 후부터였다.

자희는 타인의 손길을 혐오하고 불쾌해한다. 종종 자신이 그녀를 괴롭히는 방법이기도 했다.

그런데 분명 자희의 표정에는 변함이 없는데도 두 사람에게서 묘한 기운이 전해졌다. 손을 뻗어오는 사내와 당연한 듯 그 손을 맞잡는 여인. 그것은 마치 연인의 몸짓처럼 자연스러웠다.

분명 자신이 명한 일이지만 순간 저 천한 놈을 내쫓아버릴까 하는 충동이 들었다.

내 아름다운 자희. 놈을 사로잡으라 했는데 설마 네가 사로잡힌 것은 아니겠지. 하사신은 가늘게 뜬 눈으로 비단방석 위에 꼿꼿이 앉아 있는 그녀를 노려보았다.

시비나 호위, 하다못해 작은 새 한 마리라도 자희의 눈에 드는 것들은 용서할 수 없었다. 그녀에게는 오직 자신뿐이어야 했다. 그런데 저따위 천하디천한 루라니, 있을 수 없는 일이었다.

설마 아닐 것이다. 세상 무엇보다 아름답고 우아한 자희와 더럽고 천한 그놈이라니. 하사신은 자신의 어처구니없는 생각에 고개를 저었다.

　자희도 언젠가는 결국 깨닫게 될 것이다. 그녀에겐 자신밖에 없다는 것을.

　하사신은 금을 타고 있는 자희의 소맷자락을 끌어당겼다. 갑작스런 방해에도 그녀의 손은 흔들림 없이 연주를 이어나갔다. 손안에 움켜쥔 것이 온기가 도는 피부가 아니라 비단이라는 사실이, 자신은 오히려 그 차가운 비단의 감촉이 익숙하다는 사실에 쓴웃음이 났다.

　"궁 밖으로 나온 것은 모처럼이지 않느냐. 어떠냐? 맘에 드느냐?"

　하사신은 뱃놀이와 사냥을 즐기지만 자희를 동행시킨 적은 없었다. 그녀에게 조금이라도 바깥세상을 그리워할 빌미를 주고 싶지 않았던 것이다.

　"강바람이 거세고 배가 흔들려 불편합니다. 자화원으로 돌아가고 싶습니다."

　하사신은 눈을 가늘게 뜨고 자희의 표정을 살폈다. 무심한 듯 보이는 얼굴은 일견 지루함을 참고 있는 것으로도 보였다.

　그래, 사실 무시 못 할 세월이 흐르긴 했다. 그녀 또한 궁의 생활에 적응해 더 이상 달아나려는 생각을 버린 것이겠지. 하사신의 붉은 입술이 만족스런 호를 그렸다.

　"그렇지, 네게 가장 어울리는 곳은 그곳이지. 하지만 물 위에서 하룻밤을 보내는 것도 꽤 운치 있는 일이지 않겠느냐? 여봐라!

등꽃 아내서

오늘은 강 위에서 밤을 보내겠다."

그의 말이 떨어지자 시종들이 분주하게 황자의 명을 전하기 위해 움직였다.

강 위로 애잔한 금의 소리가 퍼져나갔다. 하사신은 지그시 눈을 감고 마음을 사로잡는 매혹적인 음률에 귀를 기울였다.

저물어가는 태양빛이 그녀의 뺨을 금색으로 곱게 물들였다. 이따금씩 불어오는 바람에 흑단 같은 머리카락이 흩날렸다. 수면 아래 가라앉아 있던 아득한 기억이 떠올랐다.

정신이 혼미해질 정도로 부드러웠던 피부, 단 한 번 닿았던 달콤한 입술.

달콤하게 폐부를 파고드는 그녀의 향기에 오래된 열망이 꿈틀거렸다. 치밀어 오르는 열로 몸이 더워졌다. 술에 취한 것일까, 아니면 그녀의 모습에 취한 것일까, 하사신은 결코 하지 않던 말을 내뱉고 말았다.

"오늘밤 내 곁에 있겠느냐?"

날카로운 소리를 내며 금줄 하나가 끊어졌다. 하사신은 말이 입 밖에 나간 순간 후회했다. 어떤 대답이 돌아올지 그는 이미 알고 있었다.

"취하신 듯합니다. 전하."

자희는 무심한 손길로 그에게 잡힌 소맷자락을 빼냈다. 하사신의 눈이 빛을 흡수한 먹물처럼 검게 가라앉았다.

단 한 번도 곁을 주지 않는 매정한 나의 꽃.

알고 있다. 나는 널 가질 수 없고 그리해서도 안 되지. 하지만 가끔은 미칠 정도로 날 원치 않는 네가 밉고, 두려움에 널 품을 수 없는 자신이 싫다.

그래도, 황자의 붉은 입술이 소리 없이 읊조렸다.

그래도 난 널 놓지 않는다.


노을이 강물을 붉게 물들일 무렵 강나루로 화려한 배들이 몰려들었다. 색색의 비단으로 휘감은 수십 척의 배들이 줄지어 모여드는 광경은 장관이었다.

정박한 배에서 내린 병사들이 몇몇 귀족들을 위해 막사를 쳤다.

곱게 단장한 후궁 하나가 황자의 배로 불려갔다. 나머지 후궁들은 서넛씩 모여 야경을 즐기거나 각자 배에서 휴식을 취했다.

늦은 밤 강둑에 불을 피운 병사들은 이런저런 음담패설로 시간을 보내고 있었다.

황자의 비인인 자미희는 절세미인이지만 절벽 위의 꽃은 아니었다. 자미희와 밤을 보냈다는 자랑은 자화원의 호위들 사이에서는 흔한 이야기였다.

하사신 황자는 여전히 아름다운 자미희를 총애하긴 하지만 더이상 그녀를 품지 않았다. 고귀한 황자에게는 넘쳐나도록 많은 여인이 있었기 때문이다.

황자를 기다리다 지친 자미희는 주변의 호위들을 잠자리에 끌어들였다. 사내에 굶주린 자미희는 지위고하를 가리지 않고 누구에게나 다리를 벌렸다.

오래전 하나둘 시작된 그 소문은 이제 자화원을 거쳐 간 호위라면 누구나 아는 이야기가 되었다.

자미희를 넘어뜨리지 못한 이는 물건이 부실하거나 고자인 자뿐일 것이다. 사내들은 뒤처질세라 너도나도 그녀와의 밤을 무용담처럼 떠벌렸다.

오늘도 고참 호위 하나가 침을 튀기며 한바탕 자랑을 늘어놓고 있는 중이었다.

"……아 글쎄, 그 예쁜 얼굴로 눈웃음을 살살 치는데 잔뜩 회가 동하지 않겠나? 처음엔 아닌 척했지만 내 물건을 한번 보곤 금세 태도가 달라지더군. 안겨 오는 계집을 마다하면 사내가 아니지. 하룻밤 내내 극락구경을 시켜준 뒤론 나만 보면 흐물흐물 사족을 못 쓰더군. 흐흐."

사내는 음흉하게 허리를 튕기며 웃었다.

"정말 부럽소. 그런 천하절색이라면 나무토막처럼 누워만 있어도 애가 달겠구면."

가장 최근에 자화원의 호위로 들어온 자가 한숨을 내쉬자 모닥불 주변에 모여 앉은 호위들이 한마디씩 거들었다.

"어허, 나무토막이라니, 소문도 못 들었나? 한 번이라도 자미희의 살맛을 본 사내들은 몽땅 반 고자가 된다잖나."

"그건 뭔 소리요?"

"그 요망한 허리놀림에 빠지면 아무리 딴 계집하고 배를 맞춰봐도 흥이 나질 않는다네. 괜히 사내를 잡아먹는다는 소리가 나온 게 아니야."

"그래도 이런 때가 아니면 우리 신세에 평생가야 저런 미인을 품어볼 수나 있겠소? 손가락만 빨고 있느니 한 번이라도 맛을 보는 게 낫지."

"요즘은 매일 그 사내와 붙어 있던데? 소문의 그 무위시랑."

"둘이 배가 맞은 지 제법 오래됐지. 크크, 나도 경국지색 속살 구경 좀 했으면 좋겠군."

"뭐, 자화원에 있다 보면 자네들에게도 기회가 올 게야. 사내에 굶주려 있는 자미희가 언제까지 한 놈에게 만족할 수 있을 것 같나?"

이야기를 시작했던 고참 호위가 잔뜩 거드름을 피우며 대답했다.


"다시 한 번 말해보지?"

볼일을 보러 나무그늘을 찾던 사내는 눈앞에 불쑥 나타난 커다란 그림자에 놀라 소리를 지를 뻔했다. 그는 한 걸음 물러서며 달빛 아래 상대를 살폈다. 암영의 무위시랑, 현재 자미희의 호위를 맡고 있는 소문의 그자였다. 제대로 말도 나눠본 적 없는 사이지만 무시할 만한 무위를 지닌 인물이 아니었다.

"뭘 말이오?"

"좀 전에 하던 얘기를 마저 듣고 싶은데, 듣자하니 그녀와 꽤 가깝게 지냈다며?"

"아하, 난 또 뭐라고. 자미희 말이로군. 그렇소, 어찌나 그 짓을 좋아하던지 밤새 날 잡고 안 놔주더라니까. 나중엔 눈앞이 샛노래질 지경이더군. 그쪽도 잘 알 거 아뇨? 크크."

사내는 능글맞은 웃음소리를 흘렸다. 순간 귓전에서 퍽, 하는 소리가 울렸다. 꿀꺽 침을 삼킨 사내는 천천히 눈을 옆으로 돌렸다. 그가 기대선 나무의 한가운데가 우지끈 패어 있었다. 자신의 머리통에서 한 치도 떨어지지 않은 곳이었다. 수십 년은 넘어 보이는 나무에 묵묵히 주먹질을 한 무위시랑이 사내를 내려다보았다.

"사실이라고?"

나직한 목소리에서 배어나오는 살기에 살갗이 따끔거렸지만 사내는 허세를 버리지 못하고 애써 목을 가다듬었다.

"그, 그렇소. 그 밤에 우리는……."

다시 한 번 퍼억, 소리가 나자 사내의 얼굴에서 핏기가 모조리 빠져나갔다. 깨진 나무껍질 조각 하나가 사내의 이마로 튀었다. 숨통을 죄어 오는 살기에 이가 덜덜 떨렸다. 이런 정도의 기세를 가진 자는 본 적도 없었다.

"사, 실……?"

"아, 아니오! 시, 실은 자미희완 아무 일도 없었소! 모두 내가 거짓말한 거요! 으악! 으아악!"

쾅, 소리를 내며 눈앞에서 나무의 몸통이 부러져나갔다. 맨손으로 장정의 허리만 한 나무를 두 동강 내는 모습에 사내는 그야말로 혼이 빠져나갔다. 나무 대신 자신의 목을 부러뜨리고 싶은 듯한 시선에 소름이 돋은 그는 비실비실 주저앉고 말았다. 맹수와 맞닥뜨린 쥐새끼가 된 심정이었다.

"한 번만 더 헛소릴 지껄이고 다니면 이 꼴이 될 줄 알아. ……지저분한 놈."

사내의 가랑이 사이가 젖어드는 것을 본 이리하는 미간을 찡그리며 돌아서 가버렸다.

눈웃음? 웃는 법을 잊어버린 것 같은 그 여자가? 사내에 굶주려 있다고? 손만 닿아도 싫어하는 파사가 말인가?

화가 난 이리하는 발길에 채는 족족 돌멩이를 걷어찼다. 지나치는 이들마다 그를 보며 슬슬 몸을 피했다.

하사신은 말로는 파사를 아끼는 체하지만 지켜주진 않는다. 그저 가둬두고 뭇 사내들의 시선과 더러운 말에 더렵혀지도록 내버려두었다.

그녀를 호위하는 자들도 말이 호위지 그녀를 존중하지도 보호하지도 않는다. 명령을 받아 감시할 뿐이다. 시비들은 겉으로는 정중하나 눈빛에 멸시와 불편함을 담고 있다.

파사가 있는 배로 돌아오던 이리하의 걸음이 한순간 멈췄다.

파사를 지키고 있어야 할 호위들이 뿔뿔이 흩어져 있었다. 단한 명만이 배 근처에서 하품을 하며 불침번을 서는 시늉을 하고 있었다. 게다가 어둠에 잠긴 선실 앞에는 시비의 모습조차 보이지 않았다.

이리하는 단숨에 배 위로 뛰어올랐다. 휘장을 걷어 텅 빈 선실을 둘러본 이리하는 굳어버렸다. 나이든 시비가 정신을 잃고 침상옆 구석에 쓰러져 있었다.

그곳에는 분명 파사가 있어야 했다. 자신이 제멋대로 떠드는호위 놈을 쫓아가기 전 보았던 것처럼.


다섯 개의 등롱을 걸어놓은 막사 안은 늦은 밤임에도 환하게밝았다.

강바람이 새어들어 올세라 빈틈없이 막아놓은 막사는 제법 안락했다. 짐승의 털가죽과 비단으로 덮인 침상은 급조된 것임에도고급스러움이 흘렀다. 막사의 주인이 오대장군 중 하나인 기장군이다 보니 시종들이 신경을 쓴 티가 역력했다.

침상 위에 걸터앉은 가라난은 힘들게 손안에 들어온 계집을 희롱하고 있었다.

"사내 없이는 하루도 잘 수 없는 계집이란 소린 들었지만 천한놈들이 더 입맛에 맞는 줄은 몰랐구나. 역시 비천한 출신은 어쩔수 없는 것이더냐? 쯧."

알아보니 이제껏 수많은 호위들이 자화원에 불려갔다는 소문이 돌고 있었다. 아랫도리 멀쩡한 사내놈이라면 이놈저놈 할 것 없이 이 계집을 거쳐 가지 않은 자가 없다는 소리였다.

앙상한 가라난의 손이 불쑥 치마 속으로 파고들었다. 거친 손길이 겹겹의 비단을 헤치고 비단보다 매끄러운 허벅지에 닿았다. 노려보는 시선을 무시한 가라난은 허벅지 안쪽으로 손을 미끄러뜨렸다. 호락호락하게 다리를 벌려주지 않는 상대가 그를 즐겁게 만들었다.

"하긴 사내를 홀리는 이 몸뚱이를 탐내지 않을 자가 세상에 어디 있겠느냐마는."

그러니 나도 이러는 게 아닌가. 가라난의 눈동자가 붉게 달아올랐다.

그날 이후 어떤 계집을 품어보아도 자미희만 못했다. 그도 그럴 것이 꿈꾸던 계집을 맛봤는데 다른 계집으로 성이 차겠는가.

가라난은 오늘 뱃놀이에 자미희가 나온다는 소릴 들은 후부터 계속 몸이 달아 있었다. 그는 주변의 호위들이 해이해져 있는 틈을 타 배에서 자미희를 데려오라 시켰다. 다행히 일황자는 후궁 하나와 일찌감치 잠자리에 들어 자미희를 찾을 리 없었다. 억지로 데려오느라 다소 실랑이도 있었던 듯하지만 눈앞의 매혹적인 몸을 보자 모든 게 잊혔다.

어차피 이 계집은 자신이 아니라도 오늘밤 다른 사내와 밤을 보냈을 것이다. 아무렴, 천한 호위 따위보다야 자신이 백배 낫지. 게다가 자신과 살을 섞은 것이 처음도 아니니 자미희가 뭐라 떠들어댈 수도 없으리라. 즐거운 밤을 보내고 아침이 오기 전 제 배로 돌려보내면 그만인 일이다.

힘으로 다리를 벌리자 천으로 가로막힌 입에서 거부의 신음소리가 흘러나왔다. 제법 생생한 반응에 그는 킬킬거리며 웃었다.

"보채지 말거라. 오늘은 지난번처럼 네 울음소리를 듣지 못하는 게 안타깝지만……! 끄억!"

급작스런 충격에 가라난의 입에서 기이한 비명이 튀어나왔다. 갑자기 막사 안으로 난입한 인물이 다짜고짜 그를 후려치기 시작했다. 발길질 한 번에 숨통이 턱 막히더니 주먹질 한 번에 세상이 암흑으로 뒤덮였다.

"대감!"

뒤늦게 막사 앞에서 지키고 있던 가라난의 사병들이 우르르 들어왔다. 그러나 그들은 저마다 창칼을 뽑아들긴 했지만 쉽사리 다가서진 못했다. 다들 눈앞에서 가라난의 얼굴을 피범벅으로 만들고 있는 사내가 두려웠던 탓이다. 그는 단신으로 여섯 명의 병사들을 순식간에 때려눕히고 집어던져버렸다. 이미 막사 앞에서 그와 한바탕 실랑이를 벌인 병사들의 얼굴 또한 무사치 못했다.

그들에겐 다행스럽게도 사내는 이내 가라난을 내팽개치고 자미희에게 다가가 그녀의 옷을 수습하기 시작했다. 묶인 팔과 재갈을 풀고 가져온 포로 감싸는 손길은 꽤나 조심스러웠다.

병사들은 슬금슬금 눈치를 보며 제 주인 가까이로 몰려갔다. 그들은 피거품을 물고 혼절해 있는 가라난을 흔들어 깨웠다. 정신을 차린 그가 쿨럭거리며 피를 토해내자 부러진 이 조각이 튀어나왔다. 눈앞의 사내를 알아본 가라난이 분기탱천해서 소리를 질렀다.

"네 이놈! 감히! 이 더러운 놈이 감히 내가 누군 줄 알고!"

자미희가 요사이 매일 밤 붙어 지낸다는 무위시랑이었다. 소문의 당사자를 직접 보자 눈에 불길이 치솟았다. 천한 루 주제에 자신을 이 꼴로 만들다니.

"짐승 같은 놈! 반드시 네 목을 잘라 이 분을 풀고 말겠다!"

자신의 주먹은 한 대만 맞아도 상대에겐 뼈가 꺾일 정도의 충격을 준다. 이리하는 자신이 진심으로 하면 상대를 죽일 수도 있다는 사실을 잘 알고 있었다. 그래서 평상시엔 절대 함부로 주먹을 휘두르지 않도록 주의했다.

하지만 지금 눈앞에서 지껄이고 있는 가라난에게는 살심이 일었다. 아예 죽여버릴 것을 잘못했다. 이리하의 눈에 후회의 빛이 떠올랐다.

"어쩌실 작정이십니까?"

잠자코 있던 파사가 갑자기 끼어들었다.

"어쩌긴! 전하께 아뢸 것이다!"

"황자전하께 무어라 고하실 겁니까? 무뢰배처럼 강제로 절 취하려다 호위에게 혼쭐이 났다, 그리 말씀하실 셈이신가요?"

"고작 비인 때문에 전하께서 나와 척을 지실 리가 없다."

잠시 멈칫거린 가라난이 호기롭게 소리쳤다.

"진정 그리 생각하십니까?"

그녀의 차가운 물음에 움찔한 가라난이 입을 다물었다.

자미희를 둘러싼 무수한 소문에도 일황자는 자신의 첫 번째 비

連꽃 아내서 ㈜

인을 내치거나 멀리한 적이 없었다.

자미희는 십 년이 넘도록 황자가 총애하는 유일한 여인이었다. 하기야 그 정도의 방중술을 가진 계집이라면 자신이라도 내칠 수 없었으리라. 어떤 사내의 혼이라도 완전히 빼놓을 정도였다. 아직도 그 밤을 생각하면 다리가 후들거렸다.

실지로 자미희에게 목을 매는 귀족은 한둘이 아니었고 그것만으로도 자미희의 효용가치는 충분했다.

사실 가라난은 이미 하사신 황자에게 자미희와의 만남을 여러 번 청했었다. 그러나 황자는 매번 이런저런 핑계를 대며 거절했다.

그제야 가라난은 깨달았다. 이미 제 연못 안으로 들어온 물고기에겐 더 이상 미끼를 던질 필요가 없다. 그러니 자신이 새로운 공을 세우지 않는 한 다시 자미희를 품을 일은 없을 것이다. 그렇기에 황자의 눈을 피해 이런 일을 벌인 것이 아니던가.

"무엇을 원하느냐?"

가라난이 악다문 잇새로 내뱉듯 물었다.

"그가 저지른 일은 불문에 부쳐주시지요."

파사의 대답에 거세게 반발하려던 이리하의 눈썹이 순간 찌푸려졌다. 그는 가려진 포 아래로 맞닿은 손의 주인을 응시했다. 태연하게 놈을 상대하고 있었지만 이리하의 손을 움켜쥔 손가락은 차갑게 식어 있었다.

"내게 이런 모욕을 준 놈을 그냥 보내주란 말이냐?"

"아니면 황자전하께 자초지종을 모두 아뢸까요?"

찢어지고 멍든 가라난의 입술이 부들부들 떨렸다.

"……알겠다."

"감사합니다. 그럼 저도 오늘 일은 전하께 함구하겠습니다."

파사의 말이 끝나자 이리하는 얼른 그녀를 부축했다. 막사를 나서기 전 힐끗 병사들에게 시선을 준 파사가 한마디 덧붙였다.

"집안단속은 잘 하시리라 믿겠습니다. 혜 가라난."

분노로 번들거리는 눈이 어둠속으로 사라지는 그들의 뒷모습을 노려보았다.


배로 돌아오자마자 이리하는 선실 안에서 서성이고 있던 나이든 시비를 밖으로 내쫓아버렸다. 선실이 좁다는 핑계였지만 실은 파사가 위험에 처했을 때 쿨쿨 잠이나 자던 꼴이 보기 싫어서였다.

가라난의 병사에게 뒷목을 맞아 기절한 그녀는 자신이 왜 쓰러졌는지도 기억하지 못했다. 그저 문책을 당할까 두려워 파사가 자신 몰래 선실을 빠져나간 게 분명하다고 주장했다.

이리하가 가라난의 꺼림칙한 시선을 떠올리지 않았다면 엉뚱한 곳을 뒤지다 제때 파사를 구하지 못했을 것이다.

이리하는 따스한 봄밤인데도 마치 한겨울처럼 차갑게 얼어붙은 손을 붙잡았다. 이곳은 강가라 온천수를 구할 수도 없다. 미간을 찡그린 이리하는 파사의 손을 모아 자신의 손으로 감쌌다. 조심스럽게 입김을 불어 손을 녹이던 그가 퉁명스레 내뱉었다.

"그런 추잡한 늙은이 따위, 일황자에게 알려서 혼쭐을 내주지 그랬어."

"헤 가라난의 얼굴을 저렇게 만들어놓고도 무사할 것 같나요?"

"내 일은 내가 알아서 할 테니 네 걱정부터 하지 그래."

"당신이 죽어버리면 내 호위는 어쩔 셈이죠?"

"난 그렇게 쉽게 죽지 않아. 그보다 벌써 두 번째로군. 저런 놈들에게 납치당하는 게 일상인가?"

"애초에 당신이 날 버려두고 가지 않았다면 생기지 않았을 일이에요."

날카로운 지적에 이리하의 얼굴이 시무룩해졌다.

"맞아, 일황자가 그렇게 말했다 해도 네 곁을 비우면 안 되는 건데. 그 멍청한 호위들이 널 지킬 거라 믿다니, 내가 정신이 나갔지."

"무엇 때문이었죠?"

"자화원의 호위 하나가 지껄이는 헛소리를 듣는 바람에."

"……무슨?"

"기억할 가치도 없는 거짓말일 뿐이야."

흘깃 그를 바라본 파사는 이내 알겠다는 듯 고개를 끄덕였다.

"나에 대한 이야기였나요?"

"……알고 있었어?"

"고작 말 몇 마디가 그렇게 달려갈 정도로 대단한 일이던가요?"

여전히 무심한 듯 보이는 그 얼굴에 울컥 화가 치밀었다.

"고작이라니! 온갖 놈들과 다 엮어 더러운 이야기를 지어내던데. 내 얘기까지 나왔다고!"

"당신 이름이 나와 기분이 상했나요?"

"그게 문제가 아니잖아! 사실이 아닌데 왜 그런 얘기를 그냥 듣고 있지? 왜 화를 내지 않아?"

"화를 낸다고 달라질 건 없어요."

"왜 없어! 저런 놈들은 다시는 함부로 입을 놀리지 못하게 흠씬 두들겨 패줘야지!"

파사는 펄쩍 뛰는 이리하를 묘한 눈으로 바라보았다.

누구도 그녀의 평판엔 신경 쓰지 않았다. 그런 이야기를 들은 것이 처음도 아닐뿐더러 요부 자미희는 늘 백성들의 원성과 비난을 사는 대상이었다. 하찮은 비인의 결백 따위가 뭐 그리 중요하겠는가. 하사신 황자조차 신경 쓰지 않는 일이었다. 그런데 왜 이 사람은 그녀를 대신해 화를 내고 있는 걸까.

그때도 그랬다. 수없이 들은 얘기인데도 그것이 이리하의 입에서 나왔다는 것만으로 아팠다. 그조차 자신을 자미희라 부르는 것에 상처를 입었다.

어째서 나는 당신 때문에 아프고 또다시 당신 때문에 위안을 받는 걸까. 이제껏 누구도 그녀를 이렇게 뒤흔들지 못했다. 더 이상 심장엔 아무것도 남은 게 없는 줄 알았는데 어째서 당신은 그게

연꽃 아래서

아니란 걸 깨닫게 하는 걸까.

텅 빈 줄 알았던 가슴에 무언가 차올랐다. 맞닿은 커다란 손바닥에서 따뜻하고 뭉클한 기운이 손끝을 타고 번졌다. 끔찍한 일을 겪은 직후인데도 어쩐지 기분이 들떴다. 그래서였을 것이다. 장난처럼 그에게 말을 건넨 것은.

"두들겨 팬 적은 없지만 분명 화를 낸 적은 있는 것 같은데요? 잊어버렸나요?"

당황한 이리하의 눈이 커다래졌다. 뒤늦게 뭔가를 깨달은 사람처럼. 순식간에 붉어진 광대뼈가 그녀의 눈에 들어왔다.

"미안해."

이리하가 고개를 숙이자 놀란 파사는 눈을 깜박였다. 화를 내거나 웃어넘길 줄 알았지 곧바로 잘못을 인정할 거라곤 생각지 못했다. 이제껏 그런 일로 그녀에게 사과를 한 사람은 아무도 없었다. 게다가 그는 이황자의 사람이다. 그만한 일로 적의 비인에게 허리를 굽히다니.

"지난번에 함부로 말한 거 정말 잘못했어. 자, 속이 풀릴 만큼 때려."

이리하는 그녀의 손이 닿기 쉽도록 허리를 굽혀주었다. 파사는 눈앞에 다가온 단단한 턱과 굳게 다문 입술을 물끄러미 바라보았다. 그을린 얼굴에서 눈에 띄는 한 부분을 보자 어쩐지 가슴이 저릿해졌다.

"당신을 때려봤자 내 손이 더 아플 것 같은데요."

목소리가 떨리는 것을 감추려 그녀는 쌀쌀맞게 고개를 돌려버렸다. 광대뼈를 가로지른 희미한 상처가 거슬렸다. 자신이 던진 접선에 긁힌 자국. 또다시 그 얼굴에 상처를 입히긴 싫었다.

봄이 되자 황도에 새로운 바람이 불었다.
제일 먼저 움직인 것은 고급 기녀들이었다.
난경의 내로라하는 기녀들은 아찔할 정도로 살갗이 비치는 옷을 입기 시작했다. 그 선정적이고 뇌쇄적인 옷차림에 수많은 사내들이 기루의 문턱이 닳도록 넘나들었다.
다음으로 귀족 여인들이 그 유행에 합류했다.
그들은 좀 더 고가의, 기녀들과는 차별화된 비단을 선호했다. 설핏설핏 속이 보일 듯 말 듯한 포를 만들기 위한 항라가 불티나게 팔렸다.
반여에서 수입하는 진귀한 비단들은 동이 났다. 일반적인 비단 값의 열 배를 주어야 살 수 있을 정도로 고가인데도 없어서 못 팔 지경이었다.
새로운 유행 탓에 고뿔에 걸린 이들이 폭발적으로 늘어 의원과 약재상들까지 호황을 누리는 웃지 못할 일도 벌어졌다.
지나치는 여인들마다 전부 느릿느릿 발을 끌며 걸어 다녔다. 하늘거리는 고운 비단옷들은 여인들의 모습을 색색의 나비처럼 보이도록 만들었다. 대로를 통과하는 마차들은 통행을 방해하는 여인들 때문에 골치를 앓았고 가끔씩 실랑이가 벌어지기도 했다.

들꽃 아내서

이리하는 그 번잡한 대로를 가로질러 가고 있었다. 손님을 찾는 기녀들이 이따금 그를 불러댔지만 바쁘게 말을 모는 이리하의 시선을 끌지는 못했다.

혜 가라난으로부터 예전의 일로 할 이야기가 있다는 서신이 왔다. 시비를 통해 전해진 그 서신은 오지 않으면 직접 방문하겠다는 은근한 협박을 담고 있었다.

내키지 않았지만 파사를 또다시 가라난과 마주치게 하는 게 더 싫었던 이리하는 결국 동위궁을 빠져나왔다. 한눈팔면 죽여버리겠다고 호위들에게 잔뜩 겁을 주고, 자화원 주위를 몇 번이나 둘러본 후였다.

이리하가 이처럼 신경을 곤두세우는 이유는 일황자의 위험한 놀이 때문이었다.

언제부턴가 자화원에 밤손님이 생겼다. 정확히는 뱃놀이를 다녀온 직후부터였다.

자화원의 모든 문이 잠기고 불이 꺼지면 숨어 있던 자객들이 하나둘 등장한다. 이리하는 매번 소리 없이 그들을 제압해 기절시킨 후 담 옆에 버려두곤 했다. 물론 속으로 일황자에게 욕을 퍼붓는 것도 빼놓지 않았다.

사흘이 멀다 하고 자객이 출몰했지만 그런 날이 되면 자화원의 담을 지키는 호위들은 여지없이 자취를 감췄다. 거기다 자객이 남긴 흔적들은 늘 아침이 오기 전 깨끗하게 치워졌다. 그것만 보아도 자객의 배후가 누구인지 뻔하지 않은가.

졸렬하게 가둬놓고 자객이나 보내는 짓거리라니. 올화가 치밀 정도로 일황자다운 생각이었다.

처음엔 자객들의 출현에 긴장했던 이리하도 지금은 그저 무덤덤해졌다. 어차피 그들이 원하는 표적은 언제나 이리하 하나였기 때문이다. 노리는 게 자신뿐이라면 얼마든지 어울려줄 수 있었다.

그러나 황자의 무신경한 처사에는 치가 떨렸다. 지키라 하고선 파사가 있는 곳에 자객 따윌 들여보내다니.

반옥은 돈만 받으면 무슨 짓이라도 해주는 더러운 자객 집단이다. 자객의 목표가 언제 돌변할지 모르지 않은가.

만에 하나라도 생길지 모르는 위협 속에 파사를 혼자 두고 싶지 않았다. 아니, 자신의 시선이 닿지 않는 곳에 그녀를 두고 싶지 않았다.

그들이 노리는 것은 자신이니 파사를 해치진 않으리라. 그러니 그녀에게는 아무 일 없을 것이다. 스스로에게 그렇게 되뇌었지만 사실은 자화원을 떠나는 순간부터 이리하는 불안감에 휩싸였다.

마음이 조급해진 이리하는 말의 옆구리를 박찼다.


혜 가라난의 저택에 들어서자 곧바로 이리하는 방으로 안내되었다. 그러나 짜증날 정도로 오랜 시간이 흐른 후 들어온 것은 한 젊은 여인이었다.

"내가 많이 기다리게 했나?"

혜 가라난이 첫 부인과 사별하고 맞아들인 두 번째 아내, 혜 수비연은 굶주린 고양이 같은 미소를 지었다.

그녀의 나이는 고작 스물둘, 차오른 달처럼 풍만한 육체는 농염함이 뚝뚝 흘렀다. 아이를 낳은 적도, 낳을 생각도 없는 젊고 싱싱한 육체는 생기와 아름다움으로 가득 차 있었다. 그녀는 고작 아이 때문에 생명보다 귀중히 여기는 자신의 미모를 희생시킬 생각은 추호도 없었다.

나이가 차면서 수비연은 언제나 사내들의 동경과 찬사의 한가운데에 있었다. 누구나 그녀 앞에 무릎을 꿇었고 기회를 얻기 위해 서로 다퉜다. 그녀는 여왕벌처럼 그들을 거느리고 자유로이 방종을 즐겼다.

그런데 얼마 전부터 은근히 그녀의 신경을 거슬리게 하는 일이 생겼다.

그녀의 남편인 가라난은 자미희와 잔 그날 이후로 오매불망 그 계집 생각뿐이었다. 그가 다시 한 번 기회를 얻을 속셈에 물심양면으로 일황자를 돕고 있음을 모르지 않았다. 어차피 관심도 없는 남편이긴 하지만 자신이 다른 계집에게 밀린다는 것은 치욕적인 일이었다.

일황자의 뱃놀이에 다녀온 가라난은 앞니와 늑골이 부러지고 온몸에 피멍이 들어 마치 돌무더기에 깔리기라도 한 몰골이었다. 그녀는 놈을 죽여버리겠다며 길길이 날뛰던 남편의 모습을 보며 고소해했다.

그리고 자미희가 암영의 무위시랑과 동침하고 있다는 소문이 은밀히 나돌기 시작했다. 역시 경국지색답게 고자라 소문난 사내의 물건조차 일으킬 수 있다는 소리에 수비연의 심기는 불편해졌다. 자신이 하지 못한 일을 다른 여인이 먼저 해냈다는 사실이 지기 싫어하는 그녀의 성미에 불을 붙인 것이다.

수비연은 남편의 일을 미끼로 암영의 무위시랑을 불러들였다.

실지로 본 이황자의 개는 듣던 대로 키가 컸다. 그러나 몸집이 큰 사내들이 흔히 그렇듯 우락부락하거나 둔하지 않았다. 근육으로 덮인 팔과 가슴은 옷 위로도 알아볼 수 있을 만큼 잘 다듬어져 있었고 상대적으로 가늘어 보이는 허리 아래 탄탄한 다리가 뻗어 있었다. 사내의 움직임은 날렵한 맹수를 연상시켰다.

길게 찢어진 눈매는 사납게 보였지만 날카로운 턱 선과 꾹 다물고 있는 입술이 제법 호남이었다.

자미희의 일이 아니더라도 충분히 구미가 당기는 사내였다. 어째서 여태껏 이 사내가 제 눈에 띄지 않은 것일까.

수비연은 문에 등을 기댄 채 은밀한 미소를 지었다. 자신이 들어가면 문을 잠그라고 해두었다. 그녀의 허락 없이 이 문은 열리지 않을 것이다.

"혜 가라난은 어디 계십니까?"

어서 가라난을 만나고 돌아갈 생각에 이리하는 서둘렀다.

"내 이름은 혜 수비연. 네가 만나고 싶어 하는 기장군의 부인이지."

농밀한 육체의 선을 고스란히 드러내는 옷이 몸에 달라붙어 있

들꽃 아내서

었다. 허리띠를 어찌나 바짝 졸라맸던지 둥그런 가슴을 가린 비단
천이 당장이라도 터질 듯 아슬아슬했다.

"나는 말이야, 내내 궁금해했지. 암영의 무위시랑은 어떻게 여
자를 안을까?"

수비연은 코끝을 울리는 듯한 웃음소리를 흘리며 한 발 한 발
다가왔다.

"섭섭했어. 자미희에게 먼저 기회를 주다니."

내뱉는 숨이 느껴질 정도로 가까이 다가온 수비연의 가슴이 은
근슬쩍 그의 팔을 스쳤다.

"어땠지? 정말 그렇게 대단하던가? ……사실 꼬챙이처럼 비쩍
마른 그 여자는 널 만족시키지 못했을 거야. 그렇지 않아?"

파사는 비쩍 마른 게 아니라 호리호리했다. 가느다란 팔다리
라든가 잘록한 허리가 가냘픈 느낌을 줄 뿐 보기 싫게 마르지 않았
다. 이리하는 파사의 험담을 늘어놓는 여자를 내려다보았다.

"서신은 혜 가라난이 보낸 것이 아니었군요."

추잡스런 여자였다.

남편의 외도 상대를 염탐하기 위해 그녀와 잔 다른 사내를 유
혹하려는 속셈인 것이다. 이리하는 자신이 도구가 된 듯한 불쾌감
이 일어 돌아섰다.

"호호. 설마 수줍어하는 건 아닐 테지?"

뒤에서 다가온 손이 그의 허리를 쓸어내렸다.

"대부분의 여자들은 부드럽고 다정한 걸 좋아하지. 하지만 나

는 겉으로 보이는 것만큼 네 거기도 크고 단단한지 알고 싶어. 그것이 내 안에서 얼마나 사납게 움직일까?"

거리낌 없이 음탕한 소리를 지껄이는 여자가 짜증나 이리하는 그녀의 손을 밀어냈다.

"혜 수비연, 전 내키지 않는데요?"

앞에선 그를 천시하던 여인들이 은밀하게 이리하를 유혹하는 일은 드물지 않았다. 그들은 어둠속에서 자신의 욕망을 충족시켜줄 젊고 힘 좋은 수컷으로라면 그를 꺼려하는 법이 없었다. 그러나 이리하는 단 한 번도 그런 유혹에 응한 적이 없었다.

"마음에도 없는 소린 할 필요 없어. 내가 혜라서 그런 거야? 은밀한 남녀 간의 일에 신분이 뭐 중요하겠어? 난 네가 루여도 아무 상관없어."

"저도 상관없습니다. 내 앞에서 옷만 벗지 않는다면."

이리하는 흘러내리기 직전인 그녀의 옷을 지적하며 귀찮다는 듯 내뱉었다.

"감히 날 거역하겠다는 거야? 천한 루 따위가!"

곧바로 터져 나오는 혜 수비연의 일갈에 이리하는 실소했다. 채 일 각도 되지 않아 드러날 얄팍한 거짓말 따월 지껄이는 여자가 우스웠다. 제 뜻대로 될 것 같지 않자 결국 신분을 들먹여 그를 억누르려 하지 않는가. 그는 미련 없이 돌아섰다.

"거기 서!"

날카로운 외침에 섞인 금속 특유의 희미한 소리가 그의 귀를 자극했다. 돌아선 이리하의 눈에 비친 것은 작은 비수를 든 채 스스로의 옷을 잘라내고 있는 혜 수비연의 모습이었다. 그녀의 손길을 따라 가슴을 감싼 팽팽한 비단이 찢어졌다. 젖가슴이 완전히 드러나자 붉은 젖꼭지가 도드라져 있는 것이 뚜렷이 보였다.

"지금 밖으로 나가면 후회하게 될 거야. 네가 날 욕보이려 했다고 소리칠 테니까. 봐, 이렇게 흔적까지 남겼잖아?"

서툰 칼날에 스쳤는지 풍만한 가슴 위로 작은 핏방울이 배어나고 있었다. 혜 수비연은 손가락을 펼쳐 핏방울을 닦아냈다. 붉은 입술 사이로 빠져나온 혀가 손끝을 길게 핥았다. 뜨거운 숨을 내뱉은 그녀가 이리하에게 명령했다.

"이리로 와."

이리하는 움직이지 않고 가만히 서 있었다.

"호호, 역시 만만치 않은 짐승이군. 내가 가지."

웃음을 터뜨린 혜 수비연은 다가와 그의 가슴을 끌어안았다. 물컹한 젖가슴이 밀어붙여지고 축축한 입김이 이리하의 몸 위로 쏟아졌다.

"세상에! 정말 짐승이잖아?"

은근슬쩍 다리 사이에 맞닿은 물건의 크기를 가늠한 수비연은 탄성을 내질렀다. 흥분하지 않았는데 이 정도라니 여태껏 만난 사내들 중 가장 훌륭했다. 이런 사내가 어찌 고자란 소문이 났을까. 자미희의 손에 들어가기 전에 자신이 먼저 맛을 봤어야 했는데 실로 아까운 일이었다. 그녀의 가슴언저리가 뾰족하게 부풀어 올랐다. 자미희에 대한 시기심에 끌어들였지만 이제는 진심으로 눈앞의 사내가 욕심났다. 짐승의 아랫도리를 가진 서늘한 눈매의 이 사내가 제 몸 안을 찔러 들어올 거라 생각하니 허벅지 사이가 욱신거릴 지경이었다.

"남편에게 잘 말해주겠어. 날 만족시키면 네가 원하는 건 뭐든 가질 수 있게 해주지."

이리하는 가쁘게 숨을 몰아쉬는 여자를 물끄러미 내려다보았다.

자신을 괴롭히는 것이 욕정일 뿐이라면 눈앞에 몸을 던져오는 상대가 있는데 마다할 이유가 없었다. 오히려 그 지긋지긋한 욕구 불만을 털어버릴 절호의 기회였다. 언제까지 고작 욕구 따위에 휘둘릴 셈인가.

이성은 분명 그렇게 말하고 있는데 손가락 하나도 까딱하기 싫었다. 분 냄새가 섞인 백단 향에 머리가 아플 지경이었다. 곧게 뻗은 눈썹 아래 그의 긴 눈매가 찌푸려졌다.

여자를 안는다면 이런 진한 향기보다는 우아하고 은은한 향이 좋았다. 창백한 목덜미 아래로 흘러내리는 매끄러운 머리칼이나 감싸주고 싶을 정도로 가냘픈 어깨선을 가졌다면 더 좋겠지. 거기다 표정은 쌀쌀맞을 정도로 도도한 쪽이…….

순간 눈앞에 생생히 떠오른 얼굴에 이리하는 얼음물을 뒤집어쓴 것처럼 정신이 들었다. 자신은 지금 이곳에서 뭘 하고 있는 건가. 손도 대기 싫은 여자를 안으려 억지로 우겨대는 한심한 꼴이라니. 이런 게 고작 욕정일 뿐이라고? 허탈한 웃음이 나왔다.

어느새 옷 속으로 파고든 수비연의 손톱은 제멋대로 이리하의 가슴을 더듬고 있었다. 손끝에 닿는 매끄러운 근육에 만족스런 신음을 내뱉은 여인의 젖가슴이 한껏 부풀어 올랐다. 그녀는 늙은 남편처럼 주름지고 늘어지지도, 다른 귀족 애송이들처럼 물렁거리지도 않는 사내의 단단한 배에 손톱을 세웠다.

탐욕스런 손이 슬금슬금 아랫배 쪽으로 내려가기 시작하자 이리하는 고개를 들었다. 자신의 것에 닿기 직전에 그녀의 손을 잡아 뗀 이리하는 곧바로 그 손을 떨쳐버렸다. 그리고 여전히 자신의 몸에 달라붙어 있는 머리통을 향해 내뱉었다.

"싫습니다."

"?"

욕정으로 혼탁한 여인의 눈이 멍하니 그를 올려다보았다.

손가락이 지나갈 때마다 마치 애벌레가 스멀거리며 기어 다니는 것 같아 기분이 나빴다. 게다가 달려드는 여자 앞에서도 여전히 미동조차 하지 않는 아랫도리 때문에 불쾌감만 더했다.

"손은 그녀와 달리 끈적거리고, 눈은 음탕하고, 입술은 역겨워. 결정적으로 당신은 그녀가 아니니까. 싫군."

"뭐?"

무례하기 짝이 없는 말에 경악하는 상대방을 무시한 그는 잠긴 문으로 다가가 힘껏 발로 차버렸다. 우지끈 부서지는 문짝과 분노한 여인의 찢어지는 비명소리를 뒤로 한 채 이리하는 성큼성큼 걸어 나갔다.

"무슨 일이죠?"

파사는 갑자기 들이닥친 이리하를 바라보며 물었다.

그의 표정이 어딘가 이상했다. 뭔가 크게 놀란 것 같기도 하고 어딘가 들뜬 것처럼 보이기도 했다. 게다가 젖은 머리칼 끝에선 쉴 새 없이 물방울이 떨어지고 있었다. 내리는 봄비를 고스란히 맞고 온 듯했다.

혜 가라난에게 불려갔다 들었는데 나쁜 일이라도 생긴 걸까. 파사의 눈빛이 어두워졌다.

"이리하?"

무심코 그녀가 다가간 순간 놀란 이리하는 뒷걸음질 쳤다. 심장이 제멋대로 달아오른다. 열이 오른 심장이 가르쳐주고 있었다. 네가 찾던 것이 바로 여기 있다고.

"난……."

이리하는 몇 번이나 입술을 달싹이다 말을 잇지 못했다. 결국 그는 고개를 저으며 혼잣말처럼 중얼거렸다.

"……아니야."

"어디 아파요? 잠을 못 자서 그런 건가요?"

처음부터 이상하게 시선이 갔다.

아름다운 여자는 두 번 쳐다보지 않을 정도로 질색하면서 파사에게선 눈을 뗄 수 없었다. 불안해서. 금세라도 눈앞에서 사라져버릴까 봐.

"왜 그렇게 생각하지?"

"밤마다 불청객이 오니까요."

이리하는 뜻밖의 말에 놀랐다. 파사가 알고 있는 줄 몰랐다. 이
제껏 그녀의 잠을 깨우지 않으려 일부러 죽이지 않고 조용히 처리
한 건데.

"잠귀가 밝은가 보군."

그가 씁쓸하게 웃었다.

"정말 괜찮은 건가요?"

"잠시 찬바람을 쐬면 나을 거야. 어쩌면 영원히 낫지 않을지도
모르지만."

흠뻑 젖어서 찬 기운을 내뿜는 사람이 하는 말치곤 이상했다.
자신을 뚫어져라 바라보는 얼굴이 조금 씁쓸해 보였다.

그래서 파사는 비틀거리듯 방을 나서는 뒷모습을 그저 바라볼
수밖에 없었다.


다리 난간에 아무렇게나 기댄 이리하의 시선이 아래로 향했다.
수면 위로 떨어지는 빗방울이 창백한 얼굴을 이지러뜨리고 있었
다.

그는 아주 오래전부터 끊임없는 갈증에 시달렸다. 자신도 모르
게 언제나 뭔가를 찾고 있었다. 세상 어딘가에 그 갈증을 채울 수
있는 것이 있지 않을까 무작정 떠돌아다녔다. 가슴의 빈 공간을 채

울 수 있는 것이 아무것도 없을 거란 예감에 절망한 적도 있었다.

그러나 지금 이 순간 이리하의 심장은 거칠고 뜨겁게 요동치고 있었다. 늘 바람이 부는 것처럼 비어 있던 자리는 거짓말처럼 한 사람으로 가득 차버렸다.

언제부터였을까, 파사가 마음에 들어오기 시작한 것이.

지나치게 예쁜 것도 마음에 들지 않았고, 성격은 예민하고 취향도 까탈스럽기 그지없다. 심술궂은 말만 하고 자신에게 다정한 미소 한 번 지어준 적도 없었다.

그런데도 왜 그 쓸쓸한 뒷모습이 눈에 밟혔던 건지, 왜 매순간 눈이 그녀를 뒤쫓고 있는 것인지. 머릿속이 온통 파사의 표정과 목소리로 가득 찰 때 의심했어야 했다.

다른 사람과 밤을 보낸 파사를 본 순간 눈앞이 깜깜해지도록 화가 난 것도, 질투인 줄도 모르고 그 낯선 감정에 허둥대며 그녀를 상처 입힌 것도 모두 그 때문이었다.

단지 욕망뿐이라면 손만 뻗으면 얼마든지 해결할 수 있다. 그러나 파사가 아니라는 이유로 격렬한 거부감이 들었다. 다른 여자와 몸을 맞대고 있던 그 순간에조차 파사가 그리웠다.

난생처음 겪는 육체의 반응에 휩쓸려 알아차리는 게 늦었다. 혼란스럽게 뒤엉키던 머릿속이 이제야 맑아졌다.

원하고 원한다.

세상과 뒤바꿔서라도 오로지 그 하나를 원했다.

언제 이렇게 애틋해져버린 것인지, 왜 이토록 절박한지 이리하

들꽃 아래서

는 알지 못했다. 그러나 심장을 송두리째 삼켜버린 갈망은 이미 치명적이었다.

끓어 넘치는 마음이 파사를 본 순간 당장이라도 튀어나오려 했다. 그러나 생각조차 하기 싫은 과거가 그의 목소리를 묶었다.

열여섯의 이리하는 가슴 가득 들어찬 공허감에 질식당하기 싫어 어리석은 선택을 했다. 실낱같은 설렘 하나에 필사적으로 매달렸다. 상태가 무슨 생각을 하는지도 모른 채 자신의 감정만으로 충분하다 여겼다. 끔찍하게 끝을 맺은 첫 정혼을 떠올린 이리하의 얼굴이 어두워졌다.

그 혹독한 경험으로 그는 예쁜 여자들을 경계하고 피하게 되었다. 그런 자신이 단 한 번도 마음을 빼앗길 거라 예상치 못한 여자와 사랑에 빠지다니.

싸늘하게 혜 비사흔을 내치던 파사가 떠올랐다. 감정이 사라진 눈으로 황자를 보던 모습도 스쳐갔다. 그렇게 파사는 자신도 돌아보지 않을 것이다.

그러나 한번 자각해버린 심장은 되돌릴 수 없었다. 거부당한다고? 이제야 겨우 찾았는데 다시 그 황폐한 갈증 속에 살아야 한다고? 단 한 번도 느껴본 적 없는 거대한 두려움이 그를 엄습했다.

이리하는 녹아버릴 듯 뜨거워진 가슴을 움켜쥐었다.

안 돼. 파사가 아니면 안 된다. 그녀여야만 한다.

원하는 그 하나를 가져야 한다며 심장이 성화를 부렸다.

그는 단 한 번도 포기한 적 없었다. 뼈가 부러진 상태로도 검을 잡았고, 화살에 맞은 채 수백의 적과 맞닥뜨린 적도 있었다. 그 어떤 난관에 부딪혀도, 죽음의 문턱에 다다른 순간까지도 먼저 포기할 줄 몰랐다.

그런데 평생 기다려온 걸 만났는데 어떻게 포기할 수 있을까.

온몸을 차갑게 식히는 빗속에서도 맹렬히 뛰는 심장소리에 이리하는 거칠게 웃었다.

그러니 파사, 무슨 일이 있어도 이 사랑은 포기할 수 없다. 설사 목숨을 걸어야 한다고 해도.

붉은 노을에 휩싸인 자화원을 바라보는 이리하의 눈이 어둡게 불타올랐다.

8장

강양(康良) 31년 오월

오늘도 변함없이 보라색 꽃나무로 뒤덮인 마을을 바라보는 소녀의 뒷모습이 보였다.

소녀는 무릎을 감싸 안고 몸을 동그랗게 만 채 앉아 있었다.

평화로운 시야가 점차 일그러지기 시작했다. 갑자기 불타오르는 마을과 사람들의 비명이 울리기 시작하자 이리하의 미간이 찌푸려졌다.

얼마 전부터 그의 꿈은 새로운 양상을 보이기 시작했다. 길어진 꿈의 뒤편은 비극이었다. 고요한 마을에 정체를 알 수 없는 자들이 나타나 사람들을 도륙했다. 그들은 닥치는 대로 불을 지르고 사람들을 죽였다.

화염에 휩싸인 마을을 보고 들을 수는 있지만 가까이 갈 수는 없다. 처음 불길을 본 날 놀란 이리하는 그들을 구하려 했다. 그러

283

나 아무리 달려가도 마을은 가까워지지 않았다. 그림처럼 아름다운 마을은 정말 한 폭의 풍경화처럼 지켜볼 수만 있었다. 그렇기에 자신이 할 수 있는 게 아무것도 없다는 사실도 깨달았다.

언제부턴가 이리하는 꿈을 꾸면서 자신이 꿈속에 있다는 사실을 선명히 인식하고 있었다. 그러나 아무리 꿈이라도 매일 밤 불타는 마을과 사람들을 보는 게 마음 편할 리 없었다. 이건 분명 악몽이었다.

이리하는 힐끔 소녀를 쳐다보았다. 귀를 막고 잔뜩 웅크리고 있는 어린 등이 애처로웠다. 억눌린 슬픔이 검은 웅덩이처럼 소녀의 발치에 고여 있었다.

눈앞에 있는 가느다란 어깨는 불타는 마을과는 달리 닿을 수 있을 것처럼 보였다.

이리하는 자신도 모르게 손을 뻗었다. 손바닥에 닿는 흠칫거리는 작은 등이 또렷하게 느껴졌다. 슬픔으로 얼룩진 소녀의 눈이 그와 마주쳤다.

「어떻게 당신이 여기에?」

말의 내용이 이상했다. 마치 자신을 알고 있기라도 한 것처럼. 의아함에 이리하는 입을 열려 했다.

갑자기 눈앞에 거센 바람이 불어 닥쳤다. 온몸이 휘청거릴 정도로 강한 바람은 매캐한 연기가 뒤섞여 눈을 뜨기 힘들었다. 이리하는 짙은 연기를 헤치며 억지로 앞을 보려 했다.

그런데 어쩐지 이 상황, 묘하게 낯익지 않나?

동쪽 아내서

엉뚱한 생각이 든 순간 이리하는 내동댕이쳐지듯 꿈에서 깨어났다.

나무의 굵은 몸통에서 갈라진 가지들은 사방으로 이리저리 뻗쳐 있었다.

뒤틀린 그의 심사처럼 잔뜩 꼬인 줄기가 회랑 기둥을 타고 올라 하늘을 향해 나풀거렸다. 희한하게도 연두색 나뭇잎은 꽃과 함께 붙어 있지 않고 가지 위로만 펼쳐져 있었다.

자화원 후원의 괴상한 나무들은 일제히 꽃을 피우고 있었다.

손톱만 한 꽃송이들이 줄줄이 매달린 가지 수백 개가 아래로 늘어졌다. 나비의 날개를 겹쳐놓은 것처럼 보이는 꽃송이가 하늘하늘 바람에 흔들렸다.

폭포수처럼 쏟아져 내리는 보라색의 물결은 장관이었다. 은은하면서도 매혹적인 향기가 사방으로 퍼져나갔다.

이리하는 해쓱해진 얼굴로 그 낯익은 꽃을 노려봤다. 꿈속의 바로 그 꽃이었다.

어떻게 단 한 번도 보지 못한 꽃을 꿈에서 볼 수 있을까. 게다가 그 향기까지 똑같을 수 있단 말인가.

이렇게 되자 그 꿈이 몹시 의심스러워졌다. 단순히 꿈일 뿐이라 생각했는데 그게 아닐지도 모른다는 생각이 들었다.

게다가 그 소녀, 어딘지 모르게 친숙하다 했는데 파사와 닮았다. 이리하는 산책 중인 파사의 앞을 가로막았다. 바람에 흔들리는 보랏빛 꽃들이 시야를 가렸다.

"요새 꿈자리가 뒤숭숭해서 말이야, ……혹시 꿈에서 날 만난 적 없어?"

이리하는 머리 위로 늘어지는 꽃송이를 걷어내며 파사에게 질문을 던졌다.

"잠이 덜 깬 건가요?"

무심한 대꾸에도 이리하는 집요했다.

"정말 기억나지 않나?"

"왜 그런 말도 안 되는 생각을 한 거죠?"

"그 소녀의 맨발이 눈에 익었거든."

순간적으로 파사의 눈동자가 흔들렸다. 사실 그녀가 코웃음 쳤다면 그도 긴가민가했을 것이다. 그러나 딱딱하게 굳어 시선을 외면하는 걸 보자 이리하는 확신했다. 파사는 지금껏 단 한 번도 자신의 눈을 피한 적이 없었던 것이다.

분명 본 적 없는 장소였으니 예지몽인 걸까.

하지만 꿈속의 파사는 어린 소녀의 모습이었다. 게다가 자신을 알아보기까지 했다.

문득 떠오른 생각에 이리하는 걸음을 옮기려는 그녀의 앞을 다시 가로막았다.

"어릴 때 내가 나오는 꿈을 꾼 적 있나?"

"이젠 눈을 뜬 채 잠꼬대를 할 셈인가요?"

아무리 뚫어져라 바라보아도 어느새 평정을 되찾은 파사의 표정은 담담할 뿐이었다.

"별수 없군. ……그런데 물어보고 싶은 게 하나 더 있는데."

"뭐죠?"

"너도 다정한 남자가 좋은가?"

"무슨 말이죠?"

"다른 여자들은 부드럽고 다정한 남자를 좋아한다고 하던데……."

"그럼 그 여자들에게나 가봐요."

쌀쌀맞게 응대한 파사는 돌아서 가버렸다.

자신은 치백처럼 시를 읊어주거나 유려한 말솜씨 같은 건 흉내도 낼 수 없었다. 말싸움이나 하지 않으면 다행이다. 사랑한다고 깨달은 상대에게는 어떻게 해야 하는 거지? 지금도 저렇게 화를 내게 만들었는데. 이리하는 자못 심각해진 얼굴로 혼잣말을 중얼거렸다.

"달콤한 말 같은 건 자신 없단 말이다……."


파사는 또다시 일황자와의 중반을 위해 불려갔다.

하사신은 갑자기 침전인 승양전(乘陽殿)으로 매일 그녀를 불러들여 수라 시중을 들게 했다. 거기다 그 자리에 매번 이리하는 빼놓고 있었다.

호위더러 호위를 하지 말라니, 게다가 노주의 일은 아직 해결된 것도 아니지 않은가. 파사는 여전히 암살의 위협 속에 놓여 있

었다. 그나마 하사신과 함께 있다면 호위가 배로 늘어나니 다행이
라 할까.

　　요사이 부쩍 자신을 경계하는 듯한 일황자의 태도가 무슨 속셈
인지 알 수 없었다. 이래저래 한숨만 나오는 상황이었다.

　　"이리하."

　　딴 생각에 빠져 있는 그를 보며 사오룬이 주의를 주었다. 치백
으로부터의 급한 전갈을 받고 막 서운궁에 도착한 참이었다. 심각
한 얼굴의 이황자와 어딘지 재밌어하는 기색의 치백이 그를 바라
보고 있었다.

　　"이리하, 자네를 처벌해달라는 투서가 왔다네."

　　"혜 수비연을 겁탈하려다 실패하자 도주했다는 내용입니다."

　　치백의 손 아래서 붉은 인장이 찍힌 문서가 팔랑거렸다.

　　"도주라니? 당당히 대문으로 걸어 나왔는데. 게다가 그런 여
자, 검을 산처럼 쌓아준다고 해도 손끝도 대기 싫다고."

　　"칼로 그녀의 옷을 찢다 가슴에 상처를 입힌 걸 본 증인도 여럿
이랍니다."

　　황금이 아니라 검이라니, 정말 이리하다운 소리가 아닌가. 치
백은 서찰을 톡톡 손으로 건드리며 웃었다.

　　"상처 입힌 걸 본 게 아니라 상처.만. 본 거겠지. 내가 정말 칼
을 들었다면 상처 따위 낼 리가 있어?"

　　칼을 제 몸처럼 다루는 이리하였다. 이황자는 동의하며 고개를
끄덕였다.

"그렇군. 어찌된 일인지 자세히 말해보겠나? 이리하."

"자해하더군요, 안아달라고."

순간 놀란 얼굴의 치백이 낮게 휘파람을 불었다.

"이런, 치정에 의한 자해사건이라니, 그러게 여인들에게 잘해야 한다고 제가 누누이 말했지요. 무위시랑. 버림받은 여인들의 원한은 설산의 눈도 녹인답니다. 하하."

"설마 너처럼 잘하란 소리는 아니겠지? 그리고 누가 누굴 버렸다는 거야?"

이리하는 큭큭거리기 시작한 치백을 노려보며 화를 냈다.

"웃을 일이 아니네. 치백."

"그다지 심려하실 일은 아닙니다, 전하. 제가 처리하지요. 이런 정도는 무위시랑이 여태 벌인 일에 비하면 큰일이라 할 수도 없지 않습니까?"

치백은 별것 아니라는 듯 사오룬 황자를 안심시켰다. 수정안경 속 그의 눈이 즐거운 웃음으로 휘어져 있었다. 이런 때를 대비해 각 가문의 치부를 조사해두는 것이지.

치백은 시종과 시비들로 이루어진 비밀조직을 가지고 있었다.

귀족가의 속사정을 시비들만큼 잘 아는 사람이 없으며 그들만큼 소문을 좋아하는 이들도 없다. 그들은 치백의 명에 따라 주요 대신들의 집에 잠입해 그들의 동향을 알리고 필요한 정보를 빼냈다.

혜 수비연이라면 엮을 수 있는 일이 다섯 가지도 넘는다. 조신

한 귀족 부인이 아닌 그녀는 제법 많은 일에 발을 담그고 있었다. 금지된 아편을 몰래 들여온 일부터 자신의 정부를 관직에 앉힌 일까지 꽤나 다양했다.

문제는 혜 수비연이 아니다.

"대신 수고비는 톡톡히 받아야겠습니다. 그에 관해 잠시 무위시랑과 나눌 이야기도 있고요, 전하."

치백이 농을 하며 고개를 숙이자 사오륜의 얼굴에도 웃음이 돌아왔다.

"그러게나. 그럼 나는 이만 강론에 늦어 가봐야겠군."

고개를 끄덕인 사오륜이 일어나 자리를 피해주었다. 황자가 시야에서 사라진 순간 치백의 얼굴에서 웃음이 걷혔다.

"혜 가라난을 그렇게 만든 이유가 무엇입니까? 무위시랑."

아무리 쉬쉬해도 소문은 퍼져나가기 마련. 일황자의 뱃놀이에서 급히 돌아온 가라난은 가벼운 병을 핑계로 내내 두문불출했다. 의원이 불려가고 집안의 시종들이 골절과 타박상에 필요한 약재를 사 갔다.

가라난의 사병들은 자신들의 주인이 누구에게 맞았는지는 입을 다물었지만, 무위시랑 루 이리하에 대해서는 짐승 같은 놈이라며 떠들고 다녔다.

하필 혜 수비연이 혜 가라난의 부인이 아니었다면 골치 아프지도 않았을 것이다. 남편은 이리하에게 폭행당하고 그 아내는 겁탈당할 뻔했다라……. 이런 추문은 상대에게도 이로울 것이 없지만 신분이 낮은 이리하에게는 치명적이다. 실상 혜 수비연은 서운 궁에 이리하의 강력한 처분을 요구해 온 상태였다. 그 뒤에는 분명 혜 가라난이 있을 것이다.

예전에 혜 가라난이 촉망받던 젊은 문관 하나를 조정에서 쫓아 내고, 그것도 모자라 칼 한 번 들어보지 못한 자를 전쟁터로 보내 야만족의 손에 죽임을 당하게 만든 일이 있었다. 혜 가라난이 잠자 리에서 창부의 목을 졸라 죽인 적이 있다는 사실을 입에 담았다는 이유 하나로.

온갖 악랄한 짓은 서슴없이 하는 주제에 제 몸에 튄 흙탕물 한 방울도 참지 못하는 작자이니 두고두고 이리하를 괴롭힐 게 분명 했다.

"거들먹거리는 꼴이 보기 싫었어."

"그런 자들은 발에 차일 정도로 많습니다. 고작 그런 이유로 죽 기 직전까지 때렸다는 겁니까?"

"아예 땅에 묻어버릴 걸 그랬지."

언젠가의 대화를 떠올리며 이리하가 농을 던졌다.

"자미희 때문입니까?"

정곡을 찔린 이리하의 얼굴에서 장난기가 사라졌다. 역시 치백 의 눈을 속일 순 없나. 한숨을 내쉰 이리하는 주먹을 심장 위로 가 져가 꾹 눌렀다.

"여기가 말이야."

"예?"

"검을 잡을 때면 죽은 듯 조용해지거든. 천천히 느려져서 마치 검과 하나가 되는 것 같지. 그런데 파사를 보고 있으면 자꾸 여기가 뜨거워져. 마치 또 다른 심장이라도 얻은 것처럼 그렇게 미친 듯 뛴다고."

치백의 미간에 생긴 주름이 점점 더 깊게 패었다.

결국 불길한 예감이 맞아떨어진 것인가.

천하를 움직이는 것은 사내지만 그 사내를 움직일 수 있는 것은 여인. 제아무리 잘난 영웅이나 재사라 해도 그를 피할 수 없다. 그 단순한 진리가 눈앞의 사내에게도 통용될 줄은 꿈에도 생각지 못했건만.

이리하는 결코 어리석은 사내가 아니다.

멋모르는 자들은 그를 무식한 칼잡이일 뿐이라며 헐뜯기 일쑤였다. 신분이 낮은 무인 중에 글을 깨치지 못한 자가 많기에 넘겨짚는 것이다.

그러나 이리하에게 글을 가르친 적이 있는 치백은 진실을 알고 있었다. 이리하는 관심을 가지는 것에는 놀라울 정도의 집중력을 발휘하는 이였다.

암영의 그 누구도 이리하보다 많은 병법서를 읽지는 못했을 것이다. 서운궁 안에서 무기와 병법에 관련된 서책 중 그의 손을 거치지 않은 것이 있기나 할까.

단지 시문이나 예법 쪽은 거들떠보지도 않고 가식을 떨지 못하니 이런저런 억측을 사는 것이다. 치백은 깊은 한숨을 내쉬었다.

그 여자는 안 된다. 득보다 실이 많은 존재였다. 무엇보다 적의 여자가 아닌가. 이리하가 모를 리 없었다. 치백은 자신이 잘 이야기한다면 그가 마음을 바꿀 것이라 생각했다.

"지난번 자미희가 등꽃의 요녀라 불린다고 말씀드린 적이 있죠. 등나무를 보셨습니까? 자미희의 처소에 등나무가 심어져 있다 하니 보신 적이 있으실 겁니다."

이리하의 머릿속에 보라색의 꽃을 피우는 괴상하게 생긴 나무가 떠올랐다. 그게 등나무였군.

"등나무는 혼자 서지 못하고 반드시 다른 나무나 기둥을 감고 자랍니다. 등나무에 휘감긴 나무는 차츰 말라서 죽어버리죠. 질긴 생명력과 현란한 아름다움, 가까이 있는 이들을 죽음으로 모는 것까지. 그야말로 자미희를 빼닮은 나무가 아닙니까? 그녀는 사내를 홀려 그 숨통을 조이는 여인입니다. 빠져들면 벗어날 수 없게 될 겁니다. 잘라내십시오."

"못 해."

"그럼 제가 해드리죠."

마지막 말이 입 밖으로 채 나가기도 전에 치백의 몸이 거칠게 벽에 밀쳐졌다. 쌓아둔 책과 두루마리가 요란한 소리를 내며 무너졌다. 치백의 멱살을 움켜쥔 이리하는 이를 갈며 내뱉었다.

"건드리지 마. 그녀의 머리털 하나라도 상하게 하면 너라도 가만두지 않아."

"……일황자가 자신의 세력으로 끌어들이려는 귀족들에게 종종 자미희와의 하룻밤을 하사한다는 사실을 알고 계십니까?"

"알아."

직접 눈으로 보기까지 했지. 이리하의 대답에 치백이 기가 막힌 듯 헛웃음소리를 냈다.

"하! 알면서 그런 창부……!"

다음 말은 이어지지 못했다. 퍽, 하는 소리와 함께 치백이 바닥에 나동그라졌기 때문이었다.

"한 가지 잊었군. 그녀에게 험한 소리를 해도 맞을 줄 알아."

이리하가 치백에게 주먹을 휘두른 건 어린 시절 갓 만났던 때 이후 처음 있는 일이었다. 입안이 터졌는지 기침을 하자 검붉은 피가 튀어나왔다. 치백은 얼얼한 턱을 매만졌다. 그래도 사정을 봐주었기에 이 정도지 이리하가 진심으로 상대했다면 턱뼈가 부서졌을 것이다.

"여전히 느려터졌군. 그러게 평소에 단련 좀 하라니까. 어떻게 하면 뻔히 정면에서 들어오는 주먹도 못 피하는 거지?"

"설마 남들과 자신이 똑같다고 생각하시는 건 아니겠지요?"

한심하다는 말투에 울컥한 치백이 이리하를 노려보았다. 이리하의 움직임은 예측할 수 없다. 아무리 무예를 익힌다 해도 이리하의 짐승 같은 본능에 의한 움직임을 읽을 수 있는 자는 없을 것이다. 그 감각은 검에도 드러나 늘 상대보다 한 수 앞서 움직이지 않는가.

치백은 내민 손을 거절하지 않았다. 이리하를 붙잡고 일어난 그는 구겨진 옷을 털었다.

"자미희가 사내를 잡아먹는다는 이야기를 한 적이 있죠. 기억나십니까?"

바닥에 떨어졌던 안경을 천천히 닦으며 치백이 입을 열었다.

"농이 아닙니다. 자미희와 하룻밤을 보낸 사내들은 대부분 사고로 죽거나 비명횡사했더군요. 고작 하룻밤의 즐거움을 위해 목숨을 내던질 작정이십니까?"

"마음을 멈추는 방법 따윈 알지 못해."

치백의 얼굴이 낭패감으로 일그러졌다.

"……왜 이리 심각하신 겁니까? 당신답지 않으시군요."

"단 하룻밤조차 그녀가 아니라면 원하지 않아. 그러니 파사를 건드릴 생각은 꿈에서라도 하지 않는 게 좋을 거야."

치백은 방을 나서는 이리하의 뒷모습을 바라보며 핏물을 삼켰다.

일생을 모시고 싶은 주군을 찾았고, 그를 황제로 올리기 위해 수년간 세력을 모으고 키웠다. 이제 기나긴 시간의 결실을 눈앞에 둔 참이다.

이런 중요한 시기에 이리하가 적의 여자에게 흔들리다니.

"곤란하군."

치백의 눈빛이 서늘하게 가라앉았다.


며칠간 꿈에서 파사를 보지 못했다.

마을을 비롯해 모든 것들은 그대로였지만 어린 모습의 파사만이 없었다. 그러나 그녀의 존재감은 뚜렷이 느낄 수 있었다. 이리하는 어쩐지 그녀가 자신을 피해 숨어 있다는 생각이 들었다.

대체 왜 그런 꿈을 꾸는 걸까 아무리 생각해봐도 속 시원한 답은 떠오르지 않았다. 두 사람이 동시에 같은 꿈을, 더구나 꿈속에서 상대를 만난다는 얘기는 들은 적도 없었다.

사실은 그 꿈이 무엇이든 상관없었다.

단지 꿈이라도 파사의 그런 애달픈 모습은 다시 보고 싶지 않았다. 그러니 무슨 일이 있어도 지킬 것이다.

치백이 진짜 파사를 해치려 마음을 먹는다면 그녀가 위험해진다. 단단히 일러두긴 했지만 안심할 순 없었다.

치백을 꺾을 수 있는 유일한 사람은 사오룬 황자뿐. 그러니 반드시 황자에게 허락을 받아야 했다. 결심을 굳힌 이리하는 사오룬 황자를 찾아 나섰다.

황자가 있는 곳은 사인당이었다. 그는 젊은 문관들과 함께 열띤 논쟁을 벌이는 중이었다. 사오룬은 아랫사람을 힘으로 누르려 하지 않고 그들의 생각을 가감 없이 듣는 사람이었다. 설사 자신에게 반하는 의견이라 할지라도 훌륭한 생각이라면 주저 없이 받아들였다. 그러다 보니 낡은 정치에 개혁의 의지를 가진 문관들이 이황자의 주변에 모여들었다.

"이리하?"

다짜고짜 무릎을 꿇는 이리하를 황자가 당황한 눈으로 내려다보았다.

"도와주십시오. 전하."

사오룬은 눈짓으로 방 안의 다른 이들을 물러가도록 했다. 문관들이 주섬주섬 지필묵을 챙겨 밖으로 나갔다. 문이 닫히자 황자는 다시 이리하를 불렀지만 그는 고집스럽게 일어나려 하지 않았다.

"대체 무슨 일로 이러는 건가?"

"소중한 것이 생겼습니다."

전에 없이 진지한 이리하의 목소리에 사오룬의 얼굴에도 심각함이 떠올랐다.

"전하께서 원하시면 무엇이든 하겠습니다. 목숨을 걸라 하시면 걸고, 평생 전하 곁에 남으라 하셔도 그리하겠습니다. 그러니 지킬 수 있게 도와주십시오. 전하."

파사를 데려오기 위해 필요하다면 무슨 대가든 치를 수 있었다. 평생을 저당 잡힌다 해도 상관없었다. 그녀를 가질 수만 있다면 값싼 대가이리라.

사오룬은 가만히 고개 숙인 이리하를 내려다보았다.

처음 만나던 그때부터 무엇에도 관심을 두지 않던 사람이었다. 그저 바람처럼 떠돌아다니고 싶어 할 뿐, 언제나 귀찮은 일들은 모두 훌훌 떨치고 떠나겠다고 입버릇처럼 되뇌던 사내였다.

유일하게 좋아하는 검조차 그를 붙들어놓기엔 역부족이었다. 언제라도 떠나버릴 듯 그저 무심한 눈으로 세상을 바라보던 사내.

그런 그가 자신에게 부탁을 하고 있었다. 처음으로 욕심을 부리고 있었다. 그것을 위해 스스로를 얽매겠다고 하는 것이다.

"그토록 지키고 싶은 것이 무엇인가? 이리하."

옥사 안으로 오후의 그림자가 제법 길게 늘어지고 있었다. 치백은 바닥에 앉아 자신을 올려다보는 거구의 사내에게 시선을 돌렸다.

"그래, 생각해보았나?"

사막의 풍습대로 하나로 땋은 머리칼이 사내의 굵은 목에 매달려 있었다. 옥에 갇힌 죄인답게 다소 초췌한 행색이었지만 그의 눈빛은 형형히 살아 있었다. 상대의 불손한 시선에도 치백의 입가에 떠오른 여유로운 미소는 바뀌지 않았다.

"내게 그런 제안을 한 속셈이 뭡니까?"

"네 지난 행적을 살펴보다 꽤 흥미로운 사실을 하나 발견했기 때문이지."

"내게 귀족나리의 호기심을 끌 만한 게 있더이까?"

사내는 득의만만한 얼굴로 이죽거렸다.

"몇 년이나 화적질을 하면서도 저항하지 않는 사람을 해치거나 가난한 자들은 턴 적이 없더군. 분명 쉬운 일이 아니었을 텐데?"

"화적질에도 도리가 있지요. 굶어 죽기 싫어 도적이 됐지만 없는 자들의 밥그릇을 털 정도로 양심을 버리진 않았습니다요."

"아하하하! 이것 참 재미있군!"

나무창살 너머로 치백이 박장대소했다. 귀족과 관리들이 온갖 횡포로 힘없는 백성들의 숨통을 쥐어짜는데 도둑은 오히려 도리를 지키려들다니.

치백은 유능한 인물을 좋아했다.

그가 가장 혐오하는 자는 무능한 관리들이었다. 주제에 욕심은 많아서 돼지처럼 제 잇속만 챙기는 자들. 이 나라에는 그런 자들이 셀 수 없이 많았다. 백성들의 삶을 고단하게 만들고 제국을 좀먹는 그 버러지들을 쓸어버려야 제국의 앞날에 빛이 보일 것이다.

눈앞의 사내는 분명 쓸모가 있을 자였다. 괜히 포찰위로의 호송을 차일피일 미루며 살려둔 것이 아니다.

"그래서 답은? 내 제안을 수락하면 목숨도 구하고, 먹고살 길도 마련해주겠다고 했다. 물론 거절하면 즉시 포찰위로 넘겨진다. 아마 운이 좋아도 참형 정도가 되겠지. 내가 더 기다려야 하나?"

"내 요구 한 가지를 들어준다면."

"넌 지금 옥에 갇힌 몸이다. 흥정할 생각은 말아."

치백의 말에 사내는 코웃음을 치며 돌아앉았다. 침묵하는 등에서 고집을 읽은 치백은 한숨을 내쉬었다. 어딜 가나 고분고분 말을 듣는 인간이 없군그래.

"좋아, 일단 들어보지. 원하는 게 뭐냐?"

"그자를 만나게 해주십쇼."

"그자?"

"분명 이리하라는 이름이었지요."

그 이름에 맺힌 게 많은 듯 사내는 이를 갈았다.

"만나서 뭘 할 생각이지?"

"그자에게 받을 게 있습니다요."

난처한 사정이군. 치백의 미간에 주름이 잡혔다. 자신을 붙잡은 이리하에게 복수하겠다고 날뛴다면 골치 아파진다.

"그건 좀 곤란한데."

"그러면 협상도 없습니다요."

"너와 네 부하들의 목숨보다 그 일이 더 중한가?"

"사내라면 목숨보다 중요한 게 하나쯤은 있는 법이지요. 그자는 나를 무시했습니다! 붉은 사막의 여우라 불리던 이 나예를!"

움켜쥔 주먹 위로 굵은 힘줄이 도드라졌다. 치백은 차가운 눈으로 덩치 큰 사내가 부들부들 떠는 모습을 내려다봤다. 이리하는 원래 그런 오해를 잘 샀다. 무시라기보다는 무관심이라 부르는 것이 더 정확할 테지만.

"대체 그가 무슨 일을 저지른 거지?"

"한 번 더 나와 검을 겨뤄준다고 하고선 말도 없이 도망갔단 말입니다요!"

냅다 소리를 지른 나예는 분에 차 씩씩대고 있었다.

이리하라는 사람은 이제껏 상대했던 놈들과 다른 자였다.

자신에게 재물을 털린 귀족들이 토벌대랍시고 보낸 자들은 전부 멍청한 놈들뿐이었다. 거만하고 어리석은 놈들은 매번 얼굴만 바뀌지 하는 짓거리는 똑같았다.

풍악을 울리며 병사들을 끌고 오질 않나, 붉은 사막의 초입에서 거들먹거리며 큰소리로 외쳐대질 않나. 투항하라, 그러면 목숨은 살려주겠다, 라니. 그런 말에 항복할 멍청이가 어디 있나.

사막의 모래바람을 이용한 작전은 늘 대성공을 거두었다. 난생처음 모래폭풍을 만난 토벌대들은 우왕좌왕하다 갇혀 몰살당하기 일쑤였다.

메마른 땅에서 태어나 평생을 살아온 자신들이다. 사막에서 그들을 따를 자는 없었다. 나예는 잇따른 승리감에 한껏 도취돼 있었다.

그래서 새로운 토벌대가 나타났을 때도 그다지 긴장하지 않았다. 그가 이끌고 온 고작 스무 명의 병사를 보고는 배를 잡고 웃었다.

게다가 그들이 몇 달간 성 안에만 틀어박혀 있자 느긋이 마음을 놓았다. 지휘관이라는 사내는 늙은 길잡이를 대동하고 사막과 마을을 이리저리 구경만 다녔다. 나예는 이번 놈들은 겁쟁이처럼 시작도 해보지 않고 바로 꼬리를 내린다며 마음껏 비웃었다.

다섯 달이 지난 후 성문이 열리고 처음으로 보인 병사들의 몰골은 그에게 또다시 웃음을 주었다. 형편없이 엉망인 행색들은 누가 보면 그동안 내내 땅바닥이라도 구른 듯 보일 지경이었다.

예상대로 토벌대는 형편없었다.

나예는 며칠 동안이나 지루한 탐색전을 벌였다. 그러나 수비대

놈들까지 합세한 토벌대는 엉성하게 싸우다가 수세에 몰린다 싶으면 허겁지겁 도망치기 일쑤였다.

　마지막 날 나예는 그 지루한 추격전을 끝내기 위해 모든 부하들을 이끌고 나갔다. 놈들에게 본때를 보여줘 다시는 토벌대를 보낼 엄두도 내지 못하게 만들 생각이었다.

　그날도 변함없이 도망가는 놈들을 신나게 뒤쫓았는데 그게 함정일 줄이야!

　자신들은 죽음의 모래구덩이로 유인 당했다. 모래구덩이에 빠진 채 병사들에게 포위당한 순간에야 나예는 깨달았다. 그 지휘관 놈은 놀러 다닌 게 아니라 구석구석 사막을 돌아다니며 그 지리와 습성을 파악하고 있었던 것이다.

　여기저기서 모래구덩이에 빠져들고 있는 부하들의 비명소리가 울려 퍼졌다. 분하고 억울했지만 졌다. 자신이 늘 비웃던 귀족들처럼 어느새 그도 자만심에 빠져 있었던 것이다.

　「치사하게 속이다니! 귀족 주제에 이런 비겁한 짓을!」

　나예는 모래구덩이에서 끌려나오자마자 분통을 터뜨렸다. 태양을 등지고 선 탓에 거대한 검은 그림자로만 보이는 사내가 웃었다.

　「첫째, 난 귀족이 아니다. 그러니 귀족 주제에, 라는 욕은 들어맞지 않지. 둘째, 나는 여태 네놈들이 쓴 방법을 따라했을 뿐인데? 알겠다, 네놈들이 한 게 치사한 짓이었단 소리군. 그리고 마지막, 싸움은 이긴 자만 말할 수 있다. 패자는 말할 자격이 없어. 그런고로……, 나와 겨뤄보지 않겠나?」

　미소 짓는 입술 사이로 보이는 새하얀 이를 본 순간 어쩐지 등골이 쭈뼛거렸다. 그때 그만두어야 했는지도 모른다.

　그러나 검으로는 한 번도 져본 적 없는 자신이었기에 호기롭게 응했다. 그리고 부하들 앞에서 처참하게 검과 함께 바닥에 나가떨어졌다.

　믿을 수 없었다. 자신이 고작 황자의 개 따위로 불리는 자에게 지다니. 한 번만 더 그자의 검을 제대로 보고 싶었다. 그렇지 않으면 죽어도 승복할 수 없었다. 나예는 이를 악물었다.

　수정알 너머로 그를 바라보던 치백의 입술이 비틀어진 웃음을 머금었다.

　"그런 이유라면 얼마든지 기회를 주지."


　따사로운 햇살이 비치는 한가로운 오후였다.

　파사는 회랑 안에 앉아 책을 펼쳐들고 있었다.

　등 뒤로 작은 발소리가 울렸다. 이리하는 그녀가 놀라지 않도록 뒤에서 다가올 때는 일부러 기척을 드러내곤 했다. 그가 가까이 다가서자 서늘한 바람 냄새가 묻어났다.

　펼쳐진 책 위로 무언가 툭 떨어졌다. 그것은 보라색 작은 망울을 촘촘히 매단 등꽃줄기였다.

　"가장 향이 짙은 꽃가지야."

　말을 마친 그는 몸을 돌려 눈 깜짝할 사이에 시야에서 물러났다. 아마도 그녀의 독서를 방해하지 않기 위해 등나무 사이 어딘가에 서 있을 것이다.

파사는 손안에 남겨진 꽃가지를 물끄러미 내려다보았다.

그녀에게는 항상 선물을 빙자한 뇌물이 쏟아졌지만 단 한 번도 꽃을 받아본 적은 없었다. 아마도 이것은 여태 그녀가 받아본 것 중 가장 가난한 선물일 것이 분명했다. 게다가…….

"내 후원에 핀 꽃을 주면서 생색을 내다니."

어처구니없다는 듯 중얼거리는 그녀의 고운 미간이 살짝 찡그려져 있었다.

파사는 눈앞에 놓인 책을 바라보았다.

붉은 비단으로 싸인 겉표지에는 묵직한 필체로 제목이 쓰여 있었다.

『대륙기행록─하편』

사십 년 전 최초로 서대륙 전체를 여행한 혜 기훈이 자신의 경험담을 책으로 펴낸 책이었다.

기훈은 자신이 방문한 곳의 풍속을 세세히 설명하고 군데군데 채색화까지 그려 넣었다. 그가 그림에도 재주가 있었던 터라 삽화들은 눈으로 보는 것처럼 생생했다.

그러나 책이 나온 지 사십 년이나 지났고, 전 황제 때 그 가문이 반역으로 몰려 망하는 바람에 쉽게 구할 수 없는 책이었다. 그녀도 후궁전의 서고에서 본 상편이 고작이었던 것이다. 그런 귀한 책이 그녀의 방에, 그것도 서탁 위에 떡하니 놓여 있었다.

그러나 파사는 누가 갖다놓은 것인지 물어보지 않아도 알 것 같았다.

꽃을 준 날 이후로 며칠간 이리하의 행동이 이상했다.

하루에 한 번씩 낯선 물건들이 눈앞에 나타나기 시작했다. 자신이 그것에 관심을 두지 않으면 이리하는 눈에 띄게 시무룩해졌다.

그녀는 종잡을 수 없는 그의 행동이 무얼 의미하는지 알지 못했다.


"뭐라고요?"

드물게 놀라는 파사의 표정을 본 이리하의 얼굴이 활짝 펴졌다.

"야시에 가보고 싶지 않아?"

야시(夜市).

야시는 일 년에 단 한 번, 여름이 시작되기 전 열흘간 밤에만 열리는 난경의 특별한 시장이었다. 그날만큼은 상인이 아니어도 누구나 원하는 물건을 팔 수 있고, 구하는 물건은 무엇이든 살 수 있었다. 동서남북 제국의 끝에서 찾아온 상인들이 모여 열흘간 황도에서 가장 큰 시장을 형성했다.

"그저께부터 야시가 열렸지. 본 적 있나?"

당연히 없다. 우아하게 뻗은 파사의 아미가 찌푸려졌다. 그녀가 동위궁 밖을 나가본 적은 한 손으로 꼽아도 손이 남을 정도였다.

"그걸 묻는 이유가 뭐죠?"

"함께 가자."

이리하가 손안의 둥근 나무패를 흔들며 의미심장하게 웃었다.

얼마 전 그는 우연히 자화원의 시비들이 야시 구경을 나갈 것이라는 말을 엿들었다. 시비들이 나눈 이야기를 곰곰이 되새기던 이리하는 계획 하나를 준비했다.

요 며칠간 이리하는 유심히 시비들과 호위들의 동정을 살폈다. 그리고 야시 탓인지 유난히 호위들의 경계가 허술해진 것을 발견했다. 밤나들이를 할 절호의 기회였다.


"그만 물러가라."

중년의 시비가 자미희를 흘끔대며 눈치를 살폈다. 낮부터 내내 심기가 불편해 보이던 자미희는 해가 지자 자리에 눕겠다며 자신들을 내치고 있었다.

하사신 황자가 또다시 새 후궁을 맞아들였다.

그 소식에 가장 분개한 것은 황자비도, 자미희도 아닌 혜양전의 소여였다.

회임 중인 자신이 있음에도 어디서 비루한 평민 따위를 데려와 후궁의 직첩을 내리다니. 전상사(典尙司)의 여식인 소여는 황자의 처사에 길길이 날뛰었다.

들꽃 아내서

임부가 마음의 안정을 취하지 못하니 태아라고 편할 리 있겠는가. 갑작스레 닥친 조산 기미에 혜양전이 발칵 뒤집혔다.

행여 딸이 잘못될까 전전긍긍하던 전상사의 읍소에 황자는 어쩔 수 없이 낮에는 혜양전을, 밤에는 새로 들인 후궁을 찾았다.

덕분에 자화원에 황자의 발길이 뚝 끊겼다. 자미희가 승양전으로 불려가 수라 시중을 들던 일도 중단되었다.

시비와 호위들은 이번에야말로 자미희가 끈 떨어진 연 신세가 되는 것 아니냐고 입을 모았다. 마음이 풀어진 호위들은 감시에도 조금 소홀해진 것 같았다.

그러면 자미희를 살피던 자신의 일도 끝나는 것일까. 늘 조마조마하게 가슴을 졸이던 그녀는 이참에 차라리 자미희가 내쳐지기를 바랐다.

궁의 시비들은 모시는 상전에 따라 처지가 달라지는 법이다. 보통은 총애 받는 후궁의 시비로 호가호위하는 것이 그들의 소원이었다.

그러나 자화원의 시비들에게 그것은 언감생심 꿈도 꾸지 못할 일이었다. 이제나저제나 쫓겨나지 않을지, 그나마 쫓겨날 때 목숨이나 제대로 간수할 수 있으면 천행이었다.

허리를 숙이고 예를 취하던 중년 시비의 얼굴에 미소가 떠올랐다. 부산스런 두 시비가 야시 구경을 하러 나간다고 하니 오늘밤 자신은 오랜만에 처소에서 혼자 느긋하게 쉴 것이다.

불이 꺼진 방을 나서는 시비들의 가슴은 각각 기대감으로 차 있었다.

　시비들이 떠난 후 밤이 깊어지길 기다린 파사는 이리하가 있는 곁방으로 향했다. 파사의 내실과 연결되는 문에 걸린 자물쇠는 이리하가 힘주어 비틀자 손쉽게 열렸다. 그들은 곁방의 창을 통해 밖으로 빠져나왔다.

　이리하는 교대가 바뀌는 시간을 눈 감고도 외울 수 있었다. 호위들이야 담 안으로는 들어오지 않으니 순시를 도는 때만 피하면 들킬 염려는 없었다.

　몇 겹으로 둘러친 담도 그에겐 장애가 되지 못했다. 이리하는 파사를 품에 안은 채 가볍게 한 번 발을 구르는 것만으로도 자화원의 담을 넘나들었다. 파사 혼자라면 시도할 엄두도 내지 못할 방법이었다.

　이리하는 시종들이 다니는 뒷길로 파사를 데려갔다. 한 번 간 길은 절대 잊어버리는 법이 없는 그에게 길을 되짚어가는 것은 그다지 어려운 일도 아니었다.

　"이 옷과 출입패는 어디서 난 거죠?"

　잠자코 따라오던 파사가 그의 귓가에 속삭였다. 돌아보던 이리하는 문득 혀를 찼다. 달빛을 받은 새하얀 얼굴이 꿈을 꾸는 것처럼 아름답다. 아무리 평범한 시비의 옷을 입어도 구름을 벗어난 달처럼 빛나는 미모를 감출 순 없는 법이다. 그러나 지금은 그 지나친 아름다움이 방해였다.

　"잠깐 빌렸을 뿐이야."

이리하는 의심스러운 눈초리를 외면하며 파사의 머리 위에 푸른 환사(鬟紗)를 깊이 내리 씌웠다.

여인들의 밤 외출에 쓰이는 환사는 성기게 짠 비단 천으로 귀족 여인들은 그 끝에 갖가지 구슬을 달아 장식용으로 쓰기도 했다. 시비들도 종종 사용하니 이렇게 돌아다니면 그다지 눈에 띄진 않을 것이다.

야시가 열리는 기간은 밤에도 궁문을 닫지 않기에 동위궁의 대문 앞은 꽤 번잡했다.

상당수의 시비와 시종들이 일 년에 한 번 열리는 야시를 구경하기 위해 매일 밤 궁을 나섰다. 가끔은 밤나들이를 하려는 후궁과 비인들도 그 틈에 끼어 있었다. 그걸 아는 병사들은 일부러 신분을 확인하지 않고 모른 척 출입패만 확인하곤 했다. 이즈음에는 경비를 서는 병사들도 느슨해지기 마련이다.

덥수룩한 수염을 기른 병사 하나가 이리하가 내민 출입패를 건네받았다. 그의 시선이 코끝까지 내려쓴 환사로 겨우 입술과 턱 선만 보이는 파사를 힐끔거렸다.

"어느 전에서 나오셨소? 아, 수경전이시구먼. 외출 허락은 받으셨소?"

병사가 횃불에 이리저리 출입패를 비춰보며 물었다. 출입패는 가짜가 아니다. 그런데도 깐깐하게 구는 모습에 이리하는 속으로 긴장했다.

"요즘 몰래 나들이를 하려는 이들이 워낙 많아서 말이오. 우리도 어서어서 보내드리고 싶지만 밤새 서 있다 보니 다리도 아프고 눈도 침침하니 잘 안 보여서. 어디 보자. 어이구, 다리야. 야찬을 부실하게 먹어서 그런가 오늘은 더 힘들구먼."

뜸을 들이는 병사의 말투에 이리하는 깨달았다. 병사는 몰래 밤 외출을 나가는 여인들이 은근히 찔러주곤 하는 돈주머니를 기대하고 있었다.

"왜 이리 더딘 것이냐? 이러다 궁을 나가기도 전에 날이 밝겠구나!"

그들의 뒤쪽 줄에서 짜증이 밴 여인의 목소리가 울렸다. 어딘가 낯이 익은 사람들이었다.

"잠시만 기다려주시옵소서. 마마."

"내가 언제까지 여기서 기다려야 한단 말이냐?"

목소리의 주인은 수경전의 재의였다.

환사로 얼굴을 가렸다곤 해도 워낙 화려한 옷차림인 데다 소란스런 그녀들의 행동이 이목을 끌고 있었다. 재의와 마주치면 곤란한 건 이쪽이다. 이리하는 재빨리 병사에게 귓속말을 속삭였다.

"서두르지 않으면 경을 칠지도 모르오. 저기 계신 우리 마마께선 성정이 급하시기로 유명하지."

놀란 병사가 다급히 출입패를 돌려주었다.

"됐소. 자, 어서 나가시오."

이리하는 재빨리 파사의 손을 잡고 문을 빠져나갔다.

어둠이 내려앉은 동위궁 곳곳에 부산함과 흥겨움이 달빛처럼 퍼졌다. 그 와중에 자화원의 비인이 사라진 것을 아무도 깨닫지 못했다.

　야시는 일몰부터 시작해서 일출 전까지 열린다.
　밤하늘의 은하수처럼 난경 곳곳으로 퍼져 있는 수로.
　좁은 수로 양옆으로 세워진 목조건물들.
　그 사이를 잇는 오래된 돌다리.
　수로 사이의 둥글고 넓은 공터에는 어김없이 상인들의 노점이 들어차 있었다. 노점마다 내걸린 수많은 등롱이 마치 달빛을 받은 새하얀 배꽃처럼 흔들렸다. 물 위에 어른거리는 불빛을 좇아 작은 물고기 떼가 느리게 유영했다.
　"북쪽 끝 산맥에서만 볼 수 있는 귀한 음식입니다. 타락을 굳혀 만들었답니다. 씹을수록 고소한 신기한 맛! 한번 맛보세요!"
　"먹으면 무병장수하게 해주는 신비의 영약! 남대륙의 어느 황제는 삼천 명의 동남동녀를 보내 이 약초를 애타게 찾아다녔지요. 남대륙에서 온 불로초 사세요!"
　"오세요! 오세요! 대륙 너머에서 가져온 말린 과일입니다. 새콤하고 달달한 맛이 천상의 과일보다 맛있어요."
　붉은 사막 건너에서만 구할 수 있다는 귀한 약초와 향신료, 눈이 휘둥그레지는 이국의 귀물부터 자질구레한 장식품까지 없는 게 없었다. 대륙의 각지에서 올라온 신기한 물건들이 구경하는 이들의 눈을 사로잡았다. 호객하는 소리와 흥정하는 소리가 뒤섞여 분주하고 활기찬 밤풍경을 연출했다.

이날만큼은 세를 내지 않고 누구나 자유로이 물건을 팔 수 있다. 그래서 이 시기만 되면 바다와 사막을 건너온 이국의 상인들도 난경에 몰려들곤 했다.

"여기 좀 보고 가시오! 이 노회[11]만 바르면 피부가 보들보들해지고 새하얗게 변한답니다. 누구나 경국지색이 될 수 있소!"

피부색이 진하고 굽실거리는 머리의 서대륙 상인이 큰소리로 지나가는 사람들을 불러 모았다. 그의 앞에는 기다란 칼 모양의 이파리 같은 것이 잔뜩 쌓여 있었다.

"자미희도 사용하는 최고의 비법이랍니다!"

상인이 덧붙인 말에 여인들이 우르르 모여들었다.

"자미희? 정말 자미희가 이걸 쓴단 말이오?"

"자미희가 십 년이 넘도록 황자전하의 총애를 받는 게 뭣 때문이겠습니까? 다 이 노회 때문이지요. 이것만 바르면 늙지도 않습니다."

"이게 그렇게 효과가 좋수? 그럼 나도 좀 주시게나."

"나 먼저 주시오!"

"왜 이래, 내가 먼저 왔다니까!"

상인의 호언장담에 넘어간 여인들이 서로 물건을 가지겠다며 다퉜다. 휘둥그레진 눈으로 그걸 보던 이리하가 옆을 돌아보았다.

---

11) 蘆薈. 알로에.

"정말 저걸 쓰는 건가?"

"난 저게 뭔지도 몰라요."

어이없다는 반응에 그럴 줄 알았다는 듯 이리하가 웃음을 터뜨렸다.

"지난 번 붉은 사막에 갔을 때 저 잎을 본 적이 있지. 늙지 않는 건 모르겠지만 화상과 상처를 아물게 하는 덴 탁월한 효과가 있더군."

파사는 바다와 사막을 직접 본 적이 없었다. 사막이 풀뿌리조차 나지 않는 메마른 땅이란 것을 책에서 읽었을 뿐이었다. 그녀의 눈에 작은 호기심이 어렸다.

"사막에는 움직이는 흙이 있다고 하던데 진짜인가요?"

"그건 모래라는 건데 그 때문에 사막에선 하룻밤사이에 산이 생겼다 사라지곤 하지. 제국의 서쪽 끝 사막의 모래는 햇살을 받으면 온통 붉게 반짝여. 그래서 그 땅을 붉은 사막이라 부르는 거고."

무심코 눈을 들던 파사는 자신을 뚫어져라 바라보는 눈과 마주쳤다. 고개를 돌린 그녀는 지나가는 말처럼 물었다.

"……혹시 바다에도 가본 적 있나요?"

"음, 서너 번 정도?"

이리하의 시선이 떨어질 생각을 하지 않자 결국 파사는 다시 입을 열었다.

"바다라는 건 정말 그렇게 큰가요? 책에는 하늘과 맞닿을 만큼 거대한 푸른 강이라던데……."

"끝이 안 보일 정도니 웬만한 강보다 수백 배는 클걸? 그 엄청난 물이 한꺼번에 밀려왔다가 밀려가지."

"물이 흘러갔다가 다시 거슬러 온다고요?"

그녀의 고운 미간이 믿을 수 없다는 듯 찌푸려졌다.

"진짜야. 어떤 물은 너무 크고 높아서 사람을 덮치기도 한다고."

신이 난 이리하는 바다에 산다는 삼십 척이 넘는 거대한 물고기 이야기를 이어나갔다. 파사는 무심한 척 걸음을 옮기면서도 그의 말을 막진 않았다. 내려뜬 그녀의 눈이 숨길 수 없는 흥분으로 반짝거리고 있었다.

이리하는 파사가 유달리 기행록을 좋아하는 이유를 알았다. 책은 구중심처에 갇혀 있는 그녀가 유일하게 세상을 보는 방법이었던 것이다. 그 순간 이리하는 스스로에게 한 가지를 다짐했다. 언젠가는 꼭.

환사 아래로 보이는 새하얀 뺨을 내려다보던 그는 문득 자신들이 멈춰선 것을 깨달았다. 파사의 시선이 머물러 있는 곳은 한 노점 앞이었다. 노점에 내걸린 수십 개의 나무 조롱 속에는 각양각색의 이국의 새들이 앉아 있었다.

"보고 싶나?"

"저런 지저분한 날짐승을 내가 왜요?"

파사는 쌀쌀맞게 대답하며 자리를 떴다. 그러나 돌아선 그녀의 눈앞엔 계속 새장이 어른거렸다.

오래전 파사가 처음 궁에서 생활할 무렵 새 한 마리가 들어온 적이 있었다.

원래 암수 한 쌍으로 진상되었지만 한 마리가 곧바로 죽는 바람에 공물로 쓸모가 없어진 새였다. 어차피 남은 한 마리도 곧 죽을 거라 여겨 아무도 돌보지 않았다.

외롭게 새장 안에 갇힌 새가 자신 같아서 파사는 무심코 먹이를 주기 시작했다. 그 여리고 보드라운 체온에 작은 위안을 받았던 것도 같다.

그러나 그 새는 어느 날 아침 잔인하게 목이 꺾인 채 발견되었다. 누군가 고의로 그 어린 날짐승을 해친 것이다.

그녀 주변에선 모든 것이 죽어나갔다. 조금이라도 관심을 표시하거나 눈길을 주면 그것은 다음날로 사라졌다. 그 뒤부터 파사는 살아 있는 어떤 것에도 시선을 주지 않았다.

얼마 가지 않아 그릇가게를 발견한 이리하가 반색하는 바람에 그들은 다시 멈춰야 했다. 진지하게 그릇을 살피고 흥정하는 그의 모습은 몹시도 어울리지 않아 보였다. 주인의 시선을 피해 환사를 끌어내리던 파사의 눈앞에 갑자기 작은 접시가 들이밀어졌다.

"이게 뭐죠?"

"지난번에 나한테 던지느라 깨먹지 않았나?"

그것은 가장자리에 작은 새가 그려져 있는 흰 접시였다. 아까 본 것과 비슷하게 생긴 하얀 새가 나뭇가지 위에 날개를 접고 앉아 있었다.

"다음에 또 던지려면 필요할 것 같아서. 자, 이젠 다른 곳으로 가볼까?"

짓궂은 웃음을 지은 이리하가 그녀의 손목을 잡아끌었다. 손목을 감싼 따뜻한 체온에 놀란 파사는 반박할 말을 잊고 말았다.

그는 작은 꽃 한 송이를 꺾어주었다.

표지가 닳을 만큼 즐겨 읽던 책의 뒷권을 가져다주었고, 오래전 잃어버린 천화선경의 악보를 구해주었다.

오늘은 그녀를 위해 궁의 담까지 넘었다.

손에 쥔 거친 질감의 접시가 묵직하게 느껴졌다.

누구도 파사를 위해 이렇게 애쓴 적 없었다. 그저 비싸고 요란한 금은보화나 비단, 장신구를 안기면 그녀가 좋아하리라 생각했다.

화려하고 값비싼 선물이었다면 아무렇지 않게 무시할 수 있었다. 다른 이들처럼 자신을 품을 욕심에 바친 뇌물이었다면 차라리 편했을 것이다. 그러나 그가 준 물건들에는 마음이란 것이 들어 있는 것 같아서 무시하기가 쉽지 않았다.

그들은 세상의 모든 미인은 다 제 손안에 있다고 큰소리치는 화상(畫商) 옆을 지나쳤다. 상인은 수백 개는 될 듯한 미인도를 쌓아두고 호객하는 중이었다. 거드름 피우는 귀족부터 아직 수염도 나지 않은 사내아이들까지 모여 그림을 구경하고 있었다.

"세상의 모든 미인도라더니, 진짜 미인은 빠졌는데?"

이리하가 장난스럽게 웃으며 파사를 돌아보았다.

"그런 걸 남겨 무엇 하겠어요."

어쩐지 힘없는 목소리였다. 이리하는 붐비는 사람들에 부딪히지 않도록 그녀를 가까이 끌어당겼다. 보호하듯 감싼 팔 안에서 파사와 그의 눈이 마주쳤다. 문득 파사의 초상화에 얽힌 이야기가 떠올랐다. 진 마연이 그리지 못한 유일한 그림.

"진 마연이라는 화공은 어떤 사람이었지? 만난 적이 있다고 들었는데."

"어리석은 사람이었죠. ……오래전 일이에요."

그것 역시 부풀려진 이야기였던가. 하긴 진 마연은 스스로 자취를 감춘 것도 아니었다. 이리하는 가볍게 혀를 찼다.

"그 화공을 잘 알진 못하지만 예전에 그의 그림은 본 적이 있지. 이제 보니 그건 운주궁에서 본 초상과 한 쌍으로 그려진 것 같더군."

"그런 그림이 또 있다고요?"

파사의 미간이 희미하게 찌푸려졌다.

"지금은 없어. 불에 타버렸거든."

"다행이군요."

쌀쌀맞은 대답에 이리하는 쓴웃음을 지었다.

자신은 그림 속 주인공의 실체를 똑똑히 깨달은 후에도 여전히 그 초상화를 손에서 놓지 못했다. 미련을 끊기 위해선 결국 불태울 수밖에 없었다.

"왜 요즘은 그림을 그리지 않지?"

"난 원래 서화도, 춤도 즐기지 않아요."

춤과 음악, 그림은 그녀에게 강요된 일과 중 하나였다. 황자는 파사를 가르치라고 최고의 스승들을 보냈다. 진 마연도 그중 하나 였다.

파사의 아름다움에 홀려 그림 스승을 자청했던 진 마연은 값비 싼 선물과 연서를 보내오기 시작했다. 그의 끈질긴 구애는 마침내 일황자의 눈에 띄고 말았다.

파사는 진 마연에게 황자를 피해 제국을 떠나야 한다고 일러주 었다. 그러나 그는 마지막으로 꼭 해야 할 일이 있다며 차일피일 출발을 미루었다.

파사가 선물을 되돌려주기 위해 진 마연에게 시비를 보낸 것은 그가 떠나기로 한 날이었다.

심부름을 간 시비는 다시 궁으로 돌아오지 않았다. 진 마연이 떠나지 못하고 결국 죽임을 당했다는 사실을 안 것도 나중이었다.

파사는 관상용 화초처럼 길러졌다. 그저 보기 좋게 꾸미는 것 만 허락된 꽃.

그러나 정작 살아가는 데 필요한 것은 아무것도 할 줄 몰랐다. 바늘 하나 꽂을 줄 모르고 간단한 음식조차 만들 줄 모른다.

생각에 잠겨 있던 파사는 엉겁결에 내밀어진 손을 잡다 이마를 찌푸렸다. 손가락이 찐득거린 것이다.

이리하가 건네준 것은 과일을 꿀에 절인 과자였다. 어느 틈에 이런 것을 사 온 것일까. 단것을 즐기지 않는 그녀는 애물단지라도 보듯 그것을 바라보았다. 과자는 혀가 닿기만 해도 몸서리쳐질 만큼 달아 보였다.

파사는 또다시 자신을 가만히 쳐다보는 이리하의 시선을 느꼈다.

"웃어봐."

"뭐, 뭐라고요?"

순간 파사는 바짝 얼굴을 갖다 댄 이리하 때문에 놀라 말을 더듬고 말았다. 기다란 눈매 아래에서 진지한 눈동자가 뚫어질 듯 그녀를 바라보았다.

"물론 찡그려도 예쁘고 화를 내면 더 예쁘긴 한데 말이야, 왜 웃지 않지?"

자신을 향해 웃어주지 않아도 괜찮았다. 그저 그녀가 한 번 정도는 기뻐하는 걸 보고 싶었다. 모조리 실패하긴 했지만. 이리하는 멋쩍은 웃음을 지었다.

치백에게 반년 치 녹봉을 저당 잡히고 어렵게 구한 서책을 파사는 첫 장도 들추지 않았다. 오래전 잃어버렸다는 말에 볼 줄도 모르는 악보를 찾으러 서관(書館)을 발칵 뒤집었지만 그 역시 마찬가지였다.

파사는 자신이 뭘 하는지 몰랐겠지만 그건 서툰 구애였다.

무얼 좋아할까. 어떻게 하면 기뻐할까. 그 얼굴에서 슬픔이 걷히게 하려면 어떻게 해야 할까.

웃게 해주고 싶었다. 행복하게 해주고 싶었다.

"웃는 법 따윈 알지 못해요."

"그렇게 많이 슬픈가?"

가라앉아 조금 쓸쓸하게 들리는 목소리였다.

갑자기 손가락에 축축한 것이 스치자 놀란 파사는 과자를 떨어뜨릴 뻔했다. 이리하는 그녀가 난감하게 손에 들고 있던 과자를 입으로 베어 물었다. 그의 혀가 닿은 손가락이 덴 것처럼 뜨거워졌다.

"어릴 때 이것 하나만 먹을 수 있다면 목숨이라도 내놓겠다고 생각한 적이 있지. 그러니까 이건 내 목숨 값."

이리하가 활짝 웃자 날카로운 인상이 바뀌어 장난기 어린 소년처럼 보였다.

"내 목숨을 네게 줄게. 대신 언젠가 한 번은 웃어줘. 내가 보지 못해도 좋아."

파사는 자신을 향해 내밀어진 손을 맞잡으며 다른 손안의 과자를 잠시 내려다보았다. 반쯤 남은 그것을 천천히 입가로 가져갔다.

한입 깨물자 입안 가득 단맛이 퍼져나갔다. 단순히 과일을 꿀에 절인 것뿐이었다. 궁에서 보던 화려한 당과들에 비하면 초라하기 짝이 없는 그것이 지금 이 순간 세상에 다시없을 만큼 달콤했다.

파사는 더 이상 어리고 순진하지 않았다. 인간이 얼마나 잔인

하고 추악할 수 있는지 뼛속까지 알고 있었다. 오래전 그녀가 알던 세상이 불타 사라진 이후 십 수 년간의 궁 생활로 남은 건 살아남 겠다는 빛바랜 약속 하나뿐이었다.

그런데 이리하는 자꾸 그녀가 잃어버렸다고 생각한 감정을 일 깨웠다.

어느 날 불쑥 바람처럼 눈앞에 나타난 이 사내는 거칠고 제멋 대로였지만 그녀에게만은 늘 따뜻한 손을 내밀어주었다. 웃고 싶 게 만들고, 화내게 만들고, 인형처럼 사는 게 아닌 울고 웃는 진짜 삶을 살고 싶게 만드는 것이다.

그들은 새벽이 오기 전 궁으로 돌아가기 위해 걸음을 재촉했 다.

고개를 들고 어둠에 묻힌 하늘을 살피던 이리하의 미간이 찌푸 려졌다. 그는 재빨리 파사를 근처 처마 아래로 이끌었다.

삽시간에 후드득 빗방울이 떨어지기 시작했다. 좁은 처마에서 떨어진 비가 들이치자 이리하는 파사를 가까이 끌어당겼다. 그리 고 겉옷을 벗어 그녀의 어깨에 둘러주었다.

"어떻게 알았죠?"

"비 냄새가 났거든."

갑자기 쏟아지는 비에 놀란 사람들이 소리를 지르며 부산스럽 게 뛰어다녔다. 빗줄기는 거세지 않았지만 쉬이 그치지 않았다. 결국 그들은 한 식경이나 발이 묶이고 말았다.

빗방울이 잦아든 것을 본 이리하는 파사를 향해 팔을 뻗었다. 순식간에 엉덩이를 받친 그가 어린아이 안듯 그녀를 안아들었다. 갑작스레 몸이 뜨자 놀란 파사는 이리하의 어깨를 붙들었다.

"뭐 하는 거죠? 내려줘요."

"그대로 있어. 신이 젖잖아."

이리하는 질척하게 변해버린 길과 그녀의 새하얀 비단신을 가리켰다.

"고집부리지 마. 곧 오경을 알리는 북이 울릴 거야. 서둘러야 해."

이리하는 파사를 안아든 채 빠르게 걸음을 옮겼다. 남들보다 머리 하나는 더 큰 사내가 한 팔만으로 여인을 안아든 모습은 시선을 끌었다. 이따금 신기한 듯 그들을 쳐다보던 사람들이 이리하와 눈이 마주치면 놀라 달아났다.

"대체 말이야, 어떻게 하면 이렇게 살이 붙지 않는 거지?"

가볍게 그녀를 추슬러 안은 이리하가 한숨을 내쉬었다.

"지난번보다 더 가벼워졌잖아. 제대로 먹지 않아서 그런 게 분명하다고. 아까 그 새도 너보단 모이를 많이 먹을걸?"

이리하는 이내 불만을 쏟아내기 시작했다. 파사는 그가 투덜거릴 때마다 부드럽게 움직이는 목울대를 가만히 쳐다보았다.

흔들림이 거의 느껴지지 않는 강인한 팔이 그녀를 안고 있었다. 습한 공기에 섞여 그의 체취가 진해졌다. 어딘가 바람을 닮은 그의 냄새.

등꽃 아래서

새삼 이리하의 감정을 읽을 수 없다는 것이 다행으로 느껴졌다. 편안하게 기댈 수 있는 유일한 체온을 잃고 싶지 않았다.

눈을 감은 파사는 그의 목에 팔을 둘렀다. 순간 이리하의 말이 뚝 끊겼다. 근육으로 채워진 팔이 돌처럼 단단해졌다. 뚫어질 듯 바라보는 시선이 느껴졌지만 그녀는 눈을 뜨지 않았다. 뺨에 맞닿는 온기가 따뜻하고 달콤했다.

이 품에서라면 그 꿈을 꾸지 않고 잠들 수 있을 것 같았다.


파사는 아침 일찍부터 후원에 나와 있었다.

잠을 잘 자지 못한 것은 새삼스런 일이 아니지만 유독 머리가 무거웠다. 게다가 눈앞에서 웃고 있는 얼굴을 보자 어쩐지 울컥거리는 기분이었다.

파사는 이리하를 무시하려 했다. 그러나 그녀에게 다가온 손을 본 순간 자신도 모르게 쳐내고 말았다. 제법 날카로운 소리가 허공에 울려 퍼졌다.

"그 손으로 날 건드리지 말아요."

말 속에 가시가 있었다. 이리하는 파사가 왜 또 이러는 걸까 고민에 빠졌다. 처음 만난 날 이후로 파사가 자신의 손을 뿌리친 적은 없었던 것이다.

게다가 파사는 더 이상 꿈속에서도 그를 피해 숨지 않았다. 어린 소녀가 아닌 현재의 모습으로 나타난 그녀는 그저 언덕 위에 앉아 애잔하게 마을을 바라볼 뿐이었다.

마을은 이제 불타지 않았다. 울음소리도 비명소리도 들리지 않았다. 그러나 그 마을에 닥칠 일을 아는 이에게 그 고요함은 파멸의 전조처럼 느껴질 것이다.

이리하는 그런 파사를 바라보며 말없이 곁을 지켰다. 현실에서도 그랬던 것처럼 언제나 한 걸음 떨어진 곳에서. 그녀에게 손만 뻗으면 당장이라도 닿을 수 있는 그곳에서.

상대를 아는 체도 하지 않고 이야기를 나눈 적도 없지만 그들은 어느 때보다도 분명히 서로의 존재를 느끼고 있었다.

두 사람은 평화롭고 슬픈 그 풍경 속에서 함께 꿈을 꾸고 있었다.

야시에 다녀온 후 어젯밤까지만 해도 괜찮았다. 어린 시비가 실수로 그녀에게 닿았어도 크게 화내지 않았을 정도였다.

혹 일황자가 들였다는 새 후궁 이야기를 들었나? 자신의 처지가 불안해질까 봐 신경이 날카로워진 걸까? 이리하는 온갖 추측을 떠올리며 인상을 찌푸렸다.

"혜 수비연은 다정한 사내를 좋아하던가요?"

여전히 영문을 모르겠다는 시선에 파사는 그만 비아냥거리고 말았다.

얼마 전 아편 밀수를 하던 관리 하나가 포찰위에 잡혀 들어간 일이 있었다. 문초에 시달리던 관리가 배후로 혜 수비연을 지목하면서 그자가 그녀의 정부였다는 사실이 드러났다.

포찰위의 조사를 받게 된 수비연은 남편인 가라난에게 도움을 청했으나 거부당했다. 오히려 가라난은 그녀의 부정을 이유로 들어 혼인을 파했다. 분노한 수비연은 남편에게 수치를 안겨주기 위해 자신의 정부들을 모두 밝혀버렸다.

놀랍게도 그 속에 이리하의 이름이 있었다. 실제로 이리하가 수비연의 내실에서 나오는 것을 목격한 자가 한둘이 아니라 그녀의 말에 무게가 실렸다.

가라난은 아내의 부정 사실보다 그녀가 천민인 이리하를 끌어들였다는 사실에 더욱 분노로 날뛰었다고 전해졌다.

잠시 어리둥절해하던 이리하의 얼굴이 한순간 빛이라도 받은 듯 환해졌다.

"지금 질투하는 건가?"

"질투라니요? 그런 흰소리나 할 생각이면 저리 비켜요."

몸을 돌려 떠나려는 파사를 이리하가 재빨리 붙잡았다. 뿌리치려는 그녀의 팔을 단단히 움켜쥔 그는 고개를 숙였다.

"내가 원하는 여자는 단 하나뿐이고, 난 그녀가 아니면 누구도 필요 없어. 내가 너 외에 다른 여자의 손길을 참을 것 같나?"

그의 긴 눈매가 둥근 선을 그리며 휘어진다고 생각한 순간 따뜻한 것이 입술에 닿았다.

파사의 숨이 멎었다.

거칠고 딱딱할 거라 생각했는데 마주 닿은 입술은 무척이나 부드러웠다. 고작 입술이 닿는 것뿐인데도 온몸이 결박된 듯 움직일 수 없었다. 살며시 누르는 입술은 애틋할 만큼 다정했다. 조심스레 그녀의 입술을 머금은 이리하의 얼굴이 너무 가까워서일까.

두근.

갑자기 귓가에 심장소리가 울렸다.

입맞춤은 생각했던 것처럼 역겹거나 끔찍하지 않았다. 강제적인 몇 번의 경험으로 참을 수 없는 통증만 유발하던 그 행위가 지금은 묘한 울렁거림과 생소한 떨림을 가져왔다.

맞닿은 입술이 뜨거워서 자신이 그대로 녹아버리지나 않을까 두려우면서도 뿌리치고 싶지 않았다.

감정이 고스란히 흘러드는 것 같은 입맞춤이었다. 감정 따위 읽지 않아도 상대가 얼마나 자신을 소중하게 여기는지 알 수 있었다.

"나를 사랑해."

"뭐라고요?"

"이제부터 날 사랑하라고."

이리하는 똑바로 그녀와 눈을 맞추며 천천히 되뇌었다.

"대신 날 네게 주지. 내 마음과 목숨, 혼까지도. 네가 원하면 무어라도 주겠다."

그녀는 사랑을 할 수 없다.

누구도 그녀에게 사랑을 원하지 않았다. 그저 그녀의 몸만을 원할 뿐이다.

하사신 황자조차 그녀의 사랑을 기대하진 않았다.

"……난."

목이 바짝 말라버린 듯 목소리가 나오지 않았다. 말을 잇지 못하는 파사를 바라보며 이리하가 다시 한 번 웃었다.

"괜찮아. 얼마든지, 평생이라도 기다려줄 테니까. 그러니 언제든 내게 오기만 하면 돼."

어처구니없는 말을 달콤한 밀어처럼 들리게 만드는 이상한 사람. 분명히 이뤄질 수 없는 일이라는 걸 아는데도 왜 이렇게 가슴이 두근거리는 걸까. 파사는 떨리는 손끝을 힘주어 움켜쥐었다.

이건 진짜가 아니다. 그녀는 연혼 외에는 사랑할 수 없는 존재였다. 감정이 말라버린 그녀는 자신의 연혼조차 받아들이지 못한다.

아직은 괜찮다. 그저 그의 마음을 얻는 이 작은 유희에 지나치게 열중해버린 것뿐이니까.

하지만 사랑하라고 억지를 쓰는 이 사내가, 뇌물 대신 자신을 주겠다는 그 말이 싫지 않았다.

9장

　"전하, 어찌 이리 신색이 좋지 않으신 겁니까? 옥체 미령한 곳이라도 있으신지요?"

　상서위는 애지중지하는 조카의 안색이 나쁜 것을 보고 걱정스레 물었다.

　"아닙니다."

　"혹시 소여마마의 일 때문에 그러신 거라면……."

　상서위는 짜증스럽다는 시선에 말끝을 흐렸다.

　소여(昭麗)의 직첩을 받고 하사신의 열일곱 번째 후궁으로 들어왔던 전상사(典尚司)의 딸이 며칠 전에 해산을 했다. 자식에게 한 톨의 애정도 보이지 않는 황자라지만 그녀가 사내아이를 낳았다면 조금 달랐을지도 몰랐다. 그러나 소여는 기대를 저버리고 여아를 낳았다. 아마도 그녀는 더 이상 황자의 관심을 받기 어려울 것이다.

　하사신 황자에겐 모두 여덟 명의 아이가 있으나 하나같이 모두

등꽃 아래서

계집아이였다. 후궁과 비인의 숫자가 거의 일백에 달한다는 사실을 생각하면 결코 많은 수가 아니다. 손이 귀한 황가의 핏줄 탓인지 이상하게도 하사신의 후궁들은 회임이 잘 되지 않았다. 그러다 보니 일황자가 사내아이를 낳는 씨는 가지지 못한 것이 아닌가 하는 흉한 소문까지 나도는 판이었다. 상서위는 황자가 그 일로 마음이 상한 건가 싶어 조심스러웠다.

"제가 고작 그런 후궁 때문에 이런다고 생각하십니까? 대체 외숙부께서는 일을 하기는 하시는 겁니까? 얼마나 기다려야 루 이리하의 목을 볼 수 있는 겁니까?"

하사신은 상서위에게 쌓인 불만을 토해냈다.

처음엔 단순히 놈을 통해 사오룬에게 치욕을 안겨주려던 것뿐이었다. 충성스럽다 소문난 개에게 버림받는 꼴을 보면 속이 시원할 것 같았다. 사오룬에게서 놈을 빼앗는다는 것이 제법 괜찮은 계획이라 여겼다. 그 천한 놈이 실제로 자희를 구하기까지 하자 재주도 쓸 만하다 생각했다.

그런데 언제부턴가 놈이 몹시 거슬리기 시작했다. 아마도 자희의 행동이 미묘하게 달라졌다고 느꼈던 때부터였을 것이다.

그제야 아차, 싶은 생각이 들었다. 이제껏 어느 누구도 자희 곁에 이렇게 오래 두었던 적이 없었다. 놈을 끌어들일 생각에만 몰두해 그 점을 간과했던 것이다.

애초에 놈은 그저 사오룬을 조롱할 수단에 불과했으나 이젠 아니었다. 놈을 죽이는 게 목적이 되었다.

"하루라도 빨리 놈을 없애버리고 싶습니다."

"전하, 그는 동대륙제일검이라 불리는 자가 아닙니까? 그런 자를 암살하려는 계획은 애초에 무리한 일이었습니다."

하사신이 거론한 이름에 상서위가 난색을 표했다.

원래 상서위는 이황자의 측근을 동위궁 안에 끌어들이는 것을 반대했었다. 하사신이 독단으로 일을 벌인 탓에 뒤늦게 설득하려 했지만 그의 조카는 완고했다.

상서위가 판단하기에 무위시랑은 반드시 제거해야 할 대상일 뿐이었다. 무위시랑 같은 자가 돌아서길 기대하는 것은 사막에 꽃이 피기를 기다리는 것과 다를 바 없다.

하사신이 도중에 마음을 바꾼 것은 환영할 만한 일이었다. 그렇지만 이렇게 무작정 반옥의 자객들을 희생시키는 것도 무의미한 짓이었다.

그 하나를 죽이기 위해 한꺼번에 열 명까지 보내봤지만 사내는 난공불락이었다. 궁 안에서 대대적인 사냥을 할 수는 없으니 보낼 수 있는 자객의 숫자에는 한계가 있었다.

하사신이 무위시랑의 암살을 명하는 바람에 반옥이 입은 손실은 제법 컸다. 무위시랑이 자신에게 보내진 자객들의 목숨을 취하지는 않지만 꼭 한 군데씩 근맥을 끊어놓았기 때문이다. 팔이나 다리를 제대로 쓸 수 없게 된 자들이 자객으로 무슨 쓸모가 있겠는가.

"변명은 관두십시오. 그건 외숙부가 무능하다는 소리밖에 되지 않습니다. 그래봤자 놈 하나를 처치하지 못한 것 아닙니까? 제국 최고의 자객단이라는 명성이 아깝습니다. 천하고 더러운 짐승들이 그런 쓸모조차 없다면 목숨을 부지할 이유가 없지요."

그러게 그 한 놈이 동대륙 제일이라는 게 문제라지 않은가. 상서위는 끓어오르는 울화를 삼켰다.

"그래도 이번에는 제법 유용한 정보를 가져오지 않았습니까?"

"하! 고작 놈이 서운궁의 중랑과 다퉜다는 얘기 말입니까?"

"그리 가볍게 생각할 일이 아닙니다. 전하. 그자들은 십 년간 낙주와 난경을 함께 오가며 혈육보다 강하게 맺어진 사이입니다. 서로 불화한 적이 한 번도 없던 그들의 관계에 금이 간 것입니다. 게다가 무위시랑과 이황자가 만난 자리에서도 큰소리가 들렸다합니다. 간자들이 퍼뜨린 소문의 효과가 이제야 나타난 것이 아니겠습니까?"

"좋습니다. 일단은 두고 보지요. 대신 이번에는 제대로 실력 있는 자들을 보내십시오. 지난번에 외숙부께서 자랑하시던 자들도 있지 않습니까?"

"전하, 그들은 반옥에서도 날고 긴다는 자들이라 이런 일에 소모하기는 아깝습니다. 그 정도의 자객을 다시 키우려면 얼마나 많은 재물과 시간이 들지……."

"외숙부!"

상서위가 너무도 아까워하는 티를 내자 하사신이 눈살을 찌푸렸다.

상서위는 유독 물욕이 강한 사람이었다. 조카가 황자이고 그 자신도 무시 못 할 권세를 지니고 있음에도 재물에 대한 그의 탐욕은 수그러들지 않았다. 그러다 보니 늘 뇌물수수와 공납비리에 연루되곤 했다.

"어찌 그리 천한 자들처럼 재물에 연연하시는 겁니까? 좀 자중하시지요."

황가의 피가 흐르지 않는 이상 하사신은 그 누구라도 자신보다 비천하다고 여겼다. 그러다 보니 은연중 상서위에게도 그것을 드러내는 경우가 있었다.

기분이 상한 상서위는 조카에게 언질을 주려던 것을 그만두었다.

얼마 전 반옥에 은밀히 거액의 암살 의뢰 하나가 들어왔다. 암살 의뢰야 흔하지만 문제는 그 대상이었다. 자화원의 비인.

의뢰를 넣은 인물이 좀 의외긴 했지만 한편으론 충분히 그럴 수 있는 일이었다. 그 비인이야 동위궁의 모든 여인들에겐 원수나 다름없는 존재가 아니겠는가.

어차피 자화원의 비인은 자신도 늘 탐탁지 않았던 존재였다. 하사신이 지나치게 싸고도는 탓에 내버려두고는 있지만 운 나쁘게 죽는다면 그것 또한 제 운명일 테지.

고개 숙인 상서위가 음흉한 미소를 지었다.


이황자가 순행을 나가는 일은 가끔 있는 일이었다.

사오룬은 어린 시절부터 궁 밖을 나가 백성들 사이에 섞이는 일을 즐겼다. 곡식을 실은 수레를 끌고 나가 빈곤한 자들에게 나눠 주거나 추수철에는 직접 추수를 돕기도 했다.

그러나 지금은 시간도 장소도 적절치 못했다.

일황자에게 반기를 들었다는 이유로 노주는 역도의 땅 취급을 받고 있었다. 노주에 살고 있는 백성들 모두에게 가혹한 시련이 닥쳤다.

하사신의 명을 받은 관리는 백성들에게 두 배의 세를 물리고 세금을 내지 못하는 자는 땅을 빼앗겼다. 수많은 이들이 하루아침에 소작농으로 전락했다. 백성들은 더 한층 굶주렸고 급기야 굶어 죽는 자들도 나왔다.

달포 전부터 일황자는 반도들의 근거지를 고하는 자에겐 상을 내리겠다는 포고문을 마을마다 붙이게 했다. 그러나 사람들은 모두 입을 꽁꽁 봉한 채 암암리에 그들을 숨겨주었다.

분노한 하사신은 무고한 백성들을 닥치는 대로 잡아들이도록 지시했다. 모진 고신에 억지 자백을 한 사람들이 나왔고 수백 명이 거짓 죄목을 쓴 채 줄줄이 옥에 갇혔다. 시간이 흐르고 결국 밀고자가 나오고 말았다.

하사신은 또다시 번거롭게 병사들을 끌고 갈 생각 따윈 애초에 없었다. 그는 병사들만 보내 반도들이 숨어 있는 계곡 전체를 빙 둘러싸고 불을 놓게 했다. 그리고 불을 피해 도망치는 사람이 나오면 무조건 베라는 명령을 내렸다.

계곡은 사흘 밤낮을 불탔다. 그 불속에서 살아남을 수 있는 생명체는 없었다. 백 리 밖에서도 하늘을 뒤덮는 검은 연기를 볼 수 있었다고 하니 얼마나 큰 화재였겠는가.

게다가 병사들이 진화에 신경 쓰지 않은 탓에 불이 인근 마을에까지 번져 무고한 자들의 목숨까지 앗아가고 말았다. 불에 타 죽은 이도 적지 않았고 집과 재산을 잃은 자들도 수백 명이었다.

지금 노주는 전쟁이 휩쓸고 지나간 폐허와 다름없었다. 그런 노주로 순행을 떠나겠다는 사오룬을 말리느라 치백은 진땀을 빼고 있었다.

"지금 황도를 비우시면 안 됩니다. 전하. 나라에서 이미 구휼미가 내려졌고 저희도 따로 식량과 약재를 준비 중이오니 노주 일은 심려치 마십시오. 노주의 주사도 생각이 있다면 더 이상 사태를 악화시키진 않을 겁니다."

"지금 노주의 백성을 도울 수 있는 사람은 나밖에 없지. 이 일은 내 몫이네. 언제까지 몸을 사리고 있을 수만은 없지 않은가. 도울 수 있음에도 돕지 않는다면 내 어찌 백성들을 볼 낯이 서겠는가."

실상은 사오룬의 말이 맞았다. 노주의 주사는 상서위의 처조카사위이다. 너나없이 상서위의 눈치를 보는 조정신료들이니 사실 그 누구를 보낸다 하더라도 엄정한 일처리를 기대하긴 어려웠다.

상서위 혜 사무갈에게는 여 귀비 말고는 형제가 없었다. 대신 그는 처남 셋과 처조카 다섯, 처조카사위들까지 모두 조정의 요직에 앉히는 만행을 저질렀다. 하나같이 무능하고 탐욕으로 똘똘 뭉친 자들이라 평소에 치백은 치를 떨 정도로 그들을 싫어했다.

"……실은 노주에 민란이 일어날 조짐이 보인다 하옵니다."

한숨을 내쉰 치백이 사실을 실토했다.

사실 황자가 노주에 내려가 주사의 비리를 파헤친다면 일황자 측에 타격을 입힐 수 있다. 상서위를 옭아맬 물증까지 찾는다면 그보다 좋을 수 없을 것이다.

그러나 노주는 상서위의 입김이 깊숙하게 닿아 있는 곳이고 자신들은 지금 그곳의 사정을 전혀 알 수 없다. 그런 위험한 곳에 황자를 보낼 순 없었다.

"자네는 어째서 그런 일이 벌어진다고 생각하는가? 치백."

최악의 소식에도 사오룬 황자의 태도는 바뀌지 않았다.

"억울한 백성이 많아지면 자연히 난이 일어나는 법이지. 나는 그 억울한 일을 풀어주러 가는 것이니 내 걱정은 말게나."

"하오나 전하!"

"백성을 버린다면 설사 내가 황위를 얻는다 해도 무슨 소용이 있는가? 자네가 바라는 주군은 그런 사람이었나?"

그 말에는 치백도 아무런 답을 하지 못했다.


한때 절경으로 이름났던 노주는 근래에 하늘조차 버린 땅으로 불리고 있었다.

발단은 일황자가 내년에 배를 타고 별궁 공사를 돌아보겠다고 선언한 일 때문이었다. 그 후로 관리들은 연일 무리한 공사강행으로 백성들을 쥐어짜기 시작했다.

그리고 봄이 되자 노주에 수일간 장대 같은 폭우가 쏟아졌다. 그 바람에 물길 공사하던 곳이 무너지고 넘쳐 곳곳이 수해를 입었다. 수많은 백성들이 집을 잃고 굶주림에 시달렸다. 물난리에 이어 산불 피해까지 입은 마을들로 노주의 백성들은 아우성이었다.

흉년이 들거나 재해를 입으면 나라에서 구휼미를 풀기 마련이다. 당장 내일을 장담할 수 없을 정도로 막막한 그들에게 그것은 구명의 동아줄과 다름없는 것이었다.

그러나 노주로 내려온 것은 썩은 동아줄이었고 백성들은 굶주림과 공포에 빠져 있었다.

"어젯밤 강이 아범이 잡혀갔다지?"

호루는 잔뜩 목소리를 낮춰 소곤거렸다. 요즘 갈현의 백성들은 둘만 모여도 주위를 살피기 바빴다. 갈현은 노주에서 가장 큰 현으로 노주의 주사가 직접 다스리는 곳이었다.

"어휴, 말도 마시오. 그 무서운 사람들한테 마구 얻어터지고 혼절해서 끌려갔다오. 요즘 같으면 간이 떨려서 밖에 나다니지도 못하겠소."

그들이 두려워하는 대상은 사오룬 황자의 명으로 노주를 조사하러 왔다는 무위시랑이라는 자였다.

처음에는 다들 기대에 들떴다. 이황자는 일황자와 다르게 백성들의 신망이 두터운 인물이었다. 그런 이황자가 보낸 사람들이니 분명 자신들을 도와주리라 믿었다. 그러나 그들의 희망은 무참히 꺾이고 말았다.

"서우골 사는 무야도 불려갔었다며?"

"안 그래도 그 애 어미가 화병으로 자리에 누웠다네. 그 어린 게 무슨 고초를 얼마나 겪었는지 먹지도 자지도 못하고 방 안에서 바들바들 떨고만 있다지 않나. 이러다 줄초상 치르게 생겼어."

이황자가 보낸 무사들은 구휼미 조사를 핑계로 마을사람들의 집에 난입하고 재물을 마음대로 갈취했다. 비단옷을 입고 거들먹 거리며 어린 처녀들을 희롱했다. 그들의 횡포에 불만을 품거나 반항하는 사람들은 끌려가거나 죽는 일도 허다했다.

이황자의 암영은 모두 훌륭하고 뛰어난 무사들이라 들었는데 실상 그들은 그저 무뢰배일 뿐이었다. 그들의 선두에서 악행을 저지르고 다니는 흉악한 사내는 말로만 듣던 그 유명한 무위사랑이 었다.

평민들에게 그는 이야기 속 전쟁영웅이자 선망의 대상이었다.

그러나 무위사랑은 소문으로 듣던 것보다 추하게 생겼을 뿐만 아니라 하는 짓은 더 추악했다. 그는 곰보자국으로 얽은 얼굴에 육 중하고 거대한 몸을 휘젓고 다니며 닥치는 대로 사람을 죽였다.

전쟁터도 아니고 적도 아닌데 조금이라도 거슬리는 사람들은 그 자리에서 베어버렸다.

"사오룬 황자전하는 이 사실을 알고 계실까?"

호루와 가까운 마을사람 하나가 시무룩한 목소리로 중얼거렸다.

"……모르시지 않을까? 아시면 가만히 계시지 않을 분인데."

"그렇지? 사오룬 황자전하는 다른 황자전하와는 다르다고 하던데."

"킷. 그래봤자 같은 뿌리에서 나온 가지지."

조심스럽게 맞장구치는 말을 거친 비웃음이 가로막았다. 낯선 목소리가 들리자 호루는 뜨끔했다.

"댁은 뉘시오?"

생김새가 쥐를 닮은 비쩍 마른 사내가 어느새 자신 옆에 있었다. 번쩍거리는 비단옷을 입지도 않았고, 등 뒤에 암영을 뜻하는 영(影) 자도 보이지 않자 사람들은 일단 안심했다. 게다가 암영의 무사치고 너무 나이 들어 보였다. 그러나 자신들 사이에 모르는 인물이 끼어 있다는 사실을 깨닫고 다들 경계심을 보였다.

"난 서우골 너머에서 포목장사를 하는 사람이라오. 요즘 하도 먹고 살기 힘들어 재를 넘어왔지. 범한테 물려죽을 때 죽더라도 산 입에 거미줄을 칠 순 없는 법 아니오."

"저런, 고생이 많구려."

동질감을 느낀 사람들이 그를 한자리에 끼워주었다.

"그래, 재 너머는 어떻소? 형편이 여기보단 좀 낫소?"

"그럴 리가 있겠소? 모두 죽어 나자빠지기 일보직전이오. 다 그 이황자 탓이지."

"그래도 이황자 전하는 훌륭한 분이라 들었는데……. 예전에 난경에 사는 내 조카가 검소하고 항상 백성들을 먼저 생각하는 황자전하라고 칭찬이 자자했소."

"그런 건 다 헛소문이지. 높으신 나리들은 하나같이 그런 말로 치장하기를 좋아하잖소. 지금 이곳에 와서 행패를 부리는 자들을 보고도 모르겠소? 저런 자들이 모시는 분이 뭐 그리 훌륭한 사람이겠소?"

잔뜩 눈을 부라리는 사내의 기세에 말을 하던 이가 움츠러들었다. 사내는 이황자에 대해 험담을 쏟아냈다. 그는 수십 년간 장사를 해서인지 박식했고 사람들이 모르는 소식도 많이 알고 있었다. 사내의 말을 듣던 사람들은 점점 고개를 끄덕이기 시작했다.

하긴 자신들은 이미 일황자의 전례를 겪었다. 그 때문에 죽어 나간 목숨이 얼만데 같은 핏줄의 황자를 쉽사리 믿을까. 게다가 사내의 말대로 저런 극악무도한 자들의 주인이 좋은 사람이면 또 얼마나 좋은 사람이겠는가.

"그리고 이건 내가 그 무위사랑이란 놈이 술에 취해서 지껄이는 걸 엿들었는데 말이오."

사내가 갑자기 목소리를 낮추자 다들 숨을 죽였다.

"이제 큰일 났소. 우린 모두 죽은 목숨이라오. 아이고, 불쌍한 내 자식새끼들. 살 날이 얼마 안남은 나 하나 죽는 건 그렇다 쳐도 그 어린것들이 무슨 죄가 있다고. 아이고, 내가 쇠붙이 들 힘만 있었어도 이리 억울하게 당하진 않을 텐데. 아이고! 아이고!"

"그게 무슨 소리요?"

크게 한숨을 내쉬며 신세한탄을 하는 사내의 모습에 모두 놀라 물었다. 쥐를 닮은 사내의 작은 눈동자가 음침하게 빛났다.

"사실은 말이오, 이황자가……."


보라색 등꽃 아래 그녀가 서 있었다.

가지마다 쏟아질 듯 풍성한 꽃무리가 흔들렸다. 포도송이처럼 주렁주렁 달린 꽃송이들은 일제히 찬란한 보랏빛을 떨구고 있었다.

이리하는 마치 꿈속의 세상 같은 그 회랑 아래로 걸어 들어갔다.

쏴아아 하고 바람이 불 때마다 출렁거리는 꽃들이 눈처럼 떨어져 내렸다. 향기로운 보라색 안개 속에 갇힌 것처럼 사방이 꽃향기로 진동했다.

반투명하게 비치는 비단으로 만든 둥근 부채를 손에 든 파사는 휘날리는 보라색 눈송이를 고스란히 맞고 있었다.

세상의 그 어떤 화공(畵工)도 감히 엄두조차 내지 못할 천상의 풍경이었다. 너무나 고왔다. 미치도록 사랑스러웠다. 심장의 열이 옮아 머릿속이 뜨거워졌다.

기다리겠다고 약속했는데. 언제까지라도 기다릴 수 있을 줄 알았는데.

꿈에서처럼 아련한 그 모습에 불쑥 두려움이 파고들었다. 당장이라도 그녀가 사라져버릴 것처럼 불안했다.

이리하는 제멋대로 입술이 움직이는 걸 막을 수 없었다.

"나와 함께 가자."

파사의 눈이 커다랗게 일렁였다.

"뭐라고요?"

"함께 이곳을 나가자."

"왜 그런 말을 하는 거죠?"

"나가고 싶지 않아?"

자신의 이름을 부르는 그 다정한 음성에 한순간 흔들렸다. 그러나 파사는 이내 침착을 되찾았다.

"……이런 말도 안 되는 소린 더 이상 듣고 싶지 않군요."

희미하게 말끝이 흔들렸지만 그녀는 평소처럼 목소리를 낼 수 있었다. 피하려는 그녀를 이리하가 막아섰다.

"어째서? 궁을 싫어하잖아."

"난 전하를 떠나 살 수 없으니까요."


분명 그녀도 이곳을 벗어나고 싶어 하리라 생각했다.

하사신에게 티끌만 한 정도 없다 여겼는데 그 때문에 떠날 수 없다니. 왜 그런 말을 한 걸까.

이리하는 담 위를 걸으며 생각에 빠져들었다. 담벼락 아래에서는 자화원의 호위들이 둘씩 짝을 지어 순시를 돌고 있었다.

동위궁 내에서 이리하는 밤마다 담 위를 걸어 다니고, 심심하면 야밤에 검을 휘두르는 괴짜라 소문나 있었다. 처음에는 신기한 눈으로 보던 자들도 나중에는 그러려니 하고 별 신경 쓰지 않았다.

서운궁에서는 생각조차 할 수 없는 일이었다. 몇 번 월담한 후로 치백은 자신이 도망갈까 봐 담 근처에 서 있기만 해도 잔소리를 해댔으니까.

치백과 이황자를 떠올리자 이리하의 안색이 한층 어두워졌다. 생각보다 그들의 반대는 거세고 강경했다.

사오룬 황자는 치백이 파사에게 위해를 가하지 못하도록 명을 내려주었다. 주군이 아닌 오랜 친우로서 이리하의 부탁을 들어주는 것이라며 대가도 바라지 않았다. 그러나 한편으론 자신 또한 그녀가 탐탁지 않음을 분명히 밝혔다.

물론 그들이 기꺼운 마음으로 단번에 파사를 받아들이리라고 기대한 건 아니었지만 그래도……

이리하의 양미간에 깊은 골이 생겼다.

그의 눈이 달빛을 등지고 있는 건물의 그늘에 닿았다. 분명 자화원의 담 너머에서 일 각마다 한 번씩 순시를 도는데 마지막으로 호위들이 지나간 지 이 각이 넘었다. 게다가 바람결에 실려 오는 옅은 피 냄새.

"어찌나 숨소리가 큰 쥐새끼들인지 시끄러워 죽겠군. 이제 그만 나오지 그래?"

어둠 속에서 그림자 다섯이 솟구쳤다. 튀어나온 것은 검은 옷으로 전신을 감싼 사내들이었다. 무기를 든 모습에서나 몸놀림에서 고수의 기운이 느껴졌다. 간만에 제대로 된 자객들인가.

들꽃 아내서

이리하는 천천히 검집에서 검을 뽑았다. 달빛 아래 검신이 짙푸른 예기를 뿌렸다.

이리하는 항상 죽음에 등을 맞대고 있는 무인답게 살인을 주저하진 않지만 즐기지도 않았다. 하지만 지금 그의 기분은 더할 나위 없이 바닥이었다. 거슬리는 놈들은 모조리 죽여버리고 싶은 기분이었다.

"날을 잘못 택한 건 네놈들이니까."

이리하가 좌우로 목을 끄덕인 순간 자객이 달려들었다. 검이 맞부딪친 순간 복면을 한 사내의 눈은 믿을 수 없다는 듯 크게 벌어졌다. 마치 어른과 상대하는 어린아이처럼 순식간에 자신의 검이 밀렸다. 짧은 비명을 지를 새도 없었다. 새까만 칼날은 이미 자신의 목에 닿아 있었다.

첫 번째로 나선 자객의 목이 일격에 바닥에 떨어지자 나머지는 소리 없이 경악했다. 황급히 한 발짝 물러난 그들은 둥글게 이리하를 에워쌌다.

우두머리로 보이는 자객이 신호를 하자 뒤쪽에서 화살이 날아왔다. 이리하가 검을 휘둘러 화살을 막아내는 틈을 노려 셋은 한꺼번에 공격을 시도했다.

세 개의 칼날이 그의 목과 가슴, 다리를 노리며 파고들었다. 이리하는 하체를 찔러오는 검을 걷어차며 공중으로 날아올랐다.

그는 자신의 무게로 한층 힘이 실린 검을 수직으로 내리그었다. 눈앞에 떨어지는 검을 막던 우두머리의 팔목이 검과 함께 두

동강 났다.

"커억!"

우두머리 자객이 피가 뿜어져 나오는 팔목을 감싸며 신음을 내뱉었다.

끼익.

순간 들려온 문 열리는 소리에 모두의 신경이 한곳으로 쏠렸다.

"나오지 마!"

당황한 이리하가 소리치는 틈에 담 위에 서 있던 자가 활을 당겼다. 이리하의 목소리를 들은 파사는 재빨리 문 안으로 들어가려 했다. 동시에 바람을 가르는 매서운 소리와 함께 서너 대의 화살이 날아왔다. 날카로운 살촉이 둔탁한 소리를 내며 벽에 꽂혔다. 그중 두 개가 미처 감추지 못한 파사의 치맛자락에 박혔다.

파사는 벽에 고정된 옷자락 때문에 옴짝달싹하지 못하고 발이 묶였다.

이리하의 눈이 얼어붙었다. 하사신이 보낸 자객들이 아니었단 말인가? 도망친 노주의 생존자들은 이런 살수들을 고용할 능력이 없을 텐데?

다시 시위에 화살을 메기는 자객의 움직임이 눈에 들어온 순간 이리하는 생각할 것도 없이 손안의 검을 집어던졌다.

퍼억.

자신의 배를 뚫고 두 자나 빠져나온 검 날을 본 자객의 눈이 화등잔만 해졌다. 활을 놓친 그는 서서히 바닥으로 허물어졌다.

파사의 목숨은 구했지만 유일한 무기가 사라진 이리하를 남아 있던 자들이 지나칠 리 없었다. 두 개의 검이 빠르게 그의 눈앞으로 밀어닥쳤다. 이리하는 인간 같지 않은 움직임으로 검을 피하며 동시에 자객의 손을 잡아챘다.

"으아악!"

손목이 역으로 꺾인 자객의 입에서 비명이 터져 나왔다. 삽시간에 검을 빼앗은 이리하는 곧바로 그의 목을 쳐 비명소리를 잠재웠다. 배후를 캐고자 한다면 우두머리가 남아 있으니 굳이 살려둘 필요가 없었다.

그러나 마지막 처리를 하기 위해 시선을 돌린 이리하의 눈에 비친 것은 막 우두머리의 목에서 검을 빼내고 있는 마지막 자객의 모습이었다. 자객의 우두머리는 피거품을 내뿜으며 곧바로 절명하고 말았다.

"넌 뭐지?"

이리하의 물음에 복면의 사내가 슬쩍 눈을 피했다.

어쩐지 유독 살기가 느껴지지 않는다 했다. 여러 번 검을 나누면서 이상하게도 살기가 없어 일부러 마지막까지 살려두었던 것이다. 자객 주제에 적극적으로 달려들지도 않고 같은 패거리를 죽이다니. 게다가 사내의 검을 쥐는 방식이 어쩐지 낯이 익었다. 복면을 뒤집어쓰고 있지만 눈앞의 자객은 분명히 자신이 아는 놈이었다.

"뭐 하는 놈이냐?"

짜증난 이리하가 검을 휘둘렀다. 사내는 이리하의 검이 닿기 전 재빨리 물러섰지만 날카로운 검 날에 옆구리가 잘려나갔다. 일부러 옷만 베었건만 사내의 눈에 한순간 짙은 공포가 스쳤다.

그때 등 뒤에서 들리는 작은 한숨소리가 이리하의 귀를 파고들었다.

이리하는 곧장 사내를 팽개치고 방 앞으로 달려갔다. 파사는 거미줄에 붙잡힌 나비처럼 벽에 붙박여 있었다.

이리하는 정신없이 파사의 몸을 살폈다.

"괜찮아? 다치지 않았어?"

"괜찮아요. 그보다 당신 피가……."

여기저기 피가 튄 이리하를 바라보는 파사의 얼굴은 하얗게 질려 있었다.

"내 피가 아냐."

이리하는 치마와 함께 벽을 파고든 화살을 단숨에 뽑아냈다. 화살을 들고 냄새를 맡던 이리하의 눈매가 매서워졌다. 독이 발린 화살이었다. 스치기라도 했다면 위험했을 것이다. 심장의 피가 한꺼번에 차가워지는 느낌이었다.

"왜 검을 던졌어요?"

어쩐지 추궁당하는 기분에 이리하의 눈살이 찌푸려졌다.

"그거야 놈을 잡으려고……."

"……나 때문이 아니라?"

파사의 목소리는 날카롭고 마치 화가 난 것처럼 들렸다.

"다시는 그런 짓 하지 말아요."

"바보 같은 말이군. 난 널 지키기 위해 있는 건데."

그녀의 손은 또 차갑게 식어 있을 것이다. 손을 잡아주려던 이리하는 피 묻은 자신의 손을 깨닫고 혀를 찼다. 파사에게 놈들의 피를 묻히고 싶지 않았다. 그는 대충 옷자락에다 손을 문질러 닦았다.

"방 안에 있어. 절대 나오지 마."

이리하는 그녀를 방 안으로 밀어 넣고 돌아섰다.

예상대로 놈은 이미 도망가고 없었다. 사실 일부러 놓아준 것과 다를 바 없었다. 같은 편을 해치면서까지 자신을 도우려던 놈을 굳이 붙잡아 하사신 앞에 대령하고 싶진 않았다.

이리하는 담 아래 떨어진 시신에서 흑아를 뽑아냈다. 검붉은 핏방울이 검신을 타고 주르륵 흘러내렸다. 흑아는 불결한 피를 묻혀 스스로를 더럽히지 않는 명검이었다.

담 너머로 소란이 일고 있었다. 사라진 호위들의 행방이 이제야 알려진 것이 분명했다. 자화원 쪽으로 뛰어오는 십여 개의 발소리를 들은 이리하는 천천히 검을 갈무리하며 돌아섰다.


"노주는 닷새 길이니 지금쯤이면 이황자가 절반 정도 갔겠군요."

"내 아우는 천한 백성들에 대한 쓸데없는 동정심이 넘치지요."

하사신은 사오룬을 조롱하며 얼음을 띄운 냉차를 들이켰다.

또다시 실패였다.

반옥의 자객들이 자화원에 침입하면서 호위 십여 명을 죽인 건 상관없었다. 이리하만 죽어줬다면. 그러나 자객들을 모조리 도륙하면서도 놈은 실금 하나 없이 멀쩡했다.

놈이 먹는 음식에 독을 넣으라 시켜본 적도 있었다. 그러나 그때마다 어떻게 알았는지 놈은 거기에 손도 대지 않았다.

어떻게 해도 이리하를 죽이지 못한다는 사실에 속에서 천불이 일 지경이었다. 냉차를 삼키는 하사신의 얼굴은 잔뜩 뒤틀려 있었다.

"고작 오십 명 정도의 병사를 데려갔다 하더이다. 그 먼 길에 무슨 일이 있을 줄 알고, 참으로 태평한 심사가 아닙니까?"

"노주의 주사에겐 잘 대비하라 이르셨겠지요? 외숙부. 사오룬이 쓸데없이 여기저기 들쑤셔대면 곤란하지 않겠습니까?"

"이황자가 주사를 만날 일은 없을 겁니다. 전하."

상서위의 대답에 하사신이 고개를 돌렸다. 상서위는 입가에 의미심장한 웃음을 띠고 있었다.

"무언가 준비하신 일이라도 있는 겁니까? 외숙부."

"고고한 이황자의 명성은 땅에 처박힐 겁니다. 언제나 도덕군자인 척하던 황자의 진면목이 간악한 학살자라면 어떻겠습니까? 백성들은 폭군보다 제 편인 줄 알았던 위선자에게 더욱 등을 돌리기 마련이지요."

"허나 사실이 아니지 않습니까? 고작 그런 음해 따위로 무슨 큰 득이 있겠습니까? 그러다 괜히 숙부가 꾸민 일이 밝혀지기라도 하면 오히려 귀찮은 일이 생기지 않겠습니까?"

시큰둥한 하사신의 반응에도 상서위의 미소는 사라지지 않았다.

"아무렴 어떻습니까?"

"예?"

"그때쯤이면 이황자는 이미 차가운 주검이 돼 있을 텐데요. 죽은 자는 말이 없고, 한번 더러워진 명예는 회복하기 어려운 법이지요. 죽은 자가 무덤에서 일어나 억울하다 항변이라도 하겠습니까?"

"그렇군요. 하하하!"

그제야 상서위의 속뜻을 깨달은 하사신이 웃음을 터뜨렸다. 그의 눈동자가 먹이를 발견한 뱀처럼 번들거렸다.

"그래서 전하께 당부드릴 일이 있습니다. 무위시랑을 잠시 동위궁에 잡아두십시오."

"노주에서 대체 무슨 일을 벌이시는 겁니까? 외숙부."

"그것은 나중의 즐거움으로 남겨두시지요. 지금은 무위시랑이 이황자와 합류하지 못하도록 하는 것이 중요합니다."

말을 마친 상서위는 벌을 서듯 내내 바닥에 부복하고 있던 사내에게 시선을 주었다.

"알고 있느냐? 네놈이 가져온 문서와 같은 것을 며칠 전 다른 간자들도 들고 왔더구나."

상서위는 사내에게 두루마리를 집어던졌다. 암영의 무기총람이었다. 똑같은 문서가 도합 다섯 개.

그런데 해괴하게도 각각의 문서에 쓰인 숫자는 전부 달랐다. 한곳에는 암영의 숫자가 오백이라고 했다가 다른 곳에는 이천이라고 쓰여 있더니 또 다른 두루마리에서는 오천이라고 돼 있었다. 기록된 병장기의 수도 제각각이었다. 암영에 속한 자들의 명단도 다 달랐다. 그러다 보니 간자들이 가져온 모든 정보들을 믿을 수 없게 되어버린 것이다.

"쓸모없는 놈, 대체 어떤 것이 진짜더냐?"

사내는 상서위가 심혈을 기울여 암영에 잠입시켜놓은 간자 중 하나였다. 그는 무예에 천부적인 자질을 지녀 반옥에서도 상서위가 눈여겨보고 있던 자였다.

그러나 매번 사내가 암영의 기밀문서라고 **빼내온** 문서의 태반은 암호 같은 기호로 돼 있었다. 그것은 기록한 사람이 아니면 알아볼 수도 없는 문서들이었다. 그것이 간자의 잘못은 아니라 해도 매우 실망스러운 일이 아닐 수 없었다.

"그것은 소인도 미처……."

"게다가 이번엔 놈을 제거하라 보냈더니 혼자 살아 도망쳤다지?"

차를 마시던 하사신이 코웃음 치며 끼어들었다.

"송구하오나 동대륙제일검을 검으로 이길 자는 이 땅에 아무도 없……!"

펙, 하는 소리와 함께 사내의 말이 끊겼다.

"닥쳐라! 지금 내 앞에서 그 더러운 루를 칭찬하는 것이냐!"

날아온 찻잔에 맞아 깨진 이마에서 피가 흘렀다. 붉은 핏방울
이 뚝뚝 떨어졌지만 꼼짝 않고 엎드린 사내를 흘끔 쳐다본 상서위
가 하사신을 달랬다.

"자객으로 그자를 처리한다는 생각은 애초에 무리이긴 했습니
다. 전하."

"외숙부조차 그 천한 놈을 편드는 겁니까?"

"그런 것이 아니옵니다. 노여워하지 마시고 들어주십시오. 전
하. 죽이는 것만이 능사가 아니옵니다."

"무슨 말을 하시는 겁니까?"

"그자에 대해서는 제가 생각해둔 바가 있사오니 조금만 기다
려주시옵소서. 그리고 이놈의 재주는 아직 부족하지만 앞으로 쓸
모가 많을 것이옵니다. 그만 용서해주시지요."

"좋다. 네놈의 혓바닥은 괘씸하나 목숨만은 살려주겠다. 이만
나가라."

하사신의 축객령에도 사내는 자리에서 움직이지 않았다.

"전하, 저도 노주로 보내주십시오."

"무어라?"

"이황자 일행을 따라가기엔 이미 늦지 않았더냐? 게다가 노주
엔 이미 충분한 인원이 내려가 있다. 너까지 갈 필요는 없다."

상서위가 어림없다는 듯 사내의 청을 거절했다.

"밤새 말을 달리면 이틀 안에는 따라잡을 것입니다. 그리고 노주는 저의 고향입니다. 반옥에서 저보다 그곳을 잘 아는 이는 없을 겁니다. 부디 제게 실수를 만회할 기회를 주십시오. 이황자는 반드시 제 손으로 처리하고 싶습니다."

사내는 엎드린 채 간곡히 청했다. 윗사람의 심기를 거스른 것이 내심 걱정된 모양이로군. 공을 세워 만회하려 애쓰는 것이. 하사신의 입술이 비릿한 웃음을 띠며 휘어졌다.

"좋다. 네놈이 얼마나 쓸모가 있는지 보여봐라."

"감사드립니다. 전하."

몇 번이나 머리를 조아린 사내는 일어나 문을 향했다. 그가 문가에 다다른 순간 밖에서부터 문이 열렸다.

문 앞에 선 사람은 자화원의 비인, 자미희였다. 무위시랑을 습격한 날 먼발치에서 잠깐 스치듯 봤을 뿐이지만 보랏빛 옷과 그 놀라운 미색은 그녀가 분명했다.

자미희의 얼굴은 피로 물든 사내의 이마를 보고도 아무런 변화가 없었다. 그는 자미희가 안으로 들어설 수 있도록 한쪽으로 비켜섰다.

희미한 꽃향기와 함께 그를 지나치던 자미희가 부채를 떨어뜨렸다. 공교롭게도 그의 발치에 떨어진 부채에 당황한 사내는 자미희에게 시선을 돌렸다. 자미희는 마치 어서 줍지 않고 뭘 기다리느냐는 듯한 시선으로 싸늘하게 자신을 바라보고 있었다. 그는 조심스럽게 부채를 주워 그녀에게 건네주었다.

짧은 한순간 부채 밑으로 그녀의 손가락이 스쳤다. 사내의 미간이 의아함으로 찌푸려졌지만 자미희는 이내 그런 일이 없었다는 듯 쌀쌀맞게 돌아서 가버렸다.

"어서 오너라. 자희."

반갑게 그녀를 맞는 일황자의 목소리가 들렸다. 문이 닫히는 바람에 뒷말은 들을 수 없었다.

# 10장

강양(康良) 31년 유월

영화전을 둘러싼 새하얀 회랑의 기둥마다 비단으로 만든 수천 개의 꽃이 매달렸다.

회랑 아래로 흐르는 수로에는 색색의 등을 띄워놓았다. 물결의 움직임에 따라 꽃모양을 본뜬 등이 이리저리 흔들리고 있었다.

하사신이 도양산의 반도들을 일망타진한 것을 축하하기 위해 연 작은 연회였다. 작다는 말이 무색할 정도로 화려한 연회지만 초대받은 귀족의 수가 삼십을 넘기지 못하니 소규모이긴 했다.

상석에 앉은 하사신은 연회장 한가운데 서 있는 이리하를 내려다보았다.

하사신은 자객을 잡은 공을 치하해주겠다며 연회에 이리하를 불러냈다. 워낙 자객을 요란스럽게 죽이는 바람에 여태까지처럼 묻어둘 수 없기도 했고, 아직은 놈을 동위궁에 붙들어놓아야 하기

들꽃 아래서

때문이었다.

"루 이리하. 검무를 추어보겠느냐?"

하사신의 웃음 섞인 음성에 이리하의 눈매가 날카로워졌다.

검무? 춤을 추란 소린가.

그에게 검이란 항상 생존과 맞닿아 있는 것이었다. 검을 들면 죽이거나 죽는 것, 단 두 가지뿐. 유희로 즐기면서 검을 휘두르는 법 따위 모른다.

"저는 춤 같은 건 출 줄 모릅니다. 그리고 검은 장난으로 휘두르는 물건이 아닙니다."

"그렇다면 대련은 어떤가?"

하사신의 말이 떨어지자마자 기다렸다는 듯 청년 하나가 앞으로 나섰다.

"저는 혜 위소라 합니다. 미천한 몸으로 위명이 드높은 무위시랑과 겨루게 되어 영광입니다. 한 수 가르침을 청합니다."

청년의 말에 곳곳에서 낮은 실소가 터져 나왔다. 정중한 말투에 깃든 비웃음은 누구나 알아차릴 정도였다. 대귀족인 스스로를 미천하다고 낮춰 루인 이리하의 출신을 대놓고 비꼰 것이다.

좌사부(左司傅)의 아들인 위소는 혜 출신이지만 어려서부터 검술 스승을 두고 검을 익힌 자였다. 가끔은 세상에 이름난 무인들을 초빙해 대련을 벌이기도 했다. 위소는 이제껏 단 한 번도 대련에서 진 적이 없었으며 사람들은 언제나 그의 뛰어난 자질을 입에 침이 마르게 칭찬했다. 가문 때문에 무관으로 출사를 할 순 없겠지만 그 또한 일신의 무예만은 누구에게도 뒤지지 않을 거라 자부하는 터였다.

비록 전쟁터를 돌아다니거나 무사들과 섞여 훈련한 적은 없지만 지지 않을 자신이 있었다. 자신은 백 년에 나올까말까 한 기재였으며 최고의 무인들로부터 검술을 사사 받지 않았던가.

상대는 동대륙 제일이라는 소문이 자자한 무위시랑이었다. 그를 꺾으면 동대륙제일검이라는 명성을 얻을 수 있다. 장차 대장군이 목표인 혜 위소로서는 이 황금 같은 기회를 놓칠 생각이 없었다.

"진검으로 하는 대련입니까?"

청년의 손에 들린 화려한 검을 본 이리하의 눈썹이 추켜 올라갔다.

"진검이 아니면 흥이 떨어지지. 설마 겁이라도 난 건 아니겠지? 루 이리하."

하사신의 붉은 입술이 비열한 웃음을 머금었다.

이리하는 대련 시에 진검을 쓴 적이 드물었다. 자신과 엇비슷한 실력이 아니라면 날을 세우지 않은 무딘 검을 사용했다. 가끔 암영의 무사들과 함께할 때도 마찬가지다. 지난번 진검으로 대련했을 때 무슨 일이 벌어졌던가. 상대는 불구가 되고 그는 붉은 사막으로 쫓겨 갔다.

억지로 떠밀려 대련을 하게 된 이리하의 표정은 좋지 못했다. 그는 짜증이 밴 눈으로 자세를 잡는 상대를 주시했다.

화려하게 검을 휘두르는 자로군. 정말 춤이라도 출 셈인가. 이리하는 어깨 쪽으로 찔러 들어오는 검에 몸을 비틀어 피하며 생각했다.

암영에 처음 들어온 귀족가의 자제들은 누구나 정석대로 검을 썼다. 눈앞의 애송이도 별다를 것이 없었다. 기본은 제법 충실히 다진 듯했으나 쓸데없는 움직임이 너무 많았다. 한순간에 생사가 결정되는 전장에서 저런 식으로 기술을 뽐내다간 목이 날아가기 십상이다.

이리하의 검술은 귀족들 간의 대련에 맞지 않았다. 그의 검은 두려움이 없는 대신 무자비했다. 실전에서 패자에게 돌아오는 것은 죽음뿐이다. 그래서 이기는 법만 아는 이리하는 자신보다 약한 상대에 맞춰 기술적으로 검을 나누는 방법을 몰랐다.

"언제까지 피하기만 하실 겁니까? 이대로라면 최고의 검이라는 위명이 아깝지 않겠습니까?"

연이은 자신의 공격을 이리하가 무위로 돌리자 위소가 조롱조로 지껄였다. 이런 자들은 대체적으로 버릇이 없지. 부족한 것 없이 태어나 오냐오냐 떠받들려 자란 탓이다.

한순간 뺨 근처를 스쳐간 검에서 비릿한 냄새를 맡은 이리하의 눈매가 가늘어졌다. 대련이랍시고 독을 바른 검을 들고 나오다니. 하는 짓이 매번 치졸하기 그지없었다.

애송이의 버릇을 고쳐주고 싶지만 또다시 쫓겨나는 건 사양이었다. 적당히 맞춰줘야 할 텐데 티를 안 낼 자신은 없었다. 또 모욕

당했다며 펄쩍 뛰는 건 아닐지 모르겠군.

이리하는 물러서던 발걸음을 멈추고 검을 바꿔 쥐었다. 뒤늦게 상대가 대응할 태세를 갖추자 위소는 거침없이 달려들었다.

그러나 검이 맞부딪친 순간 놀란 위소는 손을 놓칠 뻔했다. 검날을 통해 전해지는 힘이 엄청났다. 그는 온 힘을 다하고서야 겨우 벗어날 수 있었다. 동대륙 제일이라더니 과연 명불허전이 아닌가. 짓눌러 오는 압박감에 팔이 저릴 정도였다.

별다를 것 없다고 생각했던 이리하의 검세는 확연히 달라져 있었다.

이리하의 검은 등골이 서늘할 정도로 매서웠다. 군더더기가 없는 움직임은 자신과 견주자 심심하게조차 보일 지경이었다. 그러나 허세가 없는 그 검의 위력은 상상 이상이었다. 온몸을 내리누르는 기에 압도당해 숨을 내뱉기도 어려웠다. 평생 이토록 강한 자는 만나지 못했다. 자신은 질지도 모른다. 위소의 얼굴이 창백해졌다.

게다가 그가 검을 내지를 때마다 이리하의 검이 이미 눈앞에 와 있었다. 마치 자신의 움직임을 미리 읽기라도 한 것처럼 공격은 번번이 가로막혔다.

위소는 그저 상대의 검을 막기에도 급급한 처지였다. 그러다 문득 매번 급소를 찔러 오던 이리하의 검이 마지막 순간에는 꼭 비껴간다는 사실을 깨달았다. 몇 번이나 같은 상황이 반복되자 위소의 눈이 크게 떠졌다.

자신은 상대의 옷깃 하나 스치지 못했는데 그는 자신을 가지고 놀고 있었던 것이다. 순간 검을 쥔 손에서 힘이 빠져나갔다. 그러자 옆구리를 파고들던 검이 또다시 순식간에 방향을 바꿔버렸다.

위소는 검을 떨어뜨렸다. 둔탁한 쇳소리를 내며 검이 바닥을 굴렀다.

"제가 졌습니다."

젊은 청년의 얼굴은 굴욕감으로 붉게 달아올라 있었다. 찢어 죽일 듯 이리하를 노려본 그는 재빨리 연회장을 빠져나갔다. 뒤에 남겨진 이리하는 혀를 찼다. 왠지 또 적을 만든 것 같군.


하사신의 손톱이 신경질적으로 의자 팔걸이를 두드렸다.

그의 머릿속에선 연회 직전에 자희가 한 말이 계속 맴돌고 있었다.

「사냥은 실패했습니다. 이제 눈속임 호위 따위 필요치 않으니 내보내십시오. 더 이상은 마주치기도 싫습니다.」

자희가 성공하든 말든 이미 그것은 문제가 아니었다. 어차피 죽여버리기로 마음먹었으니 자희가 놈을 끌어들이려 애쓸 필요도 없었다. 노주에서 기다리는 연락만 오면 놈은 죽은 목숨이었다.

그러나 하사신은 자희의 얼굴에서 묘한 기시감을 느꼈다.

마치 오래전 어느 날 쓸모없는 날짐승 한 마리를 죽였던 날과 같은 표정. 그때도 시선을 내리깐 채 무심한 어조로 그렇게 말했지.

「저런 흉물스런 날짐승은 원하지 않습니다. 그러니 새장을 치워 주십시오.」

자희는 두 번 다시 새 따위에 눈길도 주지 않았지만 하사신은 알고 있었다. 그것이 정말 싫어해서가 아니란 것을.

자희는 자신의 시선을 돌리기 위해 그런 식으로 말하곤 했다. 버러지 같은 호위나 시비들을 구하기 위해 일부러 그들을 내치도록 만들었다.

피어오르는 초조함에 자신도 모르게 주먹을 움켜쥐었던 것일까. 손톱이 손바닥을 파고드는 통증에 하사신의 미간이 찌푸려졌다.

취할 순 없어도 영원히 내 것이다.

자희가 아프고 다쳐도 그것이 자신 때문이라면 상관없었다. 그녀의 명이 다한다면 그것 또한 내 뜻이리라.

자희는 운명이 정한 자신의 것이다. 내 것인 너는 절대 날 배신할 수 없지. 그런데 이 기분은 뭐란 말인가. 마치 손안에 움켜쥔 모래가 한 알 한 알 빠져나가는 것처럼 초조한 기분이 들었다.

"전하, 대련이 끝났사옵니다."

생각에 빠져 있는 하사신의 귓전에 대고 상시령이 속삭였다. 그제야 시선을 돌려 이리하를 본 하사신은 혀를 찼다. 좌사부의 아들은 보기만큼 멍청한 놈이었다. 큰 기대를 한 건 아니지만 제법 큰소리를 치기에 자리를 마련해주었는데 무능하기 짝이 없었다. 이리하를 그저 살짝 베기만 해도 된다고 했는데 검을 내던지고 나가다니. 마비산으로 며칠 동안 이리하를 묶어두려던 계획이 어긋나고 말았다.

"생각보다 시시하게 끝났군. 역시 검으로 동대륙제일검을 상대하기엔 버거운 일이었나? 그래도 루 이리하, 연회의 흥을 돋워주었으니 상을 내려주겠다."

또 무슨 꿍꿍이냐는 듯 이리하가 눈썹을 추켜세우자 하사신의 입가에 엷은 비웃음이 서렸다.

"설리환 황녀를 아느냐?"

본 적은 없지만 설리환 황녀는 이리하도 아는 인물이었다. 그녀는 하사신의 이복누이로 황제가 여 귀비를 맞아들이기 전에 태어나 살아남은 두 황녀 중 하나였다.

여 귀비는 입궁하자마자 후궁전을 정리했다. 한 번이라도 황제의 승은을 입은 여인은 그냥 두지 않았다. 행여 회임이라도 한 기미가 보이면 상서위에 의해 소리 소문 없이 제거되었다. 몇 안 되던 후궁들은 거의 폐서인되다시피 하고, 후궁의 직첩도 없던 이들은 궁 밖으로 쫓겨나야 했다.

설리환 황녀의 어미는 조용하고 다정한 성정을 지닌 환비(奐妃)였다. 황제의 눈에 들어 이미 황녀까지 낳은 그녀를 여 귀비가 눈엣가시로 여긴 것을 모르는 이가 없었다.

여 귀비와 상서위가 가장 먼저 한 짓이 바로 환비를 모함해 궁밖으로 내쫓은 일이었다. 화병을 얻은 환비는 두문불출하고 앓다가 하사신 황자가 태어나던 날 세상을 떠나고 말았다고 한다.

여 귀비의 등쌀에 어미를 빼앗긴 설리환 황녀는 어린 나이에 나이 많은 귀족과 정략혼을 해야 했다. 혼인한 지 십오 년 만에 남편과 사별한 설리환은 다시 황궁으로 돌아와 있었다. 황궁의 한 귀퉁이에서 죽은 듯 숨죽이고 사는 황녀는 무서운 이복동생이 시키는 일을 거절하지 못할 것이다.

"동대륙 최고의 무인이라면 황녀의 혼처로 그리 나쁘지 않다 생각되는데 어떠냐?"

며칠 동안 서운궁에서 줄기차게 놈에게 연통을 보내오고 있었다. 루 이리하의 이름으로 몇 번이나 거절했지만 상대는 끈질겼다.

당장이라도 놈이 사오룬을 쫓아 노주로 내려가면 성가셨다. 게다가 하사신은 이리하가 멀쩡히 살아서 동위궁을 나가는 꼴도 보고 싶지 않았다.

더러운 놈에게 황가의 피가 섞이는 꼴은 볼 수 없지만 어차피 거짓 약조인데 어려울 게 뭔가. 죽기 전 며칠간 단꿈을 꾸는 것도 좋겠지.

"전하! 그런 일은 불가하옵니다!"

"천부당만부당하옵니다! 황자전하!"

일황자 파 이황자 파 할 것 없이 모든 대귀족들이 이구동성으로 외쳤다. 고귀한 황실의 혈통을 어디서 굴러먹던 놈인지도 모를 천한 피로 더럽힐 수 없다는 일념에 그들은 하나로 뭉쳤다.

고작 검이나 휘두를 줄 아는 천한 자를 가까이 하려는 두 황자의 속내를 알 수 없었다. 저런 자는 전쟁터에서나 쓸모 있는 것이다.

"나는 경들에게 허락을 구하는 것이 아니오."

"아니 될 일이옵니다! 전하!"

"통촉하여 주시옵소서. 전하!"

더 이상 시끄러워지기 전에 이리하가 나섰다.

"저 같은 일개 무사 따위가 어찌 감히 존귀하신 황녀님의 배필이 될 수 있겠습니까? 불가한 일입니다."

대체 무슨 속셈이지? 하사신이야 목적을 위해서 제 누이 따위 얼마든지 버릴 수 있겠지만 그 장단에 맞춰 놀아줄 생각은 없었다.

게다가 누구 마음대로 혼인이냐. 이리하는 속으로 이를 갈았다.

"겸손은 훌륭한 미덕이긴 하지. 무위사랑. 그러나 어울리지 않는 사양은 위선으로 보이는 법이다."

"저같이 미천한 자가 어찌 그런 덕을 깨우쳤겠습니까? 한 점 거짓 없는 진심입니다."

팽팽한 긴장감 속에 날카로운 시선이 오갔다. 의외로 먼저 손을 든 쪽은 하사신이었다.

"그럼 마음에 드는 다른 이라도 있는가? 오늘의 승자에게 기꺼이 하사해주마."

오늘의 연회는 상당수의 후궁과 비인들이 참석한 자리였다. 황자의 말에 그들의 안색이 새파랗게 질렸다. 제발 자신은 아니길 바라는 두려움 섞인 시선이 일제히 무위시랑을 향했다.

"자화원의 비인을 주십시오."

무위시랑의 말에 좌중이 일시에 조용해졌다. 일황자가 자미희를 귀애한다는 건 유명한 사실이다. 그러나 이 기회에 암영의 무위시랑을 이쪽으로 끌어들이고, 화근덩어리인 비인을 떼버릴 수 있다면 일거양득이 아닌가. 일황자 파는 혹시나 하는 기대에, 이황자 파는 설마 하는 생각에 다들 입을 다물었다.

잠시 눈살을 찌푸렸던 하사신의 입가에 이내 나른한 웃음이 떠올랐다.

"자희는 나이도 있고 아이를 생산치 못하는 몸이니 홀몸인 무위시랑에게는 맞지 않을 듯싶군. 성격이 모나서 내침이라도 당하지 않을까 걱정도 되고. 게다가 자희는 내게 정이 깊어 다른 이를 받아들이려 하지 않지."

하, 제 놈이 그녀를 얼마나 이리저리 내돌리는지 천하가 다 아는데, 다른 이를 받아들이지 못해? 이리하는 이를 악물었다.

"좋다. 오랜 시간 내 곁을 지켜온 사람이니 원하는 대로 해주고 싶구나. 자희, 네 생각은 어떠하냐?"

하사신의 눈이 다른 비인들과 떨어진 자리에 혼자 앉아 있는 파사에게 닿았다. 옭아매듯 진득한 그 시선에 그녀가 담담히 입을 열었다.

"저는 앞으로도 자화원에 머무를 것입니다."

그녀의 말이 떨어지자 이리하의 안색이 변했다. 파사는 믿을 수 없다는 듯 자신을 보는 이리하와 시선을 마주치지 않았다.

"이런, 저렇듯 자희의 뜻이 완강하니 어쩔 수 없지 않나. 하하하."

하사신의 웃음이 더욱 진해졌다.

"대신 미색이 빼어나고 사내를 모르는 처녀아이를 보내주겠다. 무위시랑은 아직 잘 모르는 모양인데, 계집은 이렇게 어리고 야들야들한 것이 품기에 적당하지."

하사신은 말을 하며 옆에서 술을 따르던 어린 후궁의 허리를 거칠게 끌어당겼다. 황자의 손이 후궁의 젖가슴을 음란하게 더듬었다. 시선이 집중되자 얼굴을 붉게 물들인 여인이 황자의 품에 얼굴을 묻었다. 오늘 황자의 옆자리를 차지한 후궁은 얼마 전 새로 후궁에 들어온 소윤(昭賢)이었다.

동위궁의 후궁전은 새 후궁에 대한 이야기로 들끓고 있었다.

사냥을 나갔던 하사신은 농가의 여식 하나를 데려와 후궁으로 삼았다. 평민인 여(伽) 신분인 여인이 파격적으로 조4품인 소윤의 직첩을 받고 입궁한 것이다.

게다가 근래 매일 밤 소윤의 처소에 드는 하사신의 파격적인 행보 때문에 다른 후궁과 비인들은 바짝 신경을 곤두세우고 있었다. 칭병으로 오늘 연회에 불참한 황자비가 사실은 심기가 불편해서라는 소문도 힘을 얻고 있었다.

하사신의 지나친 희롱에 움츠러든 소윤의 어깨가 애처로울 정도로 작았다. 기껏해야 열대여섯 정도 되었을까. 키도 작았지만 왜소한 몸집으로 더욱 어리게 보이는 여인이었다.

문득 이리하는 그 후궁이 어딘가 파사와 닮았다는 사실을 깨달았다. 물론 파사 같은 완벽한 외모는 아니었지만 코와 입술의 선이 어딘가 그녀를 닮았다. 단지 함부로 범접하기 어려운 파사의 서늘한 아름다움 대신 소윤에게선 백치미가 느껴졌다.


연회가 파하고 자화원에 돌아오자마자 예상치 못한 손님이 들이닥쳤다. 파사는 싸늘한 눈으로 소윤을 바라보았다.

"무슨 일로 저를 찾아오셨나요?"

오색실로 나비와 꽃을 수놓은 녹색 비단옷을 걸친 소윤은 금비녀와 산호로 머리를 장식하고 있었다. 목에는 큼지막한 홍옥(루비)과 황옥(토파즈)을 엮어 만든 목걸이로 한껏 멋을 부리고 있었다. 그러나 크게 틀어 올린 머리와 번쩍거리는 장신구들이 그녀의 작은 몸에는 너무 크고 무겁게 보였다.

"당신에게 제의할 것이 있어요."

목이 말라 소윤은 억지로 침을 삼켰다. 결심이 무색하게도 막상 자미희 앞에 서자 기가 죽었다. 그 고고한 아름다움에 가장 크고 화려한 장신구만 골라 잔뜩 치장한 자신이 우스꽝스럽게 느껴졌다.

하지만 용기를 내야 했다. 황자전하는 그저 저 예쁜 얼굴에 속고 계신 것뿐이니까.

난생처음 본 황자는 숨이 막힐 정도로 멋진 사람이었다. 보잘 것없던 자신을 궁에 데려와서 후궁으로 봉했을 때 그녀는 행복에 겨워 죽을지도 모른다고 생각했다.

황자는 늘 그녀에게 다정하게 웃어주었다. 꿈에서도 보지 못한 예쁜 옷과 보물들을 아낌없이 주었다. 원하는 건 무엇이든 들어주마 약속했다. 다른 여인들을 모두 제치고 매일 밤 자신의 처소에 들러주었다.

하지만 소윤은 황자가 보지 않을 때마다 멍하니 눈물짓는 일이 많아졌고 점차 말라갔다.

황자는 소윤을 안을 때마다 그녀를 자희라 불렀다. 다정하고 다정한 목소리로. 그 이름을 들을 때마다 소윤의 가슴은 멍이 들었다.

소윤의 처소에는 손님이 끊이지 않았다. 예전에는 감히 쳐다보지도 못했을 귀족들이 진귀한 선물을 보내왔고, 황자의 후궁 중 몇몇은 귀한 차와 다과를 가져와 환담을 나누기도 했다.

처음에는 황자의 관심을 독차지하는 것이 미안해 저어했으나 후궁들은 친절했다. 그녀들은 다들 자매처럼 친하게 지낸다며 낯선 궁 생활에 조언을 아끼지 않았다.

소윤은 그녀들에게 조심스레 자미희에 대해 물었다. 후궁들의 대답은 모두 한결같았다.

황자전하의 혜안을 흐리게 만드는 요녀. 사악하고 음탕하기 짝이 없는 탕녀. 전하가 세인들의 입에 나쁘게 오르내리는 건 모두 자미희 때문이라고 했다. 눈앞의 이 눈부신 미인은 황자를 해치는

독(毒)일 뿐이었다.

"궁을 나가줘요."

그녀의 말에 파사가 눈살을 찌푸렸다.

"필요한 게 있다면 내가 주겠어요. 당신이 원하는 만큼 재물을 마련해줄게요."

"뭔가 착각하고……."

"제발!"

파사의 말이 끝나기도 전에 비명 같은 소리가 흘러나왔다.

"전하께 해를 끼치지 말아요. 내겐 전하뿐이야. 당신 같은 사람은 전하께 어울리지 않아요. 왜 여길 떠나지 않아요? 제발 전하에게서 떨어져줘요."

소윤의 어깨가 덜덜 떨리고 있었다. 어리석을 만큼 순진한 여인은 제 감정에 겨워 울먹이고 있었던 것이다. 갑작스레 피곤함을 느낀 파사는 입을 열었다.

"그만 돌아가는 게……."

"지금 이게 뭐 하는 짓이지?"

뜻밖의 목소리에 소윤의 얼굴이 얼어붙었다. 일황자가 잔뜩 불쾌한 기운을 풍기며 열린 문 앞에 서 있었다.

"저, 전하!"

"소윤."

하사신의 나직한 물음이 뱀처럼 어린 후궁을 짓눌렀다. 황자의 낯선 모습에 소윤은 저도 모르게 흠칫거렸다.

등꽃 아내서

"뭐 하는 거냐고 물었다."

"자미희에게 궁을 나가도록……."

"네까짓 게 뭐라고?"

성큼 다가온 하사신이 후궁의 목덜미를 움켜쥐었다. 숨통을 죄어오는 손에 작은 얼굴이 순식간에 붉게 변했다.

"커헉. ……저, 전하."

"감히 자희를 내쫓겠다고?"

"저는 전하를, 위해……."

소윤은 목을 졸리면서도 힘겹게 말을 이으려 애썼다.

"닥쳐라."

하사신은 가느다란 후궁의 목을 누르는 손아귀에 힘을 주었다. 소윤이 눈을 까뒤집으며 숨이 넘어가려는 찰나,

"그만두십시오."

서리보다 차가운 목소리가 그를 가로막았다.

"이곳에서 피를 보는 것은 달갑지 않습니다. 제 처소를 더럽히실 생각이십니까? 전하."

불쾌한 듯 파사의 고운 미간이 살포시 찌푸려져 있었다.

"그도 그렇구나, 자희."

하사신은 마치 더러운 것이라도 떨쳐내듯 소윤을 밀쳐버렸다. 바닥에 내팽개쳐진 소윤이 발작적으로 숨을 몰아쉬며 기침을 했다.

물기어린 소윤의 눈동자가 파사를 노려보았다. 마치 목을 조른

원흉이 그녀라도 되는 것처럼.

"여봐라! 아무도 없느냐! 꼴도 보기 싫으니 저것을 끌고 나가라. 처소에 가두고 한 발짝도 나가지 못하게 하라."

"예, 전하!"

건장한 시종 둘이 양쪽에서 후궁의 팔을 거칠게 잡았다. 소윤은 끌려 나가지 않으려 발버둥 쳤다.

"놔라! 이놈들! 감히 어디다 손을 대는 것이냐! 전하! 전하!"

애절하게 하사신을 부르는 목소리가 차츰 멀어져갔다.

지켜보던 황자의 시종들은 소리 없이 혀를 찼다. 소윤은 궁에들어온 지 얼마 되지 않아 잘 몰랐겠지만 이것은 처음 있는 일이아니다.

과거에도 자미희를 질시한 후궁들이 그녀를 음해한 적은 많았다. 그러나 하사신은 매번 자미희의 편을 들어 후궁들을 벌했다. 개중에는 궁에서 쫓겨나거나 죽임을 당한 이도 있었다. 그래서 지금까지 남아 있는 후궁들 사이에선 드러내놓고 자미희를 건드리지 않는다는 불문율이 있었다.

그 후로 가끔 이렇게 새로 들어온 이가 노련한 후궁들의 꼬임에 넘어가 일을 벌이는 경우가 생겼다. 이것은 가장 효과적으로 연적을 제거하는 방법이었다. 오늘밤 경쟁자 하나가 사라졌다는 소식에 후궁전 여기저기에서 웃음꽃이 필 것이다.

어차피 궁에서는 어리석음도 죄.

황자의 물러가라는 손짓에 시종들이 고개를 숙이고 물러났다.

들꽃 아래서

문이 닫히자 하사신은 눈을 가늘게 뜨고 파사를 바라보았다.

"어찌된 일이냐? 자희."

하사신의 목소리는 자못 매서웠다. 그의 눈빛은 의심과 노여움으로 검게 가라앉아 있었다.

한번 똬리를 튼 의심은 자꾸 커졌다. 분명 자희가 특별히 이리하에게 다정한 행동이나 말을 한 건 아니었다. 그 누구에게도 살갑게 대하는 걸 본 적이 없을 만큼 차가운 그녀다.

그런데도 자꾸 무언가가 걸렸다. 그녀가 자신에게 이젠 더 이상 호위는 필요 없다고 얘기한 순간 불길한 느낌이 뒷목을 쭈뼛거리게 만들었다.

자희에게 금족령을 내린 하사신은 자화원에 평소의 두 배가 넘는 인원을 배치하도록 지시했다. 빈틈없이 건물을 둘러싼 호위들은 자희의 일거수일투족을 감시하고 있었다. 누구도 자신의 허락 없이 자화원에 들어서거나 자희를 만날 수는 없을 것이다.

무엇이 이렇게 불안한 거지. 초조함에 하사신은 손을 움켜쥐었다 폈다. 그녀가 결코 제 손을 벗어날 수 없다는 걸 아는데도 왜 이리도 불안한 것인가.

"놈은 널 원하고 있었다. 내게 거짓을 고한 것이더냐? 자희."

"전 몰랐습니다."

황자의 추궁에도 파사는 동요하지 않았다.

"모르다니, 놈을 읽지 않았다는 소리냐?"

하사신이 의아한 기색으로 눈썹을 추켜세웠다.

"······제가 그것을 싫어하는 것을 아시지 않습니까? 전하의 명이 아니라면 굳이 하지 않습니다."

"나를 보아라. 자희."

황자의 눈이 집요함을 담고 그녀를 살피고 있었다.

"널 달라는 놈의 말이 기쁘더냐?"

다정한 속삭임에는 진심을 떠보려는 가식이 배어 있었다. 지금 그의 마음을 읽는다면 검붉게 날이 선 질투와 질척한 암갈색의 의심이 뒤엉켜 있겠지. 이럴 때 조금이라도 흔들리는 기색을 드러내면 안 된다. 파사는 하사신의 눈을 똑바로 마주 보았다.

"어떤 경우에도 제 선택은 달라지지 않을 겁니다. 제 연혼이 누구인지 잊으신 겁니까? 전하."

파사는 황자의 표정이 안도감으로 느슨해지는 것을 차가운 시선으로 지켜보았다.

그녀가 한 말은 사실이었다. 파사는 이리하를 따라나설 생각이 추호도 없었다.

자신을 구하기 위해 손안의 검을 놓아버린 이리하를 본 순간 깨달았다. 철없는 어린애처럼 욕심을 부린 대가가 무엇인가를.

그의 마음이 자신에게 기우는 게 좋아서, 그의 사랑을 받는 게 좋아서 모르는 척 어리석은 놀이를 계속하고 있었다. 그것이 이리하를 망가뜨리고 있는 줄도 모르고.

가끔 생각했다.

어떻게 이리하가 꿈속에 들어올 수 있었던 것일까. 자신의 꿈은 누구도 침범할 수 없는 유일한 그녀만의 공간이었다. 그런데 어째서 그런 일이 생겼을까.

불가능한 일이 벌어졌고 원인도 방법도 알 수 없었다. 아마도 이리하가 그녀 가까이 있었던 탓이 아닐까 추측하는 것이 고작이었다. 그러나 왜 다른 시비나 호위들은 단 한 번도 그녀의 꿈에 나타나지 않았냐고 묻는다면 답을 할 수 없었다.

처음부터 이상했다. 이리하에게만은 그녀의 힘이 통하지 않았다.

그녀가 읽을 수 없었던 유일한 사람. 자미희가 아닌 파사로 그녀를 대해주는 단 한 사람.

그런 그가 자신 때문에 위험을 자초하는 걸 보고 싶지 않았다. 그에게 배신자라는 낙인이 찍히는 것도 싫었다.

기뻐서. 자신을 원한다는 말에 심장이 두근거릴 만큼 기뻐서. 그래서 파사는 그에겐 갈 수 없었다.


시비의 안내를 받아 넓은 방에 들어서던 이리하는 눈을 깜박였다. 이곳은 자신의 방이 아니다. 절을 하고 재빨리 물러나는 시비를 부르려던 이리하는 뒤늦게 한 가지를 깨달았다. 이제 그에겐 자화원으로 돌아갈 명분이 없었다.

오늘 아침 노주의 생존자들이 몰살당했다는 소식을 들었다. 벌써 수일이나 지난 일이었으나 그는 연회 직전에서야 알게 되었다.

파사에 대한 위협이 사라졌으니 더 이상 이리하가 필요 없어진 것이다.

호위가 아닌 그에게 다른 방을 내준 것은 당연한 일이었다. 자화원에 남겠다는 파사의 대답에 넋이 나가 아무 생각 없이 따라오고 말았다.

이리하는 겉옷을 벗어 탁자 위에 내팽개쳤다.

내일은 서운궁으로 돌아가야 한다. 이대로 파사를 만나지 못한 채로. 그의 얼굴이 싸늘하게 굳어졌다.

연회가 끝난 후 하사신이 넌지시 지껄인 말이 떠올랐다. 너그러운 척 그토록 그녀를 원한다면 '자미희와의 밤'을 주겠노라고 했다. 파사를 내걸고 흥정을 하는 그 뻔뻔한 얼굴에 치솟는 살기를 억누르느라 힘이 들 지경이었다.

조용히 방문을 여는 기척에 검을 집어 들던 이리하는 멈칫했다. 이건 또 뭐지? 문 앞에 두 명의 여인이 다소곳이 서 있었다.

"뭐냐?"

좋지 못한 기분 탓에 질문은 살벌하게 튀어나갔다. 험악한 기세에 움츠린 여자들이 떨면서 허리띠를 풀었다. 그들의 몸짓에 한 겹뿐이던 옷가지가 발치로 흘러내렸다. 두 여인은 실 한 오라기 걸치지 않은 알몸이었다.

"소녀, 기희라 불러주십시오."

한 줌도 안 될 것 같은 허리에 이어지는 풍만한 엉덩이가 사내들이 혹할 만한 여인이었다. 고의인 듯 그녀가 살짝 허리를 굽히며 절을 하자 커다란 가슴이 출렁거렸다.

들꽃 아래서

"저는 난여이옵니다. 나리."

두 번째는 앞선 여인보다 상대적으로 호리호리한 몸집이었지만 고운 얼굴을 가지고 있었다. 뜬금없이 웬 통성명이란 말인가. 이리하가 물은 건 이름이 아니라 그들이 이 방에 있는 이유였다.

"무슨 일이지?"

"황자전하의 명이옵니다. 저희 중 하나를 택하시옵소서."

그제야 연회 때 제멋대로 던진 하사신의 말이 떠올랐다. 이런 여인들 따위 전혀 반갑지 않았다.

"난 너희를 부른 적 없으니 물러가라."

"나, 나리?"

"두 번 말하게 할 셈인가? 나가라."

"오늘밤 나리를 모시지 못하면 저희가 벌을 받습니다."

눈 하나 깜박하지 않는 사내에게 당황한 여인들은 바닥에 엎드려 애원했다. 일황자는 그들에게 무슨 일이 있어도 이 사내와 잠자리를 해야 한다고 명을 내렸다.

오늘밤 그에게 선택받지 못한 쪽은 병사들의 노리개로 보내진다. 매일 얼굴도 모르는 수십 명의 병사들에게 당하는 것보다야 비록 천한 신분의 루라 할지라도 눈앞의 사내가 낫다.

"저희를 불쌍히 여겨주십시오."

그들은 눈물을 줄줄 흘리며 하소연했다.

"너희들의 사정은 딱하지만 마음에 없는 여자를 안지는 못해."

"살려주십시오. 나리. 제발 부탁드립니다."

우는 여자들이 그의 발치에 매달렸다. 끌어내지 않으면 죽어도 나가지 않을 태세에 이리하는 거칠게 머리를 쓸어 올렸다. 같은 방 안에 있는 것은 내키지 않았지만 그 몸에 손을 대 끌어내는 것도 싫었다.

"오늘밤은 이 방에서 지내라."

결국 그는 두 여인에게 방을 내주고 말았다. 이리하의 말에 반 색한 그들이 고개를 들었을 때 그는 이미 창문을 열고 있었다.

"앗!"

채 말리기도 전에 사내의 긴 다리가 창을 넘어가버렸다. 재빨 리 창 쪽으로 달려간 그녀들이 고개를 내밀고 이리저리 둘러보았 지만 어둠 속에 빨려들어 간 듯 사위는 그저 조용했다. 두 여인은 낭패스런 얼굴로 서로를 마주 보았다. 그들은 달이 기울고 동쪽 하 늘이 밝아올 때까지 다시 이리하를 보지 못했다.

날이 밝자마자 방으로 돌아온 이리하는 그녀들을 쫓아냈다. 그 러나 그들이 무위시랑이 놓아주지 않아 밤새 방을 나오지 못했다 고 입을 맞춰 고한 사실은 까맣게 몰랐다.

그 덕에 자미희로 뒤늦게 색에 눈을 뜬 루 이리하가 혜 수비연 에 이어 두 여인과 환락의 밤을 보냈다는 소문이 마른 낙엽에 붙은 불처럼 빠르게 퍼져나갔다.

2권에서 계속.

들꽃 아내서